W0300651

Au cœur du risque

Des jumelles à protéger

NICOLE HELM

# Au cœur du risque

*Traduction française de*
PIERRE VANDEPLANQUE

BLACK ROSE

HARLEQUIN

*Collection :* BLACK ROSE

*Titre original :*
WYOMING COWBOY JUSTICE



**HARPERCOLLINS FRANCE**
83-85, boulevard Vincent-Auriol, 75646 PARIS CEDEX 13
Service Lectrices — Tél. : 01 45 82 47 47

www.harlequin.fr

ISBN 978-2-2804-1516-3 — ISSN 1950-2753

# 1

Laurel Delaney étudia le cadavre devant elle avec tout le détachement dont elle était capable.

— Tu le connais ? demanda d'un ton gêné l'adjoint qui avait pris l'appel.

— Un parent éloigné, répondit-elle. Mais à qui ne suis-je pas apparentée, par ici ?

Elle se fendit d'un sourire morne. Jason Delaney. Un cousin au deuxième ou troisième degré. Présumé tué dans un champ d'une balle dans la poitrine.

— C'est un rancher qui nous l'a signalé. M. Jennings.

Laurel hocha la tête sans cesser son examen. C'était son second meurtre depuis son recrutement chez le shérif du comté, six ans plus tôt, et le premier depuis son admission au bureau des inspecteurs.

Et oui, elle possédait un lien familial avec la victime. Malheureusement, elle n'exagérait pas quant au nombre de citoyens du comté de Bent avec qui c'était le cas. Elle avait croisé Jason à de rares occasions telles que des funérailles, mais rien de plus. Il ne vivait pas à Bent, et ses parents, une branche lointaine des Delaney, ne faisaient pas partie de celle qui gérait la ville.

— Nous avons une piste, annonça l'adjoint Hart.

— Laquelle ? s'enquit-elle en promenant son regard sur le pâturage autour d'eux.

Comme presque tout dans le comté de Bent, Wyoming,

ce ranch se trouvait au milieu de nulle part. Pas de trafic routier notable à proximité, pas d'entreprises dans les environs. Juste des champs, et des montagnes à distance. Joli et loin de tout, l'endroit n'était pas de ceux où l'on s'attendait à trouver une victime de meurtre.

— Le rancher dit que Clint Danvers est tombé en panne devant chez lui hier soir, et a demandé à se servir de son téléphone. Il n'a vu personne d'autre. En dehors des vaches, bien sûr.

Laurel fronça les sourcils.

— Clint Danvers n'est qu'un adolescent.

— Que nous avons arrêté plus de fois que je ne saurais les compter.

— Il fallait que ce soit un Carson, marmonna-t-elle.

Car peu importait qu'à l'état civil Clint n'en soit pas un, sa mère était bel et bien la mère d'un Carson. Autrement dit, tout le clan les comptait comme tels, et une enquête menée par une Delaney risquait de ne pas être une partie de plaisir.

Laurel n'avait cure du conflit Delaney-Carson que tant de personnes en ville aimaient invoquer. Surtout les Carson. Son père pouvait bien entonner sa tirade sur la mauvaise graine qui fermentait depuis des générations chez les Carson, son frère banquier froncer le nez à la vue de tout Carson qui entrait dans son établissement, sa sœur renifler son mépris face à un Carson faisant ses emplettes dans sa supérette, à Bent la rue se divisait en deux. Les Delaney d'un côté, les Carson de l'autre.

Lauren s'en fichait. En ce qui la concernait, tout cela n'était que stupidité et vieilles histoires. Elle voulait la vérité, et non aggraver une tension plus que centenaire.

Un véhicule s'approcha, et Laurel se protégea les yeux de la vive lumière matinale.

— La légiste, dit Hart.

Laurel salua celle-ci. Comme de bien entendu, Gracie Delaney était sa cousine – au premier degré.

Après avoir franchi sans difficulté la bande jaune légale et la clôture de barbelés, Gracie jeta un premier coup d'œil au cadavre.

— Nom ?

— Jason Delaney.

Ses sourcils se froncèrent.

— Est-ce normal si j'ignore tout d'un quelconque lien de parenté entre lui et nous ? demanda-t-elle.

— Bienvenue au club, soupira Laurel.

C'était une chose très étrange de travailler sur la mort d'un membre de votre famille que vous ne connaissiez pas. Elle supposa devoir éprouver une certaine pitié, et c'était le cas, mais celle-ci différait peu de celle que lui inspirait n'importe quel autre mort dans le cadre de son travail.

— Très bien, dit Gracie. Je vais prendre mes photos. Ensuite je contacterai sa famille la plus proche.

Pendant que Hart et Gracie discutaient des détails, Laurel étudia la zone autour du corps. Il n'y avait pas grand-chose sur quoi démarrer, et jusqu'à ce que les vaches apprennent à parler, aucun témoin.

Hormis Clint Danvers.

Ça ne la dérangeait pas d'arrêter un Carson ici ou là, indépendamment du tapage probable suscité par ce stupide conflit entre leurs familles, mais un meurtre risquait de produire un peu plus que du tapage. A fortiori celui d'un Delaney.

Elle examina les lieux avec Hart et Gracie. Même si Hart avait pris quelques clichés à son arrivée, elle en fit d'autres pour elle. Ils passèrent de nouveau l'endroit au peigne fin, sans trouver le moindre indice potentiel.

Ce qui signifiait que Clint était son seul espoir, mais un espoir compliqué s'il en était.

Aidée par Hart, Gracie chargea le corps dans son fourgon, tandis que Laurel jetait son matériel dans sa voiture.

— Je vais interroger Clint, dit-elle, se tournant vers son collègue. Tu es de service jusqu'à 3 heures ?

Hart opina du chef.

— Si tu as besoin de moi, n'hésite pas.

Sur un au revoir de la main, Laurel grimpa dans son véhicule. Elle n'avait pas à chercher loin le domicile de Clint. Bent était une petite bourgade où les secrets ne le restaient jamais longtemps. Il vivait avec sa mère dans une maison délabrée de la périphérie.

Lorsque Chastity Haskins-Carson-Danvers etc. lui ouvrit la porte, une cigarette fraîchement allumée à la bouche, Laurel sut que ça n'allait pas bien se passer.

— Madame Danvers.

Chastity lui souffla sa fumée droit dans la figure.

— Mademoiselle la flic, lui retourna-t-elle d'un ton détaché.

— Je cherche Clint.

— Les gens comme vous le cherchent tout le temps.

— Il est d'une importance capitale que je puisse lui parler au plus vite. Il ne s'agit pas d'une histoire de drogue ou d'excès de vitesse. C'est bien plus grave. Je ne cherche qu'à l'aider.

— Les Delaney ne cherchent jamais à aider personne, répliqua la mère de Clint.

Elle haussa les épaules avec indifférence.

— Il n'est pas ici. Je ne l'ai pas vu depuis deux ou trois jours.

Laurel arbora un mince sourire. Ce pouvait être faux comme ce pouvait être vrai. C'était le problème avec la majorité des Carson. On ne pouvait jamais savoir quand ils étaient sincères et bien disposés à votre endroit, ou une bande de menteurs prêts à mener la vie dure à un Delaney. Parce que pour eux l'ancienne querelle était toujours vivace. Elle était un mode de vie, une entité vivante autour de laquelle gravitait leur existence.

Laurel remercia néanmoins Mme Danvers, puis soupira en regagnant sa voiture banalisée. Hélas pour elle, elle savait exactement qui pourrait lui dire où trouver Clint. Et c'était le dernier homme sur Terre à qui elle voulait parler.

Grady Carson. Le demi-frère aîné de Clint, et leader *de facto* du clan Carson. À l'instar des hommes de sa propre famille, Grady Carson était trop embourbé dans un conflit d'un autre âge pour appartenir réellement au XXIe siècle.

Un conflit au sujet de terres, de bétail et d'événements vieux de plus d'un siècle. Laurel ne comprenait pas pourquoi les gens s'y accrochaient encore. Pour autant, elle ne vouait aucune amitié particulière à l'un ou l'autre des Carson. De façon régulière, ceux-ci n'aimaient rien tant que lui mettre des bâtons dans les roues dans l'exercice de son métier.

Ce qui constituait le second problème avec Grady. Il était propriétaire du Rightful Claim, le saloon en face duquel elle se gara.

Elle considéra l'enseigne tapageuse à l'extérieur, une œuvre en néon représentant une créature mi-cheval mi-femme à la poitrine volumineuse, avec des sacs d'or clignotants accrochés à la selle. En dehors de cela, l'établissement ressemblait à n'importe quel saloon de western qu'elle avait pu voir à la télé. Des parois en bois brut, un passage de planches courant devant, une avancée de toit branlante, et des panneaux indicateurs peints à la main, indiquant la distance des villes les plus proches, aucune à moins de deux cents kilomètres.

Laurel se refusait à l'appeler un saloon. C'était un bar. Minable. Un mardi matin il était sans doute désert, mais le soir venu il se remplissait de personnes qu'elle avait toutes sans doute déjà arrêtées. Et de Carson, partout.

Grady ne lui dirait pas où était Clint, elle le savait. Mais elle devait tenter de le convaincre que son seul but était d'aider. Grady était beaucoup de choses, un tatoué au verbe haut, un hooligan sans respect pour l'autorité, mais pour qui la famille était sacrée. Sur ce point, les Delaney étaient pareils.

S'armant de courage pour ce qui s'annonçait comme un affrontement verbal rugueux, Laurel fit un premier pas vers la ridicule double porte battante. Grady prétendait qu'elle était d'époque, mais Laurel maintenait qu'il l'avait achetée sur Internet à un plateau de série B hollywoodienne. Juste parce que cela l'énervait quand elle le faisait.

Elle poussa un gros soupir, histoire d'évacuer sa contrariété. Oui, Grady l'avait toujours prise à rebrousse-poil, et oui, cela signifiait qu'elle ne contrôlait pas toujours ses nerfs face à lui. Mais elle pouvait gérer la situation. Elle avait une enquête criminelle à mener.

Poussant la double porte, elle se glissa à l'intérieur en demeurant aussi discrète que possible. Moins Grady aurait de temps pour se préparer à son arrivée, plus elle aurait de chances d'obtenir de lui des paroles sensées avant qu'il commence à faire son… truc préféré.

— Je vois que finalement tu as trouvé assez de cran pour entrer ici, princesse.

Laurel serra les dents et se tourna vers la voix grave, insidieuse, de Grady. Il faisait déjà son truc préféré. Qui consistait à dire des choses insupportables, à l'appeler princesse, ou pire, princesse adjointe, et une toute petite partie d'elle-même, qu'elle refusait de reconnaître, faisait cet autre truc qu'elle s'interdisait de nommer ou même d'identifier.

Après le soleil de l'extérieur, ses yeux durent s'accoutumer à la pénombre du bar, mais elle le regretta presque aussitôt.

Debout sur une chaise, il plantait un clou dans l'une des planches d'un mur de la grande salle. L'entrée du saloon était couverte d'images de l'endroit au cours du temps. Une méchante photo noir et blanc du bar dans les années 1850. Un poster psychédélique d'un chanteur célèbre des années pop de passage dans la ville, ainsi que des clichés représentant tout ce qu'avait fait Grady dans l'établissement pour atténuer son style boui-boui de campagne, au profit d'un look plus avenant, entre ancien et moderne.

Tout comme l'homme lui-même. Laurel avait toujours soupçonné Grady et ses cousins Carson avec qui il traînait de pouvoir aisément franchir les limites des siècles. OK, il portait des jeans actuels et des T-shirts noirs qu'il choisissait en fonction de leur capacité à mettre en valeur ses biceps et les volutes de ses tatouages.

Mais lui et tous les Carson qu'elle avait contrôlés ou interpellés plus souvent qu'elle ne pouvait se le rappeler portaient de vieux chapeaux de cow-boy cabossés, comme s'ils rêvaient du jour où ils pourraient attaquer une diligence ou s'échapper d'un bordel.

En l'occurrence, cela lui ressemblerait bien d'en diriger un, mais pour le moment la pire chose à laquelle il s'adonnait au Rightful Claim était de vendre de l'alcool de contrebande.

Délit qu'elle avait déjà signalé. À deux reprises.

— Tu vas rester plantée là toute la journée à me regarder travailler ? Tu veux me taper sur les doigts pour je ne sais quelle infraction ?

— Drôle que tu appelles cela travailler, Carson. Il n'y a pas un seul client.

Elle regarda d'un œil hostile le tableau accroché au clou qu'il venait de planter. Celui d'une femme presque nue réalisé en canevas. Seigneur, elle détestait cet endroit !

— Il n'y a pas de clients parce que je n'ouvre qu'à 15 heures Mais il n'y a qu'une Delaney pour venir sur mon lieu de travail critiquer mon éthique professionnelle quand sa famille…

— Je t'en prie, épargne-moi le couplet sur cette vieille dispute de clans. J'ai une affaire importante à discuter avec toi.

— Toi ? Une affaire à discuter avec moi ?

Il descendit de la chaise d'un saut agile de ses longues jambes puissantes. Longues jambes puissantes, auxquelles elle n'accordait aucune attention, non, non, non, même quand il descendait la Grand-Rue dans le fracas du moteur de sa stupide, *stupide* moto.

— Il va me falloir un verre pour accompagner cette intéressante tournure des événements, ironisa-t-il.

— Tu vas boire avant 15 heures ? Un jour où tu travailles ?

Il passa près d'elle, beaucoup plus près que nécessaire, avec cet éclatant sourire de prédateur. Comment pouvait-on le trouver séduisant ? Il était juste… juste… Sauvage, mal éduqué, ignorant des lois.

Trois choses terribles. Du moins, c'était ce qu'elle se disait chaque fois qu'il la gratifiait de ce sourire satisfait qui lui embrouillait le cerveau.

— C'est exactement ce que je vais faire, princesse.

— Adjointe. Ma démarche est officielle.

Elle le suivit vers le long comptoir. Grady prétendait qu'il était aussi d'époque, et il le paraissait en effet. Rayé, griffé, bien qu'assez ciré pour briller comme un sou neuf. Que l'on puisse y poser un verre plein, ou simplement le vouloir, était pour elle un mystère.

— Très bien, princesse adjointe.

Elle tenta de toutes ses forces de ne pas montrer son irritation, mais le petit grognement qui s'échappa de sa bouche la trahit malgré elle.

Le salaud éclata de rire.

Un rire bas, rocailleux. Elle le sentait vibrer jusque dans ses membres en dépit de la longue masse du bar qui les séparait.

*Je te hais, je te hais, je te hais.*

— Tu vas encore me dénoncer ?

Elle s'efforça d'adopter une expression qu'elle espérait professionnelle.

— Pas cet après-midi. Mais si je te vois servir de l'alcool de contrebande, j'en informerai les autorités.

— Si c'est ton idée des confidences sur l'oreiller…

— Ah oui, je sais, tous ces mots de plus de deux syllabes, trop compliqués pour que tu puisses les comprendre, rétorqua-t-elle.

Comme toujours, elle s'en voulait de l'avoir laissé la déstabiliser.

— Mais c'est au sujet de ton frère. Et de meurtre.

Son regard devint aussi sombre que son expression, ce qui procura à Laurel une légère satisfaction. *Là, on joue moins les machos, hein ?*

— Ça t'ennuierait de la fermer et de m'écouter ?

Grady avait toujours beaucoup de plaisir à titiller les Delaney, Laurel en particulier. Elle avait alors l'air tellement pincé, et quand il réussissait à la mettre vraiment en rogne, les reflets d'or dans ses yeux bruns s'enflammaient. Et à la différence des autres Delaney, Laurel donnait autant qu'elle recevait.

Mais les mots qu'elle venait de prononcer gommèrent tout son amusement. Meurtre et Clint. Bon sang. Clint était peut-être son demi-frère sans avoir une goutte de sang Carson dans les veines, mais il demeurait l'un des siens. Ce qui signifiait qu'il était sous sa protection.

Grady pointa le menton vers le fond du bar. Même si les habitués ne débarquaient pas avant 15 heures ou plus, il ne voulait pas que des oreilles indiscrètes surprennent sa conversation.

— Désolée, je ne parle pas le Cro-Magnon. Ce petit mouvement du menton est censé signifier quelque chose ?

Il jeta un coup d'œil à sa silhouette élancée. Son arme était visible sous le polo informe. Le pantalon cargo masculin donnait certes l'impression qu'elle avait des formes. Mais l'un dans l'autre, rien de très émoustillant.

— J'aimerais savoir une chose, dit-il, les coudes sur la surface encaustiquée du bar.

Il avait passé la moitié de sa vie à apprendre comment paraître totalement indifférent quand quelque chose le chiffonnait, et cette fois-ci ne faisait pas exception.

— Cette visite est-elle... *personnelle* ou professionnelle ? demanda-t-il d'une voix traînante, chargée d'insinuation.

— Professionnelle, répondit-elle d'un ton abrupt. Comme je l'ai déjà précisé. Quand je dis que je ne pousserai jamais ces absurdes portes pour d'autres raisons que strictement professionnelles, je suis sérieuse.

— Oh ! ma jolie, ne lance pas de défis que tu pourrais perdre...

— Je vois que, même s'il s'agit de ton frère, tu es incapable de prendre une chose importante au sérieux. Très bien. La victime du meurtre est Jason Delaney. Et la seule personne qui se soit trouvée à proximité au moment des faits est Clint Danvers. Que dis-tu de ça ?

Grady jura.

— Je dois interroger ton frère avant que la nouvelle de ce crime se répande comme une traînée de poudre. Il suffit qu'une seule personne apprenne qu'un Delaney a été assassiné et qu'un Carson, car techniquement Clint en est un, est témoin du meurtre pour que nous ayons une situation explosive sur les bras. Veux-tu m'aider ou pas ?

Elle posa la question d'un ton égal, l'embrasement des taches dorées dans ses yeux seul indice de ce qu'elle ressentait.

Jamais Grady n'accordait sa confiance à un Delaney, mais Laurel Delaney était différente. Elle détestait l'antique querelle, et il la croyait presque plus intéressée par la vérité que par la possibilité de crucifier Clint sans preuves. Pour les autres citoyens de la ville, ce serait tout autre chose. De cet événement, il pouvait résulter une pagaille susceptible de causer du tort à tout le monde.

Cela n'augurait rien de bon pour Clint. Ni pour Bent. Car la seule chose qui permettait, bon an, mal an, une cohabitation entre les deux clans ennemis était un attachement profond à leur ville, instillé dans leur sang à la naissance.

Peut-être était-ce la magie de ces anciennes constructions qui avaient franchi l'épreuve du temps dans le moutonnement des montagnes, à distance, loin de toute véritable civilisation ; de la manière dont l'histoire était inscrite dans leurs empreintes digitales et dans leurs noms, même si certaines personnes choisissaient de l'ignorer.

Bent était tel un orgue d'église dans le corps de ceux qui restaient, et peu importait de quel bord ils étaient. Bent était le bien commun. Sauf que personne ne s'accordait sur ce que cela voulait dire.

Il n'y aurait cette fois pas de différence. Laurel voudrait résoudre le problème à coups de mandats, d'investigations, et de toutes sortes de bêtises consommatrices de temps. Alors que ses cousins et lui auraient réglé la question en deux ou trois menaces bien placées, peut-être quelques uppercuts, en moins d'une semaine.

Aussi lui sourit-il avec gentillesse, lui dont ce n'était pas la qualité première.

— Si tu veux passer, princesse, je suppose que ton arme et toi devrez faire le plus gros du travail.

Elle plissa les yeux.

— Quelquefois, je n'arrive pas à décider si tu me prends pour une idiote ou si tu es juste ainsi. Nous sommes dans la vraie vie, Grady, pas dans l'Ouest sauvage. Encore moins dans sa version frelatée. Pour pouvoir arrêter un assassin, il faut conduire une enquête. Si tu veux sauver ton frère de la possibilité d'être non seulement un suspect, mais un présumé coupable, il te faudra coopérer avec la police. Il n'est pas ici question des Delaney et des Carson, mais du bien et du mal. De la vérité et de la justice.

— La vérité, nous la découvrirons.

Elle secoua la tête.

— Ne viens pas pleurer sur mon épaule lorsque Clint se retrouvera en prison.

— Ne laisse pas les portes frapper ton joli petit cul en sortant, répliqua-t-il. Tu pourrais finir par y prendre plaisir.

— Tu sais, je ne le dis pas assez souvent dans une journée : va te faire voir, Grady ! lui lança-t-elle en quittant sans attendre le saloon.

Les portes ne lui frappèrent pas les fesses, mais cela ne l'empêcha pas de la suivre des yeux tandis qu'elle disparaissait à sa vue.

Il ne bougea pas tout de suite, mais attendit qu'une minute se soit écoulée à l'horloge. D'un geste calme, il sortit son portable, jeta un dernier coup d'œil à la double porte immobile, puis, comme s'il s'agissait d'une broutille, envoya un texto à ses cousins.

Nous devons nous voir

Ty fut le premier à répondre.

Mine, vache, ou femme ?

Les lèvres de Grady se retroussèrent devant le code qu'ils avaient créé quand ils étaient ados.

« Mine » signifiait propriété, parce que les Carson étaient parvenus à exploiter l'une d'elles, même quand le nom des Delaney était tamponné partout en ville depuis que les premiers salopards de cette famille avaient spolié les Carson de leur accès légitime à la terre et à l'or. À cause de ce funeste départ des choses, à Bent les Carson ne laissaient personne toucher à ce qui leur appartenait de droit.

« Vache » signifiait famille, parce qu'à l'entame du XXe siècle les Carson et les Delaney n'hésitaient devant rien pour protéger leur bétail, et qu'à cette époque l'intérêt de la famille passait avant toute autre considération pour un Carson.

Et « Femme… »

Grady tourna les yeux vers l'endroit par où avait disparu Laurel. Elle était une femme, une peste. Un flic.

Une Delaney.

Ouais, il avait un problème de femme. Mais il lui suffisait de l'ignorer, et il se réglerait de lui-même. Il tapa donc « vache » sur son portable, avant de se saisir de ses clés et de se diriger vers l'arrière de la bâtisse.

# 2

Laurel n'aimait pas trop enfreindre les règles ni le protocole, mais vu qu'elle était engagée dans une enquête criminelle, et qu'il était plus que probable que Grady savait où se trouvait son unique témoin et suspect potentiel, le suivre était une nécessité.

Cela étant, à Bent il était difficile de filer quelqu'un sans être repéré. Il n'y avait pas de voitures derrière lesquelles se cacher, et les routes qui traversaient la ville dans un sens ou dans l'autre étaient cernées par de vastes plaines, avec les montagnes comme une promesse brumeuse dans le lointain.

Pourtant, lorsque la moto de Grady quitta la ville en direction de l'ouest, suivie de près par un autre engin à deux roues, Laurel fut sûre de savoir où le bruyant convoi se rendait. Ce qui rendait son travail infiniment plus facile.

Elle leur donna quelques minutes, puis mit le cap sur le ranch Carson, à l'extérieur de la ville. Même si Grady n'y vivait pas à plein temps, tout le monde savait qu'il créchait souvent au ranch que dirigeait Noah Carson.

De la même manière que les Delaney avaient coutume de se retrouver à leur propre ranch, situé à l'exact opposé par rapport à la ville. Comme s'ils se tournaient le dos, Bent faisant office de no man's land entre eux.

Laurel soupira. Cette affaire allait déclencher dans

ce no man's land un chaos qu'ils n'avaient pas vu depuis des lustres, si elle n'obtenait pas un minimum d'informations de Clint, et vite. Elle serait stupide de croire que Grady possédait assez de cervelle pour l'y aider.

Mais il n'était pas question qu'elle baisse les bras, et elle était trop têtue pour laisser Bent sombrer dans une autre guerre ridicule. On n'était peut-être plus dans l'Ouest sauvage, mais que des gens – dont beaucoup étaient trop armés pour leur propre bien – s'échauffent et en viennent à se battre n'était jamais une bonne chose.

Surtout quand elle avait une affaire de meurtre à résoudre.

Elle se gara dans le virage que formait la route, dernier endroit où elle serait invisible. Elle devrait faire le reste du chemin à pied, et tâcher de rester derrière les buissons, les accidents du paysage et tout ce qui se présenterait. Avec un peu de chance, le clan Carson serait trop occupé à trouver une planque pour Clint pour regarder par les fenêtres.

Une fois ses clés rempochées, elle vérifia son arme et sortit dans l'air frais de cet après-midi d'automne. Tout en marchant, elle prit la précaution de couper son téléphone et sa radio, et garda l'œil fixé sur l'endroit où lui apparaîtrait le ranch.

Lorsque ce fut le cas, elle marqua une pause. Elle était peut-être du genre terre à terre et méthodique, elle ne manquait jamais d'apprécier le charme de son environnement. Le ciel était d'un bleu à couper le souffle, ponctué de petits cumulus qui flottaient dans la brise, tandis que l'herbe et les fourrés étaient un camaïeu de bruns et d'ors. Entouré par les majestueuses Wind River Mountains et le doux vallonnement des collines rouges, un groupe de constructions s'élevait au milieu d'un vaste champ de céréales.

Le ranch Carson était l'antithèse de celui des Delaney.

Il se composait d'éléments simples et robustes, construits par les Carson eux-mêmes. L'essentiel du corps d'origine avait été préservé, mais ils l'avaient amélioré avec le temps, ne procédant à des agrandissements que lorsque c'était nécessaire. À l'instar du saloon, l'endroit était une sorte de témoin du passé, avec juste une touche de modernité.

À l'inverse, le ranch Delaney était un bâtiment aux lignes design, où la pierre et le verre tenaient une place prépondérante, fruit de l'imagination du père de Laurel. L'unique construction antérieure à ce projet était celle où elle vivait actuellement. Une toute petite cabane qui, paraît-il, avait été la ferme de son ancêtre. Bien que possédant aujourd'hui l'eau courante, l'électricité, et tout le confort moderne, elle n'aurait pas dépareillé chez les Carson.

Cette pensée lui fit aussitôt froncer les sourcils. Non, rien chez elle ni dans sa vie ne méritait la moindre comparaison avec cette bande d'abrutis propres à rien.

Elle s'avança le long de la clôture, veillant à rester hors de vue depuis les fenêtres. Deux motos étaient garées devant le bâtiment principal, et Laurel se demanda si leurs pilotes étaient venus ici pour Clint, ou s'ils avaient choisi l'endroit juste pour se concerter.

Grady, elle le savait, n'était pas aussi désinvolte qu'il voulait le faire croire. À sa connaissance, jamais il n'était sorti de son bar aussi près de l'heure d'ouverture.

Peut-être Clint était-il là. Elle pouvait aller jusqu'à la maison, demander à le voir et montrer aux trois cousins qu'elle n'avait pas peur d'eux. Ni de Grady et ses grands airs, ni de Noah et son impassibilité, ni de Ty, qui était récemment revenu au pays après plusieurs années chez les Army Rangers. Ils étaient peut-être grands et costauds, elle était membre des forces de l'ordre et avait déjà eu affaire à pire qu'eux.

Ce serait un bon précédent de leur faire baisser les yeux et exiger d'être reçue et d'avoir des réponses. Les Carson semblaient se croire au-dessus des lois, surtout lorsqu'elles étaient appliquées par une Delaney, mais elle ne se laisserait pas impressionner.

Nulle part elle ne vit de véhicule en bon état. Il n'y avait que quelques épaves rouillées et sans roues. Si Clint était là, soit il était venu à pied, soit il avait caché sa voiture.

Les dépendances étaient nombreuses. Pendant que les Carson fomentaient leur plan d'action à l'intérieur, peut-être découvrirait-elle un indice dans l'une d'elles.

Elle accéléra le pas et se faufila dans l'écurie, qui s'avéra d'une propreté étonnante. Quatre stalles étaient occupées. Les chevaux reniflèrent joyeusement à sa vue. Laurel se dirigea vers celle du fond, qui semblait vide. L'on pouvait aisément y remiser une moto, ou…

— Les mains en l'air ! commanda une voix rauque de femme.

Laurel pivota, la main sur la crosse de son pistolet, puis fronça les sourcils.

— Vanessa, ne me menace pas d'une arme.

— Tu as un mandat ? demanda Vanessa Carson.

Elle dirigeait vers elle une carabine d'un autre âge. Incrédule, Laurel secoua la tête.

— C'est un mousquet ? Enfin, peu importe. Ne le braque pas sur moi. C'est un ordre.

Avec un profond soupir, la sœur de Grady baissa sa carabine. Laurel ressentit ce qu'elle avait toujours ressenti quand elle regardait son ancienne meilleure amie. Du regret, et la nostalgie de leur enfance, avant que la vieille querelle ne vienne tout empoisonner.

— Pourquoi viens-tu fouiner dans notre écurie ? demanda Vanessa.

— Pour des raisons officielles.

Avec un rictus méprisant, Vanessa sortit son téléphone de sa poche et le porta à son oreille.

— Hé, Grady, je suis à l'écurie. Nous avons de la visite.

Laurel leva les mains vers le ciel, frustrée au-delà de tout.

— Quand comprendrez-vous tous que je ne cherche qu'à vous aider ? protesta-t-elle. À aider Bent.

C'était la seule chose qu'elle ait jamais voulue. Même ceux qui la détestaient à cause de son nom savaient que c'était vrai.

— Aider Bent se traduit généralement par aider les Delaney dès que les tiens sont concernés. Pourquoi serait-ce différent aujourd'hui ?

Laurel avait un millier d'arguments à lui opposer. Même si elle s'était à maintes reprises cogné la tête à ce même mur de béton, elle était prête à recommencer. Mais du coin de l'œil elle aperçut quelque chose. Quelque chose qui ressemblait à un adolescent maigrelet qui courait vers les montagnes.

Laurel ne se soucia pas de l'arme de Vanessa, et encore moins de l'arrivée imminente de Grady. Elle poussa sa sœur de côté et se rua vers la silhouette juvénile qui disparaissait rapidement. Ignorant les cris derrière elle, elle se concentra sur sa propre vitesse.

— Clint Danvers, lança-t-elle. Arrête-toi tout de suite !

Si elle ne gagna pas de terrain sur le gosse, elle n'en perdit pas non plus.

— Services du shérif du comté de Bent, je t'ordonne de t'arrêter !

Elle pouvait menacer de lui tirer dessus, bien sûr, mais le geste causerait plus de problèmes qu'il n'en résoudrait.

Clint se précipita derrière une grange à la bordure ouest de la propriété. Laurel jura parce que de là il pouvait prendre plusieurs directions différentes sans qu'elle le voie.

Ses poumons lui brûlaient, mais elle tira sur ses jambes autant qu'elle le put, prenant à la corde l'angle de la grange, si près du bâtiment qu'elle se heurta soudain à une paroi rigide qui la stoppa net et la fit tomber sur les fesses.

Elle se serait relevée aussitôt, sans égard pour son nez ni pour son postérieur douloureux, si la paroi rigide n'avait été Grady lui-même. Qui se tenait à présent devant elle, ne montrant aucun signe de vouloir s'écarter.

Elle leva vers lui un regard furibond, tandis qu'il croisait ses bras imposants.

— Je te déteste, pesta-t-elle, conscience néanmoins qu'il fallait qu'elle se calme et agisse en professionnelle.

Ses lèvres trop pleines, trop sensuelles, s'étirèrent en ce sourire carnassier qui lui était propre.

— Alors j'ai réussi ma vie, répliqua-t-il.

— Il est en train de s'enfuir, et si tu crois que ça lui rendra service, tu te mets le doigt dans l'œil.

Grady pointa le menton vers la maison.

— Ty l'a pris en chasse sur sa moto. Nous le coincerons en un rien de temps.

— Oh ! laissa-t-elle échapper en battant des paupières.

Ce n'était pas ce qu'elle avait cru. Pas du tout. Elle s'était dit qu'il s'était mis délibérément en travers de son chemin pour permettre à Clint de filer.

— Mais je ne te laisserai pas lui parler, princesse.

Il lui tendit la main pour l'aider, mais elle se hissa toute seule sur ses pieds.

— Me *laisser* lui parler ? marmonna-t-elle entre ses dents.

Il semblait oublier qu'il était face à un flic dans l'exercice de ses fonctions.

— Mais je vais te nettoyer un peu tout ça, dit-il. Je crains que tu aies le nez cassé.

Elle toucha celui-ci du bout des doigts, surprise d'y découvrir une substance collante. Elle était si en colère qu'elle ne s'était pas rendu compte qu'elle saignait.

— Je pourrais t'arrêter pour agression d'un agent des forces de l'ordre.

— Quelle agression ? C'est toi qui m'es rentrée dedans, ma jolie. Tu n'as pas regardé où tu mettais les pieds.

Elle ne grinça pas des dents, ne grogna pas, ne lui martela pas les pectoraux comme elle en avait envie, mais se contenta de respirer à fond.

Elle avait un travail à faire. Grady Carson pouvait bien lui casser le nez et menacer sa santé mentale, il ne se mettrait pas en travers de sa route.

Grady n'aimait pas le pincement au cœur qu'il avait ressenti à la vue du visage ensanglanté de Laurel. Mais bon sang, c'était sa propre faute si elle s'était écrasée contre lui ! D'accord, il l'avait entendue arriver, mais il ignorait qu'elle le ferait à la seconde même où il abordait l'angle de la grange.

Et à pleine vitesse.

Même si c'était entièrement sa faute, il en éprouva une certaine culpabilité tout en l'accompagnant vers la maison.

— Nous allons te nettoyer, ensuite tu pourras aller où tu dois.

— Je vais revenir avec un mandat. Clint est un probable témoin dans une affaire de meurtre, Grady. Je ne peux pas rentrer chez moi tant qu'il n'aura pas répondu à quelques questions.

Il détestait ce ton maîtrisé, professionnel, qu'elle utilisait avec lui alors qu'un filet de sang coulait lentement sur son menton.

— Ça ne me regarde pas ce que tu as à faire, adjointe, répondit-il avec une nonchalance qu'il ne ressentait pas.

Son jeune demi-frère se droguait, il le savait. Grady ne croyait pas qu'il ait tué quelqu'un, mais il avait un mauvais pressentiment dû au fait qu'il était en fuite. Clint savait quelque chose. Sa mère l'avait mis à la porte la semaine précédente, avant d'exhorter Grady à le remettre sur le droit chemin. Outre qu'il se sentait très mal à ce sujet, Grady éprouvait une profonde culpabilité.

Or, il détestait se sentir coupable. Aussi, lorsque Ty fit son retour sur sa moto, seul, il maudit le ciel.

— Où est-il, nom de Dieu ?

— Je n'en sais rien, mon gars. Il a disparu.

— C'est impossible.

Ty haussa les épaules.

— Noah a pris l'un des chevaux pour fouiller les bois, dit-il avant de désigner Laurel. Que lui est-il arrivé ?

— Ton cousin m'a cassé le nez, répondit-elle d'un ton irrité.

Les sourcils de Ty se haussèrent.

— Je ne lui ai pas cassé le nez. Elle m'a heurté à pleine vitesse et se l'est fracturé toute seule.

— Tu veux que j'ouvre le saloon pour toi ? demanda Ty.

Grady opina, puisa ses clés dans sa poche et les lui lança.

— Je n'en aurai pas pour longtemps, précisa-t-il.

— Rien ne t'oblige à faire ça, dit Laurel tandis que Ty repartait sur sa moto. Mon nez n'est pas vraiment cassé. Je peux me nettoyer moi-même dans ma voiture.

— Comment sais-tu s'il est cassé ou pas ?

Elle haussa les épaules. Elle était grande, mais tout était étroit chez elle. Les épaules, les hanches… Ses cheveux étaient toujours tirés en arrière en une stricte queue-de-cheval, elle ne se maquillait pas, et ne montrait jamais un centimètre carré de son corps. L'exact opposé de son genre de femme.

Raison pour laquelle il n'avait jamais vraiment compris pourquoi il avait tant de mal à en détourner le regard quand ils étaient près l'un de l'autre, ni pourquoi il tirait un tel plaisir à la mettre en boule, depuis l'époque où Vanessa et elle étaient grandes copines, avant que sa sœur ne décide que les Delaney étaient le mal incarné.

Mais au-delà de son aspect fragile, il était une chose qu'il avait toujours sue : à l'intérieur, Laurel Delaney était dure comme l'acier.

— J'ai déjà eu le nez cassé, répondit-elle. Je sais ce que ça fait.

— Toi ?

— Oui, moi.

Elle lui adressa un regard chargé d'acide, de vinaigre, et d'une substance explosive dont il ignorait la composition.

— Un jour, un camé m'a mis un coup de tête.

— Un camé t'a mis un coup de tête et ton père t'a laissée travailler dans la police ?

— Tu ne sais pas ce que j'ai fait au camé en retour.

Bon Dieu. Même chez les Delaney, l'appel du sang était implacable. Peut-être plus encore chez celle-ci.

— Viens à l'intérieur pour que nous soignions ça, avant que tu retournes là où tu as planqué ta voiture.

— Je n'ai pas planqué ma voiture.

Grady leva un sourcil. Elle l'imita.

— Je l'ai garée en bas de la côte pour pouvoir m'offrir une petite marche salutaire, expliqua-t-elle avec un sourire plein de douceur.

— Bien sûr.

Grady lui ouvrit la porte, la guida dans la cuisine et lui indiqua l'un des tabourets du comptoir.

— Assieds-toi.

Saisissant un torchon propre, il le passa sous l'eau tiède à l'évier et revint vers elle.

— Je peux nettoyer ça moi-même, dit-elle, la main tendue vers le torchon.

Au lieu de cela, il fit ce qui, il le savait, l'agacerait le plus. Il lui saisit le menton et l'immobilisa pour essuyer le sang sur son visage.

Mais elle demeura stoïque, ne protesta pas ni ne le repoussa, et il dut se forcer à ne pas sourire en voyant qu'elle avait changé son fusil d'épaule envers lui.

Il élimina avec soin toute trace de sang sous son nez et sur son menton. Elle avait la peau claire, avec quelques taches de rousseur sur le dessus du nez. Alors que la plupart des Delaney aimaient le raffinement et l'élégance en toute chose – et son visage possédait les deux – Laurel y avait toujours été indifférente.

— Sûre qu'il n'est pas cassé ? insista-t-il.

Il était si près d'elle que ses cheveux voletèrent sous son souffle.

— Certaine.

Elle le regarda de ses yeux mordorés, dans lesquels il ne discerna pas une once d'animosité. Ses yeux descendirent malgré lui vers ses lèvres nues. Il lui avait toujours été facile de lui résister. Non parce qu'il ne la trouvait pas séduisante, mais parce qu'il lui suffisait d'ouvrir la bouche pour l'agacer assez pour la faire fuir. Mais elle ne se crispait pas comme elle le faisait d'ordinaire, et il se dit que cela cachait des dangers insoupçonnés.

— Je ne suis pas sortie pour te chercher des noises, déclara-t-elle avec sa franchise coutumière.

— Tu me pardonneras mon scepticisme, répondit-il, saisissant la balle au bond, mais vu le nombre de fois où ton père a voulu fermer le Rightful Claim…

Elle s'écarta et jeta le torchon dans l'évier.

Il croisa les bras, le regard sombre.

— Je n'ai rien à y voir, répliqua-t-elle. Devrais-je t'en vouloir pour tout ce que ton père a pu nous faire ? Parce que la liste est longue.

Là, elle marquait un point, mais il refusait de l'admettre.

— Travaille avec moi, Grady, l'implora-t-elle.

Pour une fois, elle lui parlait comme à une personne normale, pas comme à un Carson.

— Pour ton frère. Pour Bent. Mets derrière nous tout ce qui s'est passé auparavant, dans l'intérêt de cette affaire, juste de cette affaire. Si Clint est innocent, je ne veux pas être celle qui l'aura envoyé en prison pour meurtre. Je ne veux pas que le vrai coupable s'en tire à cause d'une stupide querelle de clans.

— Tu connais le vieux dicton ? Ceux qui ne tirent pas les leçons de l'histoire finissent souvent par la répéter ?

— Eh bien, je ne pense pas qu'il y ait la moindre chance que je tombe amoureuse de toi et périsse dans un massacre d'Indiens. Sinon les Carson prendront les armes et anéantiront toute une génération. Par conséquent, ce que je propose est faisable. Est-ce que j'ai couvert l'ensemble des fariboles entre Delaney et Carson ?

Il se fendit d'un sourire.

— Je ne sais pas. L'histoire du Carson illégitime qui a épousé une Delaney en guise de paiement a toujours titillé mon imagination.

— Cette pauvre femme est morte en couches.

— Et du coup les eaux entre les Carson et les Delaney ne se sont jamais mélangées.

— Tu es horrible.

— Eh oui. Ne l'oublie pas, princesse.

La porte s'ouvrit et Noah entra, frappant son chapeau contre sa cuisse pour en ôter la poussière.

— Quelqu'un a dû l'aider, dit-il. Le gosse est introuvable.

— Il me faut une liste de ses amis, des endroits où

il a pu aller et *tutti quanti*, déclara Laurel de son ton autoritaire de flic, qui faisait se raidir Grady – entre autres choses.

Mais elle l'avait supplié de l'aider, et même si aider un Delaney figurait en tête de sa liste des choses à ne jamais faire, il était ici question de Clint. Et de Bent. Autant il adorait les histoires de rivalités anciennes et asticoter les Delaney, autant il ne voulait pas de troubles dans sa ville. C'était mauvais pour les affaires et, même s'il n'était pas prêt à l'avouer, trop éprouvant pour son cœur.

Il aimait Bent comme il aimait son frère. Il aimait son saloon comme il vénérait la mémoire de tous les Carson qui l'avaient précédé. Peut-être n'avait-il pas juré de protéger la ville comme l'avait fait Laurel, mais il était convaincu qu'ils voulaient tous les deux la même chose.

Et merde.

— Tes meilleures pistes sont Pauline Hugh ou Fred Gaskill, l'informa-t-il.

Laurel sauta au bas de son tabouret.

— Hugh. Gaskill. C'est noté. Et s'il revient ici, appelle-moi. Ou amène-le-moi. J'ai juste besoin de l'interroger. Plus longtemps il fuira, pis cela paraîtra. Essayez de le lui faire comprendre.

Grady hocha la tête, Noah également, puis Laurel sortit de la cuisine et de la maison.

— Donc, nous coopérons avec une Delaney, dit Noah, le regard incrédule.

— *Cette* Delaney, et elle seule. Et seulement jusqu'à ce que nous ayons une idée de ce que cache Clint, et de la protection dont il a besoin.

Noah émit l'un de ses grognements incongrus qui, en général, amusaient Grady, mais aujourd'hui il ne trouvait rien amusant.

— Ça veut dire quoi, ça ?

— Oh ! rien. Vous aviez l'air de bien vous entendre, l'adjointe Delaney et toi, pas vrai ?

— Moi, au moins, je n'ai pas rougi devant elle, répliqua-t-il.

Noah tiqua.

— Je n'ai pas rougi.

— Oui, eh bien, ne va pas te mettre je ne sais quelles idées en tête.

Ce qui était la mauvaise chose à dire. C'était même plus qu'irritant, vu qu'il savait toujours ce qu'il fallait dire et quand se taire. Il n'était pas de nature expansive.

Un large sourire s'épanouit sur le visage de Noah.

— Tu revendiques ta propriété, cousin ?

— Non, répondit-il d'un ton définitif. Nous devons juste faire attention à la manière de gérer cette situation. Je vais travailler, à présent. Et si tu allais pelleter un peu de fumier ?

— Oui, il y en a plein ici, observa Noah, ironique.

Grady lui adressa un doigt d'honneur et sortit à son tour de la maison. S'arrêtant sur le perron, il admira l'embrasement du ciel à l'horizon, le relief harmonieux des collines rouges, les excroissances rocheuses de ce magnifique paysage du Wyoming.

Il ne regarda pas du tout Laurel Delaney, qui descendait de sa démarche assurée la longue allée de terre, en femme chargée d'une mission qu'elle était.

Une mission dont, à sa grande contrariété, il se rendit compte qu'il la partageait.

# 3

Laurel tripota un moment son portable pour éteindre le « *bip-bip-bip* » de la fonction réveil. Elle mourait d'envie de se rendormir, mais elle avait trop à faire.

Elle était rentrée chez elle bien après minuit, après s'être mise en chasse des noms cités la veille par Grady. Elle avait questionné les deux adolescents, Pauline et Fred, mais ni l'un ni l'autre ne lui avaient été du moindre secours pour localiser Clint.

Elle bâilla et s'étira dans le lit. Ils s'étaient montrés fuyants, et elle ne les avait pas crus, mais elle ne pouvait pas les forcer à lui parler. Ce qui signifiait qu'aujourd'hui allait être une longue journée. Même si elle mettait la main sur Clint, elle n'espérait pas en tirer grand-chose.

Elle n'avait pas le temps de traquer le gosse *et* d'enquêter sur un meurtre dont tout le monde devait maintenant être au courant, à Bent et alentour.

Un meurtre. Qui donc avait tué Jason Delaney ?

Quittant son lit à contrecœur, Laurel passa de la petite chambre à la cuisine de poche. C'était une froide matinée, mais il fallait qu'elle se dépêche. Café, douche, et en route. Pas le temps d'allumer le poêle et de profiter du paisible silence automnal.

Un bruit inattendu interrompit ce silence. Elle fronça les sourcils et pressa l'interrupteur de la machine à café. Un grondement.

Celui d'une moto.

— Sapristi, marmonna-t-elle.

Elle ne pouvait pas se disputer avec Grady avant d'avoir pris son café et s'être habillée. Elle baissa les yeux sur son pyjama de flanelle. Pour l'élégance, elle repasserait, mais au moins n'y avait-il pas de traces d'œuf, de bacon ou de beurre de cacahuètes.

Mais elle n'avait pas de soutien-gorge et elle faillit rougir à l'idée d'avoir la poitrine à peine couverte devant Grady.

Elle sursauta aux coups frappés à la porte, ce qui était idiot puisqu'elle s'y attendait. En revanche, elle ne s'était pas attendue à ce qu'ils ébranlent ainsi sa petite cabane.

OK. Pas le temps de remédier à la question du pyjama. Pire, à celle de l'absence de café. Affichant son expression la plus rébarbative, elle ouvrit la porte.

— Qu'est-ce que tu…

Elle s'arrêta net. Grady n'était pas seul.

Il poussa Clint à l'intérieur et l'y suivit. Pendant quelques secondes, Laurel demeura figée de stupeur. Grady lui avait amené son seul témoin potentiel et son principal suspect en un seul individu. Et il avait introduit un Carson – deux – sur le territoire des Delaney.

Grady se renfrogna devant son expression choquée.

— Plus vite tu l'auras interrogé, plus vite tu pourras le blanchir, maugréa-t-il. Après tout, tu m'as dit qu'il ne l'avait pas fait.

— Je n'ai pas dit cela, répliqua-t-elle en se secouant pour se remettre de son choc.

Elle se retourna et chercha son calepin et un stylo.

— Que veux-tu dire, tu n'as pas dit cela ? Ce n'est pas grave, Clint. Partons.

Laurel s'avança devant lui, une main levée pour l'en empêcher. Sauf que sans qu'elle l'ait voulu, cette main se plaqua sur sa poitrine. Parce que même s'il faisait 0° dehors et que le soleil commençait juste son ascension dans le ciel, il n'avait sur lui qu'un blouson de cuir ouvert, de sorte que ce qu'elle toucha fut l'impressionnante fermeté de son torse sous le mince coton de son T-shirt.

Elle ôta vivement sa main et se concentra sur son calepin.

— Calmons-nous, dit-elle, espérant montrer l'exemple. J'ai dit que je ne pensais pas qu'il l'avait fait. Je ne cherche que la vérité, et si la vérité est que Clint n'a rien à se reprocher, je ferai en sorte que l'enquête le reflète.

Elle haussa le menton et croisa son regard bleu. Un regard ulcéré.

Jamais elle n'avait vu Grady aussi remonté. Il était dans sa phase « je cherche des poux dans la tête des gens jusqu'à ce qu'ils tentent de me frapper, ensuite je prends mon pied à les démolir ».

Raison pour laquelle elle s'étonna lorsque ses épaules se relâchèrent et que son regard s'attarda sur ses seins.

— Joli pyjama.

Elle s'écarta de lui et désigna à Clint l'une des chaises de sa petite cuisine.

— Assieds-toi, Clint. J'ai quelques questions simples à te poser. Pour l'instant, nous ignorons ce qui s'est passé, donc je veux que tu sois franc et honnête avec moi. Parce que plus nous en saurons, plus vite cette affaire sera réglée.

Avachi sur sa chaise, Clint promena son regard partout sauf sur elle ou Grady.

— Ouais, c'est bon, grommela-t-il.

Laurel ouvrit son calepin sur une nouvelle page et nota rapidement ses nom et prénom, le jour et l'heure. Sans vraiment savoir pourquoi, elle ne mentionna pas la présence de Grady.

— OK. M. Jennings dit que tu as frappé chez lui

vers 22 heures et demandé à te servir de son téléphone. C'est exact ?

Clint haussa les épaules, et soupira en se tripotant les doigts.

— Ouais, ouais.

— Pourquoi ?

— Ma tire était tombée en panne tout près de chez lui. J'ai frappé à sa porte, et j'ai demandé si je pouvais téléphoner parce que mon portable était mort. Ensuite ma copine est venue me chercher.

Il tira sur un fil qui dépassait du poignet de sa veste.

— J'étais loin de ce pâturage.

— Comment sais-tu que le corps s'y trouvait ? demanda Grady avant que Laurel puisse lui poser la question.

Clint ouvrit la bouche, mais aucun son n'en sortit. Laurel ferma les yeux. Ce stupide gosse ne savait même pas mentir. Bon sang, si Grady l'avait fixée du même regard furieux, n'importe quel mensonge lui serait venu à l'esprit.

— Tu m'as promis de dire la vérité, reprit Grady, penché sur la table, les yeux dans ceux de son demi-frère. Aide-moi, Clint, nom de Dieu ! Ne me raconte pas de bobards, car tu ne t'en tireras pas de cette façon.

— Messieurs, intervint Laurel de sa voix la plus lénifiante, avant de leur adresser à chacun un sourire. Respirons un grand coup, d'accord ?

Elle était à peu près sûre que, pour Grady, respirer un grand coup incluait rêver de lui briser le cou, mais il demeura plus figé qu'une statue, la fureur et la frustration irradiant de tout son être.

Si elle n'avait pas grandi dans cette ville, ni observé avec fascination, et malgré elle, comment le clan Carson fonctionnait, elle aurait eu des raisons d'être inquiète. Là où les Delaney n'étaient que silences et mots acérés, les

Carson explosaient. Ils agissaient souvent sans réfléchir et de manière excessive, mais Laurel n'avait jamais douté que cela trouvait son origine – comme chez les Delaney – dans l'amour de la famille.

Grady était hors de lui. Pas seulement parce que Clint lui mentait, mais parce qu'il était dans la mouise jusqu'au cou et qu'il ne pouvait rien faire pour l'en sortir.

— Commençons par le commencement, Clint, reprit Laurel d'un ton patient. Et cette fois, dis la vérité.

— Pourquoi me forces-tu à parler à une Delaney ? demanda le gosse à Grady. Quoi que je dise, elle va me coincer.

Le visage de Grady semblait minéralisé, et vu la façon dont ses bras volumineux étaient croisés sur son torse, eh bien, Laurel n'aurait jamais joué avec lui comme Clint semblait le faire.

Clint s'affaissa davantage sur sa chaise.

— OK, soupira-t-il lourdement. J'ai vu le corps.

— Tu…

De toute évidence, Grady luttait de toutes ses forces pour conserver son calme.

Laurel leva une main, espérant que cela l'apaiserait plutôt que d'attiser sa colère.

— Et tu n'as pas appelé la police, parce que… ?

— Parce que, moi plus un cadavre, cela n'aurait eu pour résultat que de me transformer en suspect. Je ne suis pas idiot. Je sais comment les flics travaillent. Peut-être que vous avez quelque chose sur Grady, ou devez vous mettre à poil devant lui, mais vous n'avez rien sur moi.

Laurel détesta la rougeur qui lui envahit les joues.

À poil devant Grady ? Ha. Ha, ha. Trop drôle. Mais elle ne pouvait s'ôter de la tête qu'elle était sans soutien-gorge sous son pyjama.

Elle toussota pour se dégager la gorge et posa sur l'adolescent un regard… de flic.

— Ça te plairait que je t'arrête ? Parce que je le peux.

Clint commença à pester, mais Laurel poursuivit sur le même ton sévère, parce qu'il n'était pas dit qu'elle se laisserait démonter par une paire de Carson dans sa cabane.

— Ou tu peux répondre avec franchise à mes questions, et m'aider dans mon enquête. Et si tu es étranger à tout cela, je te fiche la paix.

— J'ai pris ta défense devant ta mère, petit. Tu me racontes des craques ici, et c'est fini pour toi, tu le sais.

Clint fixa la table, mais il était clair que ce dont Grady lui parlait touchait sa cible.

— Tout ce que j'ai dit est vrai. Je suis tombé en panne de l'autre côté du ranch. Je me dirigeais vers la porte pour voir si je pouvais passer un coup de téléphone, quand j'ai entendu un coup de feu. J'ai pensé que c'était…

Il secoua la tête.

— Bref, de toute façon il faisait noir. Je n'ai rien vu. Mais j'ai entendu le coup de feu, suivi d'un bruit de chute, puis les pas de quelqu'un qui s'éloigne en courant.

Laurel nota tout sur son calepin, le cœur battant à cent à l'heure. C'était quelque chose. Une piste, même ténue, mais c'était important.

— C'est tout ce que tu as entendu ?

— Je pense que oui.

— Penser n'est pas suffisant, intervint Grady.

— Très bien. Ça ira, dit Laurel en se levant.

Puis elle entreprit de pousser Grady dans sa chambre.

— Officiellement, tu n'es pas invité à assister à cet interrogatoire, expliqua-t-elle. Donc tu restes là jusqu'à ce que j'aie fini.

Elle le poussa, le poussa encore jusqu'à pouvoir fermer la porte sur lui et son expression butée.

Grady contempla le bois rugueux de la porte, et résista à une féroce envie de cogner dessus.

Que s'imaginait ce petit écervelé de Clint ? Noah l'avait trouvé blotti dans l'écurie au petit matin. Ils l'avaient cerné, avant d'exiger qu'il leur dise ce qu'il savait. Pour établir un plan. Et protéger la famille.

À ce moment-là, Clint avait assuré qu'il n'avait rien vu, qu'il n'était qu'un promeneur innocent. C'était la seule raison pour laquelle Grady avait décidé de le jeter sur sa moto et de le conduire chez Laurel.

S'il avait su que le gosse avait tout vu… Avait assisté au meurtre et s'était éloigné…

Il aurait contacté n'importe quel avocat dans ses moyens.

Au lieu de quoi… Grady jura avec aigreur, tout en marchant de long en large dans la petite pièce. Son idiot de frère avait juste rendu les choses dix fois pires, et dans la maison d'une Delaney ! Bon sang, comment allait-il faire pour le sortir de ce pétrin ?

Il prit une profonde inspiration. Il fallait qu'il bride sa mauvaise humeur, parce que se mettre en colère n'aiderait pas Clint. Il avait besoin de deux choses : la tête froide et un plan.

Il étudia la pièce autour de lui. Propre et nette. Le lit n'était pas fait, mais vu que Laurel était encore en pyjama, sans doute avait-elle été prise de court par son arrivée. L'adjointe Delaney ne semblait pas du genre à laisser du désordre derrière elle.

Dire que son lit n'était pas large était un euphémisme. Deux places. À peine. Tout à coup, Grady sut ce qu'il devait faire pour recouvrer son calme intérieur et échafauder son plan. Ce n'était pas d'aller se prendre la tête avec un adolescent crétin têtu comme une mule, mais de faire sortir Laurel Delaney de ses gonds après qu'elle se serait pris la tête avec l'adolescent en question.

Il s'allongea donc au milieu du lit. Très confortable, il lui concédait au moins cela. Les draps étaient satinés, les oreillers fermes et rebondis, bien meilleurs en tout cas que ceux de son appartement au-dessus du saloon ou de sa chambre au ranch.

Il s'imagina lui demandant où elle les avait trouvés, et ne put s'empêcher de sourire. Ses yeux feraient ce truc incandescent, et elle serrerait sans doute les poings sur ses hanches minces.

Des hanches qui s'étaient nichées dans ce même lit ce matin. Dans cet amusant pyjama de flanelle. À ce propos, il ne pensait pas qu'elle portait un soutien-gorge sous ledit pyjama, et la curiosité le piquait de découvrir à quoi Laurel ressemblait un tout petit peu dévêtue.

Son parfum lui chatouillait les narines. Quelque chose de floral, de féminin, si loin de son absence de sex-appeal qu'il fut tenté de plonger le nez dans le drap et d'inspirer à fond.

Ce qui était le signe d'un esprit quelque peu dérangé. Il n'avait cure du parfum des femmes. Vanille, citrus, peu lui importait. Ils étaient tous pareils tant que la personne était chaude, enthousiaste et prête à tout.

Laurel Delaney n'était pas, à l'évidence, de ce modèle-là.

Sapristi, il ne devait pas laisser ses pensées divaguer dans cette direction. Sauf s'il la faisait rougir en le faisant.

La porte s'ouvrit. Laurel se tenait dans l'encadrement, son calepin et son stylo à la main, la bouche ouverte pour dire quelque chose de certainement très important.

Puis elle le vit et la fureur traversa son visage avec la force et la violence d'un orage dans la vallée.

— Sors de mon lit, Grady.

— Tu sais, jamais auparavant une femme n'a exigé que je sorte de son lit, répliqua-t-il d'un ton décontracté, les chevilles croisées devant lui.

— Il y a une première fois pour tout. Les réponses de ton frère me suffisent pour le moment, mais il ne doit pas quitter la ville. Je peux avoir d'autres questions à lui poser, et si je ne trouve rien de plus concret, il est toujours possible qu'il demeure considéré comme suspect. Mais je n'en ai pas assez sur lui pour demander un mandat, aussi je te suggère de faire le maximum pour le mettre dans de bonnes dispositions.

— D'accord, adjointe.

— Maintenant, si dans dix secondes tu n'es pas sorti de mon lit et de ma chambre pour que je puisse m'habiller, je prends mon arme et je tire.

Grady croisa les bras derrière la tête et lui sourit.

— Vas-y, habille-toi. Ça ne me dérange pas.

Elle poussa un cri outragé, mais peut-être, en fait, avait-elle un anévrisme.

— Tu dois être l'homme le plus exaspérant vivant sur Terre.

— Ça doit faire partie de mon charme.

— Je demanderai l'indulgence du juge.

— Oh ! ne me mets pas au défi quand je suis dans ton lit, princesse.

— Dix, neuf, huit…

Elle regarda le plafond, ce qu'il considéra comme bon signe, parce que, si elle ne le fusillait pas du regard, peut-être le fait de le voir dans son lit lui donnait-il quelques pensées inconvenantes.

Il aurait été ravi qu'elle aille jusqu'au bout de son compte à rebours, pour voir ce qu'elle ferait. Mettrait-elle sa menace à exécution ? Il en doutait. Mais tout l'amusement que lui procurait cette situation s'évanouit quand il entendit démarrer le moteur de sa moto.

Sans qu'il soit dessus.

Avec un juron des plus salace, il bondit si vite hors du lit que celui-ci grinça sur le plancher. Passant en trombe devant Laurel, il sortit de la jolie petite cabane et cria après la forme de Clint qui s'éloignait.

— Ce petit salaud maudira le jour où il a touché à ma moto.

— Oh ! vraiment ?

Grady se retourna. Appuyée au montant de la porte, Laurel affichait un air béat.

— Personne, je dis bien personne, ne touche à ma moto.

— Eh bien, on dirait que c'est trop tard, persifla-t-elle.

Oui, Clint l'avait fait. Mais il saurait bientôt ce qu'il en coûtait de contrarier Grady Carson, demi-frère ou pas.

— Je m'habille et je te conduis en ville, dit-elle. Attends-moi. Je n'en ai que pour cinq minutes.

Elle tourna les talons et entra dans la pièce. Grady fit un pas vers elle, mais elle haussa aussitôt un sourcil.

— Tu restes là, ajouta-t-elle.

Et pour la deuxième fois de la matinée, elle lui ferma une porte au nez.

# 4

Laurel chantonnait tout bas en versant le café dans sa thermos. Voir Grady ruminer sa mauvaise humeur était le stimulant idéal pour bien attaquer sa journée.

De plus, à présent elle avait une piste. Modeste, certes, mais Clint n'avait pas entendu de cris. Juste des voix murmurées, ce qui lui permettait sans risque de supposer que Jason connaissait son assassin. Il le connaissait, et avait convenu de le retrouver dans un champ au milieu de nulle part.

Autrement dit, il était plus que vraisemblable que Jason trempait dans quelque chose de louche. Par conséquent, elle devait commencer son enquête en fouillant dans la vie de son lointain cousin assassiné.

D'un certain point de vue, que le crime ait pu être personnel ou même professionnel était un soulagement. Résoudre un meurtre d'opportunité était plus difficile. Et plus dangereux.

Mais là, il existait une piste, et son travail serait de la suivre.

Plus déterminée que jamais, et avec à l'esprit l'image réjouissante de Grady au bord de l'implosion, Laurel enfila son manteau, accrocha son sac à l'épaule, se saisit de la thermos et sortit.

Ne voyant Grady nulle part, elle fronça les sourcils. Avait-il décidé de regagner la ville à pied ? Libre à lui.

Mais accomplir cette longue marche par ce froid quand rien ne vous y obligeait, ce n'était pas une brillante idée.

Sa voiture était garée à côté de la cabane. Elle tourna au coin et le vit. Le dos tourné, il étudiait les divers bâtiments qui constituaient le ranch Delaney. Habitations, granges, écurie. Témoignages ultramodernes de la fortune et du succès du clan.

Elle n'aurait pas dû se sentir mal à l'aise. Sa famille avait travaillé dur et longtemps pour en arriver là, sans jamais contrevenir à la loi. Pour être née et avoir grandi dans un univers de shérifs, de banquiers et de gens intègres, elle le savait.

Mais à la vérité, elle avait toujours été un peu jalouse des Carson. Pas de leur côté sauvage, non, mais de la manière dont ils abordaient leur histoire. Peu importait qu'ils ne connaissent ni les dates ni les personnages. Ils la vivaient. L'incarnaient. Un Carson d'aujourd'hui n'était pas très différent d'un Carson du siècle précédent, elle en était sûre.

Pour sa part, elle n'avait jamais partagé l'obsession de son père pour toujours plus grand, toujours mieux, toujours plus, quand les Delaney avaient toutes les raisons d'être fiers de ce qu'ils étaient.

— J'aimerais savoir une chose, princesse, dit Grady, dont la voix s'était quelque peu radoucie.

Ce qui aurait pu la déranger, ou la toucher, si elle avait pensé qu'il était sincère. Mais il ne cherchait sans doute qu'à lui faire baisser sa garde.

— Laquelle ?

Il se retourna lentement, ses yeux bleus rivés sur elle. Il lui arrivait de se demander si elle ne pouvait y lire le passé.

*Reprends-toi, idiote.*

— Tu ne crois pas en cette vieille querelle, n'est-ce pas ? dit-il de cette voix râpeuse qui aurait pu faire frissonner une femme plus faible qu'elle. Alors en quoi crois-tu ?

Elle n'avait pas besoin d'y réfléchir, ni même de détourner les yeux.

— En Bent.

Il poussa un profond soupir, et son regard se perdit au loin, vers les montagnes.

— Je craignais que tu me répondes cela, marmonna-t-il. Je sais que nous ne sommes pas d'accord sur tout, mais moi aussi je crois en Bent. Et tant que Clint est suspect, Bent est menacée.

— C'est vrai.

— Par conséquent je vais t'aider.

Laurel fronça les sourcils.

— Je n'ai pas besoin de ton aide, Grady. C'est mon boulot.

— Et si Clint a dit la vérité, ce lointain cousin à toi était mouillé dans des affaires douteuses qui lui ont coûté la vie.

Le froncement de sourcils de Laurel s'accentua. Même si c'était facile, qu'il soit capable d'additionner ainsi deux et deux lui déplaisait. Grady possédait un bon instinct. Et elle ne voulait pas se voir obligée de l'en complimenter. Ni quoi que ce soit d'autre.

— Et que tu le veuilles ou non, ma jolie, les affaires douteuses sont plus mon rayon que le tien.

— Que vas-tu faire ? Épier ce qui se dit dans ton bar ? Utiliser la force pour tirer les vers du nez des gens ? C'est une enquête de police.

— Je peux agir avec subtilité.

Elle éclata d'un rire dur.

— Tu es aussi subtil qu'un semi-remorque. Mon nez peut en témoigner.

Grady la gratifia d'un de ses sourires qui, si elle n'y prenait garde, pouvait lui faire croire qu'il y avait un peu de douceur chez cet homme. Mais c'était une utopie. Depuis toujours, Grady était l'antithèse absolue de la subtilité et de la douceur.

— Je peux tendre l'oreille, brancher quelques indics, sans que personne hausse un sourcil. C'est l'avantage de posséder un saloon.

— Un bar, corrigea Laurel, mais elle n'obtint pas de Grady la réaction qu'elle attendait.

— C'est de mon frère qu'il est question, Laurel.

Son prénom. Pas princesse. Pas Delaney. Juste son prénom.

— Très bien, acquiesça-t-elle d'un ton prudent.

Parce que même si elle savait qu'elle ne devait pas se laisser attendrir, c'était fait. Si les positions étaient inversées, si l'un des siens avait des ennuis… Eh bien, elle serait sans doute prête à contourner certaines règles. Qui était-elle pour croire que Grady ne pouvait en ignorer quelques-unes si cela lui permettait de sauver son frère ? Et Bent.

— Mais il faut que tu me promettes, que tu me le promettes vraiment, que nous agirons à *ma* façon. S'il y a un assassin quelque part, je dois être en mesure de construire un dossier sur lui. Avec des preuves. Dont la validité ne sera pas contestable, ou cet assassin s'en tirera.

Elle refusait d'envisager ce cas de figure, mais Grady le devait.

Sa mâchoire se crispa, mais il ne sourit pas, ne plaisanta pas. Il hocha simplement la tête et lui tendit la main.

— Tu as ma parole.

Jamais, au grand jamais, Laurel n'aurait pu imaginer un tel scénario. Coopérer avec un Carson… C'était dingue. Et risqué. Mais peut-être qu'en voyant un Carson et une Delaney travailler ensemble pour la vérité, la ville pourrait trouver une entente de même nature.

Elle accepta sa main et la serra avec fermeté.

— Donc, nous fonctionnons en duo dans cette enquête, résuma-t-elle, histoire de s'assurer qu'elle ne rêvait pas.

— Seulement jusqu'à ce que mon frère soit blanchi, et pour épargner à Bent une autre absurde guerre des clans.

— Je pensais que tu y croyais de tout ton cœur.

— Je crois aux inimitiés. Je crois en l'histoire. Je crois que la plupart des Delaney se tiennent tellement haut sur leur selle qu'ils ne voient rien autour d'eux.

Laurel voulut retirer sa main. Il la retint prisonnière dans la sienne, large et solide.

— Je crois que la violence est parfois la réponse. Comme je crois en ce vieux conflit, à l'importance de cette histoire, et que *tous* les Delaney ne sont pas la lie de la terre.

Sa bouche s'étira pour devenir ce truc animal, dangereux, féroce, si totalement le contraire d'excitant.

*Si seulement…*

— Mais la plupart le sont, adjointe Delaney.

Sans relâcher sa prise, il l'attira plus près de lui. Assez pour qu'elle sente son haleine se mêler à la sienne, assez pour qu'elle puisse voir le bleu intense de ses iris répondre à celui du ciel d'automne au-dessus d'eux.

— Je crois en Bent. Et je crois que toi également. Aussi ferons-nous les choses à *ta* façon, jusqu'à ce que l'assassin soit derrière les barreaux.

— Et ensuite ?

— Ensuite, je recommencerai à faire les choses à *ma* façon, princesse.

Son sourire s'épanouit.

— Essaie donc de ne pas tomber amoureuse de moi.

— Ce ne sera pas facile, persifla-t-elle.

Lorsqu'elle tira de nouveau sur sa main et qu'il ne la relâcha pas, elle sentit la moutarde lui monter au nez.

D'un mouvement sec et rapide, elle planta un coude dans son ventre, et il desserra assez sa main pour qu'elle se libère.

— La prochaine fois que tu me fais cela, tu me relâches quand je le veux, ou ce ne sera pas un coude dans le ventre, mais un genou dans les parties.

Grady émit un « hum » circonspect.

— Ce qui me plaît, c'est que tu penses qu'il y aura une prochaine fois. Serais-tu impatiente que je te touche de nouveau ?

— Je me demande comment tu pourras entendre ce que te diront tes indics, rétorqua-t-elle, avec le vacarme que fait ton ego démesuré.

— Je me débrouillerai, assura-t-il.

Laurel le croyait, et c'était ce qui l'agaçait le plus.

L'espace de quelques secondes, Grady avait songé à la hisser sur son épaule pour lui faire payer le coup de coude dans le ventre. Peut-être même aurait-il fessé son joli postérieur pour faire bonne mesure. Ce fantasme n'était pas sans intérêt, mais il devrait rester un fantasme.

Il avait entendu assez d'histoires au coin de l'âtre au sujet d'un conflit vieux de cent cinquante ans pour savoir qu'une bisbille entre un Carson et un Delaney n'était jamais, jamais une bonne chose.

De plus, il fallait qu'il se concentre sur Clint, autrement dit qu'il éclaircisse l'affaire – plus vite que la police. Laurel, il le savait, partageait en partie ses préoccupations. Il comprenait et respectait le fait qu'elle savait ce qu'elle faisait.

Mais il n'avait pas de temps pour la paperasserie, ni pour l'examen de toutes les pistes. Son but était moins de découvrir la vérité que de veiller à ce que son frère ne se retrouve pas englué jusqu'au cou dans cette histoire.

Laurel ferait son travail de flic, se focaliserait sur sa tâche, et lui se concentrerait sur Clint.

Ce qui faisait d'eux l'équipe parfaite – ou presque.

Fort de cette conclusion, c'est avec un certain amusement qu'il la suivit jusqu'à sa voiture et y monta comme passager. Une fois son sac déposé à l'arrière, elle prit place derrière le volant, tandis qu'il installait son grand corps à ses côtés.

— Je crois que je ne me suis jamais assis à l'avant d'une voiture de flic auparavant, dit-il.

— Et moi je n'ai jamais été jetée à l'arrière de l'une d'elles. C'est toute la différence entre nos deux vies, répliqua-t-elle, pince-sans-rire, tout en tournant la clé de contact.

Elle s'éloigna de la propriété des Delaney, une monstruosité d'angles aigus et de surfaces brillantes, le contraire de ce qu'elle aurait dû être selon ses standards à lui. Quand on se bâtissait un nom, les soubassements de l'édifice ne devaient pas être ignorés. Mais les Delaney aimaient le lisse et le neuf. Or, pour les Carson, l'ancien et le bricolé constituaient une bonne partie du charme d'une maison.

— Vous faites vraiment exécuter tous les travaux du ranch par une main-d'œuvre extérieure ? s'enquit-il, s'attendant plus ou moins à ce qu'elle se raidisse à cette question.

— Dylan donne un coup de main. Et Cam pourrait aider aussi à son retour. Les Navy Seals n'ont pas beaucoup de vacances.

Grady émit un « hum-hum » sarcastique.

— Dans ce cas, n'est-ce pas un peu exagéré de l'appeler le ranch Delaney ?

— Si tu y tiens.

Elle avait beau se servir de son ton professionnel

de flic, son agacement perçait. Grady sourit. Quand mademoiselle était agacée, ce n'était jamais à moitié.

— Où as-tu prévu de me déposer au juste ?

— Au Rightful Claim, répondit-elle avec indifférence, tout en manœuvrant sa berline sur la route sinueuse qui les ramenait vers le centre de la bourgade.

— Donc, tu vas traverser la ville au vu et au su de tous, avant de me larguer devant mon bar pour que les gens s'imaginent n'importe quoi et que je me couvre de honte ?

Elle tourna un bref instant la tête vers lui.

— Les gens ne penseront rien de tel.

— Que tu crois ! Quelle meilleure histoire y a-t-il à Bent ? D'abord, un Carson assassine un Delaney. Ensuite, un Carson déshonore une Delaney. Bon sang ! Il y a là de quoi déclencher notre propre guerre civile.

— Tu n'es pas drôle.

— Je ne cherchais pas à l'être.

Mais pouvait-il lui reprocher d'avoir pensé qu'il prenait les choses à la légère ? Il n'était pas homme à dévoiler ses sentiments. Surtout avec les Delaney, mais il n'était pas non plus un idiot. Une fois la rumeur du meurtre et de l'identité du suspect répandue en ville, sans parler du fait que Laurel et lui semblaient passer du bon temps ensemble, aussi ridicule que cela soit, la machine serait lancée.

Le bruit d'une liaison entre eux ne ferait qu'attiser le feu, et rendre plus difficile leur tâche pour innocenter Clint.

Laurel poussa un gros soupir.

— Bon. Dans ce cas, où veux-tu que je te dépose ?

— Quitte la ville en direction du nord, suis la route qui la contourne, ensuite, après cinq minutes, tu trouveras une piste de terre presque invisible qui mène à l'arrière de la propriété des Carson.

— Je n'ai pas envie de jouer les exploratrices. Ou de perdre la moitié de ma matinée à chercher.

— Dans la vie, il y a plein de choses que nous n'avons pas envie de faire, princesse. Mais nous les faisons quand même.

Ses lèvres se pincèrent, mais elle n'insista pas. Comme d'habitude elle avait coiffé ses cheveux bruns en une stricte queue-de-cheval, et comme d'habitude sa mâchoire était crispée. Mais après l'avoir vue en pyjama, allongé dans son lit, il voyait Laurel Delaney sous un aspect un peu différent, plus doux…

Stop. Il lui fallait plus de café, c'était clair. Il lui ficha la paix le reste du trajet. Désœuvré, il se mit à tripoter les accessoires sophistiqués du tableau de bord de sa voiture de police. Elle le frappa sur le bras. En dehors de cela, il parvint à se tenir tranquille.

Il n'imaginait pas que Clint ait pu conduire sa moto ailleurs qu'au ranch Carson, parce que s'il l'avait fait, eh bien… Eh bien, Grady s'efforcerait d'oublier sa mauvaise humeur et sa sainte horreur que l'on touche à l'un de ses rares biens de valeur, sa moto venant en premier.

Le jour se leva dans une féerie de rayons de soleil qui reflétait partout l'or de la nature. Si l'automne à Bent pouvait faire sourire les plus snobs des citadins, en ce qui le concernait il lui rappelait qu'il était d'ici. Les racines qui le liaient à cette terre et à ce ciel n'étaient pas des chaînes, mais une bénédiction.

Il jeta un regard de biais à Laurel. Elle faisait tout avec précision et efficacité. Tourner le volant, regarder dans ses rétros avant de changer de direction. Toujours si sérieuse, si consciencieuse. Sans doute était-ce cela qui le fascinait. Il n'avait jamais rencontré d'équivalent, même au sein de la cohorte de Delaney hautains et m'as-tu-vu qui dirigeaient Bent, ou s'y efforçaient.

— Tourne ici, dit-il en désignant un sentier envahi

par les herbes, qui bifurquait à angle droit de la voie express.

Laurel hocha la tête et engagea sa voiture sous une voûte de verts et de bruns, de feuillus et de résineux, jusqu'à ce qu'ils atteignent la grille de la propriété.

— À partir d'ici, tu peux marcher, dit-elle d'un ton guindé.

Cette raideur le faisait toujours sourire.

— Une femme bien élevée est censée déposer son compagnon à l'entrée.

— Disons que je ne suis pas bien élevée, et tu es tout sauf mon compagnon.

Grady ouvrit sa portière et descendit du véhicule.

— Je réquisitionnerai quelques indics ce soir au Rightful Claim, et te tiendrai informée du résultat.

Elle opina du chef, flic jusqu'au bout des doigts.

— Quant à moi, j'irai à la compagnie minière parler avec le patron de Jason et tout employé avec qui il a pu se lier. Si je découvre quoi que ce soit d'intéressant, je te contacterai.

— Tu vois, adjointe. Nous nous comportons déjà comme des équipiers.

Elle roula des yeux.

— Ce sera un miracle si nous ne nous entre-tuons pas.

Le sourire qui ne l'avait jamais tout à fait quitté s'épanouit sur le visage de Grady.

— C'est drôle, nous entre-tuer n'est pas ce qui m'inquiète le plus, rétorqua-t-il.

Les sourcils de Laurel se rapprochèrent, lui donnant un air intrigué absolument adorable. Oh ! être aussi tendre et respectueux des lois que sa princesse adjointe…

— Réfléchis à tout cela et gardons le contact.

Il referma la portière et se mit en route vers la vieille propriété familiale. Le vent était froid, mais il s'en moquait. Ce froid était stimulant. Il l'aidait à penser.

Et il avait besoin de faire tourner ses neurones à plein régime pour sortir son frère du pétrin où il se trouvait.

Voyant que Laurel ne faisait pas tout de suite demi-tour, il ricana. Sans s'arrêter, il attendit ce qu'il savait qui allait arriver. Parce que la princesse adjointe ne savait jamais quand abandonner.

Et pour être franc, lui non plus.

— Je ne coucherai jamais avec toi, Grady Carson ! cria-t-elle par la vitre ouverte de sa portière.

Il leva juste la main en guise d'au revoir.

Ce « jamais » était pour lui plus un défi qu'un anathème.

Et il y avait déjà plein d'anathèmes dans l'air entre les Carson et les Delaney.

# 5

Située à près de cinquante kilomètres de la ville, la compagnie minière Evergreen chevauchait les deux comtés de Bent et de Freemont. Sa vaste superficie était perdue au milieu de nulle part, tandis que des petites constructions en forme de boîtes ponctuaient le paysage. Laurel expliqua qui elle était au vigile de l'entrée, et lui présenta son badge.

Elle ne savait pas grand-chose de l'entreprise. Personne de sa famille directe ni de ses amis ne travaillait aussi loin de Bent. Elle se rappelait juste que cette mine en particulier avait eu des problèmes quelques années plus tôt avec les normes de sécurité, mais il était peu probable que son cousin comptable y ait été mêlé.

Au mieux, elle trouverait un lien avec un employé qui aurait souhaité sa mort. Au pire, c'était une impasse, et elle devrait fouiller dans l'histoire de la famille. Elle soupira. Elle regrettait presque de ne pas mieux connaître cette branche des Delaney, mais en tant que fils du cousin au second degré de son père, Jason était pratiquement un étranger.

Une secrétaire la conduisit au bureau du patron de Jason. Elle frappa à la porte, l'ouvrit, s'avança d'un pas et fit signe à Laurel d'entrer.

— Monsieur Adams, dit-elle, la police est ici pour vous poser quelques questions.

Vêtu d'un costume de qualité, un homme entre deux âges aux cheveux clairsemés se leva de derrière son bureau et tendit la main.

— Oui, bien sûr, répondit-il tandis que la secrétaire s'effaçait. Je me ferai un plaisir de vous aider dans la mesure du possible, mademoiselle…

— Adjointe Delaney, précisa Laurel en lui serrant la main.

L'homme la considéra d'un œil curieux.

— Vous êtes une parente de Jason ?

Laurel se força à sourire.

— Oui, mais lointaine.

— Ah. Eh bien, asseyez-vous. Je serai heureux de répondre à vos questions. Dans vingt minutes, j'ai un rendez-vous important avec mon contremaître, expliqua-t-il avec un sourire désolé. La réglementation, vous comprenez.

— Je comprends. J'ai surtout besoin d'une liste des personnes que Jason voyait de façon régulière, et de toute personne avec qui il était en désaccord, ou qu'il n'aimait pas.

— Eh bien, notre personnel administratif est très isolé par ici, mademoiselle Delaney.

Laurel ravala son désir de le corriger

*Adjointe, pas mademoiselle, abruti.*

— Avait-il un secrétaire, ou un assistant ?

— Non. Jason était comptable auxiliaire. Ce qui veut dire qu'il s'occupait des comptes de ce seul site. Il était sous l'autorité du chef comptable de notre siège social, dans le Nebraska.

Laurel poursuivit ses questions, et pendant les vingt minutes qui suivirent Adams lui servit des réponses vagues, sans intérêt pour son enquête. Puis il se leva.

— C'est l'heure de ma réunion. Y a-t-il autre chose que…

— J'aimerais examiner les affaires de Jason. Avait-il un bureau ?

Adams eut un bref froncement de sourcils.

— Suivez-moi, mademoiselle.

Laurel darda un œil noir sur son dos, mais le suivit dans le couloir. Ils passèrent plusieurs portes, puis l'homme sortit un trousseau de clés de sa poche et en ouvrit une.

— Vous êtes libre de regarder où vous voulez, mais si vous désirez sortir quoi que ce soit, je me verrai obligé d'accorder ou non mon autorisation. Jason avait accès à certains documents sensibles.

— Je suis sûre que nous pourrons faire des photocopies de tout ce qui pourra servir à mon enquête, indiqua-t-elle en le gratifiant d'un large sourire.

Celui d'Adams le fut beaucoup moins.

— Certes, certes. Si vous ne me trouvez pas, adressez-vous à ma secrétaire. De plus, elle pourra convoquer toute personne à qui vous auriez besoin de parler. À présent, si vous voulez bien m'excuser…

Laurel hocha la tête et entra dans le bureau. Il était petit, étriqué et en grand désordre. Elle soupira. Quand on ne savait pas ce que l'on cherchait, trouver des indices était une tâche ardue. De longues heures de frustration à passer au crible un fatras de choses hétéroclites. L'aspect le plus ingrat de son travail.

Mais elle n'avait pas le choix, aussi s'y mit-elle sans attendre.

Elle ignorait depuis combien de temps elle explorait le bureau de Jason lorsqu'elle trouva enfin quelque chose d'un intérêt potentiel. Un bout de papier dans un dossier sur lequel était inscrit le nom de Jennings.

Comme le corps de Jason avait été trouvé par un certain M. Jennings, c'était plus qu'une coïncidence. Un rapide coup d'œil aux autres papiers du dossier ne lui apporta rien de plus, mais une lecture plus poussée donnerait peut-être quelque chose.

La porte s'ouvrit soudain. Un homme entra et s'arrêta net. Jeune. Dans les vingt-cinq ans. Habillé comme s'il n'appartenait pas au personnel administratif. Jean délavé, lourde veste de travail et bottines de chantier.

— Qui êtes-vous ? demanda-t-il. Où est Jason ?

Intéressant. Elle supposa que la réponse la plus appropriée était de lui dire ce qui était arrivé à Jason, mais auparavant elle voulait plus d'information. A fortiori quand Adams décrivait son personnel comme « très isolé ».

— Bonjour. Excusez-moi, qui êtes-vous ?

L'intrus fronça les sourcils.

— Jason a été viré ou quoi ?

— Euh, en fait…

— Vous savez quoi ? Je m'en fous, marmonna-t-il en se précipitant hors de la pièce.

Très, très étrange. Laurel se saisit du dossier et se hâta à sa suite, tâchant de paraître détendue.

Il passa devant la secrétaire, poussa brusquement la porte et quitta le bâtiment.

Laurel s'avança vers la femme.

— Qui était cet homme ?

La secrétaire ne leva même pas les yeux.

— Hank Gaskill.

Gaskill. Pourquoi ce nom lui semblait-il familier ? Laurel fit glisser le dossier vers elle, sortit son calepin et y inscrivit le nom.

— Pouvez-vous me faire des copies de tout ce que contient ce dossier ?

La secrétaire prit le dossier et son visage se rembrunit.

— Il était dans le bureau de Jason ?

Tout en rangeant le calepin dans sa poche, Laurel haussa un sourcil.

— Oui.

— Il n'aurait pas dû y être. Il appartient à M. Adams, et n'a rien à voir avec la comptabilité ou les finances.

Une piste. Une *vraie* piste, donc.

— Alors il m'en faut absolument des copies.

La secrétaire hocha la tête et pivota vers la photocopieuse derrière elle.

— Ce Hank Gaskill, venait-il souvent voir M. Delaney ?

L'employée haussa les épaules.

— Ils ont déjeuné ensemble il y a quelques jours. À ce que j'ai cru comprendre, ils sont amis d'enfance.

Tiens, tiens. Pourtant, Hank ne savait pas que Jason avait été tué. Intéressant.

— Merci, dit Laurel en lui remettant une carte puisée dans sa poche. Si vous-même, M. Adams ou quelqu'un d'autre vous rappelez quoi que ce soit, appelez-moi. D'accord ?

La secrétaire lui tendit le paquet de photocopies.

— Je n'y manquerai pas. Jason était si jeune. Quel malheur.

Laurel acquiesça, glissa la liasse sous son bras et repartit vers sa voiture. *Gaskill, Gaskill.* Où avait-elle déjà entendu ce nom ?

Tout en marchant, elle se repassa dans la tête les événements de la veille, et c'est alors que la lumière se fit.

Fred Gaskill. L'ami de Clint qu'elle avait interrogé.

Bon Dieu, ce gosse et ses mensonges.

Grady était d'une humeur massacrante lorsqu'il ouvrit le Rightful Claim. Il avait perdu une bonne partie de sa matinée à chercher Clint. Celui-ci avait eu la sagesse de laisser sa moto au ranch, mais avait aussitôt disparu.

Grady avait un saloon à gérer et d'autres choses à faire, et son demi-frère lui empoisonnait la vie.

— Je suppose que tu ne sais pas comment lui faire entendre raison, dit Ty en ôtant des tables les chaises retournées pour les poser sur le plancher.

Depuis son récent retour à Bent, après son service chez les Army Rangers, Ty avait offert de travailler au bar jusqu'à ce qu'il ait pris une décision quant à ce qu'il voulait faire ensuite.

— Je m'en lave les mains, de ce gosse, grommela Grady en plaçant le fond de caisse dans le tiroir de l'enregistreuse.

— Mouais, c'est ça. Tu es tellement doué pour te laver les mains des problèmes des autres, le taquina son cousin.

Grady se contenta de grogner. OK, peut-être était-il plus doué pour leur venir en aide. Mais c'était parce qu'il en résultait toujours quelque chose de positif. Si Clint ne voulait pas de ce quelque chose, très bien. Grady lui ficherait la paix.

Dès qu'il l'aurait innocenté.

Les portes à battant s'ouvrirent et Laurel s'avança dans la lumière tamisée du bar. Elle était habillée exactement comme le matin, sauf qu'elle portait son arme à la ceinture.

Le fait qu'il retrouve assez de bonne humeur pour sentir un poids s'envoler de sa poitrine était en soi inquiétant, mais il camouflerait cela sous l'ironie et le sarcasme.

— Elle nous fait l'honneur de franchir notre porte, Grady. À quoi devons-nous cet immense privilège ?

Quelque chose dans l'attitude railleuse de Ty lui déplut d'une manière… dont il se fichait, point barre.

— Surveille la salle, ordonna-t-il d'un ton bougon.

Ignorant la surprise sur le visage de Ty, il désigna le fond du bar d'un léger hochement de la tête.

— Suis-moi, dit-il à Laurel.

Elle serra les lèvres, mais ne dit rien. Aussi, au lieu de la conduire dans l'arrière-salle, la cuisine ou n'importe quel endroit simple et sûr, il lui fit grimper l'escalier qui menait à son appartement, à l'étage.

Son expression, lorsqu'il ouvrit la porte et l'invita à entrer, était carrément hostile.

— Il faut vraiment que nous parlions ici ?

— C'est privé, répondit-il jovialement.

Il entra dans l'appartement, se retourna, et la regarda d'un air impatient.

Elle poussa un soupir, entra à son tour et grimaça.

— La chambre n'est même pas séparée de la cuisine ?

— Non, mais la salle de bains, si. C'est le plus important, pas vrai ?

Il hocha le menton en direction du lit, qui occupait une place importante dans l'espace séjour-cuisine-chambre.

— Tu veux t'allonger sur mon lit ? proposa-t-il. Histoire de rétablir l'équilibre, ajouta-t-il avec un demi-sourire.

Le regard de Laurel dériva vers le lit froissé, qui n'avait pas été fait depuis la veille au moins.

— Gaskill, dit-elle sans préambule, d'une voix ferme. Fred Gaskill est un ami de Clint. Il a dit qu'il ignorait où ton frère se cachait.

— Ah.

— Et Hank Gaskill. Ça te dit quelque chose ?

— C'est le frère aîné de Fred. Il travaille à la mine.

Où Laurel s'était rendue aujourd'hui.

— Il est, ou plutôt était, pote avec Jason. Il a débarqué par surprise au bureau de celui-ci pendant que je fouillais dans ses affaires. Il est reparti illico, comme s'il avait peur.

Grady se tut, perplexe.

— Mais il ne semblait pas savoir que Jason était mort.

— Nom d'un chien. Qu'est-ce que ça veut dire ?

Que pouvait signifier le fait qu'un des amis de Clint avait un frère qui était ami avec un type mort depuis peu ? Dans un petit comté rural, peut-être rien du tout. Une coïncidence. Mais Grady n'était pas sûr de croire en celles où le type en question avait été assassiné.

— Je n'en sais rien. J'ai encore quelques recherches à faire, mais…

— Quel genre de recherches ?

— Des recherches qui concernent exclusivement la police, répondit-elle, lapidaire. Hank vient-il parfois ici ?

Grady ne s'offusqua pas. « Tout vient à point pour qui sait attendre », disait l'adage.

— Une poignée d'employés de la mine viennent de temps en temps prendre un verre, répondit-il. Il n'y a pas beaucoup d'endroits à la ronde pour ceux qui veulent se détendre un peu.

— Si tu les vois, appelle-moi. Quelle que soit l'heure. Le jour, la nuit, que je sois en service ou pas. Tu m'appelles.

— Pourquoi ? Tu veux venir déployer tes antennes ?

— Peut-être.

Grady renifla.

— Princesse, tout le monde sait que tu ne mets pas les pieds au Rightful Claim, et c'est la deuxième fois en une semaine. S'il y en a une troisième, surtout durant les heures ouvrables, la ville entière pourrait imploser avec ce qu'implique la présence d'une Delaney dans l'établissement d'un Carson.

— Les Carson confient leur argent à la banque Delaney, et font leurs courses au supermarché Delaney.

— Ce n'est pas la même chose et tu le sais.

Laurel poussa un soupir exaspéré.

— Peu importe. Tu m'appelles. Quelque chose ne colle pas dans ce que j'ai vu aujourd'hui là-bas.

Hank déboule tout énervé dans le bureau de Jason, je trouve sur son bureau un dossier qui ne devrait pas s'y trouver, et j'ignore si le patron est un crétin phallocrate condescendant ou un criminel.

— Peut-être les deux, ironisa Grady.

Elle fronça les sourcils.

— Il persistait à m'appeler « mademoiselle ».

— Donc, si je veux vraiment te mettre hors de toi, il faut que je t'appelle « mademoiselle princesse adjointe ».

Elle leva les yeux au ciel et voulut se diriger vers la porte, mais Grady la bloqua.

— Laisse-moi passer.

— Quel est le plan, Delaney ?

— En ce qui me concerne, il est de poursuivre mon enquête. Si tu vois Hank ou Fred Gaskill dans ton bar, ou faisant quelque chose de pas catholique, tu m'appelles.

— C'est tout ? Mon petit frère est peut-être sous le chef d'une accusation de meurtre, et il faudrait que je me tourne les pouces ?

Un peu de son agacement sembla retomber.

— Que peut-on faire d'autre, Grady ? J'ai une procédure à suivre. Tu ne peux pas fouiller avec moi le domicile de Jason, et je ne peux pas te donner accès aux pièces du dossier. Nous sommes tous les deux les mains liées.

— J'aimerais autant être celui qui fait les liens, plaisanta-t-il, même s'il n'était pas du tout d'humeur à rire.

Les yeux de Laurel glissèrent de nouveau vers le lit, et elle sembla se secouer.

— Je veux que tu restes tranquille et que tu ouvres les yeux, reprit-elle. Je te demande juste un peu de patience.

Grady se caressa le menton. De la patience et les mains liées. Quand ne s'était-il pas rebiffé contre cela ? Mais peu importait le nombre de fois où il avait refusé ce qu'on lui imposait, il le faisait s'il l'estimait juste.

Le pire, dans tout cela, était de savoir que Laurel avait raison. Il n'était pas flic. Il n'avait aucune autorité pour arrêter ou juger un criminel. Et le principe d'œil pour œil ne pouvait s'appliquer ici.

— Tu es très calme quand tu sais que j'ai raison, observa-t-elle avec un sourire en coin.

Ensemble, ces mains liées qui le faisaient bouillir de frustration et le rictus d'autosatisfaction qu'elle affichait juste à côté de son lit constituaient un cocktail terrible, susceptible de conduire à de mauvaises décisions.

Cela étant, d'avoir à se contenir dans une arène ne l'obligeait pas à se contenir dans une autre. Aussi fit-il un pas vers elle, et lorsqu'elle leva le menton pour l'affronter plutôt que de reculer, il sourit.

— Raison, vraiment ? demanda-t-il d'une voix tranquille, tout en saisissant une mèche de ses cheveux entre les doigts.

Elle garda son expression hautaine, mais il vit qu'elle déglutissait.

— Tu ne crois pas en l'ancien conflit, mais tu crois en la malédiction.

— Quelle malédiction ? demanda-t-elle avec une feinte nonchalance, évitant néanmoins son regard.

— Celle qui veut que si un Carson et une Delaney se regardent avec ne serait-ce qu'un atome de gentillesse le monde s'écroulera sur nos têtes. Ainsi, mon Carson illégitime préféré et son épouse Delaney qui mourut si jeune. Et la Delaney qui aurait épousé le fils Carson s'il n'y avait eu la Seconde Guerre mondiale. Et puis ta sœur…

L'éclat sévère, irrité, réapparut dans ses yeux.

— Il n'y a pas de malédiction. Je suis gentille avec toi, n'est-ce pas ?

Il tortilla la mèche de cheveux entre le pouce et l'index.

— Tu pourrais l'être plus.

Ses sourcils se froncèrent, mais elle ne s'écarta pas, et il voulait bien être pendu si son regard ne descendit pas vers sa bouche. Lorsqu'elle riva ensuite les yeux dans les siens, Grady y lut quelque chose qu'il aurait souhaité ne pas voir : une note de vulnérabilité chez l'invulnérable Laurel Delaney.

— À quel jeu joues-tu, Grady ? Parce que moi je ne joue pas.

— Aucun. Juste…

Il s'approcha davantage.

— Il y a une alchimie entre nous. Reconnais-le, princesse. Ça te coûte si cher de l'admettre ?

Laurel le fixa pendant quelques brèves secondes. Des secondes qui lui semblèrent chargées de cette alchimie.

Mais elle secoua aussitôt la tête.

— Tu n'es pas drôle.

Elle le contourna, et la mèche glissa de ses doigts.

Il existait diverses façons de l'arrêter. Des piques, des remarques sarcastiques sur sa façon de faire. Mais il ne put s'empêcher de penser qu'en cet instant elle ressentait beaucoup moins d'irritation envers lui. Au profit d'autre chose… de plus doux.

Grady ne méprisait pas la douceur. Il ne s'en moquait pas. Il ressemblait peut-être à son père par bien des aspects, mais pas celui-là. Il se tourna vers elle.

— Écoute…

Il fronça les sourcils en voyant qu'elle avait déjà ouvert la porte et en franchissait le seuil.

— Je te passerai un coup de fil si je vois entrer quelqu'un de la mine, promit-il.

Elle s'arrêta, carra les épaules, mais ne se retourna pas.

— Super. Merci.

Puis elle fut partie, et il se retrouva dans la même humeur massacrante qu'avant son arrivée.

# 6

— Ça ne marchera pas.

— Pas avec cette attitude, dit Jen avec une jovialité exagérée. C'était *ton* idée. Ne commence pas à faire la fine bouche après tout le mal que je me suis donné.

Assise dans la minuscule salle de bains de sa sœur, Laurel soupesa son plan pour la deuxième fois. Et la troisième. Jusqu'à ce qu'elle en perde le compte.

— J'ai vu trop de films policiers étant petite et ça m'a contaminé le cerveau. C'est une très mauvaise idée, dit-elle avec dégoût.

— Non, la très mauvaise idée est de faire confiance à Grady Carson.

— Ne commence pas.

Jen lui tendit un petit miroir, et Laurel examina son reflet. La perruque n'était pas ridicule, et même si elle se sentait stupide, Laurel savait que de l'extérieur elle ressemblait à n'importe quelle jeune fille normale.

Le problème, c'était qu'elle n'avait jamais été une jeune fille normale. Aussi loin qu'elle s'en souvenait, sa vie tournait autour du désir d'être flic et de son accomplissement. Pas de fêtes, très peu de sorties. Elle n'allait pas dans les bars, et ne sortait pas avec des garçons. Jamais.

Pis, elle se sentait incapable de reproduire aucune des choses que Jen avait faites pour modifier son apparence. Maquillée, elle était affreuse, les vêtements à la mode la mettaient mal à l'aise, et elle n'était pas sûre de pouvoir planter les épingles de sa perruque avec autant de jubilation que sa sœur.

— Les gens commencent à parler, Laurel. Même sans la vieille querelle, un meurtre est un meurtre. Ajoute à cela les Delaney et les Carson, et mon magasin est devenu une vraie station de radio.

— Parce que les gens n'ont que cela à faire. Ce meurtre n'a rien à voir avec notre conflit de familles.

— Alors pourquoi te voit-on soudain partout avec les Carson ?

Être prise en flagrant délit, sur ce coup, n'était pas très intelligent.

Laurel savait comment fonctionnait le comté de Bent. Les Delaney n'allaient jamais au Rightful Claim, et encore moins deux fois en une semaine. Et les motos pétaradantes des Carson ne prenaient jamais le chemin du ranch Delaney. Elle s'était tant concentrée sur l'affaire et le désir d'innocenter Clint que la façon dont réagirait la ville était passée au second plan.

Ou peut-être était-ce l'influence de Grady. Le simple fait de penser à lui l'emplissait de… d'irritation, certes. Mais à cette irritation s'ajoutait une sensation familière assez inquiétante. Comme un chatouillement. Une éclipse de sa raison. La même chose stupide qui palpitait dans son corps lorsque, adolescente, elle traînait avec sa sœur en espérant le voir, même de loin.

— Laurel. Que se passe-t-il ? Vraiment, je veux dire. Je sais qu'en ce qui concerne ton enquête, tu ne peux rien me confier. Mais en ce qui te concerne, *toi* ?

Ce qui la concernait, *elle* ? Qu'aurait-elle pu dire ? Seuls existaient son travail et son devoir envers cette ville. C'était toute sa vie, et elle en était fière. *Était.*

Mais quelque chose dans l'insupportable remarque

de Grady sur l'alchimie s'était insinué en elle, et remuait toute cette solitude qu'elle mettait tant d'application à ignorer.

Comme une horrible manifestation cosmique, son téléphone vibra avec l'arrivée d'un texto. Jen jeta un regard indiscret au nom de l'envoyeur, *GC*, et fronça les sourcils.

— Oui, je vais te demander qui est ce GC, et oui, il vaudrait mieux que ce ne soit pas Grady Carson.

— Jen.

— Je pensais que tu avais passé l'âge.

— L'âge de quoi ?

— Comme si tu ne le savais pas. Quand tu te morfondais pour lui, au lycée.

— C'est l'hôpital qui se moque de la charité, répliqua Laurel. Tu te souviens de Ty, son cousin ? Eh bien, il est revenu.

Tout le corps de Jen se raidit. Oui, Laurel était peut-être stupide et faible dans sa tête dès qu'il était question de Grady, mais sa sœur était mal placée pour lui faire la leçon. Laurel n'avait jamais fait que regarder. Elle était certaine qu'à l'époque Jen avait fait plus que cela avec Ty.

Ignorant la désapprobation de sa sœur, Laurel fit apparaître le message sur l'écran.

Gaskill ici. alerte. ne viens pas. te tiens informée.

— Bien. Le moment est venu de mettre le plan à exécution, annonça-t-elle en jetant un dernier regard à son reflet dans le miroir.

En la voyant maintenant, quelqu'un qui la connaissait pouvait deviner que c'était elle. Mais si elle restait dans l'ombre et faisait profil bas, elle pouvait s'asseoir à côté de Hank Gaskill et écouter tout ce qu'il avait à dire.

Ce serait peut-être inutile, peut-être pas. Mais elle

devait essayer. Elle avait envoyé Hart fouiller le domicile de Jason pendant qu'elle était à la mine, mais il n'avait rien trouvé. Elle y jetterait elle-même un coup d'œil demain, mais pour le moment elle devait s'intéresser aux personnes impliquées. Aux pistes avérées dont elle disposait.

— Je devrais venir avec toi.

— Tu sais bien que l'intérêt de ce déguisement est que l'on ne voie pas de Delaney au Rightful Claim.

— Quelqu'un devrait t'accompagner. Je n'aime pas te savoir là-bas toute seule.

— C'est l'affaire de la police, Jen. Et le risque est minime. Je vais juste tendre l'oreille et glaner les infos que je peux. Si quelqu'un est avec moi, cela ruinera toute l'opération.

— C'est au bar de Grady que tu vas. Il ne s'agit pas *seulement* d'une affaire de police.

— Je ne sais pas pourquoi tout à coup tu penses que je ne peux pas me contrôler, mais je le peux. Et puis que je regarde Grady et qu'il me rende mon regard sont deux choses totalement différentes.

L'argument n'était sans doute pas de nature à convaincre sa sœur qu'elle ne ressentait rien pour lui.

— Ne me dis pas que tu crois que Grady ne t'a jamais rendu ton regard, rétorqua Jen.

Laurel quitta son image dans le miroir pour regarder sa sœur. Jen et elle se ressemblaient beaucoup. Les cheveux de Jen étaient un peu plus clairs, et ses yeux avaient une nuance noisette. Dix mois seulement les séparaient, et elles avaient toujours été proches.

Mais Jen avait toujours été fan de la mode « girly », ce qui signifiait un style de maquillage et vestimentaire qui accroche l'œil. Pas du tout la tasse de thé de Laurel. Pour sa part, ce qui l'intéressait, c'était le monde ordonné de la police, et elle préférait offrir d'elle une image de rigueur et de sévérité. Elle avait toujours voulu être flic, et une femme policière se devait d'avoir un côté un peu rigide.

Donc ce n'était pas grave si de temps en temps ses pensées dérivaient vers Grady – et l'idée de le toucher. Après tout, ce n'était qu'un fantasme. Sans aucun lien avec sa situation présente.

— Cette conversation est ridicule, dit-elle. Je vais juste faire mon boulot. Début et fin de l'histoire.

— Très bien. Mais je veux des textos réguliers et savoir quand tu seras rentrée. En fait, je me sentirai mieux si tu reviens ici dès que tu en auras fini pour m'assurer que tu n'as pas fait n'importe quoi et qu'il n'y avait rien de dangereux.

Laurel se leva, et sortit de la salle de bains en ajustant son baudrier. Il n'était pas très confortable, mais il n'y avait pas mieux pour cacher son arme. Du moins, moulée dans ce jean prêté par Jen. Parce que les vêtements de sa sœur étaient tous beaucoup, beaucoup trop sexy à son goût.

— Je t'envoie un texto à mon retour.

— Ça ne me plaît pas que tu portes ce pistolet. Ça veut dire que tu penses qu'il va arriver quelque chose de grave.

Laurel prit une profonde inspiration.

— Non, ça veut dire que je suis en service. Tu sais à qui tu me fais penser ?

Jen fronça le nez.

— Oui. Papa. Je déteste parler comme lui, mais c'est un sentiment terrible de savoir que tu vas au-devant du danger.

— D'habitude tu ne fais pas tant d'histoires avec mon job. Que se passe-t-il ?

Jen croisa les bras.

— Rien. À part que ce n'est pas souvent que tu

franchis la ligne entre les Delaney et les Carson tout en menant une enquête pour meurtre. Le meurtre d'une personne avec qui nous sommes parentes, j'ajouterai.

— C'est mon travail, Jen. Et je le fais bien.

Elle ramassa la pochette assortie à sa tenue, elle aussi prêtée par Jen, et qu'elle trouvait ridicule.

— Ça s'accroche comment ? demanda-t-elle. Il n'y a pas de bandoulière.

Sa sœur roula des yeux.

— Ça se tient à la main. C'est très mignon. Tout n'a pas besoin d'être fonctionnel.

— Dans mon monde, si.

Mais elle s'apprêtait à jouer un rôle. Un rôle auquel sa sœur l'avait aidée à se préparer. Elle se tourna vers elle et la serra dans ses bras.

— Merci pour ton aide, p'tite sœur. J'apprécie beaucoup.

— Cette aide a un prix : que tu te tiennes à l'écart de Grady Carson. Je suis sérieuse. Même si l'on oublie cette bêtise de vieille querelle, les Carson ne sont pas faits pour nous, point final. Je ne veux pas te voir souffrir à cause de ce gros plouc.

— Comptes-tu me dire un jour ce qui s'est passé entre Ty et toi ?

— Il ne s'est rien passé entre Ty et moi. En ce qui me concerne, Ty n'existe pas. Tu devrais y aller. Ton travail de flic t'attend.

Laurel leva les yeux au ciel. Elle avait toujours été proche des membres de sa famille, mais ceux-ci ne se mêlaient pas de la vie sentimentale les uns des autres. C'était tabou. Laurel en ignorait la raison, mais ce devait être l'un des à-côtés des petites villes. Tout le monde fourrait son nez partout, à commencer par les affaires des autres, alors pourquoi en rajouter ?

D'ailleurs, les inquiétudes de Jen ne reposaient sur

rien, alors pourquoi éprouvait-elle sans cesse le besoin de se défendre ? Elle n'allait pas sortir avec Grady Carson. Peu importait cette prétendue alchimie dont il voulait tant la convaincre.

Elle avait des préoccupations beaucoup plus importantes. Les Carson. Les Delaney. Bent et les conflits ancestraux. Un meurtre à résoudre.

Et elle comptait bien y parvenir.

Grady refusait d'admettre que tenir un bar et espionner les conversations de clients étaient deux activités incompatibles. Chaque fois qu'il se rapprochait assez de la table de Hank pour pouvoir saisir quelques mots, quelqu'un l'appelait, lui tapait dans le dos ou lui posait une question. Les hommes lui lançaient des blagues aussi lourdes que bruyantes, et les femmes des sourires enjôleurs et des propositions à peine voilées.

D'habitude, les plaisanteries, le flirt, le bruit, les conversations animées, il aimait cela. Mais aujourd'hui il ne les supportait pas. S'il n'obtenait pas l'information dont Laurel avait besoin, il ne pourrait qu'avouer son échec et cela le contrariait au plus haut point. Pour de multiples raisons.

Il n'avait pas besoin de montrer qui il était. Il était Grady Carson, avec ses qualités et ses défauts, et ceux à qui ça ne plaisait pas pouvaient aller au diable. Les seules personnes qui l'aient jamais mis au défi étaient son cher vieux paternel, aujourd'hui disparu…

Et Laurel Delaney.

S'il n'obtenait pas cette maudite information, *elle* l'obtiendrait à coup sûr. Qu'elle réussisse là où il avait échoué dépasserait les bornes.

Les portes du saloon s'ouvrirent, et comme toujours il tourna la tête vers le nouvel arrivant. Certains clients avaient l'habitude de chercher des noises dans son bar, et il aimait les refroidir d'emblée.

Mais ce client était une femme. Il avait la vague impression de l'avoir déjà vue, mais ne parvenait pas à se rappeler où.

Elle scanna la salle des yeux, et passa rapidement devant lui.

Il fronça les sourcils. Elle n'était pas une habituée, ni une fauteuse de troubles, il s'en serait souvenu. Ni, à sa connaissance, une résidente de Bent. Il ressentit cependant un petit fourmillement intérieur, une sorte de prémonition, comme s'il devait lui prêter attention.

Il secoua la tête. Non. Il avait une réaction stupide, presque paranoïaque, parce qu'il avait laissé Laurel lui encombrer l'esprit avec ses histoires, et ce n'était pas acceptable.

Réprimant un soupir, il se concentra de nouveau sur sa cible. S'il pouvait aller nettoyer la table voisine, peut-être entendrait-il quelque chose avant qu'on le dérange encore.

Mais alors qu'il sortait son chiffon de sa poche arrière, la femme qui venait d'entrer se glissa sur l'une des chaises de la table qu'il s'apprêtait à faire semblant d'essuyer.

— Ce n'est pas propre, grommela-t-il.

— Je m'en fiche, répondit-elle avec désinvolture.

Quelque chose dans cette voix… Grady reporta les yeux sur elle, mais elle l'ignora avec soin. Nom d'un chien, que se passait-il ici ? Il songea à lui demander s'il la connaissait, mais il craignait qu'elle ne soit une ancienne conquête aigrie, et il n'avait pas de temps pour cela. D'un autre côté, elle ne semblait pas venue pour cela non plus.

— Qu'est-ce que je vous sers ?

— Un Coca, s'il vous plaît.

Elle détourna à tel point la tête qu'il ne vit qu'une vague de cheveux blonds bouclés et un petit bout d'oreille.

— Tout de suite.

Elle acquiesça et d'un geste machinal ramena ses cheveux en arrière. C'est alors qu'il la vit. La petite étoile en argent d'une boucle d'oreille. D'accord, ce pouvait être une coïncidence. C'était peut-être la grande mode pour ce style de bijou, et des centaines de filles en portaient.

Mais l'attitude de celle-ci, sa voix, ces yeux familiers qui furetaient partout… Il avança la main et lui saisit le poignet. Lorsqu'elle le foudroya d'un regard chargé d'éclairs dorés, sa mâchoire faillit se décrocher.

— Je peux savoir ce que tu fais ? demanda-t-il d'un ton comminatoire.

Il était plus que fâché qu'elle ait réussi à l'abuser aussi longtemps avec cette perruque ridicule et ces vêtements qui épousaient littéralement ses courbes suggestives.

— Rien, marmonna-t-elle. Maintenant, si tu pouvais m'apporter mon Coca.

Il imprima une petite secousse à sa main.

— Suis-moi au comptoir, je vais t'ouvrir un compte.

Sans bouger de son siège, elle le toisa de ses yeux bruns expressifs.

— Ce ne sera pas nécessaire, répliqua-t-elle en détachant chacun de ses mots.

Elle désigna de la tête la table de Hank, comme pour lui signifier de se taire de peur qu'un membre du trio puisse les entendre. Peut-être avait-elle raison. Mais il lui avait dit de ne pas venir ici, qu'il pouvait gérer la situation.

Sauf qu'il ne gérait rien du tout. Alors, même si son déguisement n'y changeait pas grand-chose, en étant assise là à boire son Coca elle avait beaucoup plus de chances que lui d'entendre quelque chose. Si elle se tenait coite, personne ne la reconnaîtrait. Personne ne croirait que Laurel Delaney se trouvait en cet instant au Rightful Claim, coiffée d'une perruque blonde et offrant aux regards le sillon entre ses seins.

Nom de Dieu.

Il relâcha son poignet.

— Un Coca, répéta-t-il entre ses dents.

Il n'était pas son père, et pouvait faire marche arrière même s'il était fâché au-delà de toute raison.

— Qui est cette poule ? demanda Ty tandis qu'il se glissait derrière le bar et se saisissait d'un verre.

Dans la plupart des situations Grady était un excellent menteur, mais face à sa famille il hésitait toujours. Surtout avec Ty, Noah et Vanessa. Mais ici l'enjeu le dépassait.

— Elle n'est pas d'ici, répondit-il. Elle m'a dit qu'elle voulait goûter au charme de l'Ouest sauvage.

Ty se fendit d'un large sourire.

— C'est un euphémisme ?

Grady emplit le verre de Coca et tâcha de garder un visage neutre.

— Nous verrons bien, marmonna-t-il, avant de repartir vers Laurel et son déguisement stupide.

Tout dans cette situation lui tapait sur les nerfs. Le fait d'avoir les mains liées. La présence de Laurel, affublée de cette perruque. Il fit donc ce qu'il faisait toujours quand elle l'irritait.

— Tu fais une blonde très chaude, observa-t-il, acerbe.

Elle le fusilla du regard.

— Sais-tu que dans un bar ou un restaurant le client n'est pas tenu de donner un pourboire au patron ? répliqua-t-elle du tac au tac.

— Qui dit ça ?

— La loi, répondit-elle en lui jetant un regard hautain, avant de se tourner vers la table de Hank.

Il aurait dû la laisser tranquille, la laisser épier la

conversation de ses voisins, la laisser faire son job. Mais au lieu de cela il prit place sur la chaise opposée à la sienne. Voyant qu'elle n'objectait pas, qu'elle ne lui lançait pas de regard hostile, il décida d'être gentil et de ne pas lui demander où elle avait trouvé cette perruque et cette tenue qui moulait ses formes.

Elle prit la pochette brillante qui était autant son style que la perruque blonde bouclée. Tout en elle était le contraire de la Laurel qu'il connaissait, et c'était un peu dérangeant de se rendre compte qu'il préférait qu'elle soit *elle*.

Elle nota quelque chose sur un bout de papier, et d'un geste décontracté le fit glisser vers lui.

Il le retourna. Une question y était inscrite.

*Qui sont les deux autres à la table ?*

Il eut envie de la taquiner sur le fait qu'elle avait besoin de son aide – les trois hommes ne remarqueraient rien – mais il pouvait aussi se montrer subtil. Il inscrivit donc les noms des compagnons de Hank, et lui rendit le papier.

Elle le lut rapidement, puis le glissa dans sa pochette. Après quoi elle l'ignora ostensiblement, tout en sirotant avec grâce son Coca.

— La plupart des inconnues qui viennent dans mon bar me draguent, dit-il en souriant.

Ses yeux roulèrent si loin dans leurs orbites qu'il se dit que ça devait lui faire mal.

— Mais cela ne m'a jamais frappé que tu étais le genre de femme douée pour cela, ajouta-t-il.

Ses lèvres se retroussèrent, comme il l'avait espéré, mais elle ne répondit pas. Elle se raidit juste un peu sur sa chaise.

Grady ne put empêcher ses yeux de descendre vers ses seins, puis détailler l'ensemble de sa tenue. Au-dessous, Laurel Delaney avait un corps, ce qui n'aurait pas dû le surprendre. Après tout, ses habituels vêtements baggy et son allure rébarbative étaient au service de son travail. Malheureusement pour elle, dans une petite ville comme Bent, ce travail vous collait à la peau quoi que vous fassiez. Laurel Delaney devait *toujours* être l'adjointe Delaney, ou elle risquait beaucoup de choses.

Mais pourquoi devait-il comprendre la psychologie de cette femme infernale ?

Un grand rire sonore éclata soudain à la table d'à côté. Ils tournèrent ensemble la tête vers ses occupants.

Si les deux compagnons de Hank étaient hilares, Hank, lui, ne l'était pas. Il vida d'un trait le fond de son verre, et d'un mouvement brusque quitta sa chaise.

— Je vais fumer une clope, annonça-t-il aux deux autres.

Il n'avait pas fait trois pas vers la porte que Laurel saisissait sa pochette. Mais Grady avait l'œil sur elle. Il lui attrapa le poignet avant qu'elle se lève.

— N'y pense même pas.

Elle baissa un regard noir sur sa main.

— Ne me dis pas ce que j'ai à faire, OK ?

Il se pencha en avant pour que personne ne puisse les entendre, même si personne ne faisait attention à eux.

— Que comptes-tu faire quand tu l'auras suivi ? Lui demander une cigarette ? En fumer une ? Toi ?

Elle arracha sa main de sa prise.

— S'il le faut, oui. Ne t'avise pas de me suivre ou je serai obligée de t'arrêter pour entrave à une enquête criminelle.

— Je ne pense pas que ce soit légal, princesse.

— Je ne pense pas en avoir grand-chose à cirer. Tu ne bouges pas.

Il aurait pu l'accrocher de nouveau. Il aurait pu faire beaucoup de choses. Mais il devait s'enfoncer une bonne fois dans la tête que Laurel était un flic. Elle enquêtait sur un meurtre bien réel, et il n'avait aucun droit de s'imposer et de lui dire ce qu'elle devait faire.

Après tout, si elle croyait que fumer une saleté de cigarette avec Hank allait lui fournir une quelconque information, c'était elle que ça regardait.

Elle se leva et suivit Hank dehors. Les yeux rivés sur elle, Grady fronça les sourcils. Le balancement de ses hanches dans son jean moulant avait quelque chose d'hypnotisant.

Ce qui était vraiment injuste, tout bien considéré.

Il lui donnait dix minutes. Maximum. Ensuite il irait la chercher.

# 7

Laurel poussa la double porte battante du Rightful Claim et sortit de l'établissement, le cœur battant un peu trop fort dans sa poitrine.

Ça l'avait presque fait paniquer que Grady la reconnaisse aussi vite sous son déguisement. Mais ils avaient grandi ensemble, et elle n'avait vu Hank Gaskill qu'une fois, et très brièvement. Certes, c'était ce matin, mais pourquoi s'attendrait-il à ce que la blonde dans le saloon soit la femme brune avec qui il avait échangé trois mots dans le bureau de Jason ?

Concentrée sur sa respiration, elle marcha lentement vers l'angle de l'immeuble où il était appuyé et allumait une cigarette. Il en tira une longue bouffée. Laurel s'arma de courage et s'approcha de lui.

— Tu me prêtes une cigarette ? demanda-t-elle, le souffle un peu plus haché qu'il n'était nécessaire.

Elle se morigéna aussitôt. L'exagération éveillait souvent la suspicion.

— Prêter ? Pourquoi ? Tu as l'intention de me la rendre quand tu l'auras fumée ?

Laurel n'aurait su dire s'il était de mauvais poil ou s'il flirtait. C'était toujours le même problème. Si elle avait un réel talent pour « lire » les intentions d'un assassin, d'un mari violent ou d'un toxicomane, elle n'était pas douée pour celles d'un mâle lambda à son endroit. Les messages étaient souvent brouillés, contradictoires, quand ils n'étaient pas tout simplement dépourvus de sens.

Mais elle était sur une enquête et avait endossé un rôle. Elle n'était pas Laurel Delaney, mais une totale inconnue. Aussi mit-elle autant de gentillesse qu'elle le put dans son sourire.

— À la vérité, j'aimerais juste tirer une taffe. J'ai arrêté il y a quelques années, et je viens de vivre une journée noire.

— Eh bien, on dirait que c'est le coin des malchanceux, répondit Hank en lui tendant sa cigarette allumée.

Laurel avait vu assez de mauvais films pour savoir qu'on n'avale pas la fumée quand on n'est pas soi-même fumeur. Elle garda donc la cigarette une seconde à la bouche avant de l'en ôter et de soupirer de contentement feint.

— Merci, dit-elle en la lui rendant.

Il fit non de la tête et en éjecta une de son paquet.

— Garde-la. Moi aussi j'ai eu une journée horrible.

Laurel lui adressa un sourire compréhensif.

— Ce doit être une épidémie.

— Ouais.

Il jaugea son physique de haut en bas, d'un regard discret qu'elle n'aurait sans doute pas remarqué si elle n'avait pas été à l'affût de n'importe quel indice pour son dossier.

— C'est quoi ton histoire triste ? s'enquit-il.

— Le truc classique, genre : j'ai perdu mon job et mon mec m'a virée. Et toi ? demanda-t-elle d'un ton désabusé.

Il haussa les épaules et son regard se perdit dans l'obscurité. Puis il tira une longue bouffée de sa cigarette avant de répondre :

— Un pote est mort.

— Oh ! c'est affreux. Il était malade ?

Hank secoua la tête. Laurel avait beau vouloir en savoir plus, son insistance aurait paru bizarre de la part d'une étrangère.

Il la regarda de nouveau de la tête aux pieds.

— Pourquoi ton mec t'a-t-il virée ?

— Oh.

Laurel arbora son sourire le plus niais. Elle jouait à un jeu très étrange, mais si cela lui valait le gain de quelque information, pourquoi pas ? L'important était que si Hank la croyait libre et qu'elle l'intéressait il pouvait lui en dire plus sur ce qu'il savait de son ami assassiné.

Elle n'avait pas d'autre piste, et la rumeur courait en ville au sujet du meurtre, des Delaney et des Carson. Alors, parfois, la fin justifiait-elle les moyens.

— J'ai peut-être embrassé un autre type, confia-t-elle sur un ton de conspiratrice. On était en couple depuis des années, et je commençais à me raser, tu comprends ?

Hank esquissa un sourire.

— Bof. Moi, après un mois je m'ennuie déjà.

Ils éclatèrent de rire ensemble.

— On retourne à l'intérieur ? Je t'offre un verre.

— Ton pote est mort. Je pense que c'est plutôt à moi de t'en offrir un.

Hank sourit.

— OK. Ça me va.

Grady n'aimerait pas cela, Laurel le savait. Il penserait qu'elle avait perdu la tête. Mais elle ne devait pas se soucier de ce que Grady aimerait ou pas. Il était trop tard pour se préoccuper de la ligne qu'elle était en train de franchir.

Si elle prenait un verre avec Hank, il pourrait fort bien lâcher une information utile à son enquête. Un inconnu était parfois la meilleure personne à qui se confier. Ce n'était pas comme s'il était l'assassin. Ce matin, il ne savait même pas que Jason était mort. Pour autant, cela ne signifiait pas qu'il ignorait le comment du pourquoi de ce crime.

Sa cigarette terminée, Hank la jeta dans la rue d'une pichenette. Soucieuse de cacher son subterfuge, Laurel écrasa la sienne sous sa chaussure.

— Hank, se présenta-t-il en lui tendant la main.

Laurel sourit, et s'interdit de paniquer au nombre de mensonges qu'elle était en train d'inventer.

— Sarah, dit-elle en la lui serrant.

— Tu n'es pas de Bent.

— Non. De Freemont. En fait, c'est là que je vivais avec mon mec, mais je dois maintenant trouver un endroit où crécher. C'est ainsi que je suis venue à Bent, où je loge provisoirement chez ma cousine.

— Ah bon ? Je la connais peut-être. Comment s'appelle-t-elle ?

Laurel tripota sa pochette avec le plus grand sérieux, tout en cherchant le meilleur mensonge à lui servir.

— Dylan Delaney.

Le nom de son frère valait mieux que celui de n'importe quel membre féminin de sa famille, songea-t-elle. Et elle ne pouvait pas donner celui d'une Carson. Dieu savait que jamais ils ne l'appuieraient.

— Tu ne sais pas que les Delaney ne sont pas censés mettre les pieds dans le bar d'un Carson ? s'enquit Hank, l'œil amusé.

Laurel lui offrit son sourire le plus aguicheur.

— Je n'ai jamais été douée pour faire ce que je suis censée faire, minauda-t-elle.

La bonne blague.

— Allons, entrons, que je profite de ce verre que tu veux me payer, dit-il.

Laurel hocha la tête, replaça une mèche de sa perruque derrière l'oreille et se tourna vers la porte.

Qui au même instant s'ouvrit à la volée et la frappa en plein visage.

Du plat des mains, Grady imprima une solide poussée à l'une des portes battantes du bar, mais au lieu du sifflement sympathique de gonds bien huilés, il n'entendit qu'un bruit mat suivi d'un couinement animal.

Non, ce n'était pas possible que…

Avec précaution, il poussa de nouveau le battant vers l'extérieur, sans rencontrer cette fois de résistance. Mais lorsqu'il s'avança sur le passage en planches bien éclairé devant le saloon, la blonde Laurel se tenait devant lui, une main sur le nez.

Pour la deuxième fois en deux jours.

Son beau regard brun piqueté d'or croisa le sien, vibrant de colère.

— Qu'est-ce qui ne va pas chez toi ? demanda-t-elle d'un ton ulcéré.

— Pardon ? Ce n'est pas moi qui me trouvais du mauvais côté, ma belle ! Au cas où tu ne l'aurais pas remarqué, il y a des panneaux « Entrée » et « Sortie » pour éviter ce genre d'accident, à moins d'être soûl ou stupide.

Malgré l'âpreté de sa voix, il éprouvait un pincement douloureux au cœur, ce qui était franchement absurde. Qui était responsable de ce qui venait de se passer ? Lui ou elle ?

Hank tendit à Laurel un foulard sorti de sa poche, qu'elle appliqua sur son nez meurtri.

— Je crois qu'elle mérite un verre sur le compte de la maison, lança-t-il d'un ton un peu trop jovial.

Grady fixa d'un œil dur le jeune roquet, un sourcil levé, le corps figé dans une posture menaçante.

— Tu crois ?

Hank pâlit et détourna les yeux. Le pleutre.

— Entrons, nous allons nettoyer ça, ordonna Grady à Laurel.

— Non, merci, répondit-elle entre ses dents.

— Tu devrais le laisser faire, Sarah, conseilla Hank. Trouve ensuite de la glace, et nous pourrons déguster nos boissons gratuites, d'accord ?

Il lui tapota l'épaule, un peu trop amusé au goût de Grady.

— On y va, *Sarah* ? demanda ce dernier en désignant les portes, plus précisément celle avec le panneau « Entrée ».

Elle essaya de sourire. Elle essaya vraiment, nota-t-il. Et si elle n'avait pas eu un foulard pressé sur le nez, il aurait pu trouver ça drôle. Finalement, il lui prit le bras avec plus de douceur qu'il ne l'aurait voulu, la fit entrer dans le saloon et traversa avec elle la foule bruyante.

Du pouce, il désigna Hank à Ty.

— Ty, sers deux verres à ce type. C'est pour la maison.

Ty hocha la tête. Hank s'avança vers le bar tandis que Grady dirigeait Laurel vers le fond de la salle. Quand il voulut la guider vers l'escalier et son appartement, elle se rebiffa et se libéra d'une secousse.

— Je ne monterai pas dans ta tanière d'homme des bois, et tu ne me gâcheras pas ma mission, s'insurgea-t-elle en ôtant le foulard de son nez.

Il n'était pas aussi abîmé que la première fois, mais du sang séché lui collait aux narines.

Elle considéra le foulard et secoua la tête.

— Comment ? Comment est-il possible qu'en deux jours tu m'écrases deux fois le nez ?

— Puis-je te rappeler que la première fois c'est toi qui m'as foncé dessus ? Et la seconde j'ai poussé le côté *sortie* de la double porte. C'est la raison d'être de ces pancartes. Personne ne se tient de l'autre côté, parce que c'est le battant que les gens poussent en sortant.

Elle ferma les yeux, inspirant, expirant avec application pour se calmer. Lorsqu'elle rouvrit les yeux, son expression s'était radoucie, et elle fulminait déjà un peu moins.

— Grady, pourquoi sortais-tu ?

— Eh bien, je crois que je voulais voir jusqu'où tu étais prête à aller pour deux ou trois bribes d'information. Appelle cela de la curiosité.

— Tu es…

Elle secoua la tête.

— Je ne peux pas travailler avec toi. Je ne sais pas comment j'ai pu imaginer que ce serait productif. Reste à l'écart de mon chemin. Reste en dehors de cette affaire.

— Tu n'es pas sérieuse.

— Je ne peux pas t'y inclure si c'est cela ton mode de fonctionnement. J'ai besoin que tu m'écoutes. J'ai besoin d'être sûre de pouvoir opérer sans que tu mettes brutalement les pieds dans le plat et me casses le nez.

— Il n'est pas cassé.

Et lui, il se comportait en adolescent chipoteur.

— Reste ici, grommela-t-il avant de filer vers la cuisine.

Il sortit du frigo un sac de glace qui servait lors des rixes entre clients, et revenu auprès d'elle, le lui tendit. Elle se l'appliqua sur l'arête du nez en grimaçant.

Il détestait ce qu'il savait qui allait suivre. Profondément. Mais il n'était pas arrivé jusque-là dans sa vie sans devoir faire certaines choses qu'il détestait. Il avait un code moral très strict, et peu importait ce que les Delaney pouvaient penser. Ce code ne l'autorisait pas à agir en brute primaire.

— Je te demande pardon.

Elle battit des paupières, et il eut envie de lui arracher cette perruque grotesque.

— Qu'est-ce que tu viens de dire ?

— Je te demande pardon, répéta-t-il en fourrant les mains dans ses poches.

Il n'allait pas lui expliquer qu'il était sorti comme un bélier du saloon et avait poussé cette porte beaucoup plus fort qu'il n'en était besoin, mais il s'excuserait pour le mal qu'il avait occasionné.

— Pour quelle partie au juste ?

— Le nez écrasé.

— Est-ce là la seule chose pour laquelle tu veux t'excuser ?

— Oui. Nous sommes ensemble dans cette affaire, et je n'allais pas te laisser entraîner dans le noir par un…

— Non, nous ne sommes pas ensemble. Nous ne fonctionnons pas sur un pied d'égalité. Je suis inspecteur, et c'est moi qui mène l'enquête. Au mieux, tu es un informateur. Je veux que tu agisses en tant que tel, et pas comme un Starsky hystérique.

— Je suis désolé… Comme quoi ?

— Laisse tomber, marmonna-t-elle. J'en reviens à Hank. Il n'est pas question que tu interfères. Tu n'es pas…

Elle s'interrompit. Marqua une pause.

— C'est moi ? demanda-t-elle tout à coup.

— Toi quoi ?

— Les gens pensent que je ne suis pas à la hauteur. Tout à coup j'ai une véritable affaire, les gens s'inquiètent pour moi, ils pensent que je suis dépassée, que j'ai besoin d'aide, de protection et je ne sais quoi encore. Donc, au regard de votre attitude d'aujourd'hui, à ma sœur et toi, je me pose la question. Est-ce moi ? L'impression que je dégage est-elle si pitoyable que vous me croyez incapable de gérer seule ma vie ?

Elle leva les yeux au ciel, visiblement exaspérée, et peut-être un peu blessée. Pourquoi pouvait-il voir tout cela à travers ses mimiques et les plis sur son front ? C'était comme s'il savait ce qu'elle ressentait rien qu'en la regardant. Comme s'il avait passé la moitié de sa vie à mémoriser chaque émotion qui traversait son visage.

N'importe quoi.

— Parlant de ta sœur, répondit-il, elle t'aime beaucoup. Je pense que si elle était dans une situation périlleuse, et quelle que soit la qualité de l'équipement dont elle disposerait, tu te ferais toi aussi du mauvais sang pour elle. Et le lui dirais. Ça s'appelle de l'amour, je crois. Ou du dévouement familial.

— D'accord, très bien. Peut-être même as-tu raison. Mais quelles sont tes excuses ? Tu crois qu'une femme ne peut pas assurer seule ?

— Vanessa est ma sœur. Crois-moi, je sais combien une femme peut assurer.

— Donc, pourquoi ne peux-tu pas rester en retrait et me laisser faire mon job ? Je suis une Delaney. Tu crois vraiment que je suis une petite chose douce et tendre ? Tu…

— Peut-être que je n'aime pas te regarder sourire et flirter avec un étranger.

Ce qui lui cloua le bec. Seule raison pour laquelle il avait dit cela. Et non parce que c'était vrai.

Ses jolis sourcils se froncèrent, et il ne put s'empêcher de se demander comment il pouvait émaner une telle intensité d'une femme dotée d'une aussi belle intelligence, et, oui, d'une compétence aussi remarquable dans son travail.

— Pourquoi cela te dérange-t-il ? demanda-t-elle, comme s'il n'existait pas de réponse valable.

— Peut-être qu'à l'occasion j'aimerais bien que ce soit à moi que tu souries.

Réponse non valable. Elle méritait mieux.

— Ça n'a aucun sens, persista-t-elle.

— Pourquoi pas ? demanda-t-il en se penchant plus près.

Si près que ses yeux s'agrandirent et que l'air entre eux crépita d'électricité, une électricité qu'il avait évitée toute sa vie d'adulte, par devoir, et par une saine croyance dans les Carson et les Delaney, dans sa chère ville de Bent, et dans la destruction.

Mais Laurel se contenta de le regarder dans les yeux. Les siens étaient de cette nuance brun doré indéchiffrable, et peu importait qu'elle ait cette perruque sur la tête, ce rouge trop rouge sur les lèvres et ce maquillage charbonneux sur les paupières, elle était si pleinement… Laurel.

— Tu es un Carson, dit-elle dans un murmure.

Il la dévisagea pendant ce qui lui sembla une minute pleine, puis éclata de rire. Parce que Mademoiselle-je-ne-crois-pas-en-la-vieille-querelle pensait qu'il ne pouvait pas vouloir qu'elle lui sourie. À cause de leurs noms de famille respectifs.

Il avait deux choix, supposa-t-il, dans cette petite arrière-salle vide puisque ceux qui travaillaient étaient dans le saloon. Soit la laisser retrouver Hank pour obtenir les renseignements qu'elle espérait pouvoir tirer de lui, auquel cas il se lavait les mains de ce qui pouvait advenir d'elle et de son enquête.

Soit faire ce qu'il aurait dû faire quinze ans plus tôt, quand il avait surpris Laurel Delaney furetant autour de sa chambre après avoir passé la nuit dans celle de sa sœur.

Elle laissa tomber le sac de glace, visiblement troublée, et visiblement prête à rendosser son rôle de flic.

— Grady, je…

Mais il ne pouvait pas le supporter. Il glissa une main sur sa nuque et attira sa bouche vers la sienne.

# 8

Grady Carson l'embrassait.

Sur la bouche.

Il existait quelque chose qu'elle devait faire à cet égard, elle en était sûre, mais son cerveau grésillait d'électricité statique, tandis que son corps… acceptait tout. Elle absorba la sensation de ces lèvres pleines sur les siennes, de la chaleur de sa main rugueuse sur sa nuque, qui la maintenait immobile tandis que sa bouche s'emparait de la sienne comme s'ils faisaient cela depuis des siècles. Comme si tout dans ce baiser était exactement comme il devait être.

Quelque part, elle savait que c'était une erreur. Pourtant, les sensations semblaient occulter ce savoir, le balayer très loin d'elle. Si loin qu'elle ne trouva pas bizarre de s'appuyer contre lui, de lui ouvrir sa bouche, de plaquer ses mains sur la paroi chaude et ferme de son torse.

Lorsqu'il rompit leur baiser, lentement, qu'il repoussa son corps avec douceur, elle dut s'ordonner de respirer, de rouvrir les yeux, de penser. Mais tout ce qu'elle vit fut le regard bleu vibrant de Grady, et les seules pensées qu'elle parvint à former ne furent qu'un charabia incompréhensible.

Elle essaya d'inspirer, mais elle tremblait. Expirer n'était guère plus aisé. Tout paraissait agité et instable, et elle se rendit compte qu'elle était toujours penchée vers lui, que seuls ses bras la tenaient encore debout.

Elle secoua la tête, cherchant à trouver un sens ou un soupçon de raison à ce qui se passait. Elle ne parvint qu'à se rétablir sur ses talons, laissant les bras de Grady retomber.

Il ne dit rien. Ne bougea pas. S'il n'y avait eu ce regard intense, pénétrant, elle aurait pu croire qu'il n'éprouvait rien. À vrai dire, elle n'était pas certaine qu'il éprouvait quelque chose, mais il ne…

En fait, elle ne savait pas. Il l'avait embrassée. Elle ignorait pourquoi. Et elle ignorait pourquoi elle y avait répondu. Elle ne savait pas, et c'était tout sauf sa sensation préférée au monde.

— Je ne… Je ne sais pas ce que c'était.

Elle n'était même pas sûre de se rappeler son nom. *Laurel Delaney. Delaney. Adjointe Laurel Delaney. Et si tu n'as pas oublié, tu as un meurtre à résoudre, pas un Carson à embrasser.*

Embrasser. Grady l'avait embrassée. Embrassée avec sa bouche. Sa langue. Elle ne put que le regarder d'un œil fixe, parce que sûrement, sûrement… Même si ce baiser avait été… Waouh… Il avait eu un instant d'égarement.

Ses lèvres s'étirèrent de cette façon horripilante, sauf qu'à présent elle connaissait leur goût. Et elle ne parvenait pas à éprouver de la colère parce qu'elle n'était plus qu'une… masse de gelée. Informe, incapable de penser.

— Dans mon monde, on appelle cela un baiser.

Dans le sien, c'était quelque chose de beaucoup plus primitif. Un baiser, c'était gentil, affectueux. Pas ce truc sauvage et total.

— Maintenant, retourne voir ton informateur, soutire-lui quelques infos grâce à tes sourires, ensuite…

Il pencha la tête et l'étudia, avec dans les yeux quelque

chose qu'elle ne put définir. Comme de l'amusement, mais sans méchanceté. Il ne se moquait pas d'elle, comme elle aurait pu s'y attendre, mais elle aurait été bien en peine de dire ce qu'il pensait. Ou ce qu'il voyait en la regardant.

— Ensuite quoi ?

Elle se sentait comme sur un nuage, malgré son fort désir de revenir à la réalité.

— Ensuite nous pourrons finir cette discussion.

— Je pensais que c'était un baiser, objecta-t-elle.

— Oh ! princesse. C'était les deux.

Avant qu'elle puisse comprendre ce qu'il entendait par là, il se retourna pour regagner le bar, la laissant seule dans l'arrière-salle avec… elle-même.

Ce qui était une bonne chose. Elle pouvait relancer son cerveau. Réfléchir, projeter, compartimenter, parce qu'elle n'était pas ici pour se laisser perturber davantage par Grady. Elle était ici pour obtenir des infos de Hank.

Hank, qui était là, à quelques mètres, avec un verre gratuit, et qui l'attendait. Hank, qui n'avait vraisemblablement pas tué Jason, mais qui savait peut-être quelque chose. Ou détenait des indices même sans le savoir.

Son job était sa vie. Il l'était depuis qu'elle était entrée à l'académie de police. Lorsqu'elle avait trouvé du temps pour vivre quelque chose avec un homme… Ça avait été une relation. Pas un baiser surprise à l'arrière d'un bar avec un type dont elle n'était même pas sûre qu'il lui plaisait.

Tout cela était si compliqué, si déstabilisant. Être flic était tout le contraire. Il y avait le bien et le mal, le légal et l'illégal, et si les limites étaient parfois floues, c'était toujours au service de la justice et de la vérité.

C'était sur cela qu'elle devait se focaliser. Grady l'avait laissée là. Il jouait avec elle, ou autre chose. Ce qui aurait été logique s'il avait ri ou s'était moqué d'elle pour avoir répondu à son baiser. Mais il lui avait juste dit de faire son travail et de revenir plus tard pour parler.

Parler.

Voulait-il vraiment dire parler ?

*Ne te soucie pas de cela*, se tança-t-elle. Elle replaça le sac de glace sur son nez, comptant sur la sensation de froid pour lui réveiller les neurones, pour l'aider à se concentrer sur Hank et sur le meurtre. Avec un hochement de tête résolu, elle regagna la salle bondée et bruyante du bar, tout en se répétant quatre mots très importants.

*Ne regarde pas Grady, ne regarde pas Grady…*

Son attention se fixa sur Hank. Perché sur un tabouret, deux verres vides devant lui, il regardait d'un air absorbé la télé fixée au-dessus du comptoir.

Laurel s'approcha, les yeux rivés sur lui et lui seul. Un téléphone était posé sur le tabouret voisin du sien.

Elle déglutit et s'en saisit.

— Tu gardais ce siège pour moi ? demanda-t-elle de sa voix la plus rauque.

Hank se tourna vers elle et lui sourit.

— Bien sûr. Tu es mon ticket pour un verre gratuit.

Il lui adressa un clin d'œil comme si c'était une blague, mais Laurel n'était pas dupe.

Ce qui lui convenait très bien. Boire un peu trop pouvait convaincre Hank de lui dire ce qu'il savait. Une magouille dans laquelle Jason était compromis. Une personne qui en avait après lui.

Posant l'appareil sur le comptoir, elle se hissa sur le tabouret. Hank fit signe à Ty, à l'autre bout du bar, mais ce dernier l'ignora.

— Ne t'inquiète pas, dit Hank en se tournant vers elle. Il te doit un verre. Je vais le chercher.

— Non, c'est…

Mais il était déjà descendu de son tabouret et se dirigeait vers l'endroit où officiait Ty.

Le téléphone de Hank vibra. Laurel regarda l'écran. Un texto apparut, et comme son propriétaire était occupé à réclamer une autre consommation gratuite, elle tourna l'appareil pour pouvoir lire le texte.

Il n'y avait pas de nom d'envoyeur, juste un numéro. Le message disait :

eagle creek park 7. apporte le dossier.

Laurel fronça les sourcils. Eagle Creek Park était un parc d'État isolé, et qui n'était plus guère fréquenté. Elle ne pensait même pas qu'il disposait encore d'un personnel à temps plein. C'était un endroit bizarre où retrouver quelqu'un, sauf pour des adolescents voulant se soûler ou fumer de la marijuana. Ce qui, bien sûr, ne requérait aucun dossier.

Hank revint en grommelant.

— Il m'a dit d'attendre mon tour.

Tout en se réinstallant sur son tabouret, il se saisit de son téléphone et y jeta un œil.

— Tu devrais peut-être essayer de…

Il s'interrompit en lisant le texto.

— Tout va bien ? s'enquit Laurel.

Hank fourragea dans ses cheveux puis, s'emparant d'un des verres vides, tenta sans succès d'en avaler les dernières gouttes. Sa main tremblait.

— Que se passe-t-il ? demanda-t-elle d'un ton chargé de sympathie, et non d'autorité policière.

— Rien. Il faut que je me sauve. Hé, donne-moi ton numéro, que je puisse t'appeler un de ces jours.

— OK. Tu veux que je te le tape ? demanda-t-elle en tendant la main vers l'appareil, l'air innocent.

— Non. Dis-le-moi simplement.

Ses doigts étaient suspendus au-dessus de l'écran, mais il regardait partout autour de lui.

Il était presque 22 heures, il n'avait donc aucune

raison de se presser pour son rendez-vous. À moins que le chiffre 7 ne signifie autre chose. Mais quoi ? Eagle Creek Park était le lieu fixé, mais il ne correspondait pas à cette adresse.

Elle lui donna un faux numéro. Si d'un côté elle voulait tirer profit de ses manœuvres de séduction, de l'autre elle ne voulait pas les pousser trop loin. Surtout si elle était amenée à devoir l'interroger en tant qu'adjointe.

— J'espère que je te reverrai, dit-il.

— Moi aussi, répondit-elle avec enthousiasme, même si elle n'avait qu'une envie : exiger de lui des réponses.

Au lieu de cela, elle le laissa partir.

Mais elle avait quelque chose sur quoi travailler. Eagle Creek Park. 7 heures le lendemain matin, ou 19 heures. Elle y serait dans les deux cas, et quoi qu'il en soit saurait à quoi s'en tenir.

Grady regarda Hank sortir du bar d'un pas pressé. S'il se fiait à la frustration qui se lisait sur le visage de Laurel, elle n'avait pas obtenu de lui ce qu'elle voulait. Il n'y avait pas de quoi se réjouir. Cela étant, il avait ses propres questions à poser à l'intéressé.

Sortant par la porte de derrière, il se saisit d'un sac d'ordures comme prétexte et s'avança dans le parking. Le conteneur à poubelles était à sa place, et c'est sans la moindre discrétion qu'il y jeta le sac.

Hank s'approchait d'un vieux pick-up cabossé. Grady toussa exprès pour qu'il le remarque.

— Gaskill ? C'est Gaskill, n'est-ce pas ?

Voyant qu'il le regardait d'un air suspicieux, Grady fit de son mieux pour ne pas paraître intimidant. Mais dans la pénombre d'un parking de bar, avec son gabarit et sa voix rugueuse, il ne fut pas certain de réussir.

— Fred, c'est ton petit frère ? demanda-t-il, en l'absence de réponse.

— Ouais. Et alors ?

— Clint Danvers, c'est *mon* petit frère. Qui n'avait pas de problèmes jusqu'à ce qu'il croise le chemin de ce cher Freddy.

C'était un mensonge éhonté, mais qui sait ? Il pouvait peut-être le conduire quelque part. Il y avait trop de connexions dans cette affaire. Des connexions qui menaient toutes à son irresponsable de frère.

Hank ricana.

— D'abord, c'est faux. Ensuite, ce n'est pas Freddy, et ce n'est pas Clint. C'est cette nana qui les mène tous les deux par le bout du nez.

Tiens, tiens. Voilà qui était nouveau pour Grady.

— Quelle nana ?

— Lizzie Adams. Il y a quatre boutonneux dans la classe de Fred qui la suivent partout et lui lèchent les bottes comme si elle était une star de la télé. Ces petits cons sont assez naïfs pour croire qu'elle leur fera des faveurs s'ils font ce qu'elle demande. Je ne sais pas dans quoi Clint s'est fourré, mais je vous garantis que ça a commencé avec elle.

Lizzie Adams. Grady enregistra ce nom dans sa mémoire.

— Merci pour le tuyau, mec.

Hank haussa les épaules.

— Il n'y a pas de quoi. Cela fait des semaines que je dis à Fred de se tenir éloigné de cette fille, mais il a dix-sept ans. Clint aussi, pas vrai ?

— Plus, grommela Grady.

Hank grimpa dans son pick-up. Grady lui adressa un bye-bye de la main avant de regagner l'intérieur du bar. Lizzie Adams. Il voyait mal un groupe d'ados être impliqué dans un assassinat, mais quelque chose ne collait pas.

De retour dans la salle, il se figea aux bruits étranges provenant de la petite cuisine. Il y jeta un coup d'œil, intrigué, et découvrit Vanessa occupée à jeter toutes sortes d'objets autour d'elle, sans raison apparente.

— Tout va bien ? s'enquit-il.

Elle l'incendia du regard par-dessus son épaule.

— Super fantastique ! Que fait une Delaney dans notre bar ? Avec une perruque, par-dessus le marché !

— Ne t'inquiète pas pour ça.

Vanessa serra les poings sur ses hanches, l'œil mauvais. Mais il n'allait pas se laisser intimider par sa petite sœur.

— Hé, tu te souviens quand tu l'invitais à la maison ? Disons que c'est un prêté pour un rendu.

— J'étais une petite fille.

— Et aujourd'hui, il se trouve que je suis un homme adulte.

Il lui adressa un large sourire, qui eut pour effet de lui faire saisir un ustensile pour le lui jeter à la tête. Grady n'attendit pas la suite et se réfugia dare-dare dans la sécurité de la grande salle.

Passant en revue les clients sur les tabourets, il se réjouit de voir que Laurel y était toujours, et tapait des notes sur son téléphone. Elle n'avait pas fui l'établissement pour cela. Sa cible était partie, et elle était restée. Ici, dans son bar.

Il se demanda pour combien de temps encore. Si elle l'informerait de ce qu'elle savait. S'il lui communiquerait ce qu'il savait. Ou si ce qu'elle voulait était de finir leur « conversation ».

Grady sourit par-devers lui, et ce fut comme un signal clignotant. Laurel releva les yeux et son regard croisa le sien. Elle fronça les sourcils, mais lorsqu'il désigna l'arrière-salle du menton, elle se glissa au pied de son tabouret et s'avança vers lui.

Que Laurel Delaney s'avance vers lui ne le dérangeait pas le moins du monde, même en perruque blonde.

— Il faut que je te parle, dit-elle. C'est au sujet de l'affaire.

Son sourire demeura en place.

— Rien d'autre ?

— Non.

Juste pour l'agacer, il émit un « hum » suggestif.

— Allons en haut, c'est le seul endroit intime.

Elle roula des yeux.

— Très bien.

Alors qu'il pénétrait dans l'arrière-salle et se dirigeait vers l'escalier, Vanessa sortit en trombe de la cuisine.

— Qu'est-ce que tu fais ? demanda-t-elle.

Grady ouvrit la bouche pour lui intimer de se mêler de ses affaires, mais elle agita son index sous son nez.

— Pas toi, dit-elle, avant de le pointer sur Laurel. Toi.

Laurel la gratifia d'un regard froid, oubliant son personnage factice de Sarah.

— Enquête de police, déclara-t-elle. C'est la seule chose qui m'intéresse, faut-il que je te le rappelle ?

Sur ce, elle passa devant Grady et s'engagea dans l'escalier.

Grady fixa sa sœur d'un œil interrogateur. Vanessa poussa un soupir las et entra dans le bar pour prendre son service.

Ah, les femmes…

Il commença à gravir l'escalier, lentement, parce qu'il aimait l'idée que Laurel doive l'attendre. Lorsqu'il arriva en haut, elle frappait nerveusement le sol du pied.

— Pouvons-nous ne pas traîner ? J'ai des choses à faire.

— À tes ordres, princesse, répondit-il.

Il sortit ses clés de sa poche, déverrouilla la porte de son appartement et d'un geste théâtral l'invita à entrer.

Une fois la porte refermée, elle démarra tout de suite en mode flic.

— J'ai besoin d'infos de la part de Clint, mais je ne pense pas qu'il me les donnera.

— Je ne pense pas non plus qu'il me les donnera.

— Un autre membre de ta famille ? Vanessa, peut-être ?

— On ne peut pas dire qu'elle est un modèle de finesse et de diplomatie. Tu es bien placée pour le savoir. Que s'est-il passé entre vous ?

— Elle seule connaît la réponse. Je n'en ai aucune idée.

— Papa acceptait mal le fait que vous soyez amies.

— Je sais. Mon père aussi.

— Il t'a frappée pour ça ?

Laurel s'immobilisa, mais n'eut pas un tressaillement.

— Non. Il ne m'a pas frappée.

Elle poussa un soupir.

— Écoute, je ne suis pas ici pour remuer le passé ni cette absurdité de conflit Delaney-Carson. J'ai vu un texto qu'a reçu Hank. Un texto important dont je ne peux que supposer qu'il est lié à notre affaire. Il faut que je sache ce que sait Clint d'Eagle Creek Park.

— Tu veux dire cet endroit où vont les lycéens pour boire et fumer ?

— Tout à fait.

— Je pourrais me débrouiller pour que quelqu'un lui pose la question sans qu'il se braque. Pourquoi veux-tu savoir cela ?

— Parce que.

Grady croisa les bras, la mine sévère.

— Essaie encore.

— C'est confidentiel.

— Très bien. Dans ce cas je ne te révélerai pas ce que Hank m'a dit dans le parking.

— Hank ne t'a rien dit du tout.

Il haussa un sourcil.

— Tu me traites de menteur ? Dans un passé pas si

lointain, certains malentendus se réglaient à coups de revolver dans la grand-rue, avec beaucoup de Delaney du mauvais côté.

— OK. Tu me le dis, et *ensuite* je te montre le texto.

— Promis ?

Elle fronça le nez, visiblement réticente, avant de pousser un soupir de reddition.

— Très bien, je te le promets.

— Hank m'a dit que son frère, Clint et deux autres petits morveux avec lesquels ils traînent se sont entichés de cette fille, et qu'elle est la cause de tout. Elle s'appelle Lizzie Adams.

— Adams ? Le directeur de la mine s'appelle Adams, lui aussi. Ces gosses forment une sorte de lien.

— C'est aussi mon avis.

Laurel commença à se diriger vers la porte, mais Grady lui saisit le bras.

— Hé-là. Tu dois me montrer le texto.

— Il faut que je parte, Grady. Je dois vérifier ton info. Voir si Lizzie Adams est…

— Tu as promis, princesse, la coupa-t-il.

Elle eut beau gigoter pour se libérer, rien n'y fit.

— J'attends.

Avec un grognement de frustration, elle finit par rendre les armes et de sa main libre sortit son téléphone.

— Tu peux me lâcher, à présent.

Il obtempéra, mais demeura en alerte. Elle était parfaitement capable de lui filer sous le nez. Dans ce cas, il n'aurait aucun scrupule à la jeter comme un sac sur son épaule. Il y prendrait même plaisir.

Elle lui présenta l'écran, lui laissant lire ses notes.

— C'est mot pour mot ce que disait le texto. Et ça, c'est le numéro.

— « Eagle Creek Park 7. Apporte le dossier. »

— Donc, je dois être là-bas à 7 heures, et s'il n'y

est pas le matin, j'y retournerai le soir. Mais si Clint pouvait me fournir quelques éclaircissements…

— Et si ce n'est pas une heure ?

— Pardon ?

— Si le chiffre 7 ne correspond pas à une heure ? Ce pourrait être une borne de randonnée, un numéro de cabane… Ou d'emplacement de camping. Hank n'est pas juste allé prendre l'air en sortant d'ici. S'il n'avait pas un but précis, en cet instant même il ne chercherait qu'à t'enlever ta culotte.

Parce que c'était vraiment très, très étrange, qu'il mette les voiles aussi vite.

— Il faut que j'aille là-bas.

— Pas question.

— Grady, cette affaire concerne la police…

— Alors appelle des renforts, parce que je veux bien être damné si je te laisse te rendre seule dans un parc isolé. Je me fiche pas mal que ce soit moi ou l'un de tes petits camarades des forces de l'ordre, mais il y aura quelqu'un avec toi.

— Je n'ai pas le temps. Il a dix bonnes minutes d'avance sur moi, et il fonce peut-être au-devant du danger. Qui sait si ce n'est pas le sort de Jason qui l'attend dans ce parc. J'appellerai des renforts sur la route.

Elle ouvrit la porte, mais il la suivit.

— D'accord. Mais je reste à tes côtés jusqu'à ce que ces renforts se pointent.

— Grady, marmonna-t-elle en descendant à la hâte l'escalier.

Mais il était juste derrière elle.

— Désolé, princesse. Tu n'as pas le temps de discuter.

# 9

Laurel n'avait pas le temps de discuter, et tout en ayant plus ou moins à l'esprit l'idée d'empoigner son arme et de s'en servir contre Grady pour le tenir éloigné, elle connaissait les zones de répartition des équipes, et savait pouvoir arriver à Eagle Creek Park longtemps avant ses collègues en service.

Ce n'était pas intelligent d'y aller seule, et ce ne l'était pas beaucoup plus d'y aller avec un civil. A fortiori celui-là.

Mais quel choix avait-elle ? Elle persistait à penser que Hank était en danger, et ne pouvait ni l'ignorer ni attendre du renfort.

Elle grimpa donc dans sa voiture et fit monter Grady sur le siège passager, même si elle savait qu'elle ne le devait pas.

— Tu ne dis rien, et tu ne fais rien, lui intima-t-elle.

Sortant sa radio de la boîte à gants, elle l'alluma et communiqua les rares informations dont elle disposait. Un endroit mystérieux dans un grand parc, rien sur l'identité des personnes impliquées, ni sur les raisons de ce rendez-vous – peut-être même n'avaient-elles rien de criminel. Après tout, il pouvait s'agir d'une bête rencontre sentimentale Et un dossier.

Elle se concentra sur la route, ignorant la présence de Grady à ses côtés.

— Tu comptes garder cette perruque ?

Elle jura entre ses dents et entreprit de retirer les épingles qui la maintenaient sur son crâne. Chaque fois qu'elle en trouvait une, elle la jetait par-dessus son épaule. Quand elle sentit Grady lui toucher l'oreille, elle manqua de faire une embardée sur la chaussée.

— Tout doux, murmura-t-il, beaucoup trop près, alors qu'elle quittait Bent par la voie express. Je veux juste t'aider.

Elle se concentra tant bien que mal sur la route pendant qu'il achevait l'opération.

OK, son cœur battait beaucoup trop fort dans sa poitrine, mais elle préférait mettre cela sur le compte de son taux d'adrénaline et de son inquiétude pour Hank, plutôt que sur celui de l'activité des doigts de Grady dans ses cheveux.

*Cet homme t'a embrassée !*

Mais elle était incapable de penser à cela maintenant. Une fois la perruque détachée, elle l'empoigna sans façon et la jeta sur la banquette arrière.

— Tu es beaucoup mieux en brune, princesse.

— Merci pour cet avis de connaisseur, marmonna-t-elle.

Alors qu'ils s'approchaient du parc, elle passa en pleins phares et plissa les yeux pour étudier le bord de la route. Elle savait que le panneau signalant le parc avait été renversé des années plus tôt et n'avait pas été remplacé, de sorte que la nuit l'entrée était difficile à trouver si l'on ne la cherchait pas. Lorsqu'elle la repéra enfin, elle revint en feux de route. Le bruit du moteur et des roues suffisait largement pour attirer une attention non souhaitée. Ils ne pouvaient pas non plus sillonner le parc à pied.

— Tu connais la disposition des lieux ? demanda-t-elle.

— Je sais que les emplacements de camping sont

au fond. Il faut que tu prennes ici à gauche, précisa-t-il en tapotant le pare-brise. Si j'ai bonne mémoire, ils sont numérotés à partir de 1. La route monte, pour se terminer sur un rond-point. Donc, le numéro 7 doit se trouver sur notre droite.

Laurel hocha la tête et manœuvra pour s'engager dans l'étroite allée arborée. Elle fouilla la nuit des yeux, à la recherche d'un véhicule, d'une personne, ou tout ce qui pouvait indiquer une présence quelconque.

— Quelle distance entre deux emplacements ?

Les feux du véhicule éclairèrent un panneau de guingois qui indiquait « Camping fermé ».

— Pas très importante. Si nous n'allons que jusqu'au numéro 7, nous pouvons nous arrêter ici et marcher. Ça ne devrait pas prendre plus de dix minutes. Nous pouvons les surprendre. Enfin, en supposant qu'ils n'ont pas déjà entendu la voiture.

Laurel acquiesça. Il faudrait encore une vingtaine de minutes avant l'arrivée des renforts. Elle expliqua par radio où elle se trouvait à l'officier de permanence, puis s'arrêta au premier emplacement. Elle positionna la voiture en marche arrière, pour le cas où il leur faudrait repartir rapidement, puis s'empara de sa torche électrique, de sa ceinture à accessoires, et sortit son arme de son baudrier.

Ignorant le regard impressionné de Grady, elle descendit du véhicule. Elle accrocha chaque accessoire à sa place, sauf la torche, qu'elle alluma. Grady referma sans bruit sa portière, et la rejoignit devant le capot.

— Tu devrais rester dans la voiture, dit-elle, sachant qu'elle gaspillait sa salive.

Il laissa échapper un petit rire étouffé.

— Ouvre la marche, adjointe.

Elle poussa un gros soupir.

— Reste derrière moi, ne fais aucun bruit. Si tu veux jouer les héros, je te descends moi-même.

— J'en suis sûr.

Qu'il sache que ses menaces n'étaient que du vent avait quelque chose d'insupportable, mais ils n'avaient pas le temps de se chamailler. Elle commença à remonter l'allée de terre, sa torche braquée en alternance sur le sol et les panneaux indicateurs, l'oreille tendue vers les bruits autour d'eux.

Le vent sifflait dans les arbres et les hautes herbes, dans lesquels s'affairaient écureuils et autres petits mammifères. L'obscurité avait sa vie propre, toujours mouvante et imprévisible. Laurel gardait une main sur son arme, l'autre serrée sur sa torche électrique.

Lorsqu'ils arrivèrent au panneau numéro 5, elle l'éteignit. Grady ne dit rien et elle leur donna quelques instants pour s'accoutumer à l'obscurité. La nuit était claire et fraîche, mais ni le scintillement des étoiles ni l'éclat de la lune ne la rendaient moins angoissante.

Laurel reprit son chemin, pas à pas, un pied sur la terre, l'autre sur l'herbe pour ne pas s'écarter de la route. Quand une main se referma sur son épaule, elle faillit hurler mais se retint in extremis, se rappelant que Grady était derrière elle.

— Écoute, lui chuchota-t-il à l'oreille.

Il était soudain si près qu'elle percevait la chaleur de son corps et le souffle léger de son haleine dans ses cheveux, mais elle devait se concentrer sur des choses plus importantes.

Écouter.

Il lui fallut un petit moment, mais elle finit par les entendre. D'abord, elle crut que c'était le vent, mais plus elle écoutait, plus elle discernait les murmures d'une conversation.

Levant la main, elle fit passer celle de Grady de son

épaule droite à la gauche, puis la tapota pour lui faire comprendre de l'y laisser pendant qu'ils progressaient.

Elle voulait se rapprocher assez des murmures pour les identifier, mais en même temps ne pas perdre son « coéquipier ». Ils s'avancèrent ainsi l'un derrière l'autre, la main de Grady chaude et solide sur son épaule.

Jugeant le moment indiqué, elle sortit son arme, afin d'être prête si ceux qui parlaient étaient également armés. Ne pas avoir de gilet pare-balles était très contrariant, mais Grady était lui aussi sans protection. Sans parler de Hank, même si ce dernier s'était mis lui-même dans cette situation.

Les murmures s'amplifièrent, mais elle ne distinguait toujours pas les mots, et n'aurait su dire s'ils s'en rapprochaient ou pas. Avec les espaces ouverts et les quelques bouquets d'arbres, le son semblait provenir de partout à la fois.

Elle poursuivit néanmoins son avancée, contrôlant son souffle, concentrée sur sa mission : protéger Hank, protéger Grady, et savoir ce qui se passait.

Il y eut un cri bref, suivi de la déflagration d'un coup de feu.

La main de Grady se serra sur son épaule, mais Laurel s'en arracha et se rua en avant.

Était-elle folle ? Grady comprenait qu'elle était flic et tout le reste, mais quelle femme courait vers l'endroit où un coup de feu venait d'éclater ?

D'un autre côté, quel civil courait derrière une femme qui se précipitait vers un endroit où l'on venait de se servir d'une arme à feu ? Lui, apparemment. Alors, peut-être devait-il se poser des questions sur sa propre santé mentale.

Lorsqu'il la rattrapa, elle était accroupie devant un homme étendu par terre, et sa torche éclairait la tache rouge sur sa chemise.

Hank.

— Hank, tu m'entends ?

Hank lui répondit par un grognement, tandis que Laurel portait sa radio de police à sa bouche et demandait d'urgence une ambulance. Elle balaya ensuite le sol du faisceau de sa torche, probablement à la recherche d'indices sur la direction prise par le tireur.

Tout en se relevant, elle glissa sa radio dans son étui de ceinture, puis remit torche et téléphone à Grady.

— Appelle le 911 et demande-leur de t'indiquer les gestes à accomplir en cas de blessure par balle.

— Que vas-tu faire ? demanda-t-il.

Peut-être aurait-il dû se soucier davantage du fait que Hank gémissait par terre devant lui, perdant son sang, mais il craignait avant tout que Laurel finisse de la même façon.

— Chercher celui qui a fait ça, répondit-elle.

Il ouvrit la bouche pour lui dire quelque chose du genre « il te faudra passer d'abord sur mon cadavre », lorsque des sirènes se firent entendre à distance.

— Je ne crois pas que ce soit l'ambulance, mais les flics. Appelle le 911. Veille sur Hank. Laisse la police gérer les choses.

Et cela l'englobait, elle. Ce qui allait à l'encontre de ce que lui hurlaient ses pulsions intimes. Malheureusement, laisser un homme se vider de son sang sous ses yeux allait aussi à leur encontre.

Laurel avait pris le large, indiquant déjà dans sa radio qu'elle voulait que le parc soit bouclé et placé sous surveillance. Elle lui avait laissé sa torche électrique. Sa torche électrique ! Alors que tout ce qu'il voulait, c'était se précipiter derrière elle. Mais Hank s'était remis à gémir. Apparemment, il essayait de dire quelque chose mais n'y arrivait pas.

Grady marmonna un juron et appela le 911 sur le téléphone de Laurel. Par quel miracle elle captait le réseau dans cette zone, il l'ignorait, mais lorsque le standardiste décrocha, il lui expliqua la nature de l'urgence, et en retour ce dernier lui détailla les gestes à faire.

Hank poussa des grognements et s'agita tandis que Grady pressait sur son flanc sa veste pliée en tampon. Il plaça la torche sur le sol, orientée vers la blessure, de sorte à avoir les deux mains libres.

— L'a pas eu, dit Hank d'une voix râpeuse, les yeux plissés vers Grady comme s'il ne le voyait pas.

Mais il lui parlait, donc il voyait quelque chose.

— Pas eu quoi ?

La main de Hank battit l'air, et sa respiration se fit laborieuse sous la pression imprimée sur la plaie. Où était donc cette maudite ambulance ?

— Ma poche, marmonna Hank en désignant son côté gauche.

Sans interrompre sa tâche, Grady avança son autre main au-dessus du corps, et grimaça en la plongeant dans la poche en question.

Dont il sortit un morceau de papier chiffonné.

— Il ne l'a pas eu, répéta Hank.

Son souffle devint plus faible et ses mouvements moins erratiques.

Grady fronça les sourcils. Il essaya d'aplanir le papier d'une main et de le lire à la lumière de la torche. Il s'agissait de notes manuscrites sur du papier millimétré. Une liste de dates, et en face de chacune d'elles une indication. Grady n'y comprenait goutte. Il y avait des noms qu'il ne connaissait pas, des mots qu'il voyait pour la première fois. Mais l'une des lignes était inscrite en lettres capitales, et datait de deux semaines.

UN NETTOYAGE NE SUFFIRA PAS POUR LES NORMES EPA

C'était du chinois pour Grady, et il doutait qu'il en

soit autrement pour Laurel. Mais il comprit que ce dans quoi étaient impliqués Hank, Jason et celui qui tirait sur les gens tournait autour d'une seule et même chose : la mine.

Cela signifiait également que les enjeux de ce qui s'y passait étaient assez importants pour que l'on assassine, ou tente d'assassiner, deux hommes. De sang-froid. Sans se soucier d'être capturé ni des éventuelles répercussions si quelqu'un additionnait deux et deux.

Et Laurel était au milieu de tout cela, dans le noir.

S'il n'avait pas pensé à elle, au nombre d'hommes qui se trouvaient avec elle maintenant que les sirènes s'étaient tues et que les autres flics fouillaient le parc, il aurait pu le rater.

Un léger froissement de feuilles, le bruit d'une branche qui casse sous une chaussure, suivi d'un silence à donner la chair de poule.

Grady ne bougea pas. Laurel ou un autre policier se seraient annoncés. Surtout en sachant qu'ils avaient un blessé par balle sur les bras.

Ça pouvait être un animal, mais quel animal s'arrêtait après s'être fait remarquer de la sorte ?

Grady évita tout mouvement brusque. Celui qui était là avait un très bon point d'observation, mais il n'avait pas encore tiré. Cela ne voulait pas dire qu'il ne le ferait pas, mais plus certainement qu'il réfléchissait à ne pas le faire *sur lui*.

Alors, d'un mouvement lent, imperceptible, Grady commença à tourner la tête pour regarder par-dessus son épaule.

— Ne bougez pas, ordonna une voix gutturale, qui semblait venir de loin.

— D'accord, répondit Grady, de son ton le plus détendu.

— Qui êtes-vous ? demanda l'homme.

Le son de sa voix indiquait qu'il se déplaçait, mais Grady n'aurait su dire dans quelle direction.

— Vous croyez que je vais dire qui je suis à un étranger au milieu des bois ?

Laurel n'approuverait pas cette façon de traiter avec un inconnu sans doute armé, mais ce n'était pas la première fois que Grady avait affaire à un homme prêt à tout, loin s'en fallait.

Il espérait pouvoir gérer celui-là.

L'ambulance n'allait plus tarder, et dans le cas contraire, les policiers devraient opérer une manœuvre d'encerclement. Donc, au pire, il finirait avec une balle dans le ventre comme Hank, mais survivrait.

*Non, le pire scénario serait une balle dans la tête, pauvre idiot.*

Grady écarta cette pensée et se concentra sur la tâche qui l'occupait.

— J'essaie juste d'aider un type qui a besoin d'aide. Je ne cherche pas d'ennuis.

L'homme émit un ricanement étouffé. Grady tenta de faire le point sur son environnement. Y avait-il un objet pouvant servir d'arme ? Hank avait-il un tel objet sur lui, qu'il pouvait utiliser avant que l'homme le descende ?

Il fallait juste que ce dernier s'approche afin qu'il puisse l'estourbir. Quelle que soit sa taille, il était sûr d'avoir le dessus dans un corps à corps. Mais le type était armé, et lui non.

— Écartez-vous de Hank.

Grady baissa les yeux sur le blessé, éclairé par la torche. Il ne bougeait plus, mais respirait toujours, bien qu'avec peine. S'il continuait à perdre son sang, Grady n'était pas certain qu'il survivrait.

*Et toi, tu ne survivras pas avec une balle dans la tête.*

Mais il n'avait jamais été doué pour reculer face au danger.

— Pourquoi ne pas laisser mon ami ici…

— Que cachez-vous dans votre main ? demanda soudain l'homme.

Soit il avait oublié d'utiliser sa voix gutturale, soit il s'en fichait.

Grady regarda le papier. Abandonner un indice était la dernière chose qu'il voulait. Mais s'il pouvait se rappeler la date, la formulation exacte de la phrase en majuscules et quelques noms…

Tout à coup le papier lui fut arraché, ce qui lui offrit l'occasion dont il avait besoin. Il shoota violemment dans le tibia de l'homme. Ce dernier beugla de douleur, mais ne tomba pas.

Ce qui signifiait qu'il n'avait plus le choix : il devait interrompre son travail sur Hank. Ce serait un temps précieux et sans doute une importante quantité de sang de perdus, mais ils allaient tous deux mourir s'il ne se battait pas.

Aussi, d'un mouvement souple, Grady ramena ses jambes sous lui en position accroupie. Et au moment où son adversaire leva son bras, son pistolet brillant sous la lune, il plongea.

Il percuta l'homme en pleine poitrine, et ils s'étalèrent tous les deux sur le sol. Grady espéra que le bruit qu'il entendit – mélange de bruissement de feuilles et de choc mat sur la terre – était celui de l'arme tombant de sa main.

Mais soudain, par-dessus leurs ahanements rauques et leurs grognements, Grady entendit des sirènes. Claires et puissantes. Il leva les yeux pour voir la lumière rouge de l'ambulance.

Mal lui en prit, car cela donna à son adversaire le temps de lui assener un coup qui le mit K-O.

# 10

Laurel jura. Plusieurs fois. Elle avait exploré le fond du parc autant qu'il lui avait été possible sans lumière artificielle, mais n'avait relevé aucune trace du tireur. Les seuls hommes qu'elle avait croisés étaient les deux flics qu'elle avait appelés en renfort.

— Il pourrait être n'importe où, mais nous manquons d'hommes pour ce genre de recherche, dit l'adjoint Clarion d'un ton dépité.

Il avait raison, mais cela n'atténua pas la frustration et la colère de Laurel. Qu'une nouvelle personne se fasse tirer dessus quand on enquêtait sur un meurtre n'était pas une chose qui vous propulsait au firmament des inspecteurs. Surtout quand on n'avait ni suspects ni indices, juste la forêt, l'obscurité et les interrogations.

Tout cela était sa faute. Elle tenta de toutes ses forces de chasser un cuisant sentiment d'échec, mais sans succès. Elle était passée à côté d'éléments importants, avait mal analysé les faits, et un autre homme était blessé à cause d'elle. Il risquait de ne pas survivre.

— Il faut revenir sur nos pas et nous assurer qu'il n'a pas fait demi-tour quelque part, décréta-t-elle, d'un ton plus tranchant que nécessaire mais elle avait de bonnes raisons pour cela.

Elle avait laissé Grady sans arme derrière elle, et il était plus que probable que le tireur se soit joué d'eux avec l'intention de revenir près de sa victime pour la « finir ». Ils étaient en présence d'un meurtrier que rien n'arrêtait, et qui n'avait aucun scrupule à tuer un homme et à tenter d'en tuer un autre. Et elle ne pensait pas qu'éliminer également Grady lui poserait un grand problème moral.

Elle jura de nouveau et accéléra le pas.

— Continuez d'ouvrir l'œil ! lança-t-elle par-dessus son épaule. Mais notre priorité à présent est le blessé.

Elle se mit à courir à petites foulées.

— Si notre suspect nous échappe, reprit-elle, nous passerons cela par pertes et profits. Mais s'il achève sa victime ou tue un civil, c'est pour nous.

Pour elle, en fait. Elle avait été l'idiote qui avait laissé Grady lui imposer sa présence, et l'inconsciente qui l'avait laissé sans défense face à tout ce qui pouvait survenir alors qu'il était seul avec un blessé grave et sans arme.

L'idée de Grady sans défense était presque risible. Il était grand, fort, capable de tout affronter. Mais il n'était pas Superman. Il ne pouvait pas esquiver une balle.

En entendant les deux autres adjoints haleter derrière elle, elle força l'allure à travers les arbres et les dangereux espaces ouverts, vers l'endroit où étaient censés se trouver Hank et Grady. La lune éclairait son chemin, et tandis qu'elle s'en rapprochait, les lumières de l'ambulance la guidèrent avec précision là où elle devait aller.

La présence de celle-ci ôta un peu du poids qu'elle avait sur le cœur. Hank avait une chance de s'en sortir et Grady était sain et sauf. Les secours étaient arrivés à temps, leur évitant toute mauvaise surprise.

Le tireur avait dû filer sans demander son reste. Il devait penser que Hank avait succombé à sa blessure, et qu'il avait eu ce qu'il voulait.

Pourtant, Laurel ne se sentait pas tellement mieux.

Elle s'approcha assez pour voir Hank être installé dans l'ambulance sur une civière. Mais pas de Grady.

Elle ravala la boule de panique dans sa gorge. Il était là quelque part. C'était forcé.

— Où est l'autre homme ? demanda-t-elle au secouriste tandis qu'il refermait les portes.

— Quel autre homme ?

— Il y avait un autre homme ici, qui veillait sur Hank, le blessé.

L'homme en blanc haussa les sourcils.

— Je n'ai pas vu d'autre homme, et il faut que j'emmène d'urgence celui-ci à l'hôpital. Il a perdu beaucoup trop de sang et ne réagit plus.

— Attendez. Il y avait une autre personne…

— Navré, mais il faut que j'y aille, adjointe. Si vous voulez que Hank…

Ils se turent tous les deux alors que ce qui ressemblait à un grognement d'ours se faisait entendre tout près, accompagné de bruissements de feuilles.

Laurel bondit dans cette direction.

— Grady ?

La réponse fut un chapelet d'obscénités.

— Donnez-moi votre lampe, demanda-t-elle à l'infirmier.

Celui-ci lui tendit une torche. Elle l'alluma et éclaira l'endroit d'où provenaient les grognements et les jurons.

— Grady.

Il était étalé dans une petite ravine. Tandis qu'elle s'approchait, il bascula de côté, tentant en vain de se redresser en position assise.

— Ne bouge pas, ordonna-t-elle en s'agenouillant à ses côtés. Oh, mon Dieu ! Tu es blessé ?

— Je ne sais pas, grommela-t-il. Suis-je blessé ?

— Grady…

Elle voulut passer ses doigts sur son torse, mais l'infirmier l'écarta d'autorité.

— Où avez-vous mal, monsieur ?

— Sans doute cette plaie à la tête. Je saigne.

Il y avait une pointe d'agressivité dans sa voix, et dans l'éclairage un peu irréel provenant de l'ambulance et de la torche, Laurel voyait qu'il était blême.

— Simon, il faut y aller ! lui cria l'autre infirmier depuis l'ambulance. Ce gars ne tiendra plus bien longtemps.

— Nous en avons un autre, Pete. Lésion crânienne. Il est mal en point. Apporte l'autre civière.

Pete jura, mais s'exécuta avec célérité.

— Je n'ai pas besoin d'une civière, protesta Grady en tentant faiblement de le repousser.

Le sang de Laurel se glaça dans ses veines en constatant que son geste était sans effet. Le grand, le costaud Grady Carson n'avait plus une once de force physique.

La gorge nouée par la peur, elle déglutit.

— Laisse-les te mettre sur la civière, Grady.

Elle se tourna vers les autres policiers, qu'elle avait presque oubliés.

— Vous deux, passez la zone au peigne fin. Ensachez tout ce que vous trouverez, compris ?

— Un morceau de papier, marmonna Grady pendant que les infirmiers le déplaçaient avec précaution.

— Quoi ?

— Hank avait sur lui un morceau de papier. Quelque chose d'important… C'est confus…

Il souleva une main, mais la laissa retomber.

— Un morceau de papier. D'accord. Je le chercherai.

— Avec quoi le type m'a-t-il frappé ? J'ai fait sauter l'arme de sa main.

Il avait fait sauter l'arme de la main du tireur. Oh !

Seigneur. Tandis que les infirmiers commençaient à l'installer dans l'ambulance, Laurel s'obligea à se concentrer. Pas sur Grady, pas sur la gravité de son état, mais sur l'identité de l'auteur de ces violences.

— Nous cherchons un pistolet ou un objet contondant ayant pu servir pour occasionner une sévère blessure, ainsi qu'un morceau de papier, annonça-t-elle aux adjoints qui fouillaient la zone.

L'ambulance démarra et quitta sans attendre l'emplacement de camping. Laurel dut se forcer à ne pas la suivre des yeux. Grady était entre de bonnes mains.

*Et blessé. À cause de toi.*

Il lui semblait n'avoir jamais été aussi près de pleurer lors d'une mission, mais elle refoula ses larmes sans pitié.

— Tout ce qui peut vous sembler même vaguement suspect, placez-le dans un sachet. Il nous faut des indices.

Elle dirigea le faisceau de sa torche vers la ravine où gisait Grady un peu plus tôt. Elle n'y voyait rien de précis, mais la petite dépression était couverte de feuilles mortes.

Sortant un gant de latex d'une des poches de sa ceinture, elle l'enfila et les explora à la recherche de tout ce qui n'était pas naturel, et qui avait pu frapper Grady au crâne.

Elle découvrit d'abord un minuscule bout de papier, propre et sec, signe qu'il n'était pas là depuis longtemps. Elle tenta de déchiffrer les mots écrits, mais il n'y en avait pas assez pour en saisir le sens. Elle le glissa dans sa sacoche à indices.

Puis sa main rencontra quelque chose de dur. Elle le dégagea des feuilles et l'étudia. Une chaussure d'homme. De belle facture. Grande, avec une semelle assez rigide pour occasionner quelques dégâts. Elle la rajouta dans la sacoche. C'était sans doute insuffisant pour obtenir une identité, mais au moins c'était quelque chose.

— J'ai trouvé un pistolet, l'informa l'adjoint qui se tenait à trois, quatre mètres au sud de sa position.

Laurel hocha la tête. Un bout de papier, une chaussure et une arme. Ce n'était pas beaucoup.

Mais c'était mieux que rien.

Grady détestait les hôpitaux. Tout y était si blanc, aseptisé, et chaque bruit si mécanique. Et il avait assisté au décès d'un peu trop de gens dans des chambres d'hôpital. Il y avait accompagné jusqu'à leur dernier souffle ses quatre grands-parents, leur tenant les mains, récitant des prières, parce qu'ils l'avaient élevé à l'ombre de tout le reste.

Ensuite il y avait eu son père. Grady avait servi de bouclier à Vanessa, que l'on écartait sans ménagement tandis que les écrans s'affolaient et que les infirmières entraient brusquement en action. Et quand tout avait été dit et fait, il avait éprouvé de la tristesse, alors que son père avait toujours été un véritable fils de p…

Grady poussa un soupir et regarda la porte d'un œil mauvais.

Ils l'avaient recousu, l'avaient soûlé d'histoires de commotion et de surveillance de nuit, et il était sur le point de perdre son flegme coutumier.

Il fallait qu'ils le libèrent bientôt, ou il sortirait par la force de ses poings. Quoi qu'il advienne. Il devait juste savoir qui appeler. Noah, Vanessa, ou Ty. Et nom de Dieu ! Il contacterait Clint pour exiger qu'il le paie pour toute cette pagaille dans laquelle il se trouvait à cause de lui.

La seule personne à qui il voulait vraiment parler, c'était Laurel. Mais ce serait pour plus tard.

Lorsque la porte s'ouvrit, Grady était prêt à insulter toute pauvre âme qui aurait osé se pointer dans sa chambre sans un formulaire de sortie en bonne et due forme.

— Monsieur Carson…, demanda une frêle et timide jeune fille qui paraissait terrorisée. Il y a à l'accueil quelqu'un de la police qui veut vous parler, et je ne trouvais pas la…

— C'est une femme ?

— Euh, eh bien, oui.

— Envoyez-la-moi, dans ce cas.

— D'accord, monsieur.

— Tout de suite ! s'écria-t-il.

La pauvre fille se hâta de disparaître dans le couloir.

Quelques secondes plus tard, Laurel apparut. Elle était toujours dans la tenue qu'elle portait quelques heures plus tôt, mais sans la perruque. Ses cheveux étaient disciplinés en l'une de ces tresses pratiques qu'elle semblait priser.

Elle aussi avait l'air « pratique », avec un rien de raideur militaire.

Seigneur, il voulait la mettre dans son lit.

— Pourquoi tortures-tu cette malheureuse petite qui ne t'a rien fait ? demanda Laurel.

Il remarqua qu'elle demeurait près de la porte ouverte tout en étudiant le pansement sur sa tempe.

— Parce que personne ne veut me laisser sortir de cette cellule de nonne.

Elle pinça la bouche et fourra les mains dans ses poches.

— Bien. Je suis venue prendre ta déposition.

— Tu as fait toute cette route rien que pour cela, princesse ? Prendre ma déposition ?

— Oui. As-tu la tête un peu plus claire, maintenant, ou faut-il que j'attende jusqu'au matin ?

— Ma tête va très bien, répondit-il d'une voix qu'il aurait préférée moins cassante. Le reste aussi.

Pour le prouver, il se glissa hors du lit et se mit debout.

— Rassieds-toi immédiatement, ordonna-t-elle en marchant sur lui comme pour le repousser sur le matelas.

— Je ne suis pas sous ton autorité, répliqua-t-il, les bras croisés sur la poitrine.

Il dut lutter contre le vertige qui s'était emparé de lui lorsqu'il s'était levé.

— Le médecin est en train de remplir les papiers de sortie, ce qui veut dire que je peux me tenir debout tout seul.

Il la fixait d'un regard dur. Celui de Laurel s'était radouci tandis qu'elle considérait le pansement sur sa tempe.

Elle paraissait vaincue. Triste. Rongée par la culpabilité.

Et merde.

— Il me faut juste ta déposition, dit-elle avec calme. Nous n'avons pas besoin de nous disputer.

— C'est pourtant ce que nous faisons de mieux.

Laurel eut une imperceptible secousse de la tête, mais cette étrange tristesse qui l'enveloppait demeura. Elle sortit le calepin et le stylo qui ne la quittaient jamais.

— As-tu pu voir ton assaillant ? demanda-t-elle. Avait-il un signe distinctif, une cicatrice, quelque chose qui permettrait de le distinguer parmi d'autres personnes ? De quelle corpulence était-il ?

Ça le chagrinait de ne pas avoir de réponses, mais il ne pouvait pas en inventer, ce qui le contraignait à l'honnêteté.

— Non. Il faisait nuit, et je n'y voyais rien en dehors du fait qu'il avait une arme. Tes collègues l'ont-ils trouvée ?

Elle déglutit et opina brièvement. Son regard était à présent chargé de douceur, et d'autre chose qu'il ne parvint pas à identifier, même s'il en était capable avec la plupart de ses autres émotions.

— Oui, répondit-elle d'une voix sourde. Ils l'ont trouvée. Dans l'idéal elle est identifiable, et nous pourrons clore cette affaire, mais…

— À notre époque, les criminels s'arrangent pour ne pas utiliser d'armes identifiables.

— Exact. Nous avons aussi trouvé une chaussure, qui est très certainement l'objet avec lequel…

Elle avisa de nouveau son pansement.

— On t'a fait des points de suture ?

— Oui. Dix. Ce doit être un sacré modèle de chaussure.

— Semelle renforcée, très dure.

Elle prit une inspiration hachée, nerveuse. Il ne comprit pas ce que c'était. De la culpabilité ? À cause de sa blessure ? Mais en quoi était-elle responsable ? Il balança entre le désir de la réconforter et celui de la taquiner.

— Je suis désolée, dit-elle, infiniment sérieuse, et infiniment Laurel.

Laurel, cette forteresse de la défense du bien et de la lutte contre le mal.

Cela répondait à son dilemme : il ne voulait pas la taquiner quand elle était ainsi, toute douceur.

— Pourquoi donc ? s'enquit-il avec une certaine brusquerie.

— Je n'aurais pas dû te laisser là-bas. Je n'aurais pas dû t'y emmener, pour commencer. Mais je n'aurais surtout pas dû te laisser avec un homme blessé, et totalement désarmé. J'aurais dû savoir, ou prévoir, que le type ferait demi-tour, et… Il aurait pu te tuer, Grady. Si facilement. Il aurait pu vous tuer tous les deux, et je n'aurais rien pu faire. Et cela… C'était un travail de police foireux, et je suis désolée que tu te sois retrouvé pris au beau milieu.

— Vois-tu, j'ai juste pensé que c'était l'une de ces

circonstances où quoi que l'on fasse, les mauvaises choses arrivent, parce que la vie est imprévisible, répliqua Grady d'un ton bourru, parce qu'il ne voulait ni de sa culpabilité ni de ses excuses.

Après tout, il lui avait forcé la main, et… Eh bien, elle avait fait son maximum. Il n'était pas idiot.

— J'aurais dû mieux gérer la situation, répondit-elle avec fermeté.

— Comment ?

— Un policier est formé pour s'adapter à tous les cas de figure. Il est formé…

— Tu es formée pour savoir exactement où un criminel peut se diriger dans la nuit ? Dans un immense parc isolé où personne ne va plus depuis des années, qui n'est plus entretenu, qui ne possède plus de poteaux indicateurs, plus rien ?

— J'essaie de te présenter mes excuses, dit-elle entre ses dents.

— Je ne veux pas de tes excuses. C'est moi qui t'ai forcée à me prendre avec toi, et j'ai bien fait. Parce que le fait que je sois resté auprès de Hank a été l'assurance que le suspect ne vous tue pas tous les deux.

— Ç'aurait été dans le cadre de ma mission. Ç'aurait été mon boulot. Ce n'était pas le tien. Tu n'aurais pas dû être là, et tu n'aurais pas dû être blessé. Que tu l'aies été est entièrement ma faute.

— Combien de temps vas-tu t'autoflageller ainsi ? Parce que si tu continues je coupe le contact.

Laurel leva les bras au ciel.

— Tu es insupportable, odieux. J'essaie d'être gentille, et… et… de me comporter comme une bonne personne, et toi tu me jettes tout à la figure !

Son crâne commençait à l'élancer, mais il ne put s'empêcher de sourire. Peut-être était-ce pervers, mais il aimait beaucoup mieux la voir en colère que… contrite, bouleversée, ou quel que soit le terme.

— Il me faut ta déposition, commanda-t-elle d'un ton sec, tout en frappant son calepin de son stylo.

Ses yeux lançaient des éclairs dorés.

— Je veux savoir tout ce qui s'est passé après mon départ.

Soucieux de l'apaiser, il s'exécuta. Il lui relata son appel au 911, sa tentative de stopper l'hémorragie de Hank, il se rappela le morceau de papier griffonné, mais ensuite tout se brouilla dans sa tête. Plus rien n'était cohérent. Oui, il était question d'un papier. Dans la poche de Hank…

— Tu ne te souviens pas ? demanda-t-elle gentiment.

Il la regarda d'un air contrarié.

— Je me souviens de certaines choses. Des bribes, des détails décousus. Mais je n'arrive pas à tout remettre dans l'ordre.

— Je crois que ce sont les symptômes classiques d'une commotion cérébrale.

— Sans gravité.

— Mais commotion quand même. Et dix points de suture.

— Mais ce n'est pas ta faute. J'aurais sans doute été beaucoup plus amoché si à ce moment-là je ne pensais pas à toi.

Il n'avait nullement besoin de faire cet aveu, mais il était fatigué. Épuisé. Sa tête lui faisait mal, et il ne… Il ne voulait pas de sa culpabilité ni de tout ce fatras judiciaire. Il la voulait, elle.

— Que veux-tu dire, tu pensais à moi ?

— Je m'inquiétais. Je me demandais où tu étais allée, ce qui avait pu t'arriver. Je tendais l'oreille pour te localiser. C'est alors que j'ai entendu une branche casser et un bruissement de feuilles, et que j'ai compris qu'il y avait quelqu'un derrière moi. Ce qui m'a donné le temps de me préparer.

Mais il ne se rappelait pas grand-chose de la bagarre.

— Tu n'as pas à t'inquiéter pour moi, répliqua-t-elle en rangeant son calepin et son stylo. Je suis flic.

— Ton badge ne te rend pas invincible, objecta-t-il, faisant appel à tout son bon sens.

— Non, mais…

— Tais-toi donc, la coupa-t-il.

Parce que si elle disait encore un mot sur le « cadre de sa mission », il allait l'embrasser jusqu'à ce qu'ils en oublient chacun leur nom de famille.

C'était ce qu'il voulait avant toute chose, et pas seulement à cause de cette nuit. Il ne se souvenait pas d'un seul moment où il n'avait pas désiré une partie de Laurel, et après les événements de ces dernières heures, il n'avait plus la force de faire semblant.

— J'ai trouvé le morceau de papier dont tu parlais, indiqua-t-elle de ce ton professionnel qui avait le don de l'agacer. Je n'y ai pas compris grand-chose, mais je l'ai photographié.

Elle sortit son portable de sa poche arrière et le lui tendit.

Il baissa les yeux sur l'écran. Ce n'était en réalité qu'un petit fragment. Il y avait deux dates, et même pas deux mots entiers après cela. Il savait qu'il l'avait eu sous les yeux. Il avait regardé ce papier, et…

— Si tu ne te souviens pas, ce n'est pas grave, dit Laurel d'un ton compréhensif. Ça te reviendra. En attendant, nous avons une chaussure, un pistolet, et la première piste confirmée depuis le début de cette enquête. Alors à moins que l'un de ces objets s'avère appartenir à Clint, ce qu'il m'est difficile de croire, ton frère n'est plus dans la partie. Ce qui signifie que toi non plus.

Plus dans la partie. Parce que Clint serait lavé de toute accusation. Cela ne le faisait pas se sentir mieux pour autant. En fait, cela lui fichait carrément les boules.

— Mon cul, répondit-il avec élégance.

# 11

Laurel se demanda si elle allait un jour comprendre cet homme. Il aurait dû être soulagé. Logiquement, il devait quitter cette chambre d'hôpital le cœur léger.

Mais il fulminait. *Il fulminait.*

— Clint est étranger à l'affaire, répéta-t-elle. C'est établi.

Peut-être que sa commotion l'empêchait de penser droit, de comprendre les tenants et aboutissants de ce qui se passait.

— En d'autres termes, je n'ai plus besoin de ton aide. Nous n'avons plus aucune raison de coopérer, toi et moi. Ton frère est totalement blanchi. En principe.

— Donc, selon toi, mon implication dans cette enquête est désormais inutile ? demanda Grady, la mine incrédule.

— Eh bien…

— Quelqu'un m'a ouvert le crâne avec une chaussure, m'envoyant à l'hôpital avec une commotion cérébrale. Et ça aurait pu être pire. Je ferai donc partie de la force qui le fera tomber.

— Grady, commença-t-elle, faisant de son mieux pour adopter un ton raisonnable.

— Ne discute pas avec moi, princesse. J'y suis, j'y reste. Personne ne me met K-O pour s'en tirer ensuite à bon compte. J'ai une petite vengeance à accomplir.

— La vengeance n'a pas sa place dans mon travail. Seule compte la justice. Aussi, ton désir de vengeance ne peut…

— Dans ce cas, considère qu'il s'agit d'une juste vengeance. À présent…

On frappa à la porte, et une infirmière âgée fit son entrée.

— J'ai votre formulaire de sortie, monsieur Carson.

Elle adressa un sourire aimable à Laurel.

— Je vois que vous avez quelqu'un pour vous reconduire chez vous. C'est bien.

Laurel ouvrit la bouche pour objecter. Ce n'était pas à elle de le faire. Il devait appeler l'un de ses cousins, ou sa sœur, ou même Clint. N'importe quelle personne qui n'était pas elle.

Elle avait besoin de prendre de la distance avec Grady, peu importait qu'il ait en tête la vengeance ou la justice. Elle s'était laissé compromettre par ses irritantes petites taquineries, ses sourires charmeurs et ce baiser, et elle était consciente d'avoir fait des choses qui allaient à l'encontre du protocole.

Laurel ne faisait jamais rien contre le protocole.

Mais Grady gratifia l'infirmière d'un franc sourire.

— Oui, j'ai quelqu'un pour me reconduire. Maintenant, tout ce que je veux c'est m'en aller d'ici.

— Il reste juste quelques derniers papiers à signer, et vous serez libre.

L'infirmière se tourna de nouveau vers Laurel.

— Resterez-vous cette nuit avec M. Carson ? s'enquit-elle avec innocence.

— Oui, répondit Grady, amusé. Elle me doit bien ça.

Ici encore, Laurel ouvrit la bouche pour protester, mais à quoi bon se disputer devant l'infirmière ? À quoi bon se disputer tout court ? Grady lui ferait faire ce qu'il voulait. Comme toujours, semblait-il.

Par conséquent, elle le reconduirait au ranch Carson. Les autres membres du clan la chasseraient si vite qu'elle en aurait le tournis, et le fait que cette idée l'attristait était une raison suffisante pour ne pas flancher. Il lui fallait une Gradyectomie, et vite.

L'infirmière présenta à Grady l'une des feuilles qu'elle avait apportées.

— Voici une liste des symptômes qui pourraient vous affecter durant les quatre ou cinq prochaines semaines, expliqua-t-elle. Vous éviterez de conduire pendant au moins vingt-quatre heures, et cette nuit il faudra que quelqu'un vous réveille toutes les deux heures pour s'assurer que vous réagissez. Les autres feuilles comportent des indications sur la manière de traiter une commotion, et dans quels cas nous appeler. Mais les principales inquiétudes sont une absence de réponse aux stimuli, et une aggravation des symptômes.

Elle aborda ensuite la question de la médication, puis fournit quelques dernières informations avant de lui faire signer son formulaire de sortie.

— Voilà, vous êtes libre, conclut-elle en souriant. Prenez bien soin de M. Carson, ajouta-t-elle à l'adresse de Laurel.

Puis elle quitta la chambre.

— En route, chauffeur. Je suis prêt à rentrer à la maison.

— Je te conduis au ranch et je t'abandonne à ta famille, répondit Laurel d'une voix autoritaire.

Et peu importait que la vue de son pansement lui donne envie de toucher son visage, de coller la joue sur son torse et d'écouter battre son cœur.

Peut-être était-ce elle qui avait pris un coup sur la tête.

— Tu me conduis au Rightful Claim et tu prends soin de moi jusqu'au matin, répliqua Grady en rassemblant ses effets personnels.

Il arborait de nouveau son redoutable sourire carnassier.

Qu'est-ce qui ne tournait pas rond chez elle pour qu'elle veuille cela, et tellement plus ? Le pire, c'était qu'elle l'avait toujours voulu, mais s'était obligée à garder ses distances, à se focaliser sur autre chose. En fin de compte, Grady Carson avait toujours été cette chose qu'elle ne pouvait vouloir ou avoir, alors elle avait choisi de le rejeter.

Mais comment était-il possible de le rejeter quand il était là tout le temps, quand il l'avait embrassée, quand il disait « prends soin de moi jusqu'au matin » avec cet éclat dans les yeux ?

Elle aurait voulu être lui ne serait-ce qu'un moment. Dire des choses outrancières et s'en tamponner. Être libérée de toutes ces règles et de tout ce protocole auxquels elle s'était astreinte en entrant dans la police.

— Je suis presque sûre que l'infirmière a précisé « éviter les dépenses physiques importantes », rétorqua-t-elle.

Grady éclata d'un grand rire sonore, et elle détesta la partie d'elle-même que ce rire réchauffa, encouragea. Cette partie d'elle qui voulait le couvrir de petites attentions et, oui, s'offrir un peu de dépense physique.

L'obstacle n'était pas seulement une commotion.

— Cela me fait me poser un tas de questions sur toi, Laurel.

— Je te conduis au Rightful Claim, mais je ne suis pas ton infirmière, rétorqua-t-elle. Quelqu'un de ta famille devrait rester avec toi.

Parce qu'elle ne se faisait pas confiance. Triste, pathétique constat.

— Quelqu'un de ma famille n'est pas la raison pour laquelle j'ai une commotion cérébrale.

Il tentait de se servir de sa culpabilité contre elle, elle le savait. Comme elle savait qu'elle ne devait pas tomber dans le piège. Lorsque quelque chose tournait mal, un bon flic savait qui étaient les coupables. C'étaient les méchants. Les assassins, les violeurs, les cambrioleurs.

Mais la connaissance et le vécu étaient deux choses différentes. D'où l'extrême confusion dans laquelle elle se trouvait. Ses semelles couinant sur le carrelage du couloir, elle se dirigea vers la sortie, en guerre contre elle-même. Déchirée entre ce qu'elle savait et ce qu'elle ressentait.

Ce n'était pas une bonne idée, et pourtant. Quelque part au fond d'elle, elle voulait prendre soin de Grady. Elle voulait récapituler les détails de l'affaire avec lui. Elle voulait être là quand il se rappellerait ce qu'il allait inévitablement se rappeler. Au sujet de ce bout de papier.

Avec la plus grande décontraction, Grady lui enlaça les épaules.

— Ne pense pas trop fort, princesse. Tu me donnes la migraine.

— C'est ta commotion qui te donne la migraine.

— Non. C'est toi.

Elle sortit de l'hôpital dans le froid pinçant de cette nuit d'automne. Il était très tard, ou, selon le point de vue, très, très tôt. En arrivant à sa voiture, elle se sentit soudain laminée par l'épuisement. La soirée avait été interminable, et rien de concret ni de déterminant n'avait été accompli.

*Tu as des indices. Tu progresses.*

Certes, mais c'était de nouveau le savoir contre le ressenti. Ce progrès, elle ne le ressentait pas. En fait, elle ne ressentait rien. À part la vanité des choses, le désespoir et la frustration.

Elle jeta un regard de biais à Grady, immobile sur le siège passager de sa voiture. Il avait les yeux fermés, et le blanc de son pansement ressortait sur le hâle de sa peau et l'ombre brune de sa barbe.

C'était vraiment injuste qu'il soit aussi beau. Mais il était là, incarnation de la crise existentielle qu'elle traversait. Il était tant de choses qu'elle ne pouvait pas vouloir et voulait quand même. Pourquoi ses sentiments ne pouvaient-ils jamais suivre sa raison ? Cette raison dont elle tenait tant à ce qu'elle soit le fil conducteur de sa vie ?

— Va-t-on rester assis ici toute la nuit ? demanda-t-il, les yeux toujours clos, sa voix comme un grondement bas dans le silence de l'habitacle.

— Je ne vais pas coucher avec toi, dit-elle avec fermeté.

Parce que le fait de prononcer ces mots à voix haute rendait sa détermination plus réelle ?

— Cela fait plusieurs fois que tu me le dis. Je ne peux qu'en déduire que tu y penses énormément.

Il se tourna vers elle, ses yeux bleus grands ouverts, et lui sourit.

Mais Laurel n'avait pas le cœur à lui rendre son sourire.

Il y avait au fond d'elle cette chose qu'elle ne contrôlait pas, sur laquelle elle n'avait aucune prise, et elle ne savait que faire – quand toute sa vie elle avait su ce qu'elle devait faire.

— Pour ton information, reprit Grady d'une voix traînante, je n'ai pas la tête à cela cette nuit. Mais je ne dis jamais jamais.

Laurel démarra la voiture et manœuvra pour quitter le parking.

— Je n'ai pas dit jamais, répondit-elle entre ses dents.

Grady se sentait nauséeux, une douleur obsédante battait sous son crâne, et s'il avait eu un minimum d'énergie, il aurait traqué la personne qui lui avait infligé cela et l'aurait démolie sans pitié.

Il puisa ses clés dans sa poche et déverrouilla la porte arrière du Rightful Claim, Laurel sur ses talons. Sa présence était la seule chose qui l'empêchait de passer sa rage sur un objet, n'importe lequel. Parce que le simple fait qu'elle soit là le réconfortait.

Auparavant, jamais il ne lui serait venu à l'esprit de chercher un quelconque réconfort chez une personne avec qui il coopérait au quotidien. Mais Laurel apportait un intérêt insoupçonné à ce terme, surtout à un moment où il avait mal partout, et que tout ce qu'il pouvait espérer d'autre en termes d'intérêt personnel était sans doute voué à l'échec.

Il pénétra dans l'arrière-salle, et Laurel le suivit. Après avoir verrouillé derrière elle, il se dirigea vers l'escalier qui menait à son appartement. Une fois devant la première marche, il s'arrêta. Cet escalier, qu'il empruntait pourtant un millier de fois par jour, lui semblait soudain vertigineux.

— Ils auraient dû te garder pour la nuit, déclara Laurel d'un ton brusque.

Il fronça les sourcils à son adresse.

— Je vais très bien.

— Tu te bats.

— Dans ce cas, aide-moi à grimper ces marches, tu pourras ensuite prendre soin de moi.

Il tenta un sourire arrogant, mais ce sourire se tordit pour se transformer en grimace.

Elle leva les yeux au ciel, mais s'avança pour se placer à ses côtés. Avec un soupir agacé, elle passa un bras autour de sa taille.

— OK. Allons-y.

Il la regarda d'un œil stupéfait. Elle pensait vraiment qu'elle allait l'aider à gravir ces marches ?

— Tu es un sacré petit bout de femme.

Elle émit une sorte de gloussement.

— Tu me vois ainsi parce que toi-même tu es sacrément gigantesque.

— Gigantesque, hein ?

Il remarqua le léger rougissement qui lui envahit les joues, et regretta de ne plus avoir la force de se pencher sur elle pour s'emparer de sa bouche.

— Je suis assez solide, répliqua-t-elle en évaluant l'escalier devant elle. Au test général d'aptitude physique, je suis sûre que je te battrais à plate couture.

— Ça m'étonnerait.

Ils commencèrent l'ascension des marches. Plutôt que de prendre appui sur elle, il préféra l'utiliser comme guide pour contenir ses étourdissements.

— Nous vérifierons cela un jour, mais pas aujourd'hui.

Grady grommela, agacé, mais il la laissa l'aider jusqu'en haut. Ses membres lui semblaient lestés de plomb, tandis que sa tête et le reste de son corps fonctionnaient comme un vieux moteur grippé.

— Je trouve humiliant de me trouver dans un tel état de faiblesse à cause d'une chaussure.

Elle lui tapota le dos avec compassion.

— C'était une chaussure très dure.

— Ne cherche pas à m'amadouer.

Parvenu à son appartement, il déverrouilla la porte, la poussa et entra. C'était bon d'être de retour chez soi, dans son univers personnel.

— Allonge-toi.

— Oui, m'dame. J'aime quand tu me donnes des ordres.

Elle marmonna une réponse qu'il ne comprit pas et s'approcha de la mini-cuisine. Tandis qu'elle explorait les placards, sans cesser de maugréer, Grady fit sauter ses boots de la pointe du pied et s'étala sur le lit. Les couvertures étaient tout emmêlées au pied du matelas, et les remonter lui demandait un effort démesuré.

— Tu n'as pas d'infusions ? demanda Laurel en fouillant dans ses provisions.

— Bien sûr que si, répondit-il. J'en ai toujours chez moi. Est-ce que j'ai une tête à boire des infusions ?

— Tu n'as rien de chaud et d'apaisant ? insista-t-elle.

Il tapota le matelas à côté de lui.

— Si. Toi.

Il aurait juré voir ses lèvres s'étirer un tout petit peu, et compta cela comme un succès.

— Tu sais que tu es impossible, hein ? s'enquit-elle, les poings sur les hanches, faisant de son mieux pour mettre de la sévérité dans son regard.

— Tu n'es pas la première personne à me le dire. Ma mère me le chantait tous les soirs en me mettant au lit.

— Tu devrais appeler Vanessa. Elle serait plus efficace que moi comme garde-malade.

— Vanessa ? Ma sœur, Vanessa ? Elle serait incapable de s'occuper d'un caillou apprivoisé.

— Très bien. Noah, alors ? Ty ? Ils sont ta famille.

Il y avait quelque chose de posé et de sérieux dans son expression, et il préférait de loin l'ébauche de sourire qu'elle lui avait offerte quelques secondes plus tôt.

— C'est vrai. Mais je tire beaucoup moins de plaisir à leur mettre les nerfs en pelote.

— Je n'ai pas les nerfs en pelote.

— Non. Tu te sens coupable. Et ça me met, moi, les nerfs en pelote. Viens t'asseoir ici.

— Je ne m'assoirai pas sur ce lit avec toi.

— Tu n'arrives plus à te contrôler quand tu es près de moi, princesse ?

— Grady.

— Montre-moi de nouveau cette photo. Je veux que tu me reconstitues tout ce qui s'est passé, sans rien oublier. Peut-être cela aiguillonnera-t-il ma mémoire défaillante, et je pourrai assembler les pièces du puzzle.

— Je crois que tu devrais dormir. Je dois te réveiller

dans deux heures pour voir si tu es réactif. Ensuite nous ferons ce que tu me demandes.

— Ça veut dire que tu restes ?

— Si tu ne veux appeler aucun d'eux, quel choix me reste-t-il ? Je n'ai pas leurs numéros. Je pourrais te piquer ton téléphone de force, mais j'ai le sentiment que ça ne se terminerait pas comme je le voudrais.

Grady ricana.

— Tu ne te trompes pas, ma jolie.

— Essaie de dormir un peu.

— Il faut que j'aille jusqu'au bout dans cette affaire, ou je ne trouverai jamais le sommeil, répondit-il.

Sa première préoccupation n'était même pas de la mettre dans son lit. Tous ces éléments épars dont il n'arrivait pas à se souvenir lui tenaillaient l'estomac.

Elle poussa un gros soupir et secoua la tête, comme si elle ne pouvait croire à ce qu'elle allait faire. Puis elle s'approcha du lit, posa avec précaution les fesses sur le bord opposé du matelas, et lui tendit son portable.

— Voici la photo du fragment de papier que nous avons trouvé.

— Si je fais défiler tout l'album, est-ce que je trouverai des choses intéressantes ?

— Dans tes rêves.

— Tu ne crois pas si bien dire. Des images de toi fort intéressantes sont apparues dans mes rêves.

— Grady, grommela-t-elle d'un ton exaspéré.

— OK. Donc, nous sommes allés là-bas, et nous avons entendu ce coup de feu. Nous avons découvert Hank, et tu es partie comme une flèche.

— Tu as d'abord protesté, ensuite j'ai filé, corrigea-t-elle.

Elle se déplaça légèrement vers le centre du matelas, afin de pouvoir allonger les jambes et s'adosser à la tête du lit.

— Ne jouons pas sur les mots. J'ai appelé le 911. On m'a dit d'exercer une pression sur la plaie. Il perdait beaucoup de sang. Cela, je m'en souviens clairement.

Il baissa les yeux sur ses mains. L'espace de quelques secondes, il crut voir le sang dessus. Mais on les lui avait lavées à l'hôpital.

— Comment va Hank ? demanda-t-il, surpris par la rugosité de sa voix.

— Il s'est presque vidé de son sang. Il est toujours vivant, mais son état est critique. Il est sorti du bloc et ils l'ont placé en soins intensifs. Ils doivent m'appeler s'il y a du nouveau, ou lorsqu'il se réveillera, répondit-elle d'une voix chargée de bienveillance.

Il s'était toujours méfié de la bienveillance. Dans cette vie, elle était trop souvent un faux-semblant. Mais d'une certaine façon, celle de Laurel était réelle, aussi solide que de l'acier, et elle agit sur lui comme un baume apaisant.

— Il m'a dit quelque chose. Quelque chose comme « il ne l'a pas eu ». Puis il a désigné sa poche. Il y avait un morceau de papier dedans. Je l'ai sorti. J'ai lu ce qu'il y avait dessus et tenté de le mémoriser. C'était quelque chose d'important.

Grady contempla l'image sur l'écran. Le papier comportait des informations qu'il était censé se rappeler. Et elles étaient là, dans les limbes grisâtres de son esprit.

— Tu n'as rien à te reprocher. Je crois que plus tu t'acharneras plus il te sera difficile de faire remonter ce souvenir à la surface.

— J'ai une excellente mémoire, je n'oublie jamais rien. Je pourrais sans doute te nommer toutes les personnes qui ont un jour poussé les portes de mon bar.

— Saloon, corrigea-t-elle, l'ombre d'un sourire sur les lèvres.

Le vocabulaire lui manquait pour exprimer à quel point il avait envie d'embrasser ce sourire.

— Je suis sûr que ça irait mieux si tu te rapprochais encore un peu de moi.

— Grady, il faut que tu comprennes que j'ai déjà bien compromis mon enquête à cause de toi.

— Je te demande pardon ?

— Ce n'est pas un reproche. Ou si c'en est un, il est pour moi. Je ne sais pour quelle raison, mais j'ai le plus grand mal à…

Elle détourna les yeux, l'air à la fois embarrassé et irrité.

— J'ai le plus grand mal à te dire non. J'aurais dû rester ferme et ne pas t'emmener.

— Et prendre le risque de te faire tuer ?

— Si j'avais attendu avec les deux adjoints…

— Hank serait peut-être mort. Les « si » fonctionnent dans les deux sens, princesse. Le bon et le mauvais. Les « peut-être » ne servent à rien, je crois que tu le sais. Tu n'as pas compromis ton enquête. Ni à cause de moi ni à cause de toi. Elle avance. Simplement, elle n'est pas aisée.

— Peut-être suis-je trop habituée à ce que les choses soient aisées pour moi.

— Heureusement, ce n'est pas mon cas. Je t'apprendrai.

— À la vérité, Grady… Il semble qu'il y ait cette attraction étrange entre nous. Magnétisme, alchimie, ou, je ne sais pas, ADN ? Les Carson et les Delaney sont depuis toujours aimantés les uns par les autres, et finissent toujours par tout détruire. Nous sommes le jour et la nuit. Opposés de toutes les manières possibles, sauf celle qui nous permet de travailler ensemble. Je suis sérieuse, constante, et toutes ces choses que tu évites comme la peste.

— Je suis peut-être léger sur beaucoup de choses,

répliqua-t-il, mais pas sur tout. Ma famille. Cette ville. Et cela, c'est constant. Je n'ai pas pour seule préoccupation de me taper des filles et de faire la fête, comme tu pourrais le croire.

— Alors quel homme es-tu ? demanda-t-elle en le regardant avec acuité de ses yeux bruns.

Elle était si grave, si jolie, et… tellement aux antipodes de ce qu'il était en général.

Mais elle avait raison. Alors qu'ils auraient dû être aussi incompatibles que l'huile et l'eau, dans leur cas les racines Carson et Delaney se mélangeaient avec bonheur, pour produire un savon riche, composé de tout cela à la fois.

— Sans doute pas bon pour toi, Laurel.

— Bon ou pas, là n'est pas la question…

Il avança la main et referma les doigts sur le haut de son bras. Il fut tenté de tirer dessus pour l'obliger à s'allonger sur lui, mais son corps n'y était pas disposé.

— Viens ici.

— Grady…

— Allez, viens.

Personne n'aurait pu être plus surpris que lui lorsqu'elle obéit.

[illegible] n'a pas [illegible]. [illegible]
Et cela [illegible] que [illegible]
[illegible]
la [illegible].

— Alors [illegible]
regardant [illegible]

Elle [illegible]
[illegible]

Mais elle [illegible]
au [illegible]
les [illegible]
bonheur [illegible]
tout cela à la fois.

— Vous [illegible]

— Bon [illegible].

Il [illegible]
[illegible]
[illegible]

— [illegible]

— [illegible]

— Allez, venez.

[illegible]
[illegible]

# 12

Laurel savait qu'elle était en train de perdre la tête, mais c'était si agréable. Parce que laisser Grady l'attirer vers lui, jusqu'à ce qu'elle soit à moitié étalée sur lui, était un soulagement. Cela balayait toutes les disputes dans sa tête, et éliminait presque toute la tension dans son corps.

— Combien de fois penses-tu m'avoir appelée par mon prénom ? demanda-t-elle.

— Je n'en ai pas vraiment tenu le compte.

Il glissa un doigt dans une mèche de ses cheveux, qu'il enroula plusieurs fois dessus.

— Tu ne veux toujours pas coucher avec moi ?

Elle leva les yeux vers son pansement, et soupira.

— Non.

Il sourit.

— À cause des ordres du médecin ?

Elle pouvait lui mentir. Elle pouvait revenir à ses habituelles dérobades, mais il était chaud, confortable. Elle n'avait envie ni de mentir, ni de nier, ni de se creuser la tête. Alors elle lui dit la vérité.

— Oui, à cause d'eux.

Il tira sur sa mèche, la forçant à approcher davantage son visage du sien.

— Ils ne sont pas valables pour l'éternité.

— Peut-être que je ne veux pas qu'ils le soient.

Il haussa les sourcils, et cette surprise qu'il afficha lui procura un petit frisson de plaisir. Mais ce plaisir fut aussitôt suivi par une intense sensation de fatigue.

— Je suis si épuisée, Grady. Et j'ai tant de choses à faire.

Tant de choses à faire, mais tout ce qu'elle voulait c'était poser la joue sur son torse et fermer les yeux.

L'espace d'une seconde, une toute petite seconde, c'est ce qu'elle fit.

— Active la fonction réveil de ton portable, conseilla-t-il. Nous allons dormir un peu.

— Quoi ? Comme ça ? demanda-t-elle, incrédule.

Avant qu'elle puisse lui expliquer qu'elle n'avait pas l'intention de dormir ainsi recroquevillée sur lui alors qu'il souffrait d'une commotion et qu'il n'était même pas… Même pas… Enfin bref, il s'était déporté plus bas sur le lit et ils étaient tous deux en position semi-fœtale.

Elle était sur le côté, blottie contre lui, la tête sur son épaule. Son bras était autour d'elle, solide et protecteur. Elle pouvait se lever. Rouler plus loin. Il n'était pas question qu'elle dorme – dorme, simplement – avec Grady. C'était une incongruité pour lui et pour ce qu'ils étaient ou n'étaient pas l'un pour l'autre, et pourtant ses paupières s'alourdissaient déjà. Quand d'ordinaire il lui fallait une bonne heure pour débrancher son cerveau et s'endormir, elle se sentait déjà totalement décontractée. Et en sécurité.

La sonnerie de son téléphone l'arracha brutalement à son sommeil. D'abord, elle crut que c'était la fonction réveil. Mais en tâtonnant sur le matelas pour le retrouver, elle vit le nom de l'hôpital s'afficher sur l'écran.

Elle appuya sur la touche « répondre » aussi vite qu'elle le put, tout empêtrée avec Grady dans le noir.

— Allô ! bredouilla-t-elle, le souffle court, tâchant de s'écarter de lui, ce qui s'avéra très compliqué.

— Adjointe Delaney ?

— Elle-même.

— Hank Gaskill est réveillé, et son état lui permet de recevoir de très brèves visites, si votre interrogatoire est absolument nécessaire.

— Il l'est. Je saute dans ma voiture.

Elle raccrocha, et se déplaça du côté vide du lit afin de pouvoir en sortir sans bousculer Grady.

— Hank est réveillé. Il faut que j'y aille.

— Nous n'avons dormi qu'une heure, protesta-t-il. Tu ne peux pas continuer à ce rythme.

Elle enfila sa veste et palpa chaque poche pour vérifier qu'elle avait tout ce qu'il lui fallait.

— Il le faut. Maintenant, s'il te plaît, *s'il te plaît*, peux-tu appeler quelqu'un ?

Il poussa un gros soupir, mais empoigna son téléphone.

— Ty devrait être dans le coin.

— Promets-moi que tu vas l'appeler et veiller à ce qu'il suive les instructions du médecin. Je veux ta parole, Grady.

— Tu crois que ma parole vaut quelque chose ?

Elle fouilla son visage, tout de lignes brutes et acérées, et pourtant elle savait ce qu'elle avait toujours su de Grady Carson. Il était peut-être sauvage, querelleur, contrariant, souvent ignorant des lois, mais il ne manquait jamais à sa parole.

— Oui, je crois qu'une promesse de toi vaut quelque chose.

Un changement ténu altéra son visage, et une expression indéfinissable, qu'elle n'y avait jamais vue, y apparut.

— Cette affaire ne sera pas à jamais un obstacle entre nous, Laurel. Tu le sais, n'est-ce pas ?

Leurs regards se croisèrent, et elle sut qu'il avait

raison, de la même manière qu'elle savait que les Carson et les Delaney ne s'entendraient jamais et ne quitteraient jamais Bent. Même avec le bénéfice d'une heure de sommeil, elle n'avait pas la force de discuter.

— Je le sais. Mais j'ai toujours un travail à faire. Appelle Ty. Je... reviendrai plus tard voir comment tu vas.

Il sourit, de ce sourire séducteur chargé d'humour et d'autosatisfaction qui lui était propre.

— J'attendrai.

Elle ne devait pas voir dans ces mots ce qui n'y était pas. Elle avait une tâche à accomplir, une enquête à assurer, et Grady... Eh bien, tout ce qui était si embrouillé avec lui devrait attendre. Peu importait le plaisir que lui avait procuré le fait d'être allongée à ses côtés, avec un sentiment de sécurité et de confort.

Elle repartit pour l'hôpital, tâchant d'occulter son épuisement. Elle prendrait un café, questionnerait Hank, puis... Il faudrait qu'elle s'offre quelques heures de repos. Le soleil commençait à colorer l'horizon, prêt à attaquer une nouvelle journée.

*Et tu n'es toujours pas plus près d'une réponse.*

Jusqu'à présent. Ce n'était pas définitif.

Elle se gara sur le parking de l'hôpital, puis entra dans l'établissement et monta à l'étage de Hank. Après quelques questions au personnel, elle trouva son médecin.

— J'ignore quel est son degré de lucidité, et il faut qu'il évite toute perturbation. Vous devrez donc y aller en douceur et faire aussi bref que possible. Dans quelques jours, il devrait avoir assez récupéré pour un interrogatoire plus poussé.

Laurel hocha la tête puis accompagna le médecin dans la chambre. Hank était relié à toutes sortes de machines et d'écrans. Il ouvrit les yeux.

— Monsieur Gaskill, voici l'adjointe Delaney.

Vous sentez-vous assez bien pour répondre à quelques questions ?

Il ne sembla reconnaître ni la femme dans le bureau de Jason, ni la blonde du saloon, et c'était très bien ainsi.

— Oui, répondit Hank d'une voix éraillée. Oui. Avez-vous trouvé qui m'a tiré dessus ?

— J'ai bien peur que non, répondit Laurel. Auriez-vous des renseignements qui pourraient m'aider à l'identifier ?

— Non. J'ignore qui c'était. Ç'aurait pu être une personne que je connais, un total inconnu, ou même un tueur à gages pour ce que j'en sais. Il faisait nuit. Tout était si sombre.

Les machines bipaient et bourdonnaient autour d'eux. Laurel y jeta un regard nerveux.

— Tout va bien, Hank. Vous avez été gravement touché. Je vais faire tout ce qui est en mon pouvoir pour savoir par qui. Vous n'avez pas besoin d'avoir toutes les réponses.

Il sembla se détendre un peu.

— Je n'ai aucune preuve, mais Adams est mouillé dans tout cela. Jason en était convaincu.

— Parlant de Jason, savez-vous pour quelle raison il a rejoint celui qui l'a tué ?

Hank ferma les yeux, et Laurel sut que le temps leur était compté. C'était trop pour un homme qui avait pris une balle dans le corps une poignée d'heures plus tôt.

— Il s'apprêtait à faire chanter le gros bonnet au-dessus de lui. Quelqu'un d'important est au courant de ce qui se passe, et Jason voulait être payé pour se taire. Il allait me payer aussi.

— Quel gros bonnet ?

Un bip d'alarme retentit. Le médecin poussa Laurel vers la porte.

— Adjointe, il faut que vous partiez. Je vous alerterai dès qu'il pourra supporter un interrogatoire plus poussé.

Des gens importants et un chantage. Tout cela n'avait aucun sens pour elle. Mais elle connaissait sa prochaine étape. Ce n'était pas dormir, comme elle l'avait espéré, mais M. Adams.

— Une chaussure ?

Grady lança un regard sombre à Ty, affalé dans le fauteuil inclinable placé dans l'angle de la pièce.

— Elle était dure, il faisait noir, et j'étais occupé à faire sauter son pistolet de sa main.

— Un vrai mec aurait subi une commotion cérébrale à cause d'un flingue, pas d'une chaussure, le railla Ty.

Grady se renfrogna.

— Je garde ça en tête pour la prochaine fois où je me ferai attaquer en essayant de sauver la vie d'un homme.

— Bonne idée, répondit son cousin avec jovialité. Tu as très mal ?

— Moins, mentit Grady.

Les coups de marteau persistaient sous son crâne, toutes les deux minutes son estomac se tordait, mais globalement les choses allaient mieux. Enfin, il touchait du bois.

Il consulta de nouveau son téléphone. Pas d'infos nouvelles de la part de Laurel. Cela faisait un peu moins d'une heure. Tout le temps qu'il lui fallait pour se rendre à l'hôpital et interroger Hank.

— Quand on attend un appel de la nana inappropriée, le téléphone ne sonne jamais, ironisa Ty.

Grady leva les yeux de son appareil, l'air affligé.

— Quoi ? Je n'ai pas le droit d'avoir un intérêt personnel dans cette affaire ?

— Eh bien, comme tu m'as dit que Clint était

désormais sorti d'affaire, j'estime que non. Et le Delaney mort n'était rien pour toi.

— C'est ainsi que tu voyais les choses, à l'armée ? Un type mort, ce n'est pas mon problème ?

Le visage de Ty se figea, et Grady regretta ses propos. Son cousin était un ex-army ranger, qui avait vécu des situations extrêmes, périlleuses, en servant son pays. Même s'il était de méchante humeur, Grady n'avait pas le droit de le titiller là-dessus.

— Écoute…

Ty leva la main, les sourcils froncés. Un sifflement bizarre traversa l'appartement, suivi du grincement d'une des marches de l'escalier. Il n'entendit pas de bruit de pas, mais ce dernier ne grinçait pas s'il n'y avait personne dessus.

Grady écarta les couvertures, mais cette fois encore la main de Ty l'arrêta. Tel un chat, il quitta sans un bruit le fauteuil inclinable. Arrivé devant la porte, il se baissa pour ramasser quelque chose. Une feuille de papier pliée. D'intriguée, son expression devint furieuse.

Il jeta le papier sur le lit.

— Je reviens tout de suite, murmura-t-il.

— Qu'est-ce que…

Mais Ty était déjà parti. Grady ramassa le papier, et crut avoir été téléporté dans un ancien film noir. Un message y figurait, composé de lettres découpées et collées.

*Regarde bien devant toi et derrière.*

Avant d'avoir lu le dernier mot il était sorti du lit. Mais lorsqu'il eut enfilé ses boots, Ty était déjà revenu.

— Parti, grommela-t-il avec dégoût. Quelqu'un devait attendre. Même si je n'ai pas entendu de voiture.

Ty secoua la tête.

— Je suppose que c'est en relation avec l'enquête de Delaney, et pas avec une ex-copine trompée.

— Je le suppose aussi, répondit Grady.

Son cousin poussa un profond soupir.

— Appelle ton adjointe préférée, Grady. Si c'est lié à l'affaire, il faut qu'elle sache.

D'un côté il avait envie de la laisser en dehors de cela. Il pouvait s'occuper de n'importe quel lâche qui croyait pouvoir intimider un Carson, mais il était clair que c'était lié à l'affaire. Ce qui signifiait qu'il pouvait y avoir un indice.

Il saisit son téléphone et composa son numéro. Sa voix, lorsqu'elle décrocha, était celle d'une femme épuisée et à bout de nerfs.

— Grady…

— On a glissé un message sous ma porte, il y a dix minutes.

— Un message ?

— Je crains fort qu'il faille que tu viennes, ajouta-t-il.

— C'est une blague ? Parce que je…

Grady passa l'appareil à Ty.

— Tu veux lui dire ?

Ty roula des yeux, mais se saisit du téléphone.

— Delaney ? C'est Ty. Ne complique pas les choses et viens faire ton boulot, OK ?

Ce fut au tour de Grady de rouler des yeux.

— Charmant, comme d'habitude, observa-t-il en récupérant l'objet. Lau…

Mais la communication avait été coupée.

— Faut-il toujours qu'il y ait de l'hostilité dans l'air ? demanda-t-il à son cousin.

— Avec les Delaney ? Ouais. C'est comme ça que ça se passe, tout le monde le sait.

— Mais ce n'est pas obligatoire, argua Grady. T'est-il jamais venu à l'esprit que ceux qui nous ont gavés de cette stupide querelle n'étaient pas exactement des gens bien ?

Ty haussa les sourcils, l'air choqué.

— Tu as couché avec elle.

— Non, répliqua-t-il, irrité et à bout de patience. Mais j'ai trente-trois ans, et jouer aux bons et aux méchants commence sérieusement à me tanner. Mon père était un misérable salopard, et ma mère ne valait guère mieux. Mettre tout ce qui n'allait pas dans leur vie sur le dos des Delaney ne les a conduits nulle part, sauf à les rendre plus misérables encore.

— Parfois, les Delaney *sont* bel et bien la source des problèmes d'un des nôtres, rétorqua Ty. Et avant que tu te mettes à discutailler sur ce point, je veux te dire une chose : si tu laisses une femme te convaincre que tout ce sur quoi sont fondées notre famille, nos vies, et notre ville est de la crotte de mulet, c'est que tu as besoin de te remettre sérieusement en question.

— Peut-être que je ne veux pas que ma vie soit fondée sur une querelle plus ancienne que mon saloon.

— Alors tu n'es pas le Grady Carson que je connais, mais un autre que je ne suis pas sûr de vouloir connaître.

Grady serra et desserra les dents. Sa fureur rentrée était telle qu'un petit pugilat ne lui aurait pas déplu. Sauf qu'il avait une commotion et qu'il était fatigué. Fatigué de se battre, fatigué des haines héréditaires, fatigué des choses qui n'existaient que parce qu'elles avaient toujours été là.

Il croyait toujours en Bent et en l'histoire, mais il n'était plus le petit garçon qui jouait à être un homme. Et il ne laisserait ni l'histoire ni cette ville lui dicter sa conduite.

— Dans ce cas, tu peux t'en aller.

— C'est ce que je vais faire, répondit Ty.

Il attrapa son blouson et sortit.

Grady céda à une brutale envie de boxer le mur,

mais les violents élancements dans sa tête le lui firent aussitôt regretter.

Lorsque Laurel arriva, elle ne se donna pas la peine de frapper et entra en trombe dans l'appartement. Elle regarda autour d'elle, les sourcils froncés.

— Où est Ty ?

— Parti.

Elle cala les poings sur ses hanches.

— Il était censé s'occuper de toi.

— Oui, eh bien, il s'est comporté comme un abruti, donc je l'ai viré. Bon, maintenant, es-tu venue pour faire ton job, ou quoi ? demanda-t-il en lui tendant le message.

Elle le lut, et son visage sembla se minéraliser. Grady ne fut pas surpris de découvrir le flic dur en elle – ni d'en être émoustillé. Mais elle avait aussi des cernes sombres sous les yeux, et son habituel teint crémeux était proche du gris.

— Tu vas t'effondrer, princesse.

— Tôt ou tard, convint-elle, l'œil toujours rivé sur le papier. Je n'aime pas ça.

— Ça ne me plaît pas trop non plus.

— Tu ne peux pas rester seul. Tant que nous n'avons pas fait la lumière sur ce qui se passe.

Il lui servit un sourire espiègle.

— Tu vas jouer les gardes du corps ?

— J'ai une enquête à mener.

— Je peux me rendre utile.

— Je vais t'emmener au ranch Carson. Tu as assez récupéré pour ouvrir l'œil.

— Sur une grande propriété comme celle-là ? Je n'amènerai pas cette affaire avec moi au ranch, ce serait mettre ma famille en péril. Tu ne veux pas que je sois seul ? C'est parfait, vu que tu es déjà avec moi.

Il vit bien qu'elle voulait discuter, mais à la fin elle acquiesça.

— Malheureusement, tu as raison.

— Waouh. Voilà des mots que je n'aurais jamais cru entendre de ta bouche. Si l'on excepte le premier.

— Mais il y a des conditions.

— Bien entendu.

— Tu vas où je vais, et non l'inverse. Tu m'écoutes. Tu m'obéis. Parce que ce n'est pas une plaisanterie, et ce n'est pas un jeu. Mon enquête est une bombe à retardement. À chaque seconde il y a davantage de personnes en danger. Il va falloir que tu ravales ta fierté de cow-boy du Wyoming et que tu fasses exactement ce que je te dis.

Grady l'honora d'un grand salut théâtral, mais il ne reçut même pas un sourire.

— Je ne veux pas qu'il t'arrive quelque chose, reprit-elle de ce ton sérieux qui le faisait se sentir presque vulnérable.

Vulnérable. N'importe quoi.

— Mets-toi dans la tête que j'en ai autant à ton service.

Elle soupira.

— Bien. Allons-y, dans ce cas.

— Aller où ?

— Nous devons interroger un possible suspect.

— S'il te plaît, dis-moi que ce n'est pas mon frère. Ni un Carson.

Laurel esquissa un petit sourire.

— C'est ton jour de chance. Ce suspect ne possède pas un seul gène Carson.

— C'est un Delaney, alors ?

— Pire. C'est un outsider.

# 13

Il était difficile de feindre de ne pas avoir été ébranlée par l'avertissement adressé à Grady, mais Laurel savait qu'en cet instant précis elle devait présenter une façade de flic implacable. Pas seulement parce que Grady était maintenant sous sa protection, aussi risible que cela paraisse, mais parce qu'elle devait également interroger M. Adams avec un professionnalisme qui, elle l'espérait, conduirait à une confession, sinon à une piste.

Comment croire que le replet directeur d'une modeste mine puisse être un tueur de sang-froid, assez fort pour d'un coup de chaussure envoyer Grady à l'hôpital avec une commotion cérébrale, et assez agile pour se glisser nuitamment dans les bois et en ressortir sans être pris ?

D'un autre côté, elle ne pouvait pas non plus écarter cette possibilité.

La ville de Clearwater était d'une taille plus importante que Bent. Venus d'ailleurs, beaucoup des employés de la mine y résidaient, de sorte qu'une nouvelle zone urbaine s'était rapidement développée. La ville initiale ne répondant pas aux standards de cette population, tout y était plus moderne qu'à Bent. Elle disposait de fast-foods, d'un supermarché Walmart, et même de feux de circulation.

— Combien veux-tu parier que ce type vit dans la

plus belle maison de la ville ? demanda Grady d'un ton plat.

— Eh bien, Adams est directeur de la mine.

Il se tourna vers elle, et émit un bruit de gorge incongru.

— Tu crois que c'est lui qui m'a mis K-O ?

— Non, répondit-elle sans ambages, tout en tournant dans la rue où Adams habitait. Mais il n'est pas blanc comme neige dans cette histoire. À présent, il nous faut respecter certaines règles de procédure.

— Bien sûr.

Laurel ignora le sarcasme dans sa voix.

— Tu ne peux pas m'accompagner à l'intérieur.

— Je pensais que j'étais sous ta protection, adjointe, répliqua-t-il avec une fausse candeur.

— C'est à la fois délicat et compliqué, mais je ne peux pas te donner la liberté d'intervenir. Cela remettrait en question mon enquête. S'il y a un procès et qu'Adams est accusé d'un quelconque méfait, ta présence et ton interférence figureront au dossier et seront utilisées pour saper mon travail. Je ne peux pas prendre ce risque.

Grady garda le silence tandis qu'elle s'arrêtait en face de la demeure d'Adams. Elle se tourna vers lui, surprise qu'il ne cherche pas à discuter, mais en même temps doutant qu'il daigne l'écouter. Quand l'avait-il jamais écoutée ?

— Si tu veux que nous fassions payer un assassin et peut-être son complice, tiens-toi tranquille.

— Pourquoi ne pas utiliser la vérité de façon astucieuse ?

Laurel fronça les sourcils, mais il avait prononcé le mot vérité, et s'il était le pire piétineur de lois de tout le Wyoming, elle savait qu'il était très attaché à cette dernière.

— Je t'écoute.

— Nous dirons que je cherche Clint, puisque nous

savons que Lizzie et lui se voient de façon régulière. Il n'est pas ici ? Pas de problème. Mais cela te permet d'interroger Adams dans une pièce séparée pendant que je patiente de mon côté.

— Mais tu ne vas pas fureter partout.

Il déploya un large sourire.

— Tu ne le sauras pas. Disons que c'est pour ma propre tranquillité d'esprit. Mon frère a peut-être disparu, ajouta-t-il, la main sur le cœur.

— Il est plus certainement au ranch Carson en train de dormir comme une souche pour récupérer de ses excès d'adolescent.

— Oui, plus certainement. Mais on ne sait jamais. Il ne coûte rien d'essayer.

Laurel poussa un soupir. Elle ignorait s'il s'agissait de génie ou d'inconscience, et c'était toujours l'ennui avec Grady. La réponse était tapie sous ses sourires diaboliques et ses regards ambigus.

— J'ai l'impression d'avoir Jerry Lewis comme partenaire, grommela-t-elle en descendant de la voiture.

— Je prends cela pour un compliment, *et* pour un accord.

Côte à côte, ils remontèrent l'allée tirée au cordeau qui conduisait à la porte d'entrée. Laurel pressa la sonnette tandis que Grady jetait un coup d'œil appréciateur au jardin et à la bâtisse.

— J'avais raison de parler de plus belle maison de la ville, marmonna-t-il au moment où Adams tirait le battant vers lui.

Le pli amer de la bouche et les sourcils froncés trahissaient son étonnement et son inquiétude de découvrir Laurel sur le pas de sa porte.

— Oh ! adjointe… Euh, excusez-moi, je ne me rappelle pas votre nom.

— Delaney, dit-elle. Monsieur Adams, auriez-vous

quelques instants à me consacrer ? J'ai quelques questions à vous poser.

Son regard nerveux passa de Laurel au pansement qu'arborait Grady, et revint sur elle.

— Hum, je comprends. Il… s'est passé quelque chose ?

— Pas que je sache. Il y a simplement de nouveaux points qui me turlupinent dans le meurtre de Jason Delaney, et M. Carson, ici présent, est à la recherche de son frère disparu. Celui-ci a été vu pour la dernière fois en compagnie de votre fille.

Adams battit des paupières.

— Je ne connais personne du nom de Carson.

— En réalité, il s'appelle Danvers. Clint Danvers, expliqua Grady.

Laurel fut impressionnée par sa capacité à jouer les grands frères inquiets.

— Oh ! Clint. Oui, Lizzie et lui travaillent ensemble sur un projet scolaire.

Laurel fit de son mieux pour ne pas renifler. Elle s'était presque sentie mal pour le pauvre petit qui ne savait rien, sauf qu'il était peut-être lié à une affaire de meurtre.

— Je ne l'ai pas vu depuis un bon moment, reprit Grady, et je dois dire que je commence vraiment à me faire du mouron. Est-ce que Lizzie est dans le coin ? Parce que si c'est le cas je voudrais lui demander si elle sait où il est.

Adams cligna des yeux, tiquant visiblement à cette requête.

Laurel arbora son sourire le plus compréhensif.

— Si vous préférez que ce soit une femme qui le lui demande, je peux m'en charger.

— Écoutez, je vais aller la chercher, et nous… nous discuterons ensemble, proposa Adams avec un sourire pincé. Elle est dans sa chambre.

— Ça vous ennuie si je vous accompagne ? demanda Laurel.

Elle jeta un regard furtif à Grady.

— J'ai des questions, disons, confidentielles à lui poser.

— Oh. Oh. Eh bien, non.

Elle suivit Adams jusqu'à un large escalier. L'air innocent, elle se tourna vers Grady, qui sifflotait tout en faisant les cent pas dans l'entrée. Elle se retint de lever les yeux au ciel. Au lieu de cela, elle se concentra sur son hôte.

Il fallait qu'elle pèse ses mots avec soin. Les réponses en clair-obscur de Hank ne lui avaient rien fourni de solide sur quoi démarrer, et elle espérait ne pas se tromper.

— Étiez-vous au courant que Jason Delaney détenait des preuves qu'il se passait des choses graves à la mine, et qu'il menaçait de faire chanter l'un des hauts cadres de votre société ?

Adams s'arrêta net sur une marche. Sa surprise semblait réelle, mais la question qu'il posa rendit Laurel plus que suspicieuse.

— Comment savez-vous cela ?

Elle lui adressa un sourire désolé.

— Je ne suis pas autorisée à vous le dire.

— Je… Je n'en avais aucune idée.

L'homme reprit sa montée de l'escalier, mais elle remarqua qu'il était devenu tout pâle.

— Nous avons des raisons de croire que vous êtes peut-être impliqué, monsieur Adams.

Il s'arrêta de nouveau, cette fois en haut des marches. Il s'humecta les lèvres et jeta un regard anxieux autour de lui.

— Impliqué… Je… Je ne savais pas, je…

Il toussota.

— Vous me prenez tout à fait par surprise.

— C’est clair.

Cela dit, Laurel ignorait si cette surprise était celle à laquelle elle songeait.

— Comprenez-moi bien, je ne fais que mon enquête, et j’espère que si vous savez quelque chose vous en informerez la police. Lorsque l’on tente de dissimuler la vérité, les conséquences sont souvent très déplaisantes.

Son visage s’était couvert de sueur, et il déglutit de façon convulsive tout en avançant la main vers le bouton d’une porte.

— C’est la chambre de Lizzie, dit-il, la main tremblante, la voix faible.

Voyant que le bouton refusait de tourner, il fronça les sourcils.

— Fermé. C’est bizarre.

Il frappa.

— Lizzie ? Tu es réveillée ? Je suis navré, mais il faut que tu viennes parler à quelqu’un.

Il émit un gloussement anémique et se tourna vers Laurel.

— Les adolescents aiment s’attarder au lit le matin.

— Monsieur Adams. Si vous ne répondez pas directement à mes questions, je me verrai forcée de mener des recherches approfondies sur vous. Pas au sujet d’éventuelles activités illicites à la mine, mais à celui du meurtre de Jason Delaney, d’une tentative de meurtre sur une deuxième personne, et d’une attaque contre une troisième. Est-ce que vous comprenez ?

Adams opina et s’acharna sur le bouton.

— Oui, oui, bien sûr. Mais je ne sais rien sur ces faits que vous me citez, je le jure.

Laurel ne le croyait pas une seule seconde, mais la porte s’ouvrit soudain et une adolescente blonde apparut, nerveuse et rougissante.

— ’Jour, papa, balbutia-t-elle. Qui est-ce ?

— La police, ma chérie. Ils cherchent ton camarade du lycée, Clint.

Lizzie écarquilla les yeux sur Laurel.

— Clint ? couina-t-elle. Pourquoi ?

Laurel remarqua une pointe de boot qui dépassait de sous le lit, ainsi qu'un jean d'homme roulé en boule dans un coin de la pièce. Elle décida de suivre l'exemple de Grady et de se servir de façon astucieuse de la vérité.

— Son frère a été blessé, et…

Un froissement de vêtements se fit entendre et Clint sortit en titubant de la penderie.

— Grady a été blessé ?

Adams manqua de s'étrangler, et une invective de père outragé jaillit de sa gorge.

— Prends ton pantalon et descendons, dit Laurel en s'interposant entre un Adams fulminant et l'adolescent à moitié dévêtu. Je te conseille de te dépêcher.

Clint rassembla à la hâte ses effets et franchit la porte tandis que Laurel attendait devant Adams. Celui-ci voulut attraper le jeune homme au passage, mais elle l'en empêcha.

— Tout le monde se calme, lança-t-elle à la cantonade.

— Petite traînée ! cria-t-il à sa fille.

Lizzie se mit à pleurer, et Laurel sortit sans ménagement le papa de la chambre.

— Calmez-vous, monsieur, enjoignit-elle.

Mais il l'écarta brutalement et s'élança dans l'escalier à la poursuite de Clint.

— Je veux que vous l'arrêtiez. Immédiatement !

— Votre fille a dix-huit ans. Rien ne justifie une quelconque arrestation. Allons, reprenez-vous !

Clint s'immobilisa devant Grady.

— Que fais-tu ici ? demandèrent-ils tous les deux d'une même voix.

— Tu n'es pas si blessé que ça, observa Clint à la vue du pansement de Grady.

— Mais toi, tu es aussi débile que ça, répliqua celui-ci en levant les yeux vers un Adams hors de lui.

Clint glissa rapidement les jambes dans son jean, puis les pieds dans les boots qu'il tenait à la main.

— Il faut que je parte.

Laurel profita de la soudaine pagaille pour dépasser Adams dans l'escalier.

— Laisse-le partir, chuchota-t-elle à Grady, désignant Clint du menton.

Grady s'écarta pour lui permettre de s'enfuir, puis Laurel et lui se placèrent côte à côte pour bloquer le passage à Adams.

— Il a… Il a déshonoré ma fille ! cria ce dernier, le doigt pointé sur le dos de Clint, le visage cramoisi.

Grady haussa un sourcil.

— Vraiment ?

— Monsieur Adams, intervint Laurel avec toute la maîtrise qu'elle put trouver en elle. Votre fille a dix-huit ans, et elle est choquée par votre attitude. Je vous suggère de vous calmer et d'avoir une conversation civile avec elle.

Adams agita son index dans sa direction.

— Je n'ai besoin ni de vous ni de personne pour savoir comment je dois gérer ma fille !

— C'est l'évidence même, répondit Laurel, sarcastique, avant de pouvoir ravaler sa réponse.

À contrecœur, elle sortit une carte de sa poche.

— Si vous avez davantage d'informations au sujet de la mine, de Jason Delaney et de tout le reste, appelez-moi.

Il contempla la carte d'un air absent, puis sembla recouvrer ses esprits et s'en saisit.

— Je vous assure, je ne suis au courant de rien.

Laurel hocha la tête.

— J'espère que c'est ce que reflétera mon enquête, répondit-elle. Dans votre intérêt.

Elle pivota vers la porte et poussa Grady devant elle.

— Cet abruti ment, dit celui-ci, une fois dehors.

— Comme un arracheur de dents, convint-elle, avant de sortir son téléphone de sa poche. Il me faut au plus vite un mandat de perquisition.

— Ça prendra combien de temps ?

Elle ne voulait pas répondre à cette question.

— Assez pour que notre ami puisse renseigner celui qui le tient.

— Et la fille ? Elle sait quelque chose, tu crois ?

— Peut-être que oui, peut-être que non.

Elle grimpa dans sa voiture et attendit que Grady se soit installé sur le siège passager.

— Nous allons au bureau du shérif afin que je puisse remplir ma demande de mandat. Après quoi… Et si tu appelais Clint ? Vois s'il ne pourrait pas amener Lizzie ce soir au ranch Carson pour le dîner.

— Le dîner ? s'étonna-t-il.

— Sous le prétexte de rencontrer sa famille. Il faut l'éloigner de son père, et si nous l'avons dans un espace neutre et protégé, peut-être se sentira-t-elle assez à l'aise pour parler. Elle ne sait peut-être rien, mais dans le cas contraire je doute qu'elle se confierait à moi sous le toit paternel, et je ne veux pas traîner une fille de son âge chez les flics si ce n'est pas nécessaire.

— C'est légal ?

Laurel haussa les épaules.

— Tout dépend de ce qu'elle dit. Si je dois absolument coller à la procédure pour le mandat, je peux faire preuve d'un peu d'imagination dans mes interrogatoires.

— Écoutez-moi ça ! Adjointe Delaney, tu es une femme pleine de surprises.

— Tâche de ne pas l'oublier.

Grady avait acquis une certaine expérience dans l'art de taper sur les nerfs de Laurel. Mais le spectacle de sa réaction suite au refus du juge de lui accorder son mandat de perquisition était un spectacle qu'il n'avait encore jamais vu.

Elle déploya une remarquable culture en matière de jurons. Elle pesta, fulmina, grinça, rouspéta sur la totalité du parcours entre le bureau du shérif et le ranch Carson.

— Je crois n'avoir jamais été aussi émoustillé de ma vie, persifla Grady lorsqu'elle marqua une pause.

— Oh ! la ferme, rétorqua-t-elle, belliqueuse.

Ce qui, pour être franc, l'amusait encore plus.

— Toujours pas de nouvelles de Clint ? demanda-t-elle avec irritation.

— Pas depuis qu'il est passé prendre Lizzie. Ils devraient arriver avant nous, cependant.

Elle secoua la tête.

— J'ai un mauvais feeling. Quelque chose ne colle pas. J'ai le sentiment d'avoir raté un truc.

— Si c'est le cas, nous le saurons.

Elle prit une profonde inspiration, expira lentement et redressa les épaules en remontant la voie inégale et sinueuse qui menait à la grande maison.

Il se réjouissait qu'elle se soit un peu calmée, et regrettait de n'avoir pas lui-même trouvé toute la sérénité nécessaire. Mais il ressentait plus ou moins la même chose. Quelque chose ne collait pas.

— Tu dois vivre cela à chaque affaire ?

— De quoi parles-tu ?

— Cette ignorance tenace de ce qui se passe.

— Pas chaque affaire, mais certaines. Ne pas savoir est une grande partie du job.

— Alors je te plains.

Elle esquissa un sourire.

— L'un dans l'autre, ce n'est pas si désagréable. Quand on sait qu'on peut y arriver.

— Si tu le dis… Alors tu devrais arrêter de râler.

— Je croyais que ça t'excitait.

Grady ne put s'empêcher de rire, mais son rire s'éteignit lorsqu'ils arrivèrent à la maison.

— Il n'est pas là.

— Il a pu se garer dans l'une des dépendances, non ?

— Si, mais c'est peu probable.

Clint était un garçon bien trop désordonné pour cela.

La main sur le front pour se protéger du soleil, Grady fouilla des yeux la propriété, et les reposa sur Laurel.

— Nous devrions retourner en ville et essayer de reconstituer son itinéraire. Ils ont pu s'arrêter quelque part pour se bécoter, ou…

— Mais peut-être pas. Ty est là ? demanda-t-elle en manœuvrant déjà pour faire demi-tour. Nous pouvons chercher chacun de notre côté.

— Bonne idée.

Il envoya un court texto à son cousin tandis que Laurel redescendait rapidement la voie d'accès au ranch, le regard rivé devant elle et les mains serrées sur le volant. Il y avait quelque chose de bizarre dans le fait de ne pas diriger les choses et de ne pas s'en agacer. Mais son petit frère avait peut-être des ennuis, et ses craintes pour lui passaient avant tout autre sentiment.

— Ouvre l'œil et dis-moi si tu vois quelque chose, lui commanda-t-elle.

Mais tout ce qu'il vit fut la route, et l'admirable paysage du Wyoming qu'elle traversait.

— Je crains le pire, marmonna Grady, fou d'angoisse.

À sa décharge, il avait été attaqué, menacé, un homme avait été tué, et maintenant son frère s'était volatilisé.

— Continue d'essayer de l'appeler sur son portable, conseilla Laurel avec calme.

Dans cette situation, le calme de n'importe qui d'autre n'aurait fait qu'exacerber sa colère. Mais l'attitude sensée et pragmatique de cette dernière et le sérieux qu'elle montrait dans son approche des faits l'apaisaient plutôt que le contraire.

— Arrêtons-nous à la station-service suggéra-t-il. Quelqu'un a pu remarquer quelque chose.

— D'accord.

Dès qu'ils y arrivèrent, Laurel se rangea sur le parking, ouvrit sa portière, mais avant de descendre lui serra l'avant-bras.

— Nous le trouverons, assura-t-elle. Nous le trouverons.

Une grande détermination se lisait dans ses yeux brun doré, dans la ligne ferme de sa mâchoire. Il acquiesça, et un peu de sa panique se mua en quelque chose de plus paisible.

Alors qu'ils descendaient l'un et l'autre du véhicule, il entendit crier son nom, et vit Clint jaillir de la station-service, le visage dégoulinant de sang.

— Grady !

Grady saisit son frère par le bras, essayant de comprendre pourquoi il était couvert de sang. Il ouvrit la bouche pour le lui demander, mais Clint avait déjà commencé à parler.

— Quelqu'un l'a emmenée ! Elle… a été enlevée !

Il se tourna vers Laurel, haletant, visiblement effrayé, l'air égaré.

— Il faut la retrouver !

— As-tu appelé la police ? s'enquit-elle posément.

— *Vous êtes* la police !

Laurel ne répondit pas, mais sans perdre un instant se mit à parler dans sa radio.

— Que portait-elle comme vêtements ? demanda-t-elle avec sollicitude.

— Euh, un jean. Un Tee-shirt, dans les tons roses. Et elle avait mon blouson. Un blouson de cuir.

— Que peux-tu me dire de la voiture ?

Clint déglutit, les yeux noyés de larmes.

— Elle était noire, longue.

Il cita plusieurs marques et modèles possibles.

— La plaque n'était pas du Wyoming. Elle était jaune, je crois, ou proche du jaune.

Pendant que Laurel relayait les informations dans sa radio, Ty arriva sur sa puissante moto et s'arrêta devant eux dans un crissement de frein.

— Que s'est-il passé ?

— Il faut le conduire à l'hôpital dit Grady d'une voix rauque.

— Non, non, protesta Clint. Je dois la retrouver.

— Ta blessure n'est pas jolie à voir. Il faut te recoudre. Tu as perdu connaissance ?

— Je vais bien, t'inquiète. Le gars m'a juste assommé, et je me suis cogné la tête en tombant. Quand je suis revenu à moi, il était parti.

— Ce type, s'enquit Laurel, Lizzie le connaissait ?

— Non ! Il portait une cagoule. J'étais en train de faire le plein, il est sorti de sa voiture, m'a envoyé par terre et s'est emparé d'elle. Le temps que je me relève, il l'avait jetée dans sa caisse et avait filé.

— Il ne t'a pas raté.

— Ce n'est rien, se cabra Clint en écartant la main que Grady avançait vers son crâne, l'air inquiet. Il faut la retrouver. Il le faut !

— Nous avons pas mal de choses sur quoi travailler, observa Laurel. Ecris tout ce qui peut encore te revenir, OK ? Ty, tu l'emmènes à l'hôpital. J'envoie un agent le surveiller et prendre sa déposition.

— Et nous, que faisons-nous ? demanda Grady.

— Cette fois, nous obtenons le consentement d'Adams

et fouillons sa maison sans avoir à attendre un mandat de perquisition.

Elle s'arrêta à mi-chemin de la voiture et se tourna vers lui.

— Je veux dire, tu n'es pas obligé de m'accompagner. J'ai donné le nom et la description de Lizzie au bureau du shérif du comté, et envoyé le flic le plus proche interroger Clint à l'hôpital. Tu y seras en sécurité, si tu veux rester avec ton frère. Je compr…

— Avec toi aussi je serai en sécurité. Allons-y.

# 14

Laurel sonna chez M. Adams pour la seconde fois de la journée. Lorsque ce dernier lui ouvrit, ses joues étaient rouges et ses cheveux clairsemés en désordre.

— Vous l'avez retrouvée ? Est-elle…

— Monsieur Adams, j'ai besoin de votre consentement pour fouiller votre demeure. Nous cherchons tout indice susceptible de nous aider à retrouver Lizzie.

— Mon… consentement.

L'homme s'étrangla sur ce qui semblait être un sanglot, mais Laurel ne voulait pas se laisser émouvoir.

— Ma fille a disparu.

— Oui, dit-elle. Et les services du shérif du comté de Bent font tout ce qui est en leur pouvoir pour la trouver. Y compris cela. Si vous nous donnez votre consentement, l'adjoint Hart et moi-même procéderons à une perquisition complète.

Laurel hocha le menton en direction de l'adjoint, qui se tenait derrière elle.

— Nous prendrons tout ce qui pourra nous aider à déterminer où elle se trouve.

Adams fourragea dans ses cheveux.

— Je… Très bien. Vous pouvez fouiller la maison.

— Il nous faut juste votre signature, dit-elle en se tournant vers Hart, qui lui présenta le formulaire de consentement.

Adams le signa d'une main tremblante.

— Si vous pouviez laisser la porte ouverte pendant la fouille, et nous laisser le champ libre.

Laurel se tourna vers Grady, à qui elle avait donné la consigne de rester dans la voiture.

Bien entendu, il n'était pas à l'intérieur, mais appuyé contre l'aile. Il émanait de lui une félinité paresseuse, quelque chose de dangereux qu'accentuaient les points de suture sur sa tête. Elle poussa un gros soupir. Elle n'aimait pas le laisser là dehors, mais elle n'avait pas tellement le choix.

— Je… Vous…

Adams émit un étrange bruit de gorge, mais s'écarta finalement, de mauvais gré.

— À l'étage, indiqua Laurel à son collègue. Première porte à gauche.

Elle-même s'engagea dans le rez-de-chaussée, suivie de près par le maître des lieux, qui ne cachait pas sa contrariété. Ce qu'elle cherchait, c'était un cabinet ou un bureau privé, où il garderait des documents relatifs à son travail.

— Je suppose que vous ne possédez aucune information permettant de savoir qui a pu enlever votre fille, et pourquoi.

— Mademoiselle Delaney, j'ignore qui a fait ça, répondit l'homme d'une voix ferme.

— Si vous le dites, répondit-elle d'un ton égal, sans relever le « mademoiselle » plutôt qu'« adjointe. »

— Non, je veux dire, je n'ai aucun nom, ni rien pour l'identifier. La personne pour qui je travaille est une entité anonyme et sans visage. Je reçois des messages qui me disent ce que je dois faire. Si je n'obéis pas, je perds mon emploi.

Laurel hocha la tête à cet aveu.

— Donc, c'est en relation avec la mine.

Adams sombra dans un fauteuil et se passa une main sur le visage.

— Oui, je suppose. On m'a juste dit de me débarrasser de certains papiers, pour couvrir certaines choses... Quand Jason a commencé à mettre son nez partout...

Il leva vers elle un regard affligé.

— Je ne l'ai pas tué. Je n'ai rien à voir avec tout cela, à part la paperasserie.

— Je veux tout connaître de cette paperasserie, vous m'entendez ? Il me faut une liste de tous ceux qui sont au-dessus de vous, et susceptibles d'être affectés par ces informations que vous avez détruites. Je dois savoir tout ce que vous savez, monsieur Adams. Dans l'intérêt de Lizzie.

Il déglutit bruyamment et hocha la tête.

— Mon bureau est en haut. Je n'ai rien de très particulier, mais je peux indiquer certaines choses par écrit. Ils ont pris Lizzie, parce qu'elle a...

Sa voix se brisa, et il toussota pour s'éclaircir la gorge.

— Je ne sais pas pourquoi, mais elle s'est mise à farfouiller dans mon travail, à me poser des questions sur la mine, sur Jason, et je ne savais pas ce qui se passait. Je me suis dit qu'elle finirait par se lasser, mais...

— Delaney ! appela Hart depuis l'étage. J'ai trouvé un numéro de plaque minéralogique inscrit sur un bout de papier.

Laurel le retrouva au pied de l'escalier, en train d'étudier les boucles de l'écriture manuscrite.

— Appelle le poste, et demande qu'on le vérifie.

Hart acquiesça et commença à parler dans sa radio.

Laurel reporta son attention sur l'homme derrière elle. Un homme qui, de toute évidence, avait commis des actes illégaux, mais que la disparition de sa fille et son inquiétude pour elle rendaient malade d'angoisse.

— Montrez-moi votre bureau.

Quittant son siège, il se dirigea vers l'escalier. Laurel le suivit tandis que, posté dans l'entrée, Hart communiquait ses informations au bureau du shérif.

Adams la conduisit à une petite pièce au fond du couloir. Elle était décorée avec goût, et un vaste bureau trônait en son centre. Il y avait un fauteuil inclinable dans un angle, et tout y était propre et bien tenu.

— Je n'apporte rien à la maison. Tout ce qu'on m'a demandé c'était de détruire, alors j'ai détruit. Mais je… Avec ce meurtre et tout le reste, j'ai commencé à me sentir nerveux. Alors j'ai tenu une liste.

Les mains tremblantes, il ouvrit un tiroir, y plongea la main et actionna un mécanisme qui révéla un double-fond. Sous ce double-fond, aucun document.

Juste un pistolet.

Adams ravala un cri.

— Ce n'est pas à moi, murmura-t-il d'une voix stressée. Je ne possède pas d'arme. Je n'en possède pas.

Laurel s'empara des gants glissés dans sa ceinture d'accessoires et les enfila. Elle se saisit de l'arme. C'était le même genre d'arme qui avait tué Jason Delaney. Elle ferma les yeux un instant, parce qu'elle n'était pas idiote.

Adams n'était pas le meurtrier. Mais à l'évidence, quelqu'un voulait qu'elle le croie.

— Mes notes, gémit ce dernier en tâtonnant dans la cachette. Elles ne sont plus là. Oh ! Seigneur. Oh ! Seigneur.

— Hart ! cria Laurel.

Quelques secondes plus tard, l'adjoint apparut. Ses yeux s'arrondirent quand il vit ce qu'elle tenait à la main.

— Transmets le numéro de série de ce pistolet pour identification, ordonna-t-elle.

Elle le lui lut, et Hart le répéta au standard. Puis elle se creusa la tête pour trouver une bonne raison de boucler

Adams, afin de l'avoir sous bonne garde pendant qu'il serait procédé à l'examen balistique de l'arme. Parce que tant que sa fille était en danger il l'était aussi. De même que Clint et Hank, en l'occurrence.

La radio caqueta, et chacun dans la pièce entendit le résultat de l'identification.

— Ce pistolet a été signalé volé.

Laurel se tourna vers Adams. L'homme semblait paniqué.

— Volé ? Je ne possède pas de pistolet, et je n'en ai jamais volé. Il n'est pas à moi. Mes notes ont disparu !

— Hart. Arrête-le.

— Non. Non ! Je n'ai rien fait. Je vous en prie, écoutez-moi. Je n'ai pas… C'est un coup monté…

— Monsieur Adams, commença Laurel d'un ton autoritaire pour qu'il cesse ses jérémiades et l'écoute. Vous avez chez vous une arme volée. Je dois vous arrêter. Elle sera soumise à un examen balistique, et s'il en ressort que c'est celle qui a tué Jason Delaney…

— Qu'ai-je fait ? Qu'ai-je fait ? Oh ! mon Dieu.

Adams se mit à pleurer, et Laurel eut presque pitié de lui. Mais il s'était mouillé de lui-même dans quelque sale affaire qui serait tôt ou tard éclaircie.

— Voyez les choses du bon côté, monsieur Adams. Vous serez en sécurité, et c'est peut-être là le levier qui nous permettra de libérer Lizzie. Si son ravisseur craint d'être rattaché au meurtre, l'arrestation d'un tiers lui fera peut-être baisser sa garde. S'il s'agit bien de l'arme du crime.

Adams parut se calmer un peu.

— Hart, tu vas l'arrêter et l'emmener au poste. Je veux que tu m'enregistres tout ce qu'il pourra se rappeler sur les documents qu'il a détruits. Et sur toute personne qu'il pourrait vouloir impliquer.

L'adjoint s'avança vers lui et suivit les étapes procédurales de son arrestation, pendant que Laurel poursuivait sa fouille des tiroirs. Lorsque Hart eut emmené son prisonnier, elle s'assit au bureau. Elle ignorait ce qu'elle cherchait, mais elle pouvait confisquer son ordinateur, en même temps que l'arme qui avait tué Jason.

Elle avait un peu de mal à croire qu'Adams n'ait aucune idée de l'identité de celui qui était derrière tout cela. Mais un petit voyage au poste et un interrogatoire filmé pouvaient lui rafraîchir la mémoire. Dans tous les cas, il ne faisait guère de doute que cela convaincrait le véritable coupable qu'il n'était plus au centre des recherches.

— Je croyais que nous avions décidé qu'il n'était pas l'assassin.

Laurel regarda par-dessus son épaule. Avec sa large carrure, Grady obturait l'entrée de la pièce.

— Tu ne devrais pas être ici, dit-elle, sachant qu'elle aurait pu tout aussi bien parler aux murs. Je ne pense pas qu'il soit l'assassin, mais quelqu'un veut que nous pensions qu'il l'est. Certes, je n'ai aucune preuve qu'il ne l'est pas. Mais la présence chez lui d'une arme volée suffit pour le coffrer.

Elle pivota vers le bureau.

— Il faut que je fouille tout. Lorsque j'aurai fini et que j'aurai rassemblé tous les indices que j'aurai trouvés, nous les déposerons au poste, et passerons ensuite à l'hôpital voir si Clint se souvient de quelque chose.

— Il faudra que tu trouves un moment pour dormir, princesse.

Ses épaules s'affaissèrent, et tout l'épuisement contre lequel seule l'adrénaline lui permettait de lutter menaça de la submerger.

— Oui. Mais plus tard.

Encore quelques étapes, et elle pourrait songer à dormir.

La main solide de Grady se posa sur son épaule et la serra. Elle leva les yeux, avec dans la tête un millier de réponses de flic qu'elle savait qu'elle devait lui donner. Mais tout ce qu'elle voulait, c'était s'abandonner à ses bras, se reposer contre lui.

Deux choses qu'elle ne pouvait se permettre.

— Attends en bas. Ne touche à rien. Je te rejoins dès que j'en ai terminé ici.

Il n'ôta pas sa main. Au lieu de cela, l'autre vint couvrir sa joue avec une infinie douceur. Une boule se logea dans sa gorge, tant elle se sentait en manque. En manque de lui. En manque de sommeil. En manque simplement de repos.

— Je descends, dit-il. Tu as une demi-heure. Après quoi tu déposes tout ce que tu dois au poste, et direction le lit.

— C'est un ordre ?

Il lui adressait ce sourire infernal qui lui faisait des trucs scandaleux dans le ventre.

— Oui. Je crois que c'en est un.

Ce fut la simple gentillesse, presque la tendresse, avec laquelle il prononça ces mots qui rendit la boule impossible à avaler.

— Tu as décidé que désormais tu étais mon chaperon ? demanda-t-elle, la gorge serrée.

— Je crois que c'est une décision réciproque. Allez, au travail, adjointe. Moi aussi je suis fatigué.

Avec un profond soupir, Laurel se libéra des mains rugueuses de Grady et obtempéra.

Grady en avait plus qu'assez d'attendre les gens. Il en avait aussi plus qu'assez de voir Laurel prête à s'effondrer, puis forcer le pas comme si sa simple volonté pouvait la maintenir éveillée des années.

Bon Dieu, peut-être que oui. Elle ressortit du bureau

du shérif l'air décidé et d'attaque, ce que contredisaient les cernes de plus en plus marqués sous ses yeux. À tel point qu'il les voyait même dans la faible lumière des lampadaires du parking.

— Comment va Clint ? demanda-t-elle.

— L'hôpital l'a libéré. Ty le ramène au ranch, et Noah, Vanessa et lui veilleront à le tenir à l'écart des problèmes. Je lui ai donné ton numéro pour le cas où il se rappellerait quelque chose d'important.

Elle approuva d'un hochement de tête.

— Bien.

Il sauta du capot de sa voiture, où il était assis.

— Je conduis.

Elle roula des yeux.

— Tu ne peux pas conduire un véhicule de la police du comté, Grady Carson.

— Pourquoi cela ?

— Parce que c'est illégal. D'ailleurs, tu as subi une commotion cérébrale.

— Si je me souviens bien, c'était il y a vingt-quatre heures. Ce qui signifie que je suis en état de prendre le volant.

— Seigneur, ça ne fait que vingt-quatre heures ?

Elle plongea une main dans ses cheveux, qui s'étaient échappés de leur bandeau à un moment donné entre la découverte de Clint chez Adams et maintenant.

— Mais quelles heures ! commenta Grady.

Elle laissa échapper quelque chose proche du rire.

— En effet.

Elle sortit ses clés de sa poche.

— Si on te le demande, tu réponds que tu m'as collé une arme sur la tempe avant que je te laisse conduire ma voiture.

— Pigé.

Il se saisit des clés, et tenta sans grand succès de faire disparaître son sourire autosatisfait de ses lèvres.

Laurel se glissa sur le siège passager, les paupières tombant déjà, et il démarra.

Soucieux de ne pas la déranger, il évita de parler et la laissa s'appuyer à sa vitre tandis qu'il les éloignait du bureau du shérif en direction de Bent. Par la route la plus longue. Parce qu'il avait l'intuition que partout où ils s'arrêteraient elle passerait de nouveau en mode adjointe Delaney et ne se reposerait jamais vraiment, ce qui était tout sauf souhaitable.

Il roula donc dans la nuit étoilée, jouissant de ces heures paisibles d'avant l'aube, pour ne se diriger vers la cabane de Laurel que lorsqu'il commença lui-même à somnoler, mettant leurs deux vies en péril.

Tout en remontant l'allée qui menait à la luxueuse propriété des Delaney, il ne put s'empêcher de s'interroger sur cette *chose* au fond de lui.

Il avait été élevé dans la haine des Delaney, bercé par les récits de leurs malveillances au cours des années, et s'en était diverti. Sa famille à lui était celle des perdants, des maudits. Il s'en était servi pour excuser ce qui avait besoin de l'être dans sa vie.

Mais Laurel n'avait jamais collé à cette fiction dans laquelle il s'était complu. Dans cette éternelle tension entre eux, il y avait quelque chose de vibrant et de juste, dont il avait toujours reconnu l'existence tout en s'échinant à l'éviter.

À présent, l'éviter n'était plus possible. C'était là, bien présent. Un peu plus fort à chaque heure qui passait où ils cherchaient à résoudre ensemble cette obscure affaire.

La réalité, une réalité qu'il n'admettrait jamais devant personne, c'était qu'il aimait Laurel Delaney.

Il ne s'agissait pas juste d'une attirance, d'une aspiration adolescente pour un objet inaccessible et en même temps trop bien pour soi. Ni de cette attente infinie, cette anticipation de chaque instant, cette mise en retrait depuis ses plus tendres années, avec l'illusion d'avoir la totale maîtrise de ses désirs et pulsions.

Non, c'était plus que cela. Et c'était ce qui avait fait perdurer cette attente toutes ces années. Le fait qu'il la connaissait et la comprenait. Qu'il avait beaucoup d'affection pour elle. Que son éthique professionnelle rendait la sienne minable en comparaison, et qu'il n'avait jamais rencontré personne qui lui arrive à la cheville.

Il se gara sur la petite surface de gravier, et contempla sa forme endormie dans la lumière argentée de la lune, tandis que le scintillement des étoiles filtrait à travers les vitres de la voiture.

Sa virilité se réveilla tant elle était belle, et son cœur se livra à de douloureuses cabrioles dans sa cage thoracique. Son amour pour elle s'était logé trop profond pour pouvoir être encore ignoré, évité, et, il le craignait, jamais extirpé.

— Réveille-toi, princesse, ou je vais devoir te charger sur mon épaule, dit-il d'un ton beaucoup trop bourru.

Car pour être franc, il était incapable d'aimer sans une brusquerie d'ours mal léché pour le cacher. Pour camoufler la douceur. Pour se protéger de l'attaque inévitable. N'était-ce pas ce que son vieil enfoiré de père lui avait appris ?

Dans un battement de paupières, Laurel ouvrit les yeux, regarda dehors par le pare-brise, puis le regarda, lui.

— Oh ! tu m'as amenée chez moi, dit-elle, avant de consulter l'horloge numérique, les sourcils froncés. Waouh, on a drôlement roulé !

— Je me suis dit que ça t'assurait au moins une heure de sommeil.

Elle sortit dans l'air pinçant de la nuit et prit une profonde inspiration.

— Je me sens comme une nouvelle femme, déclara-t-elle en lui souriant par-dessus le capot. Maintenant, je n'ai plus du tout besoin de dormir.

Mais son énorme bâillement démentit cette assurance.

— Han-han, répondit-il.

Il fouilla parmi les clés qu'elle lui avait remises jusqu'à ce qu'il en trouve une qui ressemble à une clé de maison. Il l'essaya. C'était la bonne.

Elle entra dans la cabane, et bâilla de nouveau en actionnant l'interrupteur. Se tournant vers lui, elle fronça les sourcils.

— Et toi, où vas-tu ?

— Au saloon.

— Tu ne peux pas rester seul. Et squatter dans ma voiture n'est pas une option.

— Que suggères-tu, dans ce cas ?

C'était une sorte de défi, un défi qu'il n'aurait sans doute pas dû lancer quand ils étaient tous deux épuisés et qu'aucune réelle ouverture ne s'était présentée dans l'affaire.

Leurs regards se rivèrent l'un à l'autre. Celui de Laurel ne vacillait pas. Il était ferme, résolu, avec cette sorte de crépitement entre eux comme un nouveau type d'électricité. Parce qu'à présent ils ne se voilaient plus la face, ou parce qu'ils fonctionnaient tous deux en deçà de leurs capacités, ou peut-être parce que le moment était venu.

— Je crois que je suggère l'inévitable, répondit-elle, très calme.

Elle s'approcha de lui comme si elle n'avait ni doute ni inquiétude, et glissa les bras autour de son cou.

— L'inévitable ? Est-ce là ce que c'est ? demanda-t-il d'une voix rauque, tandis qu'elle levait les yeux vers lui, les lèvres entrouvertes, à un souffle des siennes.

— On le dirait bien, répondit-elle.

Son corps souple et longiligne se pressa contre le

sien, et son regard brun piqueté d'or se fit envoûtant. Comme si une heure de sommeil lui avait procuré toute l'énergie dont elle avait besoin.

— Mais peut-être que je le veux, tout simplement.

Puis ses lèvres entrèrent en contact avec les siennes, douces et chaudes.

C'était comme si son attente avait duré des siècles, quand bien même il l'avait embrassée peu de temps auparavant. Sa bouche était insistante, déterminée, tellement *elle*, et il voulait s'abreuver de sa plénitude jusqu'à ce qu'elle fasse partie de lui, de sa chair et de sa mémoire.

Il n'était pas seul dans son désir, tant s'en fallait. Sa langue jouait avec la sienne, et ses bras s'accrochaient à son cou comme pour le garder emprisonné, pendant qu'elle l'embrassait comme une affamée.

*Plus*, chanta une petite voix dans sa tête. *Plus, plus, plus…*

— Grady Carson, murmura-t-elle contre ses lèvres. Je te veux. Maintenant.

D'un coup de pied, il referma la porte derrière eux. Puis il la dirigea vers sa chambre sans que leurs bras se desserrent un seul instant.

— Considère que je profite de ton état de fatigue, ironisa-t-il en la poussant à reculons vers le lit. Ainsi, demain matin tu pourras dire que tu regrettes.

— Ça n'arrivera pas, assura-t-elle, une lueur impérieuse dans les yeux. Oh ! non.

Elle s'empara de nouveau de sa bouche tandis qu'ils basculaient ensemble sur le matelas.

# 15

Jamais le sexe ne s'était avéré un tel imbroglio pour Laurel. Lorsqu'elle avait un amant, c'était quelque chose d'agréable, aucun doute. Un bien-être, le plaisir que se donnent deux êtres réunis dans un désir commun.

Mais il n'y avait rien de confortable ni de plaisant à être, comme en cet instant, sous le corps de Grady, pressée sur le matelas, en proie à cette bouche avide bien que parfaite, ses mains palpant ses formes comme s'il lui était impossible de s'arrêter.

Non pas que cela lui fît mal, ou que la position fût trop biscornue, mais il y avait au fond d'elle cette frustration de plus en plus insupportable.

Ce n'étaient pas les prémices du sexe qu'elle connaissait. C'était sauvage, exacerbé, et elle avait l'impression que si elle ne sentait pas très vite la peau nue de Grady contre la sienne elle se consumerait pour se transformer en cendres. Pire, elle le supplierait.

Sentant son érection se presser sur le haut de ses cuisses, elle se demanda si tout ce sexe basique qu'elle avait connu dans le passé avait juste été mauvais. Ou tout au moins insuffisant. Correct, OK, mais… Pas ce truc dévastateur à perdre la raison.

Elle tira sur sa chemise, impatiente de mettre à nu la puissance troublante de son torse, de la sentir sous ses doigts, ou pressée contre son corps.

À maintes reprises elle avait eu l'occasion de voir Grady sans chemise, mais ici dans sa chambre, dans son lit, c'était, eh bien… C'était autre chose, tandis qu'il redressait le buste pour ôter son T-shirt.

Elle distinguait chacune des fines lignes de son tatouage, qui couvrait la presque totalité de l'épaule et descendait en sinuant jusqu'au coude. De la main elle pouvait suivre le dessin impressionnant de chaque muscle, se repaître de sa force et de sa carrure. Elle n'avait pas besoin de lutter contre, ni de prouver qu'elle était aussi solide que lui et pouvait le terrasser. Ici, pas d'adjointe Delaney. Pendant un moment, elle pouvait juste être Laurel.

D'un geste adroit, il la débarrassa de sa chemise de service. Il y eut un instant d'émoi qui dura cinq bonnes secondes, parce que son regard était si brûlant qu'il aurait presque pu la dévorer vivante.

Elle reconnaissait cela en lui, parce qu'elle ressentait la même chose : ce qui se passait entre eux avait toujours été là. Simplement, ça n'avait jamais été explicite. Ils l'avaient tous deux ignoré, évité avec soin, mais toujours éprouvé.

Il lui couvrit les seins des mains à travers la dentelle de son soutien-gorge, mais descendit aussitôt celui-ci sans même le dégrafer. Ses paumes étaient rugueuses sur sa chair délicate. Puis sa bouche descendit sur la sienne, avant de couvrir de baisers son cou et sa poitrine. Son menton lui râpait la peau partout où il l'embrassait. Mais quelque part ce contact rêche, abrasif, décuplait ce qu'elle ressentait à l'intérieur.

Sans prévenir, il abandonna ce qu'il faisait et sortit du lit. Elle voulut le questionner, mais elle respirait trop fort pour cela. Il sortit son téléphone de sa poche et le jeta sans se soucier de l'endroit où il atterrissait.

Ses clés suivirent. Mais lorsque ce fut le tour de son portefeuille, il l'ouvrit et en sortit un préservatif.

Laurel poussa un bruyant soupir. Peut-être le fait qu'il en avait un sur lui aurait-il dû la refroidir, mais elle s'en fichait. Peu importaient le comment, le pourquoi, la durée, tant qu'il s'en servait avec elle !

— Enlève le reste, ordonna-t-il.

Elle obéit avec enthousiasme, tandis qu'il défaisait le bouton et descendait la fermeture Éclair de son propre jean. Tout en ôtant son pantalon kaki et sa culotte, elle regarda le corps de Grady s'offrir à sa vue. Tout chez lui était puissant, large, en un mot majestueux.

Une petite voix très lointaine dans son esprit lui rappela qu'il s'agissait de Grady Carson, et que toute forme de relation entre elle et lui était proscrite. A fortiori celle-là.

Mais elle était trop faible pour être audible, et de toute façon qui s'en souciait ? Parce que Grady, avec son allure fanfaronne, sa dégaine de cow-boy et son humour sarcastique, était un homme bon et gentil. Et quand bien même il lui aurait coûté de l'admettre, il l'aimait. Comme elle l'aimait. Un fait indéniable qu'ils s'étaient trop longtemps appliqués, tous les deux, à camoufler.

Il se tenait au pied du lit, totalement nu, impressionnant.

Elle était assise sur son lit, nue elle aussi, sauf pour le soutien-gorge descendu sur sa taille.

Il y jeta un bref coup d'œil.

— Retire ça.

Elle n'hésita pas une seconde. Il avait le droit de tout lui ordonner. Même si elle avait toujours été celle qui décide. Suivre le code moral ou les règles des autres n'était pas sa tasse de thé. Elle avait ses propres principes, et n'en démordait pas. Jamais. Elle savait comment elle voulait vivre sa vie, et les choses étaient ainsi.

Mais jamais elle ne s'était sentie sauvage, jamais elle n'avait été consumée à ce point par le désir, alors pourquoi ne pas suivre ses directives ? C'était lui l'expert, après tout.

Grady posa un genou sur le lit, la toisant tel un conquérant incroyablement sexy. Elle ne demandait que cela, être conquise. Au diable, l'épuisement et les querelles ataviques ! Tout ce qu'elle voulait en cet instant, c'était lui.

Il déchira l'emballage du préservatif, et déroula celui-ci sur son membre avant de la couvrir de son corps. Et couverte, elle l'était, ô combien ! Être aplatie sur le matelas était une sensation divine. S'inviter dans ce monde qui était celui de Grady, dur, chaud, exigeant au-dessus d'elle…

Pendant que ses mains exploraient son corps, elle promena les siennes sur son dos lisse et ferme. De la bouche, il taquina le galbe de son cou jusqu'à ce qu'elle soupire de plaisir et elle arqua le dos, mourant d'impatience qu'il la pénètre. Son corps se détendait, et en même temps se lovait sur lui-même.

Lorsque enfin il s'introduisit en elle, ils marquèrent tous les deux un temps d'arrêt, accrochés l'un à l'autre, durant lequel ils s'observèrent mutuellement, et où le temps sembla suspendu. Ils étaient connectés, comme si elle pouvait voir au-delà d'un siècle dans ses yeux et vice versa.

*L'inévitable.* Ce mot se répétait de lui-même dans sa tête. Parce que c'était exactement ce qu'elle vivait en cet instant précis. C'était là où elle devait être. Il était tout ce dont elle avait besoin. Elle ne croyait pas aux maléfices du destin. Ne croyait pas à un mauvais sort réciproque qui aurait frappé les Carson et les Delaney. Et ce n'était pas de la faiblesse, elle le comprenait à présent. Cette union, cette rencontre, était pour ceux qui étaient assez forts pour l'assumer, et eux seuls.

Elle avait beaucoup de chance de l'être. Lui aussi.

Grady plongea en elle en une lente poussée inexorable, comme si lui aussi la sentait. L'inévitabilité. L'énergie que cela prendrait, et combien ils étaient faits l'un pour l'autre.

Il s'empara de sa bouche, et tout en se mouvant dans son ventre en de puissants et délicieux va-et-vient, l'amena peu à peu à un orgasme éblouissant comme elle n'en avait jamais connu. Puis elle s'affaissa sur lui et répéta son nom telle une litanie tandis qu'il la guidait, encore une fois, vers le même pic de plaisir.

Son nom s'échappa aussi de ses lèvres contre sa bouche lorsqu'ils basculèrent ensemble du haut d'un sommet qui avait l'apparence de la perfection, et qui l'était sans doute.

Grady se dit qu'il rêvait quand un bruit perçant, répétitif, se produisit, alors qu'il se trouvait entre les bras d'une Laurel très, très, nue. Il devait être entré dans un univers parallèle. Parce qu'il était impossible que ce qu'il se rappelait de sa nuit soit réel. Tout à fait impossible.

Dans son rêve, elle était aussi parfaite qu'il était humainement possible de l'être. Et dans son rêve, rien ne pouvait exister dans sa vie qui n'inclue pas Laurel Delaney. Dans son lit. Pour toujours.

Oui, ce ne pouvait être qu'un rêve.

Mais la voix ensommeillée de celle-ci était bien réelle tandis qu'elle murmurait un « allô ! » à côté de lui. Quant à la proximité de son anatomie, chaude et désirable, elle lui procura une érection immédiate, preuve s'il en fallait qu'il était bien dans le présent.

Il ouvrit les yeux. Il faisait encore sombre dans la chambre. Ce qui signifiait qu'ils avaient bénéficié, au mieux, d'une ou deux heures de sommeil. Beaucoup trop peu, pour l'un comme pour l'autre.

La main de Laurel frappa son torse nu, et il grimaça.

— Où ? demanda-t-elle dans son téléphone. Est-ce qu'elle va bien ?

Elle couvrit l'écouteur et se tourna vers lui.

— Ils ont trouvé Lizzie, chuchota-t-elle. Elle a été un peu malmenée, mais rien de grave.

— Clint le sait ?

Elle secoua la tête, aussi quitta-t-il le lit pour récupérer son portable. Comme il se trouvait quelque part de l'autre côté de la pièce, il contourna le lit. Le plancher était impeccable, si l'on exceptait leurs vêtements jetés en vrac, son téléphone, ses clés et son portefeuille.

Laurel aboya des questions pressantes, et obtint, sembla-t-il, certaines réponses. Une fois son appareil en main, Grady informa Clint par texto que Lizzie avait été retrouvée et qu'elle allait bien.

Puis il observa Laurel tandis qu'elle saisissait un stylo et un bloc-notes sur son meuble de chevet. Elle posa le bloc en équilibre sur ses cuisses. Le drap couvrait ses jambes, mais le reste de son corps était dénudé. Grady éprouva une furieuse envie de replonger auprès d'elle et de jeter son téléphone et ses notes le plus loin possible.

Mais il s'agissait de son travail, et il avait assez de jugeote pour savoir que jamais elle ne mélangeait ses priorités. Il regretta d'ailleurs d'en éprouver une telle admiration.

Quelque chose qui ressemblait à de la panique se mit à battre dans sa cage thoracique parce qu'il voulait... Bon sang, pour la première fois de sa vie il voulait quelque chose qui échappait à son contrôle ! Il pouvait se battre pour son nom, pour son saloon, pour Bent, mais ce qui se présentait avec cette femme, ce n'était pas une bataille.

C'était plutôt le style « concessions mutuelles ». Parfois, il se demandait si au fond de lui-même il n'était pas comme ses parents : les concessions, c'était pour les autres.

Mais il n'était pas un lâche. Il ne s'autoriserait pas à l'être. Grady Carson ne se laissait guider ni par la panique ni par la peur. Il affrontait l'adversité. S'il devait faire des concessions, eh bien, il les ferait, sacré bon Dieu !

Laurel cessa d'écrire, éteignit son portable et le reposa avec soin sur le meuble de chevet.

— Ils ne savent pas qui l'a enlevée. Elle a été déposée à la même station-service que celle de son rapt. Elle n'a pu fournir aucune description, mais le numéro de plaque qu'elle a inscrit sur ce bout de papier dans sa chambre correspond à une immatriculation dans le Nebraska. Or, les plaques du Nebraska sont jaunes. Donc, tout porte à croire que nous sommes en présence d'un seul et même véhicule.

— Tu penses que tout cela est l'œuvre d'un seul individu ?

— Je n'ai aucune certitude. Mais un homme détient les réponses, et il faut que je les trouve. Apparemment, Lizzie savait que son père se trouvait en situation délicate et elle a mené sa propre enquête, en grande partie avec l'aide de Clint. Maintenant, elle n'a pas été très bavarde sur ce qui s'est passé durant son enlèvement. Je vais donc l'interroger. Peut-être se sentira-t-elle plus à l'aise avec une femme.

Déjà, Laurel était sortie du lit et enfilait un T-shirt.

Avec un temps de retard, elle remarqua que c'était le sien. Elle voulut le retirer, mais il l'en empêcha d'une main sur son ventre.

— Et si elle te fournit un tuyau sur l'identité de son ravisseur, que feras-tu ?

Elle leva les yeux vers lui, puis battit des paupières et son regard dériva vers le bas de son corps. À la vérité, il s'en souciait comme d'une guigne.

Elle secoua la tête, comme pour se remettre les idées en place.

— Je suivrai la procédure pour l'amener au poste à fin d'interrogatoire, qui qu'il soit. À présent, il faut nous habiller. Je te dépose au ranch Carson.

Grady ravala les multiples inquiétudes qui le tenaillaient. Cela ne faisait que quelques jours qu'il coopérait avec elle, et elle était flic depuis longtemps, mais il n'aimait pas… Eh bien, il n'aimait pas l'idée de ne pas être là quand elle s'attaquait à un type capable de meurtre.

— Laisse-moi plutôt au Rightful Claim, dit-il. Il faut que je voie comment les choses se passent là-bas. Quand Vanessa est aux commandes, c'est la pagaille.

Elle se mordilla un instant la lèvre inférieure, puis avança la main et toucha ton torse nu.

— Le fait que nous n'ayons pas de piste ne signifie pas que tu es hors de danger. Tu devrais être dans un endroit protégé, avec des gens auprès de toi.

— Toi, tu es en danger tout le temps. Juste parce que tu es flic, n'est-ce pas ?

Il avait dit cela d'un ton posé, parce qu'il savait que c'était vrai. Il le savait, et le comprenait. Simplement il voulait qu'elle comprenne… quelque chose.

Elle ne répondit pas tout de suite, mais sembla soupeser un moment ses paroles. Elle ne les écarta pas d'un revers de main, non. Elle y réfléchit. Ce qui était tout sauf anodin. Peut-être même était-ce plus chargé de sens qu'il n'était souhaitable.

C'était là un niveau de plus dans leur relation. Ils n'avaient pas besoin de commenter chaque étape de ce qui leur arrivait pour pouvoir se comprendre.

— Il y a une légère différence, dit-elle enfin d'un ton prudent.

— Je comprends. Du moins, ma raison le comprend.

— Et ton intuition ?

— Mon intuition ? Elle voudrait que tu sois tout le temps à mes côtés pour que je puisse savoir si tu es en sécurité. Je veux te garder en sécurité.

Elle leva de nouveau les yeux vers lui, l'extrémité de ses doigts sur son thorax. Elle était son point d'amarrage à ce monde. Elle était son ancre. Cette Delaney adjointe du shérif du comté de Bent. D'une certaine façon, grâce à elle tout prenait son sens. Parce qu'elle était la dernière chose qu'il aurait jamais dû vouloir, et, bien sûr, parce qu'elle était la seule qui lui convenait.

Laurel se hissa sur la pointe des pieds et effleura sa bouche de la sienne.

— Je ne…

Elle inspira à fond et carra les épaules, sans que son regard dévie d'un iota du sien.

— Je ne veux pas que cette nuit soit un truc d'une fois.

— Très bien, parce que ce ne l'est pas, rétorqua-t-il.

— Et je ne parle pas seulement du sexe.

— Je sais ce que tu veux dire.

— Tu ressens la même chose ? demanda-t-elle sans détour, si brave, si franche, si exceptionnelle.

Ça grinçait un peu, cependant. Parce que lui n'était pas si bien que ça, et qu'elle méritait sans doute quelqu'un de meilleur. Mais qu'il soit damné s'il la laissait prendre un autre homme ! Il s'empara de sa bouche, et ce fut l'exact opposé du tendre bécot qu'elle venait de lui offrir. Son baiser fut long, âpre et brûlant.

— Tu es à moi, Laurel Delaney. Point final.

Sa bouche s'étira, et dans son regard il lut comme de l'indulgence.

— Tu es à moi, Grady Carson, répondit-elle en lui

tapotant la poitrine. Je suis surprise que tu ne te répandes pas en jérémiades à ce sujet.

— Peut-être qu'après une bonne nuit de sommeil je serai en mesure de piquer une grosse colère des familles.

Elle lui sourit, mais cela n'allégea pas cette impression déplaisante au fond de lui. Et les « tu es à moi » n'y changeaient rien.

— Je ne pense pas que nous devrions nous séparer, là, tout de suite, déclara-t-il, sachant qu'aller contre ce qu'elle considérait comme son devoir était une bataille perdue d'avance.

— Il faut que j'interroge Lizzie seule, argua-t-elle. Du reste, ils la laissent libre de s'en aller. La tension semble retomber. Tout danger n'est peut-être pas encore écarté, mais je pense qu'il n'y a pas grand-chose à craindre. De plus, le travail t'attend, toi aussi, je te le rappelle.

Grady bougonna, irrité. Elle avait raison.

— J'ai un mauvais pressentiment. Exactement comme l'autre jour quand Clint a disparu. Quelque chose ne... Quelque chose ne colle pas.

— Je suis d'accord. C'est pourquoi il faut que je passe un moment au poste. Je dois parler à Lizzie, étudier des documents trouvés par Hart. J'ai besoin de me concentrer sur l'affaire pendant deux bonnes heures. Et c'est impossible avec toi à proximité.

— Tu me flattes, princesse.

— Habille-toi. Je te dépose au Rightful Claim, à condition qu'il y ait quelqu'un pour te tenir compagnie. Je ne veux pas que tu sois seul. J'accomplis ce que j'ai à faire au bureau du shérif, ensuite...

Elle se mordilla de nouveau la lèvre inférieure.

— Ensuite quoi ?

Elle glissa les doigts sur son menton piquant.

— Je te retrouverai.

— Tu ferais mieux.

Il l'embrassa. Avec l'intention d'être doux, subtil, juste pour prouver qu'il en était capable. Mais comme toujours avec elle, son baiser se mua en un tsunami ravageur.

— Nous avons l'un et l'autre besoin de nous doucher avant de partir, tu ne crois pas ? souligna-t-il de sa voix grave.

— Nous ne tiendrons pas à deux dans ma petite cabine, fit-elle remarquer avec un début de fou rire.

— Nous pouvons toujours tenter l'expérience, rétorqua-t-il en la tirant vers la porte qu'il supposa être celle de la salle de bains.

Et lorsqu'il se rendit compte qu'elle l'accompagnait de son plein gré, hilare et toute nue, il se dit que, finalement, les choses étaient peut-être très bien ainsi.

# 16

Après avoir conduit Grady au Rightful Claim, Laurel mit le cap sur le bureau du shérif, pas au mieux de sa forme. Elle se sentait encore fatiguée, après n'avoir dormi que trois petites heures. Trois heures d'un sommeil profond et réparateur, certes, mais c'était une sorte de vertige euphorique qui la faisait avancer.

Ce qui l'embarrassait quelque peu. Il faut dire que cette nuit avec Grady avait été… waouh. Il fallait qu'elle se calme. Qu'elle raisonne avec sa tête.

Grady et elle vivaient des choses peu ordinaires, et c'était sans doute la raison de ces sentiments exacerbés… À moins que ce ne soit autre chose. La réalité de leur couple était peut-être différente hors de la chambre.

En réalité, c'était sa peur qui parlait. Parce que cette nuit et ce matin avaient été bien, et plus encore. Du genre à vous submerger le corps et l'âme. Du genre qui s'obtenait en se battant, et à force de sacrifices. À armes égales.

Elle poussa un soupir. Elle n'avait pas vraiment le temps de s'appesantir sur cette question. Elle devait interroger Lizzie, et voir si le rapport de l'examen balistique était arrivé. Elle devait se focaliser sur son travail. Ensuite, ensuite seulement, elle pourrait songer à sa vie privée.

Parce que son job était la priorité de sa vie. Il l'avait toujours été.

Alors pourquoi semblait-il soudain lui peser ?

Elle secoua la tête, et reporta son attention sur le lever du soleil, derrière elle. C'est alors qu'elle se rendit compte que la même voiture la suivait depuis un bon moment déjà. Du même type que celui décrit par Clint après l'enlèvement de Lizzie.

Elle était trop loin pour pouvoir lire la plaque d'immatriculation, mais celle-ci était jaune, comme l'avait indiqué Clint.

Elle inspira à fond, puis relâcha lentement l'air de ses poumons. Calme. Il fallait qu'elle reste calme et suive la procédure.

*Et si cette voiture te suivait depuis avant que tu quittes le Rightful Claim ? Et si quelqu'un suivait Grady ?*

Ce n'était pas sur cela qu'elle devait se concentrer. Elle devait se concentrer sur ici et maintenant. Parce qu'elle était sortie des limites de la ville, et que le soleil commençait seulement son ascension. La voie rapide était déserte, et seul un rail de sécurité la séparait de la pente rocheuse de l'autre côté.

L'œil quasiment rivé à son rétroviseur, elle saisit sa radio sans même la regarder.

— Véhicule 549. Signalement routier, dit-elle, s'enjoignant au plus grand calme.

— Allez-y, 549.

Avant qu'elle puisse poursuivre, un moteur gronda tout près d'elle – trop près. Elle jeta un coup d'œil au rétroviseur intérieur juste à temps pour voir la voiture noire la heurter par l'arrière.

Sous le choc, sa tête s'écrasa dans l'airbag qui se déployait tandis que sa voiture effectuait un bond en avant. Elle partit ensuite de côté, crissant contre le rail de sécurité dans un bruit suraigu de tôle froissée. Elle comprit aussitôt la précarité de sa situation : si l'autre véhicule réussissait à lui faire franchir le rail, c'était la chute sur les rochers.

Ignorant la douleur dans sa tête, elle se concentra sur son volant. Elle le tourna aussi loin que l'airbag le lui permettait en même temps qu'elle écrasait la pédale de frein.

Il fallait qu'elle sorte de cette voiture. Même si elle lui offrait une certaine protection, il lui était plus facile de se déplacer à pied. Et peut-être courir jusqu'au bas de la pente sans risquer sa vie.

L'airbag l'aveuglait, mais le raclement du métal contre le rail avait cessé, et la voiture s'était immobilisée. Il lui fallait agir vite. Son assaillant effectuait sans doute une marche arrière pour réitérer son attaque.

D'une poussée énergique, elle ouvrit sa portière, se libéra tant bien que mal de l'airbag et de la ceinture, et quitta le véhicule. Sortant son arme de sa ceinture, elle chercha des yeux l'autre voiture.

Elle avait effectivement reculé, et fonçait sur elle. Sans perdre de temps à réfléchir, elle courut vers le rail, sauta par-dessus et dévala en titubant la pente rocheuse.

Si elle amenait son agresseur à la poursuivre, elle pourrait tirer. Bien sûr, il était probable qu'il soit armé lui aussi, mais au moins aurait-elle la possibilité de riposter. Elle jeta un coup d'œil derrière elle. Il n'y avait que de la pierre et un rail de sécurité déformé.

Elle étudia le paysage devant elle. C'était un espace en grande partie ouvert, mais il comportait quelques buttes qui pouvaient fournir une cachette acceptable – et une avance non négligeable.

Le principal problème était qu'elle n'avait ni radio ni téléphone. Tout ce qu'elle avait, c'était son pistolet. Elle continua donc à courir, surveillant ses arrières toutes les dix secondes par-dessus son épaule.

Elle se trouvait peut-être à mi-chemin d'un amas de rochers et d'un talus de terre lorsqu'elle aperçut une silhouette qui enjambait le rail de sécurité. L'individu était totalement vêtu de noir et portait une cagoule, ce qui correspondait à la description faite par Clint de l'homme qui avait enlevé Lizzie.

Eh bien, il ne l'enlèverait pas, elle. Elle leva son arme, mais, au moment de viser, se rendit compte qu'elle n'y voyait plus rien. Du sang lui coulait dans les yeux. Du sang ? D'où venait-il ?

Elle cligna des yeux, soudain consciente qu'une douleur sourde lui martelait le crâne et que ses tempes lui brûlaient. Avec l'adrénaline qui avait envahi ses veines, elle ne s'était pas aperçue qu'elle était blessée, mais une partie de cette réalité s'imposait maintenant à elle. Le monde se mit à pencher sur son axe, mais elle se força à respirer pour se clarifier l'esprit et tira une balle en direction de l'homme en noir.

Sans même chercher à savoir si elle l'avait touché, elle se remit à courir, tentant de se repérer, de voir où elle pouvait aller. Elle était blessée, isolée, mais sans doute pas inférieure en nombre, et malgré l'état dans lequel elle se trouvait, elle était toujours capable de réfléchir.

Après un nouvel examen de la zone et une localisation approximative de l'endroit de la route d'où elle venait, elle se rendit compte qu'elle était proche de l'accès arrière au ranch Carson, là où elle avait déposé Grady deux jours auparavant.

Elle ne voulait pas conduire cet homme chez les Carson, mais elle n'avait pas le choix. Elle devait téléphoner. Elle avait besoin d'aide. Si elle pouvait au moins atteindre la propriété, peut-être serait-elle de nouveau blessée, mais on la trouverait avant qu'elle soit tuée. Peut-être.

Un coup de feu éclata. Si près qu'elle tressaillit. Rien ne la toucha, mais ce n'était guère rassurant, et cela prouvait que l'homme était en possession d'une arme létale.

Les poumons en feu, le corps entier en proie à une douleur lancinante, Laurel releva un pan de sa chemise et tout en courant tenta d'essuyer le sang qui gênait sa vision.

Même sans cela, sa vue se brouillait de plus en plus. Elle se sentait nauséeuse, l'étourdissement la gagnait, mais elle savait qu'elle ne devait pas s'arrêter. Quelqu'un la pourchassait. L'homme qui avait tué Jason, qui avait enlevé Lizzie. Ce ne pouvait être que lui.

Elle arriva à l'entrée du ranch Carson sans avoir été rattrapée ni avoir essuyé d'autre coup de feu. Il suffisait qu'elle atteigne la maison, sinon Noah était peut-être en train de travailler à proximité. Dans tous les cas, quelqu'un entendrait quelque chose, ferait quelque chose. Elle devait l'espérer et prier pour cela, car elle savait qu'il ne lui restait plus beaucoup de temps.

Ses jambes se dérobèrent, et l'univers autour d'elle devint noir, au lieu de la munificence d'un matin d'automne. Ce n'est que lorsque son épaule toucha le sol qu'elle réalisa qu'elle était tombée.

Elle voulut se relever, mais son corps refusait de lui obéir. Elle entendit des pas venir vers elle. De plus en plus près.

Obscurément, elle espéra que Grady allait bien, qu'il était au travail au saloon, traitant Vanessa avec sa rudesse coutumière. Elle déglutit, luttant contre la nausée, et pria pour avoir laissé assez d'indices et d'éléments matériels pour que ceux qui la retrouveraient puissent identifier l'homme et déterminer d'où il venait.

Elle s'aperçut soudain qu'elle avait toujours son arme à la main. Le pistolet. Elle posa son index sur la détente, et quand elle sentit la présence de l'homme juste au-dessus d'elle, elle roula sur le dos et fit feu.

Les sourcils froncés, Grady considéra son téléphone avec une irritation croissante. Il avait été patient toute la matinée, et n'avait pas appelé Laurel pour savoir ce qui se passait. Mais il était près de 14 heures, et il n'avait pas de nouvelles d'elle. Clint non plus.

Il tenta de se convaincre qu'elle avait trouvé une piste et la suivait. Qu'elle faisait son travail. S'il était arrivé quelque chose, n'en aurait-il pas été averti ? Sinon par Laurel elle-même, du moins par… quelqu'un.

Cela dit, pourquoi l'informerait-on des activités et des allées et venues de Laurel Delaney ?

Lorsque Dylan Delaney pénétra en trombe dans le bar avant l'heure d'ouverture quotidienne, Grady se figea de la tête aux pieds.

Aucun Delaney ne venait dans son établissement.

— Où est-elle ? Dans quelles sordides magouilles l'as-tu impliquée ?

Grady demeura stoïque derrière le comptoir, s'efforçant de garder son sang-froid. Il n'avait jamais beaucoup aimé son visiteur, un homme fuyant mais imbu de sa personne, qui toisait d'un œil méprisant tout Carson qui mettait les pieds dans sa banque. Mais Dylan était le frère de Laurel, et peut-être savait-il quelque chose qu'il ignorait. Sa présence lui aurait tapé sur les nerfs s'il n'avait pas été aussi inquiet.

— Moi ? L'impliquer dans des magouilles ?

— Elle est peut-être flic, et c'est peut-être juste lié à l'affaire sur laquelle elle travaille, mais lorsque le ranch Carson est concerné, je sais que tu l'es aussi.

— De quoi parles-tu ? demanda Grady d'un ton ferme, avec un calme qu'il était loin de ressentir.

Il ne pouvait pas encore réagir. Pas encore. Il avait besoin de faits.

— Ma sœur a disparu. Ils ont suivi sa trace jusqu'à votre propriété, une trace sanglante. Et votre départ ensemble du bureau du shérif, hier soir, a fait beaucoup parler. Alors je veux savoir ce que tu lui as fait.

Grady sortit de derrière le comptoir, ignorant les demandes de Dylan. Il prit son téléphone et appela le numéro du ranch. Sans résultat. Il tenta celui de Noah et tomba sur sa boîte vocale. Ty était à l'arrière, et s'il avait entendu quelque chose, il se serait déjà manifesté.

— Ty ! lança Grady, déjà à la porte. Ferme tout et rejoins-moi au ranch.

Il n'attendit pas de savoir si son cousin était disposé à l'écouter. Il appela Vanessa. En vain.

Les dents serrées, il sortit ses clés de sa poche et quitta le bar par la double porte battante.

— Je ne te laisserai pas filer comme ça, menaça Dylan, sur ses talons.

— Je me battrai avec toi quand ta sœur aura été retrouvée, si c'est cela que tu veux, répliqua-t-il. Mais j'ai plus important à faire en cet instant que de m'expliquer avec toi.

Sur ce, il enfourcha sa moto.

— Je te suis ! cria Dylan par-dessus le grondement du moteur.

Comme si cela pouvait avoir un effet dissuasif. Grady ne répondit même pas. Il démarra, et viola toutes les règles du Code de la route pour arriver au ranch. Une voiture de police était garée devant la maison, mais il ne vit personne dedans. Il fouilla des yeux les alentours, le cœur battant à grands coups dans sa poitrine.

Du sang. Du sang. Laurel était en train de saigner quelque part, et il ne pouvait rien faire.

Mais elle était venue jusqu'ici. Sur son terrain. Il devait exister une solution. Il le fallait.

La voiture de Dylan s'arrêta près de lui, vitres baissées.

— Tu peux me dire ce que tu as en tête ? s'enquit ce dernier d'un ton aigre.

— La trouver, répondit-il.

D'une manière ou d'une autre. Il n'y avait pas d'alternative.

— Pourquoi veux-tu te mêler de ça ? La police est à sa recherche, et si tu as quelque chose à voir avec…

— Non, je n'ai rien à voir avec ça. Je l'aime.

Ce n'était pas exactement un aveu surprise, mais il était plus qu'un peu embarrassant.

— C'est… Tu es un Carson.

— Ouais. Je m'en préoccuperai une autre fois.

Il étudia de nouveau son environnement, cherchant par quoi commencer. Il devait cesser de se chamailler avec Dylan et réfléchir. Élaborer un plan.

— Ils sont à l'entrée de derrière, indiqua Dylan. Quel est le chemin le plus court ?

Grady grimaça devant le coupé sport du frère de Laurel.

— Cette voiture n'y arrivera pas sur un terrain aussi difficile.

— Elle y arrivera, rétorqua Dylan, visiblement très motivé. Alors, quel est le chemin le plus court ?

— Suis-moi.

Grady redémarra en trombe, manquant de partir en vol plané au passage d'une bosse, mais il s'en fichait. Rien d'autre ne comptait que retrouver Laurel.

À leur arrivée à l'entrée de derrière, toute une superficie était circonscrite par une bande jaune de la police. L'adjoint qui avait fouillé récemment la maison d'Adams avec Laurel fronça les sourcils en voyant Grady, tandis qu'il descendait de sa moto et s'avançait d'un pas déterminé vers la bande jaune.

— Restez de l'autre côté, ordonna l'adjoint Hart.

Grady lui obéit, sachant qu'il ne faisait que son travail. Il jeta un coup d'œil aux personnes présentes. Trois adjoints, et Noah.

Il rejoignit son cousin.

— Dis-moi ce que tu sais, Noah.

— Il n'y a aucun signe d'un quelconque véhicule, répondit celui-ci. Mais la voiture de Laurel a été retrouvée crashée contre un rail de sécurité sur la voie rapide. Quelqu'un a dû la tamponner par l'arrière, mais la voiture responsable de l'accident s'est envolée. Les flics ont relevé une piste de sang qui les a conduits jusqu'ici.

— Ça fait plus d'un kilomètre et demi.

Noah acquiesça d'un air sombre.

— Vanessa est avec Clint et un agent à la maison. J'ai proposé d'explorer les zones élevées à cheval, mais ils n'ont pas encore pris de décision.

— Ça ne m'étonne pas.

Grady observa le cheval de Noah attaché, placide, à un arbre à quelques mètres de là.

— J'y vais.

— Il y a cette vieille église de pierre plus haut, sur la crête. Je ne vois que ce genre d'endroit dans les environs pour cacher quelqu'un, expliqua tranquillement Noah.

Il les éloigna tous les deux des adjoints occupés à recueillir des indices tout en discutant avec le plus grand sérieux.

— À moins que quelqu'un l'ait embarquée sur la route, mais les flics n'y croient pas. Je leur ai parlé de l'église, mais…

Grady secoua la tête.

— Ils ont leur procédure à suivre. Pas nous. Je n'ai pas l'intention d'attendre. Je t'emprunte ta monture et je grimpe là-haut. Delaney et toi, vous allez chercher d'autres chevaux, des fusils et tout ce que vous pourrez. Nous procéderons nous-mêmes aux recherches.

Noah jeta un regard méfiant à Dylan.

— Tu veux vraiment l'emmener ?

— Je suis le frère de Laurel, répondit aussitôt ce dernier. Tout ce qui compte c'est de la retrouver.

— Très bien, opina Noah.

— Attendez que je sois parti, ensuite prenez ma moto, reprit Grady en lui remettant ses clés. Vous serez plus vite arrivés à l'écurie. Quant à moi, j'emmènerai Star le long des limites de la propriété jusqu'à l'église de pierre. Vous couperez par l'autre côté. Tu as ton portable ?

Noah hocha la tête.

— Si tu vois quoi que ce soit, s'il arrive quoi que ce soit, tu appelles. Je ferai pareil. Si c'est grave, fais le 911, ameute les flics et tout le tremblement. La seule chose importante est de la retrouver saine et sauve. Et surveillez vos arrières, OK ?

— Et toi ? Qui va surveiller tes arrières ?

Grady ne se fatigua pas à mentir.

— Je ferai ce que j'ai à faire. Quoi qu'il doive en coûter.

— Grady…

Mais il n'avait plus envie de discuter et de perdre un temps précieux. Il se dirigea vers Star, le détacha, l'enfourcha, le gratifia d'une petite tape sur l'encolure puis s'éloigna du petit groupe et de la bande jaune.

Lorsqu'il eut un peu d'espace, il passa au trot. Droit vers la crête qui le mènerait à la vieille église de pierre abandonnée sans doute un siècle plus tôt, juste au-delà de la propriété des Carson, à la merci des éléments.

— Hé ! Où allez-vous ? lui cria l'un des adjoints.

Grady l'ignora. Il retrouverait Laurel. D'une façon ou d'une autre.

# 17

Laurel entendait des voix qu'elle ne connaissait pas. Elle savait qu'elle devait ouvrir les yeux, mais n'y parvenait pas. Sa tête lui faisait mal, si mal qu'elle arrivait à peine à penser.

Mais il y avait ces voix, et même si elle n'était que douleur et confusion, en son for intérieur elle savait qu'elle devait les écouter.

— Tu es vraiment le roi des enfoirés. Il n'y a plus d'échappatoire. Tu as tout fichu en l'air, dit une voix sifflante, chargée de fureur rentrée.

— Nous pourrions la tuer, suggéra l'autre voix, comme s'il s'agissait du choix d'un dessert au restaurant.

— *Tu* pourrais la tuer, rétorqua la première voix. Elle t'a tiré dessus, après tout. Nous pourrions même invoquer la légitime défense, pas vrai ?

— J'ai fait tout le sale boulot, répliqua l'autre d'un ton plein de rancœur. *Ton* sale boulot.

— C'est pour cela que je te paie. Malheureusement… Tu as transformé ce plan en un lamentable foirage. Normal que ce soit toi qui fasses le sale boulot, puisque c'est toi qui as tout salopé. Un travail si simple.

— Si simple ? Descendre deux types et kidnapper une fille ?

— Tu as raté ton coup pour l'un des deux, et la fille

est rentrée chez elle en toute sécurité. Tu es dans le rouge, mon gars.

Le second homme laissa échapper un rire amer.

— Je ne ferai plus rien pour toi tant que je n'aurai pas touché ma pleine rémunération.

— Pas de rémunération tant que le problème n'aura pas été réglé.

Laurel était prise d'une atroce nausée, mais elle se força à respirer. Sa lucidité commençait à lui revenir, même avec les élancements obstinés dans sa tête. Le fait qu'ils ne l'aient pas encore tuée signifiait quelque chose. Elle avait une chance. Une chance de vivre. Une chance de s'échapper. Si seulement elle pouvait agir.

*Inspire. Expire. Concentre-toi.*

Elle supposa qu'elle pouvait maintenant ouvrir les yeux, mais jugea préférable de rassembler ses esprits avant de montrer tout signe indiquant qu'elle était consciente. Concevoir un plan… Ils avaient des armes, c'était évident. Ils étaient deux, et elle était seule.

Elle poussa un soupir, obligeant son estomac à rester calme. Elle était assise sur un sol froid, et ses bras étaient repliés dans son dos. Sans doute liés ensemble. Elle procéda à un inventaire du reste de son corps, autant qu'il lui était possible avec les yeux fermés et l'esprit encore embrouillé.

Il y avait aussi quelque chose autour de ses chevilles. Et son dos était appuyé contre une surface dure et froide. Seigneur, comme elle avait froid.

*Concentre-toi,* s'enjoignit-elle.

Sauf qu'elle avait dû dire cela à haute voix, ou bouger, ou autre chose.

— Elle a repris conscience, dit l'homme fâché.

Laurel battit un instant des paupières puis ouvrit les yeux. Un homme en noir rabaissait sa cagoule, et elle ne put rien voir de son visage. L'autre n'était pas dans son champ visuel, mais elle avait peur de tourner la tête pour étudier l'endroit où elle se trouvait.

— Où suis-je ?

Rire de l'homme en noir.

— Sur Jupiter, ma douce.

Des yeux noirs brillèrent derrière les trous de la cagoule, et Laurel sut, sans le moindre doute, qu'elle devait s'échapper au plus vite. Même si l'autre ne voulait pas la tuer, celui-ci le ferait.

— Je vais vomir.

Il roula des yeux, et regarda un endroit qu'elle ne voyait pas. Elle voulut tourner la tête, mais une douleur aiguë lui vrilla le crâne.

— Emmène-la dehors jusqu'à ce qu'elle ait fini, ensuite ramène-la dit l'autre homme. Si nous décidons de la tuer, nous devons d'abord être sûrs d'avoir tout ce qu'il nous faut.

L'homme en noir grogna, mais s'approcha d'elle. Laurel tremblait de façon irrépressible. Lorsque deux mains rugueuses l'empoignèrent et la hissèrent sur ses pieds, elle vacilla et ferma les yeux.

Il la poussa sans ménagement contre le mur. Elle s'y appuya, priant pour que le monde cesse de tourner. Elle comprit également qu'on lui avait libéré les chevilles.

— Avance, ordonna-t-il d'un ton désagréable.

Peinant à trouver son équilibre, Laurel se mit en marche. Elle tanguait comme un homme ivre, mais ne fit aucun effort pour y remédier. Plus il la croyait faible, mieux c'était. Mais le fait de bouger, d'être dehors, l'aidait.

Sauf que rien ne lui fournissait le moindre indice sur l'endroit où elle se trouvait. Elle ne voyait que des arbres, le ciel, et un sol rocailleux.

— Alors ? Tu vas vomir ou pas ?

Laurel se pencha en avant.

— J'ai besoin de mes mains. Je dois aller à la salle de bains.

— Rien que ça ! répliqua l'autre avec un rire malsain. Arrête de parler et commence à gerber ou nous retournons tout de suite à l'intérieur.

Il agita son arme devant son visage.

— Si c'était moi, je t'aurais fait sauter la cervelle il y a des heures déjà.

Des heures ? Il s'était donc écoulé plusieurs heures ? Elle ne connaissait pas cet endroit, mais il était typique du Wyoming. Cela étant, peut-être se trompait-elle. Peut-être était-elle très loin de chez elle et de toute assistance.

Se penchant de nouveau, elle feignit un haut-le-cœur et s'interdit de pleurer. Lentement, elle leva les yeux et chercha… quelque chose. Un endroit où fuir. Une indication sur le lieu où elle était.

— Tu essaies de filer, et je te loge une balle dans le corps. À un endroit où tu mettras très longtemps à te vider de ton sang et souffriras un long martyre.

Elle tourna la tête et le fixa.

— Pourquoi ?

Il haussa les épaules.

— Pourquoi pas ?

Un froissement se fit entendre derrière elle, et l'homme la poussa en avant. Comme ses mains étaient entravées, elle ne put amortir sa chute, seulement tourner la tête de côté et se préparer au choc. Un cri de douleur jaillit de sa gorge lorsqu'elle heurta le sol pierreux.

— Tais-toi, dit l'homme en lui donnant un coup de pied vicieux dans la jambe. Et ne bouge pas.

Laurel inspira avec peine, et se fit violence pour ne pas sangloter en expirant son air. Elle inclina la tête pour voir où il était passé. Il longeait d'un pas furtif le flanc du bâtiment, son pistolet au poing.

Laurel ne put s'empêcher de le comparer à un écureuil ou un raton laveur.

Elle regarda autour d'elle du mieux qu'elle put, compte tenu de sa position. C'était une clairière, et la construction de pierre, derrière elle, était à l'évidence abandonnée depuis des lustres. Elle n'avait plus de fenêtres, et tout ce qui aurait pu indiquer ce qu'elle avait été dans le passé avait disparu.

Sauf la croix sur le faîte du toit.

Oh ! mon Dieu. Elle savait où elle était. Gamines, Vanessa et elle s'étaient un jour aventurées jusqu'ici et avaient passé la nuit à se raconter des histoires de fantômes.

C'était l'une des rares fois où elle s'était convaincue qu'enfreindre les règles n'était pas la pire chose au monde.

Cet épisode remontait à très longtemps, mais cette église se trouvait au Wyoming. Chez elle, autrement dit. Elle était si près du ranch Carson qu'elle avait encore une chance, une chance réelle, de s'échapper. À condition que son ravisseur ne la descende pas avant.

Mais il avait disparu au coin de l'édifice. Et oui, il pouvait sans peine la rattraper, ligotée et blessée comme elle l'était, mais peut-être…

Un coup de feu soudain la fit sursauter. Elle roula de côté et parvint à se rétablir sur les genoux. Sa vue se brouilla un instant, mais elle se secoua et se remit debout. Il fallait qu'elle… Il fallait qu'elle…

Lorsqu'une silhouette surgit à l'angle de l'église, Laurel crut être victime d'une hallucination. Ce ne pouvait être que cela. Elle était morte. Ou inconsciente, et elle rêvait.

Grady s'arrêta net, et poussa un juron corsé. Avant qu'elle puisse cligner des yeux, il était devant elle et lui touchait l'épaule avec délicatesse.

— Laurel, est-ce que ça va ?

— Il y en a un autre, Grady, l'informa-t-elle en scrutant le bâtiment.

Ils étaient aussi vulnérables que des cibles de foire, et l'homme à l'intérieur devait avoir entendu le coup de feu.

Contre toute attente, il sortit soudain de l'église. Pas de cagoule. Pas de tenue noire. Laurel ne vit même pas d'arme sur lui. Elle lui donnait une bonne quarantaine d'années.

— Dieu soit loué, Dieu soit loué, j'ai eu si peur, dit-il en marchant vers eux.

Grady la fit passer derrière lui, son pistolet braqué sur l'inconnu.

— N'approchez plus, ordonna-t-il.

L'homme afficha un air implorant. Sans le quitter des yeux, Grady se tourna à demi vers Laurel.

— Accroche-toi à moi, souffla-t-il.

— Je vous en prie, supplia l'homme. Il faut m'aider.

Laurel fronça les sourcils, agrippée à la chemise de Grady. D'après ce qu'elle avait pu entendre, ce type devant eux était l'instigateur de toute l'entreprise. Mais avec la confusion qui régnait dans sa tête, peut-être s'était-elle trompée.

— Cet homme sur lequel vous avez tiré me tenait captif, comme vous.

Il la considéra d'un air apitoyé.

— Dieu merci, nous sommes tous deux sains et saufs.

— Laurel ? s'enquit Grady.

Ce qui se passait lui paraissait passablement suspect, mais son esprit était sens dessus dessous, et elle n'était sûre ni de ce qu'elle avait entendu ni de ce qu'elle n'avait pas entendu.

— La police est en route, ils détermineront le vrai du faux, déclara Grady, son arme toujours braquée sur le torse de l'homme.

— Quelque chose ne colle pas, murmura Laurel par-devers elle.

— Qu'est-ce qui ne colle pas ? demanda-t-il sur le même ton.

— Je ne sais pas.

Et en effet, elle ne savait pas.

Grady n'avait nulle intention de baisser son pistolet, quoi que dise ce type. Ou Laurel, en l'occurrence. Même s'il n'était pas habillé comme l'homme sur lequel il avait tiré de l'autre côté de l'église – pas de cagoule ni de tenue noire –, il n'en était pas moins là. Indemne, alors que le visage de Laurel était couvert de sang.

Mais il ne fallait pas qu'il y pense. Cela lui faisait si mal que ses genoux risquaient de le lâcher. Elle avait été traitée avec brutalité, mais était toujours vivante. Toujours là. Il devait assurer sa sécurité.

— Je me sentirais tellement mieux si vous baissiez cette arme, dit l'homme avec un gloussement nerveux.

Grady ne bougea pas d'un millimètre.

— Certainement pas.

— Dans ce cas, je devrais peut-être retourner à l'intérieur en attendant que la police…

— Vous restez là.

Quelque chose dans l'expression du type ne lui plaisait pas. Quelque chose dans toute cette situation ne lui plaisait pas. Et si les flics ne débarquaient pas très vite, il se verrait forcé d'agir. Parce qu'il n'était pas question qu'il laisse Laurel en endurer davantage.

— Pourquoi ne pas t'asseoir ?

Voyant l'homme commencer à plier les jambes comme si ces mots s'adressaient à lui, Grady roula des yeux.

— Pas vous. Elle.

— Oh ! fit Laurel derrière lui. Je préfère rester debout.

— Laurel !

Si ses sens ne l'abusaient pas, c'était la voix de Dylan,

ce qui signifiait que Noah et lui étaient arrivés. La police ne devait pas être loin derrière.

— Appelez une ambulance ! aboya Grady. Noah, peux-tu emmener Laurel hors d'ici sans la bousculer plus qu'elle ne l'est déjà ?

Noah mit pied à terre, bientôt imité par Dylan. Les deux hommes prirent des poses de cinéma tout en observant la scène autour d'eux.

— Je la prends avec moi, lança Dylan.

— Je ne suis pas sûr qu'un trajet à dos de cheval soit une bonne idée dans son état, fit observer Noah. Une blessure à la tête…

— Tout se passera bien. Il lui faut sans tarder un médecin.

— Si vous, les hommes, pouviez cesser de jouer les fiers-à-bras et écouter ce que *moi* j'ai à dire, intervint Laurel.

Elle était appuyée, toute tremblante, contre Grady.

— Excusez-moi, dit l'homme que ce dernier continuait à tenir en respect. L'un de vous est-il policier ? Car si vous pouviez le convaincre de cesser de pointer son pistolet sur moi…

Grady échangea un regard avec Noah, mais celui-ci ne semblait pas non plus emballé par l'idée.

— Comment êtes-vous monté jusqu'ici ? demanda Noah.

L'homme tira sur le col de sa chemise.

— Je… Je ne sais pas. On m'y a amené contre mon gré.

— Comment ? demanda Laurel, derrière Grady.

— Pa-pardon ?

— Comment un homme seul a-t-il pu nous forcer, vous et moi, à venir ici ? insista-t-elle d'une voix qui avait retrouvé sa clarté et sa fermeté.

— Vous, je ne sais pas, mais pour ma part j'ai été conduit ici hier. Maintenant…

— Pourquoi n'étiez-vous pas ligoté ?

L'homme sembla se pétrifier de la tête aux pieds.

— Je… Je l'étais.

— Non, vous ne l'étiez pas, rétorqua-t-elle.

Elle avança pour se poster à côté de Grady, obligée néanmoins de s'appuyer sur lui pour garder son équilibre. C'était sans doute un souci, mais elle affichait une expression déterminée.

— Je vous ai vus. Je vous ai entendus.

L'homme fouilla des yeux la clairière autour d'eux, visiblement inquiet.

— Il n'y a nulle part où aller, dit Grady d'une voix dure.

Noah et Dylan, remarqua-t-il, avaient levé leurs fusils et les braquaient également sur lui.

— Même si vous parveniez à filer, je vous retrouverais, ajouta Noah avec le plus grand calme. Je pourrais retrouver n'importe quoi dans ces montagnes.

Leur prisonnier se lécha les lèvres, la joue agitée d'un tic nerveux.

— Je ne sais pas de quoi vous voulez parler. Je n'ai… Je suis une victime. Je n'ai rien fait de mal. Si vous faites quoi que ce soit contre moi, je vous attaquerai.

— Et moi, qui dois-je attaquer ? Je veux parler de celui qui a payé pour m'éjecter de la voie rapide.

— Je n'ai rien fait de tel.

Sa bouche se tordit en un léger rictus.

— Vous ne pourrez rien prouver, ajouta-t-il.

— Êtes-vous propriétaire d'une berline noire, immatriculée dans le Nebraska sous le numéro 85AGHX ?

Le sang reflua de son visage, et ce fut au tour de Grady d'afficher un rictus satisfait.

— Je crois que tu tiens peut-être quelque chose, adjointe Delaney, observa-t-il d'un ton jovial.

— Au risque de me tromper, je dirais que vous êtes un employé de la société d'exploitation minière Evergreen.

— Je ne vois pas ce que cela vient faire ici.

— Moi, si, rétorqua Laurel. J'ai entendu votre conversation avec l'autre homme, et j'ai désormais plus de preuves qu'il ne m'est nécessaire pour mon enquête. Tout ce qu'il me fallait, c'était l'homme derrière l'opération. Et vous êtes là.

— Vous ne pouvez pas…

Il secoua la tête et regarda autour de lui, l'air totalement aux abois.

— Vous mentez.

— On verra ce que décidera la police lorsqu'elle sera là. Noah et Dylan, pourriez-vous jeter un coup d'œil aux alentours et essayer de trouver la voiture ?

— Avec joie, répondit Dylan, d'une voix aussi joviale que celle de Grady.

La seule chose qui retenait ce dernier était le corps de Laurel appuyé contre lui. Sinon il aurait eu du mal à résister à la tentation de réduire ce type en une masse de bouillie sanguinolente.

— Vous ne pouvez pas faire cela. Mes avocats ne feront qu'une bouchée de vous. Aucun de vous ne sait de quoi il parle, et… et… C'est ridicule. Vous n'aurez que ce que vous cherchez.

— C'est censé me faire peur ?

— Vous n'avez rien contre moi. Rien.

— La police est là ! lança Dylan depuis l'autre côté de l'église de pierre. Et j'ai trouvé la voiture. Elle correspond point pour point à la description de Laurel.

L'homme tenta un sprint vers les bois, mais Grady fit feu et le toucha en haut de la cuisse. L'autre tomba sur le sol en hurlant. Ici encore, Grady n'aurait pas détesté lui donner quelques coups de pied bien placés, mais il sentit Laurel faiblir contre lui.

— Grady…

Il baissa les yeux sur elle. Ses paupières tombaient, et sous le sang qui la défigurait, son teint était devenu gris.

— Ouvre les yeux, ma chérie, supplia-t-il.

— Je ne peux pas, répondit-elle en hochant faiblement la tête.

— Allons, princesse. Reste avec moi.

De son bras libre, il lui enlaça la taille pour la maintenir debout. Elle eut beau s'accrocher à sa chemise, c'était comme si ses jambes n'avaient plus la force de la porter. Ses genoux cédèrent.

— Je ne me sens vraiment pas bien.

— Laurel.

Mais ses yeux avaient basculé dans leurs orbites et son corps était devenu tout mou. Grady la dévisagea, paniqué, le cœur cognant avec violence contre ses côtes.

— Hart ! cria-t-il lorsqu'il aperçut l'adjoint. Amenez votre voiture ici ! Vite !

Il ne put que lui être reconnaissant de la compréhension dont il fit montre en acceptant l'ordre d'un civil.

Hart se retourna, et tout en lançant des ordres à ses collègues, descendit la côte en courant.

# 18

Laurel n'appréciait pas trop d'émerger de l'inconscience sans savoir où elle était ni ce qui lui était arrivé. Elle n'avait qu'un vague souvenir de l'église de pierre, et de l'homme responsable de tout ce cauchemar.

En revanche, elle avait un souvenir clair de Grady, qui l'avait maintenue debout et protégée.

— Grady ?

Ce qui venait de sortir de sa bouche ressemblait à tout sauf à son nom. Elle toussa, la gorge à vif, et réitéra sa tentative.

— Grady ?

Elle voulut ouvrir les yeux, mais tout était trop lumineux.

— Chut, nous sommes là.

La voix de Jen, sa sœur.

— Jen ? Où est Grady ?

— Non, ce n'est pas vrai. Je ne peux pas croire qu'elle prononce le nom d'un Carson. Elle doit délirer.

Une voix d'homme.

— Bonjour à toi aussi, papa.

Elle sentait sa large main sur son bras. Ce ne pouvait être que lui. Malgré ses récriminations intempestives, elle était sûre qu'il se faisait un sang d'encre.

— Quelqu'un peut-il baisser la lumière ?

— Voilà. C'est mieux ?

Une autre voix masculine.

Ses yeux s'ouvrirent grand.

— Cam.

Son frère cadet avait été longtemps déployé à l'étranger, et cela faisait plus d'un an qu'elle ne l'avait pas vu. Mais il était là, dans sa chambre d'hôpital.

D'hôpital. Pourquoi tout le monde était-il présent ?

— Oh ! Seigneur. Suis-je en train de mourir ?

Jen lui prit la main.

— Non. Mais tu nous as causé une belle frayeur. Tu as perdu beaucoup de sang, et je ne compte pas tes points de suture. Ajoute à cela un collapsus pulmonaire, plusieurs côtes cassées et un nez brisé.

Jen laissa échapper un soupir.

— Et d'après Dylan, ç'aurait pu être bien pire.

Laurel passa en revue sa famille, qui faisait cercle autour de son lit. C'était cela qu'elle devait vouloir, et rien d'autre. Elle était hors de danger, et ils étaient venus parce qu'ils l'aimaient.

— Il faut que je voie Grady.

Elle se tourna vers Jen, l'implora du regard, certaine que sa sœur était la plus à même de se laisser attendrir.

— S'il vous plaît. Il m'a sauvée, vous comprenez ?

Elle reporta les yeux sur son père – qui arborait un visage de pierre – et son frère – idem.

— Il m'a sauvée. Il faut que je lui parle.

— Je vais le chercher, déclara Dylan, à sa grande surprise.

Son père pesta entre ses dents. Jen tâcha de le calmer. Cam les fit tous sortir de la chambre, mais s'arrêta à la porte et se tourna vers elle.

— Je ne m'attendais pas à te retrouver tout amochée en revenant à la maison, frangine.

— Tu vas rester, cette fois ?

— Ouais.

— Oh ! j'en suis si heureuse, répondit-elle, émue à l'excès.

Sans doute à cause des machines auxquelles elle était reliée, ou de ce qu'ils avaient mis dans la poche à perfusion.

— Moi aussi.

Puis il disparut dans le couloir. Quelques secondes plus tard, Grady frappa et entra. Il était grand et fort, et elle avait envie de pleurer. Parce qu'il était là. Parce qu'il l'avait sauvée.

— Tu es venu, murmura-t-elle d'une voix cassée.

— Où aurais-je pu aller, princesse ? répliqua-t-il d'une voix ronchonne, sans quitter l'entrée de la chambre.

— Que s'est-il passé ?

— Tu as été blessée…

— C'est cet homme horrible. Le chef. Tout s'est brouillé dans ma tête après que je lui ai dit que j'avais plus de preuves qu'il ne m'en fallait et…

— Il a piqué un sprint vers les arbres.

Elle lâcha un petit cri choqué.

La bouche de Grady s'étira en un sourire lugubre.

— Mais je l'ai stoppé d'une balle.

— Oh ! je ne m'en souviens pas. Il est mort ?

— Non. À dire vrai, il s'en est mieux tiré que toi. Maître d'œuvre de toute l'affaire, il a réquisitionné une armée d'avocats, mais le dossier que tu as constitué est en béton. Sa voiture fourmille d'indices prouvant qu'il détenait Lizzie. Et même si c'est son complice qui la conduisait, elle est enregistrée sous son nom. Il n'est pas le brillant criminel qu'il croyait être.

— Qui est le complice ?

— Un gros bras. Un tueur à gages prêt à recourir à tous les moyens nécessaires pour couvrir certaines opérations.

— Une violation des normes EPA, par exemple ?

Grady haussa les épaules.

— Cela, nous l'ignorons. En tout cas, son chef doit avoir assez d'avocats pour bloquer tous les flics d'Amérique.

— Pourquoi restes-tu figé là devant la porte ?

— Parce que je veux si fort te toucher que ça me fait mal, répondit-il, les mains plongées au fond des poches.

Une sorte de fureur, mais qui n'en était pas tout à fait, semblait irradier de lui.

— Tu peux me toucher.

— Ils t'ont vraiment abîmée, princesse.

— Je guérirai. Viens ici.

Lentement, il s'avança d'un pas, puis d'un autre, jusqu'à se trouver presque au-dessus d'elle, et la regarda comme si elle lui avait planté un couteau dans la poitrine. Puis il posa un doigt sur sa clavicule. Du moins le présuma-t-elle, vu que cet endroit n'était ni griffé ni contusionné.

— Tu m'as vraiment fait peur, tu sais ? murmura-t-il, son doigt doux et chaud sur sa peau.

— De là où j'étais, répondit-elle, ce n'était pas non plus le jardin des délices.

— Laurel.

Son expression était si sombre, si sérieuse. Comme s'il s'apprêtait à lui annoncer la pire nouvelle du monde. Accolée à son prénom, ce qui était encore plus inquiétant.

— Je t'aime.

Elle battit des paupières.

— Pardon ?

— Tu m'as bien entendu, grommela-t-il, en ours mal léché qu'il se plaisait à être.

Il replongea les mains dans ses poches.

— Mais…

— Je ne suis pas très fort pour dire ce genre de choses, alors ne me demande pas de répéter.

— Grady.

Elle avança la main vers lui, mais il recula.

— Oh ! très bien, grommela-t-il. Si tu préfères le prendre de cette façon.

— De quelle faç…

— Je t'aime, déclara-t-il comme si prononcer ces mots lui coûtait et que c'était entièrement sa faute. Je t'aime. Grady Carson aime Laurel Delaney. Voilà. Tu es contente ?

Sortant l'une de ses mains de sa poche, il la plongea dans ses cheveux.

Elle se retint d'éclater de rire. Il avait perdu la tête, et l'aimait. Vraiment.

— Grady.

— Et ne crois pas pouvoir t'en échapper, ajouta-t-il, l'index accusateur. C'est toi qui as commencé. Tu es coincée avec moi, maintenant.

— Viens ici, dit-elle avec toute l'autorité dont elle était capable. Et calme-toi.

Il la considéra avec la même expression que celle qu'il avait affichée pour lui dire qu'il l'aimait.

— Tu aurais pu mourir.

Une boule se logea dans sa gorge, mais elle passa outre.

— Toi aussi. Tu as débarqué au milieu des tirs, seul, sans protection.

— Des heures…

Sa voix se brisa.

— Tu as disparu des heures avant que nous te trouvions, termina-t-il.

— Grady.

— Quoi, Grady ?

Elle prit son visage entre ses deux mains, le poil de sa barbe piquant contre ses paumes.

— Je t'aime, dit-elle en plongeant le regard dans le bleu magnifique de ses yeux.

Elle savait que quelles que soient les entraves que la stupide querelle entre leurs deux familles pouvait placer en travers de leur route, et quelle que soit la tournure que prendraient ses enquêtes criminelles futures, les choses se passeraient bien pour eux. Sans l'ombre d'un doute.

Il embrassa sa clavicule là où il venait de la toucher.

— Et tu as bien raison, princesse.

*Deux semaines plus tard*

Lorsque Laurel Delaney débarqua au Rightful Claim en ce jour neigeux, vêtue du morne uniforme du Bent County Police Department, polo beige et pantalon de toile kaki, l'étui contenant sa plaque fixé à la hanche, Grady Carson se demanda comment il avait jamais cru pouvoir lutter contre ce qui se passait dans ses tripes chaque fois qu'il la voyait entrer dans son bar.

Une haine centenaire entre clans n'avait aucune chance face à ce sentiment puissant qui les habitait. L'amour. Elle était à lui. Il était à elle. Début et fin de l'histoire.

— Donc, les toubibs t'ont laissée sortir ? demanda-t-il d'un ton détaché.

Elle se jucha sur l'un des tabourets.

— Travail administratif, précisa-t-elle, l'air dégoûté.

Certaines éraflures sur son visage étaient encore rouges, rappel s'il en était besoin de ce qu'elle avait vécu peu de temps auparavant.

— Rester confinée dans un bureau va me rendre dingue.

— Je suppose que c'est plus sage, observa-t-il.

Elle émit un reniflement des plus inélégant.

— Je vais très bien.

— Ce n'est pas ce que tu m'as dit hier soir.

Son petit nez se fronça.

— Simplement parce que tu m'as touché les côtes

d'une façon qu'il ne fallait pas. Je n'ai aucune intention de laisser tomber mon enquête.

— Bon à savoir.

— J'ai une bonne nouvelle, annonça-t-elle en se penchant sur le bar, avant de grimacer.

Il grimaça par mimétisme. Il croyait que de l'avoir vue ensanglantée, inconsciente, ou couchée dans ce sinistre lit d'hôpital était bien assez pour lui. Mais alors qu'elle se remettait à peine, la voir en faire trop était une variété de douleur qu'il n'avait encore jamais connue.

— Laquelle ? demanda-t-il en posant un Coca devant elle.

— Le gros bras s'est réveillé aujourd'hui. Encadré par un duo d'avocats, il a proposé un marché. On dirait qu'il veut tourner casaque et charger son boss.

Son boss. Aaron Zifle. Le chef de la sécurité des sociétés d'exploitation minière, mouillé jusqu'au cou dans des violations des normes légales et animé par un unique but, couvrir sa jeune et jolie femme de diamants. Apparemment, il risquait de perdre sa place – très bien rémunérée – et ça l'avait tellement paniqué qu'il avait décidé que le seul moyen de contrer le chantage de Jason Delaney était de le tuer.

Du moins, c'était l'hypothèse de Laurel après une enquête menée depuis son lit d'hôpital, auquel elle était astreinte le plus clair du temps. Comme il passait l'essentiel de ses journées à son chevet à l'écouter parler, Grady tendait à la croire.

D'après ses estimations, Vanessa avait failli conduire son bar à la ruine, mais il tenait toujours debout. Lui-même avait repris le travail, et Laurel tentait d'en faire autant.

— C'est une bonne nouvelle, en effet. Les dés sont quasiment jetés pour lui, n'est-ce pas ?

— Oui. Avec les informations de son complice, le

montant de sa caution va grimper en flèche. Après ce qu'il a fait, les chances pour qu'il s'en tire sont très minces, même avec son équipe d'avocats.

— Il faut fêter ça.

— Comment ? demanda-t-elle en se frottant les côtes. Je ne suis pas sûre de pouvoir le faire comme il conviendrait.

— Écoute, voilà ce que je te propose. Une fois que j'aurai fermé le bar, je rassemble toutes mes affaires et les déménage dans ta cabane.

Elle fronça les sourcils, l'air intrigué.

— Les déménage. Dans ma cabane. Toi ?

— Oui. C'est bien ce que j'ai dit.

Son froncement de sourcils s'accentua.

— Mais… Nous… ne sommes même pas vraiment sortis ensemble, objecta-t-elle.

— C'est vrai.

— Ma famille… Un Carson vivant sur le territoire des Delaney ? La ville risque de nous couvrir de goudron et de plumes.

— Possible.

— Et le Rightful Claim ? s'enquit-elle avec un geste circulaire du bras. Ne dois-tu pas être ici tout le temps ?

— Pas *tout* le temps. Je pensais confier à Vanessa plus de responsabilités. Quant à l'appartement, cela fait des mois qu'elle louche dessus.

Laurel cligna des yeux. Elle était belle, forte, si exactement ce qu'il voulait en se réveillant le matin. Celle qu'il voulait avoir dans son lit. Celle avec qui il voulait construire sa vie.

— C'est du délire, dit-elle en secouant la tête.

Mais elle n'avait pas dit non, et il la connaissait assez pour savoir ce que cela signifiait.

— Tout à fait. Alors, qu'en dis-tu ?

Un large sourire éclaira son visage.

— Dans combien de temps peux-tu fermer le bar ?

Lorsqu'il se pencha par-dessus le comptoir pour un baiser viril mais chargé de tendresse, plusieurs murmures approbateurs s'élevèrent autour d'eux. Ainsi qu'un « youhou ! » dont il était sûr qu'il venait de Ty.

Mais Grady Carson y attachait peu d'importance, parce qu'à présent Laurel Delaney était sienne. Comme si c'était écrit depuis toujours.

JUSTINE DAVIS

# Des jumelles à protéger

*Traduction française de*
KAREN DEGRAVE

BLACK *ROSE*

HARLEQUIN

*Titre original :*
COLTON'S TWIN SECRETS

# 1

L'espoir...

Quel jeu de dupes !

Planté dans le couloir du petit appartement, Dante Mancuso, l'agent de la brigade canine, se demandait pourquoi il avait un espoir, aussi mince soit-il, que cette fois serait différente et qu'ils trouveraient enfin quelque chose. N'importe quoi. Jusqu'ici, essayer de relier les jumeaux Larson à leur multitude de crimes avait été comme essayer d'empêcher Flash de renifler.

Comme s'il lisait dans ses pensées, le gros chien s'appuya contre sa jambe et leva vers lui les yeux les plus tristes qu'il ait jamais vus. Son cœur se serra un instant avant que son cerveau lui rappelle que c'était une ruse.

— Oh non ! grommela-t-il.

Le chien se coucha avec un soupir aussi triste que son regard.

— Ce sera ton tour quand ils auront fini, lui dit Dante.

Cela lui valut un regard de travers.

— Quoi ? Tu n'aimes pas les lundis ou ton odorat est saturé ?

Cette fois, le chien poussa un soupir méprisant avant de poser la tête sur ses pattes.

Un homme en uniforme s'approcha d'eux en retirant ses gants en latex. Al Collins venait d'être transféré dans l'équipe. Il était en période d'essai, et Dante ne s'était pas encore fait d'opinion à son sujet.

— Tu parles plus à ce chien que je parle à mon partenaire humain, Mancuso, lui lança Collins.

— Humain ? plaisanta Dante en jetant un coup d'œil au coéquipier de Collins, qui le suivait.

Duke Carnahan était grand et musclé, avec un front un peu simiesque qui incitait les gens à le croire stupide alors que c'était l'un des policiers les plus intelligents de la région. C'était aussi l'un des meilleurs amis de Dante.

— Si tu continues, je serai contraint de t'arracher le bras, riposta Duke.

Ce n'était qu'une plaisanterie, mais il semblait capable de mettre la menace à exécution.

— Flash risquerait de ne pas apprécier.

Duke jeta un coup d'œil au chien, déjà à moitié endormi.

— Tu veux dire que ce gros fainéant serait capable de me mordre ?

— Ce gros fainéant peut te battre à la course sur n'importe quel terrain, répliqua Dante. Mais quand il t'aura attrapé, il se contentera de te lécher jusqu'à ce que mort s'ensuive.

Duke grimaça.

— Mourir noyé dans la bave de chien ? Non merci. Tu peux garder ton bras.

Ils éclatèrent de rire.

— On ne te voit pas beaucoup dans ce quartier, Mancuso, dit Collins. Tu ne nous aimes pas ?

— Je ne m'entends pas avec certains de ses habitants, répondit Dante d'une voix neutre.

Collins fronça les sourcils.

— Désolé, il a oublié pour ton frère, dit Duke.

*J'aimerais pouvoir en faire autant*, songea Dante.

*
* *

Gemma Colton faisait les cent pas dans l'appartement qu'elle occupait dans l'un des immeubles de son père. Pour une fois, elle ne tirait aucun plaisir de la vue spectaculaire, ni du mobilier hors de prix. Une seule chose occupait ses pensées – mais cela concernait tout son avenir.

— Quelque chose s'est mal passé, au gala ?

Elle se tourna vers Devlin.

— Quoi ?

— Tu as l'air… tendue.

Lui aussi semblait tendu.

Devlin Harrington était le plus grand mystère de sa vie – qui était facile et confortable, elle le reconnaissait. Pour être honnête, c'était l'une des raisons pour lesquelles il l'intriguait : sa vie sociale n'était pas si compliquée, d'habitude. Elle était la fille cadette de Fenwick Colton et la plupart des hommes étaient prêts à tout pour sortir avec elle. Pas Dev. Elle n'avait jamais eu besoin de courir après un homme, mais le charme, les bonnes manières, le bon goût vestimentaire et l'assurance de Devlin le rendaient irrésistible à ses yeux.

Elle avait donc décidé de le conquérir. Dev avait les qualités supplémentaires d'être le fils de Hamlin Harrington – un homme très fortuné qui était fiancé à sa demi-sœur Layla, ce qui était un autre mystère – et d'être un brillant avocat au sein du cabinet de son père. Il était aussi l'un des rares hommes que le père de Gemma, qui était paranoïaque sur ce sujet, ne suspectait pas d'en vouloir à son argent.

Après huit mois d'efforts, elle n'était pas plus près du but. Oh ! ils avaient une relation ! Mais pas celle qu'elle voulait. Et plus le bel avocat semblait inaccessible, plus elle voulait l'atteindre.

Si elle voulait le voir, c'était à elle de le lui proposer et, une fois sur deux, il avait déjà des projets. Elle se répétait que les avocats travaillaient beaucoup, mais cela commençait à ne plus suffire.

Les paroles de Quinn résonnaient dans sa tête. Sa cousine s'était montrée délicate, mais tout ce qu'elle avait dit se résumait en une phrase : on ne peut pas forcer l'amour. Mais ce n'était pas ce qu'elle faisait. Elle aimait déjà Devlin. Et il l'aimait aussi, elle en était certaine. Il avait juste besoin de la faire progresser dans la liste de ses priorités. Malheureusement, elle ne savait pas comment l'y inciter. Tous les hommes avec lesquels elle était sortie jusque-là lui avaient tout de suite octroyé la première place.

— Non, dit-elle enfin. Le gala s'est bien passé. Très bien, même. On a récolté plus de dons que l'année dernière. Même sans toi.

Comme toujours, il laissa glisser la pique. Elle ignorait si c'était parce qu'il ne les percevait pas ou parce qu'il s'en moquait. Elle préférait la première hypothèse, car la seconde impliquait qu'il ne se souciait pas assez d'elle pour se vexer.

— Le refuge pour animaux en sera ravi, répondit-il.

Il semblait si préoccupé qu'il devait à peine avoir conscience de ce qu'il disait.

De justesse, elle réprima l'envie puérile de taper du pied. Elle n'avait pas l'habitude d'être à la périphérie de l'attention des gens.

Surtout pas de celle d'un homme avec lequel elle voulait bâtir un avenir. Un homme qui prendrait place dans son monde à la perfection. Un homme auquel même son père ne trouvait aucun défaut.

— Dev !

Il parut revenir brusquement à la réalité.

— Je ne pouvais pas venir, se défendit-il.

Elle soupira.

— Ce n'est pas ça… Pas vraiment. Où allons-nous, Dev ?

Il fronça les sourcils.

— Que veux-tu dire ?

— Toi et moi. Ne crois-tu pas qu'il est temps qu'on fasse plus que s'accompagner à des mondanités et dîner ensemble une ou deux fois par semaine ?

— C'est très bien comme ça, répondit-il, les sourcils encore plus froncés.

C'était une affirmation, comme si seul son avis comptait. Et c'était une mauvaise habitude qu'elle devait vite lui faire perdre.

— Ce n'est pas mon avis. Je veux plus, Dev.

— Je sais, murmura-t-il en s'approchant d'elle.

Quand il prit son visage entre les mains, elle crut qu'elle progressait enfin. Au moins, elle avait toute son attention. Mais il semblait presque triste…

— Je suis désolé, Gemma.

Elle le sentit sincère et se laissa attendrir.

— Ce n'est pas grave. Ce n'était qu'un gala. Il y en aura d'autres. À ce propos, le plus important de l'année est juste avant Noël, et…

— Non, Gemma.

Elle cligna des yeux.

— Quoi ?

Il arbora un air désolé et elle se mit à douter de sa sincérité. C'était l'expression qu'il avait quand il refusait de défendre quelqu'un ou de rendre un service. Elle admirait sa délicatesse… jusqu'ici. C'était la première fois qu'elle en était victime.

— Je suis désolé, dit-il encore.

— Ce n'est pas grave, répéta-t-elle.

Pourquoi tenait-elle tant à pardonner quelque chose qui l'aurait exaspérée de la part de quelqu'un d'autre ?

Mais elle ne pouvait pas en vouloir à Devlin. Elle tenait trop à lui.

— Je sais que ce n'est pas ta tasse de thé, ajouta-t-elle. Je ne te demanderai plus de m'accompagner, si tu veux.

— Ce n'est pas ça, Gemma.

La nervosité la gagna. Cet état ne lui était pas familier ; elle avait peu d'occasions d'être nerveuse.

— Alors qu'est-ce que c'est ? demanda-t-elle.

— J'aimerais pouvoir te donner ce que tu veux.

— C'est toi que je veux, tu le sais.

— Oui, répondit-il avec tristesse. Je sais que tu le penses vraiment.

— Je t'aime…

La nervosité de Gemma se mua en désespoir, comme si une pente enneigée qu'elle admirait un instant plus tôt était devenue le théâtre d'une avalanche.

— C'est vrai, tu m'aimes sincèrement, dit-il, l'air presque surpris.

— Oui, insista-t-elle, un peu moins désespérée.

— Et tu mérites un amour aussi sincère, poursuivit-il en hochant la tête. Tu mérites qu'un homme t'adore. Parce que tu m'aimes sincèrement, je vais t'offrir l'occasion de le rencontrer.

Cela n'avait aucun sens.

— Je ne comprends pas.

— Je ne peux pas te donner ce que tu veux, Gemma. Je ne t'aime pas – pas de cette manière.

Elle écarquilla les yeux. Elle ne pouvait qu'admettre qu'il avait prononcé ces mots, mais elle était encore loin de croire qu'il les pensait.

# 2

Avec la facilité née d'une longue pratique, Dante détourna ses pensées de son frère, Dominic, qui vivait à deux pas de l'appartement devant lequel il se tenait en attendant son tour de le fouiller. Il pensait le moins possible à lui et au reste de sa famille de criminels. Cela faisait longtemps qu'il avait accepté son statut d'exception : il était le seul à avoir choisi de défendre la loi au lieu de la violer. Dominic et sa femme, Agostina, le regardaient parfois comme si c'était lui le criminel, ou comme si sa seule existence était une accusation.

Peut-être était-ce le cas.

Flash poussa sa jambe du museau. Dante baissa les yeux. Bien des gens se seraient moqués de lui, mais il aurait juré voir de la préoccupation dans le regard du chien, comme si l'animal avait su le sens que prenaient ses pensées. Peut-être était-ce le cas. À l'instar de celle de la plupart des chiens, la sensibilité de Flash ne se limitait pas à son odorat.

Dante songea aux juges. N'en avaient-ils pas assez de signer des mandats de perquisition pour essayer en vain de lier tous les criminels de la région aux Larson ? Lui en avait assez de les demander.

*Et les criminels qui ne sont pas liés aux Larson doivent être liés à ma famille*, se dit-il avec amertume.

Duke s'éclaircit la voix.

— Quoi qu'il en soit, nous n'avons rien découvert à part que ce type est accro aux chewing-gums, annonça-t-il. Je n'ai jamais vu autant de papiers d'emballage. Oh ! et le four à micro-ondes est une zone sinistrée.

— Il est temps de lâcher ton nez, conclut Collins.

Flash se leva aussitôt, ce qui surprit Collins.

— Les gens l'appellent assez souvent « le Nez » pour qu'il ait compris qu'il était concerné, expliqua Dante.

— Ça t'ennuie si je vous regarde faire ? demanda Collins, qui semblait impressionné. Je ne l'ai jamais vu travailler.

— Ne le dérange pas, c'est tout.

Il avait déjà adopté son attitude froide et professionnelle. Les chiens de Saint-Hubert étaient connus pour être de fortes têtes. Leur maître-chien devait être au moins aussi têtu qu'eux pour en tirer quelque chose. Au début, il avait dû faire quelques concours d'endurance pour prouver à Flash qu'il n'était pas du genre à renoncer.

*Il faut dire que j'ai beaucoup de pratique en matière d'obstination.*

Une fois de plus, il chassa sa famille de ses pensées. Le moment était venu de se mettre au travail.

Il entra dans l'appartement avec Flash sans prendre la peine de lui faire sentir les policiers qui s'y étaient trouvés avant eux pour qu'il ignore leurs odeurs : Flash l'avait déjà fait.

Le chien se mit au travail dès qu'il lui en donna l'ordre. Dante le regarda suivre des chemins invisibles qui étaient aussi nets pour Flash que des autoroutes bien éclairées. Le museau extraordinaire de Flash pouvait repérer des odeurs vieilles de plusieurs jours. Comme leur suspect n'avait quitté les lieux que trois heures plus tôt, l'exercice devait lui sembler facile.

En observant son chien, Dante vit apparaître les habitudes de l'occupant de l'appartement. Il allait fréquemment du canapé, qui faisait face à un grand écran plat, à la cuisine – et presque jamais à la table du coin repas. Du canapé à la salle de bains. De la salle de bains à la chambre, où régnait une puanteur qui le fit grimacer. Ce type ne lavait-il donc jamais son linge ? Il plaignit Flash, puis se souvint que la puissance des odeurs lui facilitait la tâche, même quand celles-ci donnaient la nausée aux humains.

Il suffisait de laisser Flash faire. Il n'échouait presque jamais : s'il ne trouvait rien, c'était qu'il n'y avait rien à trouver.

Dante l'accompagna dans la cuisine sans avoir à se soucier de son talent pour voler de la nourriture. Quand il travaillait, Flash était d'un sérieux irréprochable. Suivant le fil de ses pensées, il se demanda si un juge estimerait recevable un résultat négatif de fouille canine. Pouvait-on se servir de la truffe d'un chien pour prouver l'innocence de quelqu'un et non sa culpabilité ? Il se promit de vérifier. Il était important de se tenir informé de ce genre…

Flash posa la patte sur la porte d'un placard. Dante se figea. Alors le chien le regarda par-dessus son épaule pour l'informer qu'il avait trouvé quelque chose. Dante s'approcha, lui tapota la tête, puis enfila des gants et ouvrit le placard. Il n'en tira que deux choses : une poêle qui semblait avoir fait une chute de trois étages et un paquet de farine. Flash poussa fièrement le paquet de farine du museau.

— Tu es sérieux ? demanda Dante.

Flash lui lança un regard attristé. D'aucuns trouvaient son regard solennel ou plein de dignité, mais Dante le trouvait toujours triste. À cet instant, Flash paraissait blessé par son manque de confiance.

— D'accord, ça va, soupira Dante.

Il posa le paquet de farine sur un plan de travail

et s'interrogea. Pourquoi un type qui n'avait que de la bière et des restes de pizza dans son réfrigérateur avait-il besoin de farine ? Pour couper de la drogue ? C'était absurde. Ça n'avait pas du tout la même texture.

— Tu comptes faire un gâteau ? plaisanta Collins.

Dante pouffa avant d'ouvrir prudemment le paquet. Vu l'état de la cuisine, il avait un peu peur de ce qu'il risquait de trouver dedans.

Il fut soulagé de ne rien voir bouger – même s'il repéra quelques grains noirs suspects au milieu de ce qui ressemblait bel et bien à de la farine.

— Le sergent arrive ! lança Duke alors que Dante commençait à vider le paquet dans la poêle.

Dante répondit par un grognement. La nervosité le gagnait peu à peu. Il avait confiance en Flash, mais…

Il se figea quand quelque chose tomba dans le tas de farine. C'était un téléphone jetable. Il le prit délicatement.

— Merde ! s'exclama Duke en s'approchant. Il est doué !

— Ouais, il est doué.

Il ne pensait pas ce qu'il disait, songea Gemma. Dev ne pouvait pas être en train de la larguer.

— Mais…, fit-elle.

Il secoua la tête.

— Je vais t'offrir une chance de rencontrer cet homme, répéta-t-il.

Elle fronça les sourcils. Il disait cela comme si, au lieu de détruire leur avenir commun, il lui accordait une faveur. Cela énerva la part d'elle qui restait consciente de sa place dans le monde.

— C'est très généreux de ta part, ironisa-t-elle. Alors tu renonces à moi ? À nous ?

— Oui.

— Et qu'espères-tu trouver chez quelqu'un d'autre que je n'aie pas ? En quoi suis-je insuffisante à tes yeux ?

— Tu n'as pas une once d'instinct maternel, répondit-il presque tristement.

L'instinct maternel ? Où était le rapport ? Un souvenir lui revint alors.

— Est-ce à propos de ta cousine et de son bébé ?

Elle avait du mal à croire qu'une simple maladresse puisse avoir de telles conséquences. Soit, elle ne connaissait rien aux bébés, mais où était le problème ? Elle était Gemma Colton, la fille de Fenwick Colton. Tous les enfants qu'elle aurait seraient confiés à une nounou compétente.

— C'était juste la confirmation de ce que j'avais deviné, remarqua Dev. J'ai le devoir de garder le cabinet Harrington dans la famille, Gemma. Ça suppose que j'aie des enfants.

Même si elle ne savait pas grand-chose sur les enfants, cela lui semblait une manière bien froide de les prendre en considération… Mais comme elle aimait Dev, elle insista.

— Et alors ? Je veux avoir des enfants… un jour. Et ils seront choyés. Ils iront dans les meilleures écoles et auront une dizaine de nounous s'il faut cela pour trouver la bonne.

— Précisément.

Elle cligna des yeux.

— Quoi ?

— Je veux une femme qui s'occupera elle-même de nos enfants. Je veux que ce soit une mère formidable, comme la mienne, qui n'a pas abdiqué ses responsabilités.

— « Abdiqué ses responsabilités » ? À t'entendre, on croirait que c'est comme renoncer à une couronne…

Elle s'interrompit net pour ne pas exprimer davantage d'aigreur. Dev devait avoir une image idyllique de sa mère décédée, comme son propre père avait une image idyllique de sa première épouse, la mère de Layla.

*Layla.*

— Une minute ! s'exclama-t-elle. Et ton père ? Layla et lui auront peut-être des enfants.

Devlin plissa un peu les yeux. Cela le dérangeait-il que son père épouse une femme bien plus jeune que lui ? Il ne craignait tout de même pas de se faire supplanter par les enfants éventuels de ce nouveau lit…

Elle-même n'était pas enchantée par les fiançailles de sa demi-sœur avec le père de Dev, non seulement parce que son beau-père serait aussi son beau-frère, mais surtout parce qu'elle n'arrivait pas à croire que Layla en soit vraiment amoureuse.

Sauf que l'organisation de la famille ne serait pas aussi compliquée qu'elle le craignait, puisque Dev était en train de la quitter.

— Tu n'es pas sérieux, insista-t-elle.

— Je suis désolé. Nous n'allons pas ensemble. Mais tout se passera bien pour toi, Gemma. Je te laisse trouver le bonheur que tu mérites.

Quoi ?

Elle en avait assez de sa mansuétude ! À grand-peine, elle se retint de lui demander qui lui avait confié le gouvernement du monde.

Il allait voir ! Personne ne quittait Gemma Colton ! C'était elle qui se chargeait des ruptures. Il voulait de l'instinct maternel ? Elle lui ferait regretter d'avoir douté d'elle. Il reviendrait en rampant.

Elle avait toujours obtenu ce qu'elle voulait, et ce n'était pas près de changer.

— Je vais dire au sergent que tu as trouvé quelque chose, dit Duke.

Dante hocha la tête sans le regarder. Le téléphone était de mauvaise qualité, mais il s'alluma sans problème.

Le journal d'appels et le carnet d'adresses étaient vides. L'appareil ne contenait que quelques textos. Les quatre interlocuteurs qui avaient signé leurs messages lui étaient inconnus. Mais il y en avait trois autres qui n'étaient identifiés que par leur numéro, et l'un de ceux-ci lui semblait familier.

Il tira son propre téléphone de sa poche, ouvrit un fichier et… Oui ! Le numéro se trouvait sur la liste. Ils tenaient un lien entre ce petit truand et les frères Larson.

— Tu es un génie, Flash !

Flash le regarda comme s'il venait d'énoncer une évidence.

Dante pouffa. Ce lundi commençait bien. Il versa le reste de la farine dans la poêle sans rien trouver d'autre, puis mit le téléphone dans un sac à pièce à conviction avant de sortir de la cuisine…

*Boum !*

Les vitres de l'appartement volèrent en éclats. Des coups de feu. Dante poussa Flash dans la cuisine, hors de la ligne de tir. De nouvelles détonations retentirent.

Trois. Pas assez rapprochées pour une arme automatique. C'était un gros calibre, mais pas un énorme calibre. Comme le tireur ne pouvait espérer toucher personne, il devait s'agir d'un avertissement. Des pneus crissèrent… puis il y eut le fracas horrible d'une collision.

Et plus de détonations.

*Tu ne sais pas conduire et tirer en même temps*, songea-t-il.

Après quelques secondes de silence, Dante entendit des gens crier. Il prit son ton le plus autoritaire pour ordonner à Flash de rester dans la cuisine avant d'aller dans le salon.

Il dégaina à toutes fins utiles et s'approcha prudemment d'une fenêtre. L'accident était très grave. Une camionnette blanche avait percuté un cabriolet luxueux – et bien trop fragile —, l'écrasant contre un poteau électrique. Le feu rouge du bout de la rue était éteint. L'accident avait dû provoquer une coupure électrique dans tout le quartier.

L'homme qu'il vit s'enfuir de la camionnette blanche devait être le tireur. Quant à ceux qui se trouvaient dans le cabriolet, ils n'avaient eu aucune chance de…

Un cabriolet. Jaune.

Il connaissait cette voiture. Il ne pouvait pas y en avoir plusieurs de ce modèle dans le quartier.

— Dominic, murmura-t-il.

L'arme toujours au poing, il se précipita dehors.

# 3

— Il s'est enfui, dit Collins.

Dante l'entendit, mais ne trouva pas la force de répondre.

— Mais il est blessé, ajouta Collins. Il y a du sang sur le volant.

Dante regarda les gars de la morgue charger la deuxième civière dans leur fourgonnette. L'un d'eux lui jeta un coup d'œil après avoir fermé les portes. Quelqu'un avait dû lui dire quel était son lien avec les victimes.

Il baissa les yeux sur ses mains couvertes de sang.

— Tu as essayé, dit doucement Duke derrière lui. Tu ne pouvais rien faire. Ils sont morts sur le coup.

— Ils auraient dû voler une voiture plus solide, grommela Dante.

Parce que son frère avait sans doute volé ce cabriolet. Dominic n'avait jamais acheté ce qu'il pouvait voler, et Agostina avait des goûts de luxe.

— Recherche la plaque, au cas où, ajouta-t-il.

— C'est déjà fait, répondit Duke. La camionnette appartient bien au « Service de Livraison de Red Ridge », comme l'indique le logo.

Dante n'avait même pas pensé à regarder l'autre côté du véhicule. C'était une des entreprises bidon des Larson. Les coups de feu prenaient sens, tout à coup. C'était un avertissement : « Ne parle pas à la police. »

*Alors ils ne savent pas qu'on tient leur complice.*

— Je parlais de celle-ci, précisa-t-il en indiquant l'épave jaune.

— Celle de ton frère ? demanda Duke avec hésitation.

— Elle est sûrement volée, répondit-il d'une voix neutre.

Sans doute pas à Red Ridge, mais dans une ville plus grande, où il était plus facile de passer inaperçu.

Duke le regarda sans rien dire pendant un long moment. Son ami devinait les émotions contradictoires qu'il éprouvait. Dominic et lui se voyaient rarement et ne s'entendaient sur presque rien, mais ils étaient quand même frères et avaient partagé de bons moments quand ils étaient enfants.

Enfants.

Le cœur de Dante manqua un battement.

*Les jumelles. Mon Dieu ! Les jumelles...*

— Ça va, Mancuso ? s'inquiéta Duke. Tu es tout pâle, tout à coup.

— Je viens de penser à quelque chose.

— À propos de l'accident, du tireur ou de l'enquête ?

*Dieu merci, elles n'étaient pas dans la voiture.*

— Quelque chose de personnel.

Duke le dévisagea un moment avant de répondre :

— Va-t'en. Je gère la situation. Tu ne devrais pas être là, de toute manière, puisqu'il s'agit de ton frère. Alors va régler ton problème.

Dante n'aimait pas abandonner ses collègues, mais le problème était trop grave pour qu'il ne s'en occupe pas immédiatement.

— Merci, Duke.

Il appela Flash, courut vers sa voiture et fit monter le chien dans le coffre. Quelques secondes plus tard, il était au volant.

Il fonça vers la maison de son frère en ne songeant

qu'aux pauvres bébés que son frère et sa belle-sœur avaient eus six mois plus tôt. Un court moment, leur naissance avait amélioré les relations des uns et des autres, mais cela n'avait pas duré. Dominic avait repris ses mauvaises habitudes et Dante ses distances.

La maison se voyait de loin. Les goûts de luxe d'Agostina ne s'arrêtaient pas aux voitures. La grande bâtisse en pierre détonnait dans ce quartier tranquille aux maisons en bois. Les statues plantées dans le jardin plus encore. Agostina voulait avoir l'impression de vivre dans un palais florentin, même si elle n'avait jamais mis les pieds en Italie. Or, elle était loin du compte. Les statues, des copies bon marché, n'avaient pas la majesté des originales. Elles semblaient juste parfaitement déplacées.

Il sonna à la porte. Comme personne ne répondait, il se demanda où étaient les fillettes. Agostina n'était pas la personne la plus gentille du monde, mais elle n'avait sûrement pas laissé deux bébés sans surveillance.

Il fit le tour de la maison. Toutes les fenêtres étaient fermées, et les rideaux tirés empêchaient de voir à l'intérieur. À l'arrière, du côté de la cuisine, il y avait un autre jardin rempli de statues qui lui avaient toujours coupé l'appétit. Agostina avait mis là les œuvres les plus brutales – des héros combattant des monstres, ou des dieux se décapitant les uns les autres. Il avait espéré que l'arrivée des jumelles la rendrait plus joyeuse, mais elle n'avait pas changé.

*Et elle ne changera plus.*

Il détacha une des pierres de l'allée pour casser le carreau de la porte de la cuisine. Il n'avait pas à se soucier de déclencher une alarme. Dominic n'avait aucune envie que les flics débarquent chez lui en cas de problème. Il lui avait toujours dit que son frère était le bienvenu sous son toit, mais pas le policier. Et encore moins l'horreur baveuse qu'il appelait un chien, ajoutait Agostina.

Il évoquait ces souvenirs pour essayer de chasser les images qui s'étaient gravées dans sa mémoire.

En atteignant l'épave, il avait compris dès le premier coup d'œil qu'il n'y avait rien à faire. La tête de Dominic était penchée d'une manière contre nature, et Agostina avait dû heurter très violemment le pare-brise. Elle n'aimait pas les ceintures de sécurité qui froissaient ses beaux vêtements. Malheureusement, la maternité ne l'avait pas rendue plus responsable.

Après avoir ouvert la porte, il s'immobilisa un moment pour écouter. Le silence le plus total régnait dans la maison.

Il fit le tour de la cuisine en espérant trouver un bloc-notes, peut-être avec un numéro utile. Rien. Il répéta l'opération dans la salle à manger qui ressemblait à un musée. Rien là non plus. Il entra ensuite dans le bureau de Dominic, la seule pièce que son frère n'avait pas laissé Agostina décorer. Elle n'était meublée que d'un grand bureau avec un ordinateur et d'étagères couvertes de dossiers. Dante n'avait pas la moindre idée de ce qu'ils contenaient. Dominic n'était pas assez bête pour garder des traces écrites de ses activités illégales.

Il s'approcha du bureau sans rien trouver qui le mette sur la piste de ses nièces.

Il alluma l'ordinateur qui, comme il s'y attendait, était protégé par un mot de passe. Il essaya les plus évidents, noms et dates de naissance, sans succès. Il savait que Katie Parsons, la technicienne de la brigade, pourrait franchir l'obstacle en quelques secondes, mais il ne voulait pas encore en arriver là.

Alors qu'il se demandait quoi faire, on frappa à la porte. Les coups furent suivis par le tintement d'une sonnette qui ressemblait aux cloches d'une cathédrale.

Il traversa la maison sans faire de bruit. La porte d'entrée était dotée d'un vitrail qui lui permit de distinguer la silhouette déformée d'une petite femme aux cheveux gris et frisés.

Lorsqu'il ouvrit, elle écarquilla les yeux puis regarda l'écusson de la brigade cousu sur sa veste.

— Oh ! Je savais que c'était la police. J'ai vu la voiture… Vous êtes le frère de Dominic, n'est-ce pas ?

— Je… Oui.

— Je vous ai reconnu d'après la photo, mais vous avez l'air différent en uniforme.

Dominic avait une photo de lui à un endroit où cette femme avait pu la voir ?

— Qui êtes-vous ? demanda-t-il prudemment.

La femme lui adressa un sourire bienveillant.

— Je suis Louise Nelson, la voisine. Je suis ravie que vous soyez là. Ma fille vient de m'appeler. Elle est malade. Je dois aller la voir.

— J'en suis… désolé, répondit Dante sans comprendre pourquoi elle lui racontait cela.

Puis, parce que c'était plus fort que lui, il ajouta :

— Puis-je vous aider ? Vous conduire quelque part ?

*Avec la chance que j'ai, elle va accepter et sa fille vit à deux heures de route*, songea-t-il.

Sa proposition parut la surprendre.

— Non, mais c'est très aimable. Vous êtes aussi gentil que Dom le dit.

— Il… le dit ?

— Souvent. Enfin… Il dit que vous êtes trop gentil pour votre bien, se corrigea-t-elle.

Cela ressemblait davantage à son frère.

La femme fronça les sourcils. Il suivit son regard et vit qu'elle fixait les poignets de sa chemise tachés de sang.

— J'étais sur le lieu d'un accident il y a peu, dit-il.

Elle se détendit et demanda :

— Alors, pouvez-vous récupérer les filles ?

Il cligna des yeux.

— Quoi ?

— Je suis désolée, mais je dois partir le plus vite possible.

— Vous avez les jumelles ? demanda-t-il en ayant l'impression d'être un simple d'esprit.

— Oui. Je les garde de temps à autre. Ça égaye la maison. Je les ai confiées un moment à mon mari, mais il ne sait rien faire d'autre que les empêcher de se blesser.

— J'ai peur que ce soit aussi mon cas, avoua-t-il.

*Merde ! Qu'est-ce que je vais faire ?*

— Vous ne pouvez pas être aussi mauvais. Sinon Dom ne m'aurait pas dit de vous appeler en cas d'urgence.

De nouveau, il se sentit stupide.

— Il vous a dit de m'appeler ?

Elle hocha la tête.

— Il a dit que vous étiez quelqu'un sur qui on peut compter.

Il faillit éclater de rire.

Quelques minutes plus tard, il regardait deux êtres humains d'une petitesse invraisemblable qui dormaient ensemble dans le même berceau.

— Elles s'en sortent très bien, pour des prématurées, dit Mme Nelson. Elles auront bientôt atteint leur poids normal. Et elles sont si mignonnes…

Dante n'entendit pas la suite, parce que l'un des bébés avait ouvert les yeux. Il se sentit fondre quand la fillette lui sourit…

Puis l'angoisse le tétanisa.

Elle ne savait pas que sa vie venait de changer radicalement.

# 4

— Tu fais peur à voir, lui dit Carson Gage quand il entra dans les locaux de la brigade.

Dante ne le prit pas mal, au contraire. Tout le monde lui offrait une sympathie dont il ne voulait pas. Mais la Tueuse de Fiancés avait tué le frère de Gage, dont Gage n'était pas très proche. Il était mieux placé que les autres pour le comprendre.

De plus, il avait raison. Que dire d'autre à un type qui avait les yeux de la couleur des tomates, les cheveux en bataille, et qui avait sûrement mis son T-shirt à l'envers ?

Et le fait que ce type trimballe deux nacelles devait rendre son apparence encore plus effrayante.

— Ça a été la plus longue nuit de ma vie, grommela-t-il.

— J'imagine, répondit Gage en regardant les jumelles. Qu'est-ce que tu vas faire d'elles ?

— Je n'en sais foutrement rien.

L'une des fillettes émit une série de sons sur la même cadence. Il soupira mentalement et se promit de surveiller son langage. Il ignorait quand les enfants commençaient à parler et ne voulait pas que, par sa faute, leurs premiers mots soient des grossièretés.

Il regarda les deux innocentes créatures. Il ne savait pas quand les enfants parlaient ou marchaient.

Il ne savait rien, en fait.

Et les jumelles avaient consommé presque tous les biberons que Mme Nelson lui avait fournis. Il n'avait aucune idée de ce qu'il ferait quand il n'en aurait plus.

Le téléphone de son bureau sonna. Comme il était près de sa tête, Lucia tressaillit et prit l'expression qu'il avait appris à connaître au cours de sa longue nuit et qui annonçait des hurlements féroces. Il s'empressa de tirer un lapin en peluche rose du sac que Mme Nelson lui avait gentiment préparé. Lucia changea d'expression dès qu'elle le vit et Dante soupira de soulagement.

Il lui donna le jouet et décrocha le téléphone.

— Mancuso.

— Bonjour, Dante. C'est Frank, répondit Frank Lanelli, le standardiste. Quelqu'un demande à te parler personnellement.

— Qui ?

— Un certain Fisk. Un avocat.

Dante fronça les sourcils. Qu'un avocat veuille parler à un policier était rarement de bon augure.

— Il t'a dit ce qu'il veut ?

— Pas vraiment, répondit Lanelli d'une voix hésitante.

Dante soupira.

— C'est-à-dire ?

— Il a dit qu'il était l'avocat de ton frère.

— Merde ! fit Dante avant de jeter un coup d'œil inquiet aux jumelles. D'accord. Passe-le-moi.

Que pouvait-il lui vouloir ? Son frère était-il l'objet d'une enquête ? Mon Dieu ! Agostina et lui venaient-ils de commettre un crime quand ils s'étaient fait tuer ? C'était peu probable. Pas dans les environs. Agostina disait toujours qu'il ne fallait pas salir sa piscine. Mais salir celle des autres ne la dérangeait pas…

— Mancuso, répéta-t-il quand les bips de mise en attente s'arrêtèrent.

Son interlocuteur ne répondit pas tout de suite. Était-il

surpris d'entendre ce nom ? De fait, il avait plusieurs fois songé à en changer. Mais il l'avait gardé pour se souvenir d'où il venait et dans l'espoir ridicule de le laver un peu.

— Je m'appelle James Fisk, dit enfin son interlocuteur. Je viens juste d'apprendre pour votre frère. Mes condoléances.

— Merci, répondit Dante. Que voulez-vous ?

Si cet homme était bien l'avocat de son frère, il devait savoir qu'ils n'étaient pas proches. Inutile de perdre du temps.

— Il s'agit plutôt de ce dont vous avez besoin, répondit l'homme, ce qui fit presque sourire Dante.

Jusque-là, il avait réussi à ne jamais avoir besoin des services d'un avocat.

— J'ai le testament de votre frère, ajouta Fisk.

— Oh.

— Je ne sais pas s'il vous a dit…

— Non, le coupa Dante.

Dominic ne lui disait jamais rien. Cela leur permettait de préserver un minimum de lien.

— Eh bien, il a tout légué à sa femme, puis à ses filles si celle-ci décédait.

— C'est bien normal, répondit-il en se demandant ce que les fillettes penseraient quand elles seraient en âge de comprendre l'origine de leur fortune.

— Alors vous comprenez ? reprit l'avocat, qui parut soulagé.

— Je comprends quoi ? fit Dante avant de pouffer. Une minute ! Vous pensiez que je m'attendais à hériter de quelque chose ?

— En un sens, c'est le cas.

— Comment ça ? marmonna Dante, les sourcils froncés.

— Les enfants.

— Quoi ?

— Faire de vous leur tuteur, c'est vous léguer quelque chose, non ?

Dante s'effondra sur sa chaise.

— Quoi ? répéta-t-il d'une voix à peine audible.

— Il ne vous l'a pas dit ? demanda l'avocat après un long silence.

— Mon frère m'a désigné comme tuteur des jumelles ? dit Dante en détachant bien chaque syllabe.

— Oui.

— Pourquoi ? Nous n'étions pas…

— Il m'a dit que vous étiez le seul en qui il ait confiance pour veiller sur elles.

Qu'est-ce que ça voulait dire ?

— Écoutez, monsieur Fisk, je ne peux pas…

— Je comprends que ça doit être un peu… compliqué pour vous, en ce moment. Je vous enverrai les passages importants du testament, mais il y a des documents à remplir et à signer… J'aimerais que vous passiez à mon bureau, mais je peux vous retrouver ailleurs, si ce n'est pas possible.

*C'est la situation tout entière qui n'est pas possible !* songea Dante.

— Donnez-moi votre numéro, répondit-il par automatisme.

Il le nota sur un morceau de papier et raccrocha sans même dire au revoir. Puis il regarda les deux fillettes qui dormaient et qui ne ressemblaient plus en rien aux démons qui l'avaient tenu éveillé toute la nuit.

Il ne savait rien sur les bébés, ni sur les enfants en général. Et il était convaincu la plupart du temps qu'il ne comprenait rien aux femmes. Comment pourrait-il en élever deux ?

Des images se succédèrent dans son esprit. Des bambins courant partout. Des adolescentes en larmes.

Des petites filles se chuchotant à l'oreille. Leur parler de cette période du mois… Les mettre en garde contre certains garçons…

*Pourquoi, Dominic ? Pourquoi moi ?*

Il n'en était pas capable.

Mais il allait devoir réussir.

La panique le gagna. Il pouvait affronter des voleurs et des meurtriers, mais il ne pouvait pas être responsable de deux bébés.

Zita ouvrit les yeux et lui sourit. Il essaya de s'imaginer les remettant à l'Assistance publique. Malgré la bonne volonté de la plupart des gens, il savait qu'il y avait trop de failles dans le système. Les fillettes risquaient de tomber dans l'une d'elles.

— Elles te ressemblent un peu.

Dante sursauta et se tourna vers Gage.

— Quoi ?

— Quand elles froncent les sourcils, au moins, répondit Gage.

Il faillit lui faire un doigt d'honneur et se retint in extremis. Encore une habitude qu'il devait perdre.

Chez Mme Nelson, il avait songé que la vie des fillettes venait de changer radicalement.

La sienne aussi.

— L'instinct maternel…, grommela Gemma en fixant son café.

— Quoi ?

Elle leva les yeux vers son frère et lui sourit. Blake avait failli mourir dans un accident de train deux mois plus tôt, mais sa convalescence était presque finie et il était heureux avec sa femme et leur fille. Elle l'enviait un peu. Elle avait même de l'affection pour sa fille, qui était vive et intelligente. Elle n'avait rien contre les enfants de cet âge, avec lesquels on pouvait communiquer.

*Une once d'instinct maternel...*

Elle serra les dents. Ce n'était pas parce qu'elle ne voulait pas *encore* avoir d'enfants que l'instinct maternel lui manquait. Il devait bien y avoir un moyen de le prouver à Dev.

— Qu'est-ce qui ne va pas, Gemma ?

Elle cligna des yeux. Blake avait eu du mal à dégager du temps pour qu'ils prennent un café. Elle devait avoir au moins la politesse de l'écouter.

— Désolée, je suis distraite. Comment vont Juliette et Pandora ?

Le sourire de son frère la soulagea.

— Elles sont merveilleuses !

— Je le sais déjà, répondit-elle. Et Sasha ?

Elle avait retrouvé Blake, qu'elle avait perdu de vue pendant cinq ans, à la faveur d'une enquête dans laquelle Sasha, le partenaire canin de Juliette, avait joué un rôle décisif.

— Je pense qu'elle est contente de se remettre au travail.

— Les enfants lui tapent sur les nerfs ? plaisanta Gemma.

— Non, Pandora et elle s'entendent bien.

Blake soupira comme si quelque chose de triste venait de lui revenir à l'esprit.

— Heureusement que les chiens aiment les enfants... Un collègue de Juliette vient d'hériter de ses deux nièces de six mois.

Gemma cligna des yeux.

— « Hériter » ?

Blake hocha la tête.

— Son frère et sa belle-sœur sont morts hier dans un accident.

— C'est horrible !

— Oui. Juliette m'a dit que Dante devenait fou à essayer de gérer. Il ne connaît rien aux enfants.

— Il n'a pas d'instinct paternel ? demanda-t-elle d'un ton ironique.

Le fait que Dev l'ait blessée aussi profondément la contrariait.

— Il n'en avait pas aux dernières nouvelles, en tout cas, répondit Blake, l'air surpris. Il a besoin d'une nounou.

Une idée jaillit dans l'esprit de Gemma.

— « Une nounou », répéta-t-elle.

Blake acquiesça.

— Il a compris qu'il ne pouvait pas s'en sortir seul. C'est un flic. Il n'a pas d'horaires fixes.

— Alors il a besoin de quelqu'un… qui a beaucoup d'instinct maternel.

Blake haussa un sourcil.

— Oui. Que t'arrive-t-il ? Pourquoi parles-tu autant d'instinct maternel ? Si tu t'inquiètes pour Pandora, c'est inutile.

— Je sais. Ce n'est pas ça, c'est moi, répondit-elle avec un sourire amer. Tu sais bien que je ne m'intéresse qu'à moi.

— Certains le croient peut-être, mais tu as un cœur d'or, Gemma. Tu passes ton temps à lever des fonds pour de bonnes causes.

— J'ai peut-être besoin de m'impliquer davantage.

— C'est-à-dire ?

Elle savait que son idée était démente, mais elle ne voyait pas de meilleur moyen de prouver à Dev qu'il se trompait.

— Qui est ce policier qui a besoin d'une nounou ? demanda-t-elle.

— Dante Mancuso. Juliette dit que c'est quelqu'un de bien.

— Je m'en charge, déclara-t-elle.

— De quoi ? fit son frère entre deux gorgées de café.

— Je vais m'occuper de ces bébés.

# 5

Blake avala sa gorgée de café de travers.

— Tu… Quoi ?

— Je prends cet emploi, dit Gemma.

Il la fixa et ouvrit la bouche deux fois avant de dire sur un ton mesuré :

— S'il cherche quelqu'un qui en sait encore moins que lui sur le sujet, tu seras sur sa liste.

— Je peux apprendre, répondit-elle avec assurance.

— Tu es intelligente et déterminée, mais le baby-sitting n'a pas grand-chose à voir avec les galas de charité.

— Personne ne sait ça de naissance, insista-t-elle.

— C'est vrai, mais la plupart des gens ont le temps d'apprendre avant d'être confrontés au problème.

— J'apprends vite.

— Pourquoi veux-tu faire ça ?

— Peut-être que je n'aime pas… ne rien savoir sur les bébés.

Son frère la dévisagea un long moment avant de demander :

— Cela a-t-il quelque chose à voir avec Dev Harrington ?

Gemma se raidit.

— Pourquoi me demandes-tu ça ?

— Écoute, je ne le connais pas, mais…

— Précisément.

— C'est juste que je n'aime pas te voir souffrir.

Elle releva le menton.

— Je ne souffre pas, je suis furieuse.

— Furieuse comme quand tu as peint mes chaussures en rouge ou comme quand tu as cassé une vitre de la voiture de papa ?

— Comme quand Anna Witton a dit que je n'étais bonne à rien, grommela-t-elle.

Blake pouffa.

— Et regarde ce que tu en as fait !

Elle le savait sincère. Elle ne s'était lancée dans ses activités philanthropiques que pour prouver à l'ancienne maire de la ville qu'elle avait tort, mais elle avait découvert qu'elle était douée. Et aussi qu'elle aimait cela. Rien d'autre ne donnait vraiment de sens à sa vie.

Même pas Dev.

Elle chassa cette pensée traîtresse qui lui vint alors qu'elle regagnait sa voiture. Une fois dedans, elle tapota le volant pendant quelques instants.

Elle avait prouvé à Anna Witton qu'elle se trompait sur son compte. Elle le prouverait aussi à Dev. Il finirait par admettre qu'elle ferait une épouse parfaite et une mère exemplaire. Elle retarderait juste la maternité aussi longtemps qu'elle le pourrait.

Elle démarra.

Il était midi quand Dante eut l'occasion de vérifier qu'il avait bien mis son T-shirt à l'envers. Ce qui expliquait que le col l'ait gêné toute la matinée. Une matinée au cours de laquelle il n'avait pas progressé d'un pouce. Il avait passé une quinzaine de coups de fil sans trouver de nounou. Toutes les agences qu'il avait appelées ne demandaient qu'à lui envoyer des candidates – demain ou le jour d'après. Il n'était pas certain de survivre aussi longtemps.

La nuit précédente, les jumelles ne s'étaient calmées que quand Flash était venu se coucher près d'elles. Dante lui devait le peu de sommeil qu'il avait eu. À cause de cela, il avait rêvé d'une histoire qu'on lui avait lue quand il était petit dans laquelle un chien jouait les nounous.

— Si seulement…, murmura-t-il.

Il tira une fois de plus sur le col de son T-shirt, puis regarda autour de lui Il n'y avait personne dans le coin dans l'immédiat. Il s'empressa de sortir ses bras des manches pour le retourner. Bien sûr, cela ne se passa pas aussi bien que prévu. Quand il réussit enfin la manœuvre, il n'était plus seul.

Il crut un instant qu'il rêvait parce qu'une créature de rêve se tenait devant lui. Elle était grande, mince, avec de longs cheveux bruns ondulés qui encadraient son visage.

*Mon Dieu, qu'elle est belle !*

Il secoua la tête, s'attendant à la voir disparaître, mais elle ne le fit pas. Elle continua à le regarder avec un air surpris. Finalement, elle n'était pas aussi grande qu'il le pensait, parce que les talons des escarpins qui dépassaient de son pantalon mesuraient bien douze centimètres.

Il s'aperçut tout à coup qu'il s'était figé en la voyant alors qu'il baissait son T-shirt, et qu'elle fixait son torse.

Ses abdominaux se contractèrent par réflexe. Il s'empressa d'achever son geste et réprima une autre réaction physique involontaire. Cette femme était tout à fait hors de sa portée ; ses vêtements chic et ses bijoux le prouvaient.

*Elle est sans doute juste choquée de tomber sur un type torse nu*, songea-t-il.

Ce qui l'incita à s'interroger sur sa présence. Pour

entrer dans les bureaux, les civils devaient franchir le barrage que faisait Lorelei Wong, très efficace d'habitude.

— Puis-je vous aider ? demanda-t-il poliment.

— Je…

Elle semblait secouée… Mais il n'était pas question qu'il s'excuse pour avoir retiré son T-shirt alors qu'elle n'aurait pas dû se trouver là.

Elle jeta un coup d'œil aux jumelles, qui dormaient dans un coin, puis dit d'une voix hésitante :

— Êtes-vous… Dante Mancuso ?

L'inquiétude le gagna. Travaillait-elle pour l'Assistance publique ? Venait-elle lui prendre les fillettes ? Non, songea-t-il aussitôt. Elle était trop bien habillée pour ça.

Mais elle connaissait son nom et elle le fixait toujours.

— Qui êtes-vous ? lança-t-il.

Certes, c'était un peu abrupt, mais il manquait de sommeil.

— Je m'appelle… Gemma. Gemma Colton.

*Colton.*

Il devina immédiatement à son allure à quelle branche de cette tentaculaire famille elle appartenait : ni à la branche problématique de son collègue Brayden Colton, ni à celle de leur chef, Finn Colton, qui avait grandi dans un ranch. Cela ne laissait qu'une possibilité : celle de Fenwick Colton, qui possédait une immense fortune. Dante l'avait toujours trouvé agaçant, mais il devait admettre que sa fille Patience, la vétérinaire de la brigade, était une femme formidable. Et Blake, le fils, avait réussi à échapper à son influence en faisant fortune sans son aide.

Blake. Un vague souvenir lui revint. Le gala de charité auquel on l'avait obligé à assister l'année précédente. Ce gala était organisé par la sœur de Blake. Il l'avait déjà vue, mais c'était tout ce qu'il avait retenu d'elle. Il n'avait même pas mémorisé son nom.

— Que voulez-vous ? lança-t-il sans réussir à prendre un ton plus neutre.

— Je… Blake m'a dit que vous cherchez une nounou.

Blake ? C'était sans doute Juliette, sa femme, qui lui avait parlé de son problème.

— Vous connaissez quelqu'un ? demanda-t-il en s'autorisant à espérer.

Elle acquiesça, puis répondit d'une voix encore plus hésitante :

— Moi.

Il la détailla une fois de plus de la tête aux pieds, et ce fut plus fort que lui. Pour un instant, sa panique et son chagrin s'évaporèrent.

Il éclata de rire.

# 6

Gemma ne réagit pas, même s'il était rare qu'on se moque de la fille de Fenwick Colton – mais elle savait que c'était parce que les gens ne voulaient pas contrarier son père.

Et elle se rendait bien compte qu'elle n'avait pas le look approprié. Dans son esprit, une nounou portait des chaussures plates et un grand sac dans lequel on pouvait ranger des tonnes de couches et de bazar pour bébé.

Elle avait aussi conscience qu'elle fixait toujours l'abdomen qui l'avait hypnotisée, bien qu'il ne soit plus visible.

Elle se força à lever les yeux vers son visage.

Il ne semblait pas beaucoup plus âgé qu'elle. L'ascendance italienne que trahissait son nom était évidente. Il avait les cheveux noirs, les yeux foncés, et un visage qui devait attirer l'attention de toutes les femmes. Quant à son corps…

Oui, Dante Mancuso était un beau spécimen, même avec les yeux rougis et les traits tirés parce qu'il devait manquer de sommeil.

Et parce qu'il était en deuil, se rappela-t-elle brusquement. Il avait hérité de son problème – de *deux* problèmes – parce que son frère était mort.

— Je suis désolée pour votre frère, dit-elle. Étiez-vous proches ?

Ses traits se durcirent.

— Merci, non.

Il fallut un moment à Gemma pour comprendre que c'étaient deux réponses. Elle jeta un coup d'œil aux bébés. Alors pourquoi…

— Si vous voulez bien m'excuser, j'ai des coups de fil à passer, reprit-il.

— Je viens de vous dire que je voulais cet emploi.

Il la dévisagea, d'une manière très différente de celle dont elle avait l'habitude.

— Je ne crois pas, répondit-il.

Il pensait qu'elle n'était pas à la hauteur de la situation. Cela ressemblait trop à l'opinion de Dev pour qu'elle reste de marbre. Elle releva le menton.

— Vous ne m'en croyez pas capable ?

— Savez-vous quoi que ce soit sur les bébés ? demanda-t-il.

— Et vous ? riposta-t-elle.

— Absolument rien, reconnut-il avec une honnêteté charmante. C'est pour ça que j'ai besoin de quelqu'un de compétent.

— Je…

Un hurlement perçant lui coupa la parole. Elle tourna la tête. C'était le bébé de gauche, qui semblait très contrarié. Le gros chien qui dormait à côté leva la tête. Contre toute vraisemblance, l'autre bébé dormait toujours. Il devait être habitué aux hurlements de sa sœur.

Elle reporta son attention sur Dante, qui grimaçait.

— Mets-la en sourdine, Mancuso ! Je suis au téléphone ! cria quelqu'un de l'autre bout de la pièce.

Obéissant à une impulsion soudaine, Gemma prit le bébé dans ses bras. Il continua à pleurer. Elle essaya de le bercer, ce qui le fit crier encore plus fort. Un vague souvenir l'incita à le poser contre son épaule.

C'était une sensation étrange… et merveilleuse. Elle tapota le minuscule dos.

— Plus haut ! lança une femme derrière elle.

Elle tourna la tête. C'était la femme qui l'avait laissée passer à l'accueil avec un grand sourire.

Elle suivit l'instruction et, quelques instants plus tard, le bébé rota. Il recracha aussi un liquide blanchâtre qui coula sur sa manche. Gemma fut stupéfaite de ne pas s'en soucier. Savoir si son chemisier à cinq cents dollars pouvait ou non être nettoyé la laissait indifférente ; elle s'en moquait. Parce que tenir ce bébé dans ses bras était extraordinaire et parce qu'un miracle s'était produit : il avait arrêté de crier.

Il ferma les yeux et s'endormit presque aussitôt. Il avait confiance en elle… Ce qui la bouleversa encore plus.

Dante Mancuso semblait amusé, maintenant. Ou peut-être surpris.

— S'il vous plaît, murmura-t-elle. Laissez-moi m'en charger.

Elle sentit qu'il hésitait, mais ce fut le policier rationnel qui répondit.

— Vous êtes la fille de Fenwick Colton. Vous n'avez aucune référence. Je parie que c'est la première fois que vous touchez un bébé. Vous espérez vraiment que je vous accueille sous mon toit et que je vous confie mes nièces ?

L'accueillir sous son toit ?

Elle n'y avait pas pensé, mais il était logique qu'il veuille une nounou à plein temps. Elle faillit froncer les sourcils. Dev n'allait pas apprécier.

*Devlin Harrington t'a laissée tomber*, se rappela-t-elle sèchement. *Et c'est le moyen de résoudre ce problème.*

— Vous connaissez Blake, répondit-elle. Appelez-le. Demandez-lui ce qu'il en pense.

— C'est quelqu'un en qui j'ai confiance, mais c'est aussi votre frère.

— Très bien. Appelez Juliette, alors. Vous vous faites confiance entre collègues, non ?

Elle le sentit hésiter de nouveau et profita de son avantage.

— Vous n'aurez même pas à me payer, ajouta-t-elle. Je le ferai pour acquérir de l'expérience.

— Je pourrais en parler avec Juliette, concéda-t-il, toujours réticent.

Comme si elle voulait lui venir en aide, la deuxième fillette poussa un hurlement encore plus assourdissant que ceux de sa sœur.

— Et je commence maintenant, conclut Gemma avec plus d'assurance qu'elle n'en avait.

Dante ferma les yeux, ce qui rendit son épuisement encore plus évident. Quand il les rouvrit, il soupira :

— Très bien, j'appelle Juliette. Si vous pouvez les faire taire assez longtemps pour que j'y arrive, nous discuterons.

Elle posa le bébé qu'elle tenait – comment les distinguer ? – et se pencha vers l'autre. Elle suspendit son geste quand le gros chien leva la tête.

— C'est Flash, dit Dante. Flash, je te présente Gemma.

Le chien parut interroger son maître du regard.

— Gentleman, pour le moment, répondit Mancuso d'une voix autoritaire.

Le chien renifla bruyamment et reposa la tête sur ses pattes.

— « Pour le moment » ? répéta-t-elle en prenant le bébé dans ses bras.

Elle reproduisit la manœuvre qui fonctionna – et sans vomi cette fois.

— Je prendrai une décision en fonction des résultats, dit-il.

Cela lui semblait juste, mais…

— Et le chien… comprend ça ? s'étonna-t-elle.

— À sa manière. Ça veut dire qu'il ne vous attaquera que si vous faites quelque chose qui lui déplaît vraiment.

Elle cligna des yeux et regarda le chien, qui semblait ne pouvoir être réveillé que par une explosion.

— Ne vous laissez pas berner, dit Dante comme s'il lisait dans ses pensées. Ce qu'il pourrait lui manquer en vitesse, il le compense largement en endurance et en force. Et il a son caractère. Vous devrez aussi gagner sa confiance. C'est lui qui décide des bornes à ne pas franchir.

— Lui arrive-t-il de trouver que vous dépassez les bornes ? plaisanta-t-elle.

Il resta impassible. Mais c'était un policier… Il devait s'être entraîné à ne rien trahir de ce qu'il pensait.

Elle se rappela subitement la raison pour laquelle il avait besoin d'aide et regretta sa plaisanterie.

— Oui, répondit-il enfin. Mais il est moins dur avec moi parce qu'il sait que je finis par comprendre, la plupart du temps, même si je ne suis qu'un humain stupide.

Quand elle le regarda s'éloigner en pianotant sur son téléphone, elle songea qu'il était tout sauf un humain stupide.

— Je ne te mentirai pas, mon ami, c'est une enfant gâtée, dit Juliette Walsh. Mais elle a un cœur d'or, elle apprend vite et elle est très déterminée. Pour une Colton, elle est… un peu naïve dans certains domaines. Je ne comprends pas comment c'est possible.

La naïveté n'était pas forcément un défaut dans ces circonstances, songea Dante.

— Une seule chose m'intéresse : puis-je lui faire confiance pour bien s'occuper des jumelles ? demanda-t-il.

— Elle ne ferait pas de mal à une mouche, mais je ne suis pas sûre qu'elle ait jamais gardé un enfant. Blake doit le savoir.

Oui. Appeler Blake était sûrement une bonne idée.

— C'est lui qui l'a informée de… ma situation, dit-il.

— Et c'est moi qui en ai parlé à Blake, au cas où il aurait connu quelqu'un qui aurait pu t'aider.

— Merci. Mais je n'aurais jamais imaginé que sa petite sœur se porterait volontaire.

Juliette se mit à rire.

— Moi non plus. Mais Gemma est adorable, Dante. Elle est étonnamment agréable à fréquenter, même pour nous, gens du commun.

— Tu es tout sauf commune, répliqua-t-il.

Elle rit encore, puis ajouta :

— Une dernière chose. Si elle dit qu'elle fera quelque chose et si aucune force extérieure ne s'y oppose, elle le fera. Elle essaye sincèrement de tenir ses promesses, sans doute parce que son père a trahi les siennes trop souvent.

Dante se raidit. Gemma et lui avaient cela en commun.

— Merci, Walsh.

— De rien.

— Continue à être heureuse, d'accord ?

— Blake fait tout pour, assura-t-elle en riant.

Après avoir raccroché, Dante fixa son téléphone un long moment. Juliette avait trouvé l'amour de sa vie. Dominic avait sincèrement aimé Agostina, autant qu'il en était capable. Lui avait un train de retard, dans ce domaine. Il n'avait pas rencontré de femme avec qui il aurait voulu passer le reste de ses jours. Les policiers faisaient de mauvais maris, de toute manière. Quelle femme accepterait de gaieté de cœur les horaires changeants, les appels d'urgence, et la possibilité permanente que son mari ne rentre pas ?

C'était même l'un des arguments que Dominic avait employés quand Dante s'était inscrit à l'école de police...

Dans le fond, il ne le lui avait jamais vraiment pardonné.

Et il ne le lui pardonnerait plus.

# 7

Gemma devait admettre que Dante était sexy. Pas aussi sexy que l'élégant Devlin, bien sûr, mais sexy quand même, d'une manière plus rugueuse.

Comme il n'était pas son genre d'homme, elle ne comprenait pas sa réaction à la vue de son torse nu, mais ce n'était pas le moment de se poser ce genre de question. Il y avait plus urgent : maintenir ces deux bébés silencieux. Elle s'assit par terre à côté des nacelles et du chien.

*Vous serez mon CV*, songea-t-elle. *Quand il verra que je peux vous gérer, il ne doutera plus de moi et tout redeviendra normal.*

Le chien leva la tête et la regarda. Elle eut envie de le caresser, mais ne savait pas si elle y était autorisée. Elle ne connaissait pas les protocoles de la brigade, ce qui était absurde puisqu'elle en avait entendu parler toute sa vie et qu'elle avait récolté de l'argent – beaucoup d'argent – pour elle.

Prudemment, elle tendit la main vers le chien pour qu'il la renifle, ce qu'il ne fit pas, puis elle se souvint qu'il l'avait déjà reniflée un peu plus tôt.

— Je ne te veux pas de mal, murmura-t-elle avant de caresser l'une de ses longues oreilles du dos de la main.

Les poils qui les couvraient étaient courts et étonnament doux.

L'un des bébés s'agita. C'était celui qu'elle venait de reposer. Il fallait qu'elle trouve un moyen de les distinguer pour ne pas se tromper de nom… La fillette les regarda tour à tour, le chien et elle.

Gemma sentit un autre regard posé sur elle et sut instinctivement que c'était celui de Dante. Elle tourna la tête et lui sourit.

Dante se raidit. Un instant, elle crut lire du désir dans son regard, mais il se retourna et recommença à parler au téléphone.

*Tu crois vraiment que tout tourne autour de toi, hein ?* songea-t-elle.

Elle baissa les yeux vers les fillettes et se sentit brusquement dépassée par la situation. Puis elle se rappela les paroles de Dev et retrouva toute sa détermination.

Elle caressa de nouveau l'oreille du chien, qui amusait visiblement le bébé réveillé.

— Tu veux bien m'aider, Flash ? murmura-t-elle. On dirait que tu sais t'y prendre.

Le chien poussa un profond soupir et reposa la tête sur ses pattes. Elle décida d'interpréter sa réaction comme une acceptation de sa présence. C'était un début.

Alors qu'il revenait vers son bureau, Dante s'arrêta en découvrant Gemma assise par terre, qui agitait l'une de ses boucles d'oreilles au-dessus d'une nacelle d'une main et caressait une oreille de Flash de l'autre. Le chien semblait aussi proche de l'extase qu'il en était capable.

Ce n'était pas rationnel, il en avait tout à fait conscience, mais cette vision le décida.

— J'espère que vous arriverez vite à les distinguer l'une de l'autre, dit-il.

Gemma lui adressa un sourire qui la fit paraître… plus réelle.

— J'y arrive déjà, répondit-elle.

Il cligna des yeux.

— C'est vrai ?

Elle acquiesça.

— Celle-ci est un peu plus petite, dit-elle en montrant l'un des bébés, mais ça ne durera peut-être pas. Alors j'ai cherché autre chose. Et regardez… Son sourcil droit est en forme d'accent circonflexe.

Elle avait raison.

— Je ne m'en étais pas aperçu, avoua-t-il.

Un policier était pourtant censé être attentif aux détails.

— Je l'ai remarqué parce que je suis une fille, répondit-elle. Et vous devez avoir été très occupé.

C'était le moins que l'on pouvait dire.

— Pour être honnête, je n'en reviens pas qu'on ait tous survécu.

Elle lui sourit de nouveau.

— Pouvez-vous me dire qui est qui ?

— Elles ont un bracelet élastique à la cheville avec leur prénom, répondit-il. Faites attention, il arrive qu'elles le perdent. Heureusement, elles ne l'ont jamais perdu toutes les deux en même temps, jusqu'ici.

Un frisson le parcourut quand elle éclata de rire.

— Voyons voir…, dit-elle en retirant l'un des chaussons du bébé que sa boucle d'oreille fascinait.

Dante se souvint avoir eu un mal fou à habiller les deux fillettes au petit matin et s'être émerveillé devant la petitesse de leurs mains et de leurs pieds. L'instinct protecteur qui s'était éveillé en lui à cet instant l'avait surpris par sa violence.

Comment son frère avait-il pu rester un escroc alors que ces deux êtres dépendaient de lui ? Comment était-il possible que leur existence ne l'ait pas transformé ?

— Ah ! Tu es Lucia, dit Gemma, ce qui le tira de

ses ruminations. Et tu aimes les choses qui brillent, je m'en souviendrai.

Elle tourna la tête vers le bébé endormi.

— Tu es donc Zita au sourcil pointu… Ça ressemble à un nom d'héroïne mythologique, tu ne trouves pas ?

Dante ne put s'empêcher de sourire. Il aimait la manière dont elle leur parlait, sans faire de bruits idiots, comme si les fillettes pouvaient la comprendre.

Zita se réveilla comme si elle avait reconnu son nom, sauf que c'était impossible. Ou était-ce possible ? Il soupira en songeant au temps qu'il allait passer sur Internet. Il devait vraiment savoir où les enfants en étaient à six mois et ce que l'avenir lui réservait.

Ce que l'avenir lui réservait… C'est-à-dire le reste de sa vie. Les nourrir et les changer lui parut brusquement d'une simplicité enfantine en comparaison de tout ce qu'il devrait faire d'autre.

Il s'effondra sur sa chaise.

— Ça va ? s'inquiéta Gemma. Vous êtes… pâle.

— Parce que je viens de comprendre.

— Quoi ?

— Que mon frère est mort, dit-il en regardant les fillettes. Que le reste de ma vie ne m'appartient plus.

— C'est vrai, répondit-elle avec compassion.

— Je ne sais même pas pourquoi il m'a choisi comme tuteur.

Pas plus qu'il ne savait pourquoi il se confiait à elle. Ce n'était pas son genre.

— Vous êtes son frère, remarqua Gemma, manifestement étonnée.

— Oui, mais… Peu importe.

— Vous devez être abasourdi et un peu terrifié, comme Blake l'a été quand il a découvert l'existence de Pandora.

— Plus qu'un peu terrifié, grommela-t-il.

— Vous n'avez eu ni l'un ni l'autre neuf mois pour vous faire à l'idée, ajouta-t-elle.

— Je ne suis que leur oncle…

— Mais vous allez devoir être plus que ça.

Juliette avait raison. Gemma n'était pas superficielle. Jamais il n'aurait imaginé avoir une telle conversation avec la fille cadette de Fenwick Colton.

— J'ai toujours eu envie d'avoir des enfants un jour, dit-il. Mais pas maintenant.

Elle le regarda avec un air un peu surpris, puis hocha la tête avant de répondre :

— Le moment n'a peut-être pas beaucoup d'importance, dès lors que vous en avez envie.

Il la fixa bêtement. Cette héritière le désarçonnait. Les fillettes, toutes deux réveillées à présent, faisaient des bruits à tour de rôle comme si elles se parlaient. Se parlaient-elles ?

— Je paniquerais un peu moins si c'étaient des garçons, avoua-t-il.

— Alors vous avez de la chance de m'avoir, répliqua Gemma.

Elle semblait… à sa place, assise par terre à côté de Flash et des jumelles. Il imagina la même scène dans son salon, devant la cheminée, avant de s'arracher à sa rêverie.

Il n'était pas sûr qu'elle soit qualifiée et il était possible qu'elle jette l'éponge dans une semaine, mais il avait besoin d'aide. Le fait qu'elle le perturbe n'était pas une raison suffisante pour refuser la sienne.

À situation désespérée, solution désespérée.

Il cessa de lutter contre l'inéluctable.

— Très bien, dit-il. Vous êtes embauchée.

# 8

« J'ai toujours eu envie d'avoir des enfants un jour, mais pas maintenant. »

Les paroles de Dante reflétaient tant les pensées de Gemma qu'elles l'avaient troublée. Il semblait égaré, et même un peu effrayé, ce qu'elle trouvait poignant de la part d'un policier. Mais sa demi-sœur Patience, la vétérinaire de la brigade, lui avait expliqué qu'entrer dans la police ne délivrait pas de la peur ; cela ne faisait qu'enseigner à y faire face.

Elle ne pouvait pas imaginer la vie d'un policier. La fille de Fenwick Colton avait eu très peu de raisons d'avoir peur. Même le divorce de ses parents ne l'avait pas beaucoup perturbée. Elle les voyait si peu… Son enfance s'était déroulée sans incident. Des nourrices et des bonnes s'étaient occupées d'elle. Son père réapparaissait de temps à autre avec une nouvelle femme à son bras et un cadeau pour elle, par mauvaise conscience. Elle avait appris à organiser le monde autour d'elle – soit, à manipuler les gens – pour obtenir ce qu'elle voulait et avait l'intention de continuer.

Dev Harrington se rendrait à la raison. Il comprendrait qu'il l'aimait, ils se marieraient et, *un jour*, ils auraient des enfants. Elle trouverait un moyen de le faire patienter. Sa stratégie était claire dans son esprit. Elle réussirait. Elle avait toujours obtenu ce qu'elle désirait vraiment.

C'était amusant. Dev, qui voulait des enfants par-dessus tout, devrait attendre, et Dante, qui n'en voulait pas, venait d'en avoir deux. Bien sûr, Dev voulait avoir ses propres enfants. De simples nièces ne lui suffiraient sans doute pas. Et il voulait sûrement un fils. Sexiste comme il l'était, son père tenait à avoir une descendance masculine à laquelle transmettre son empire et ne s'en cachait pas.

Elle le savait avant de connaître Dev, mais cela avait perdu toute importance dès qu'elle avait posé les yeux sur lui. Il lui avait fallu des mois de rencontres faussement accidentelles pour qu'il l'invite enfin à dîner. On racontait qu'il avait courtisé une autre femme pendant un temps, mais elle avait gagné. Elle gagnait toujours.

Les discours qu'avait tenus le père de Dev lui revenaient maintenant à l'esprit. Elle regarda les deux fillettes et se sentit outrée. De simples nièces ? Comment pouvait-on considérer ces deux êtres comme de simples quoi que ce soit ?

Elle chassa cette pensée de son esprit. Ce n'était pas parce que Dev voulait faire plaisir à son père qu'il était d'accord avec lui sur tout.

Elle regarda Dante fourrer toutes les affaires des bébés dans un sac. Cela n'allait pas lui convenir. Elle devait acheter un meilleur sac. Peut-être un grand sac en cuir de marque qu'elle n'aurait qu'à adapter…

Il fallait aussi qu'elle passe chez elle pour prendre des vêtements de rechange, mais pas avant d'avoir vu son nouveau logis. Pourvu que sa chambre ait un grand placard !

— Flash vous accompagne-t-il partout ? demanda-t-elle à Dante alors qu'ils se dirigeaient vers sa voiture.

— Presque. Je pourrais le laisser au chenil du centre d'entraînement, mais je ne le fais pour ainsi dire jamais. C'est mon partenaire.

— Et quand vous avez des rendez-vous galants ? lança-t-elle sans savoir pourquoi.

— Il me permet de faire le tri, dit-il froidement. Je juge les femmes à la manière dont elles le traitent.

— Vous voulez dire que si une femme ne l'aime pas…

— Je ne la reverrai pas.

Gemma esquissa un sourire. Elle ne s'y attendait pas. On lui répétait depuis l'enfance que ces chiens étaient des professionnels, pas des animaux domestiques.

Alors qu'il déverrouillait sa voiture, il ajouta :

— Et je ne vous aurais pas embauchée si vous ne l'aviez pas caressé tout à l'heure.

— Alors j'avais besoin de son approbation ?

— En effet. Cela n'aurait eu aucun sens de vous embaucher si vous ne vous étiez pas entendue avec lui. Comme je vous l'ai dit, c'est mon partenaire.

— Comme l'odeur le prouve, dit-elle quand il ouvrit la portière arrière pour placer les nacelles sur la banquette.

Il la regarda bizarrement.

— Je ne m'en plaignais pas, ajouta-t-elle très vite. C'était une simple remarque.

— Certaines personnes trouvent que les chiens de Saint-Hubert sentent comme les Cheetos, répondit-il.

Elle éclata de rire.

— Voilà pourquoi j'ai envie de grignoter quelque chose !

Il sourit, ce qui le transfigura. Subitement, elle prit conscience que la beauté de son torse n'était pas le seul attrait de Dante Mancuso.

— Vous n'auriez pas un diplôme d'ingénieur, par hasard ? demanda-t-il.

— Euh… Non. Pourquoi ?

Elle avait un diplôme de commerce, parce que son père avait insisté, mais elle n'avait pas poursuivi ses études pour ne pas finir comme sa demi-sœur Layla, qui n'avait pas de vie en dehors de son travail.

— Parce que c'est nécessaire pour comprendre le fonctionnement de ces choses, dit-il en entreprenant de fixer l'une des nacelles au siège.

Elle le regarda faire, puis prit la seconde nacelle, celle de Zita au sourcil pointu, pour l'emporter de l'autre côté de la voiture.

— Je pense qu'il serait plus simple de les laisser à l'intérieur et de promener les bébés dans autre chose, lui fit-elle remarquer.

— L'idée m'est venue. Mais une poussette serait difficile à manœuvrer dans l'escalier de mon immeuble.

Elle fronça les sourcils et regarda le chien, qui venait de monter dans le coffre.

— Vous vivez en appartement ? s'étonna-t-elle. Ce chien n'est-il pas un peu grand pour vivre dans un appartement ?

— Si. C'est pour ça que je passe des heures dans des parcs les jours où nous ne travaillons pas. Si je ne l'épuise pas, il refait ma décoration.

— C'est beaucoup de travail, on dirait, commenta-t-elle.

— Oui, mais ça en vaut la peine, assura-t-il en regardant le chien avec une affection sincère. On travaille ensemble depuis trois ans. Il a attrapé plus de méchants que tous mes autres partenaires et sauvé cinq vies.

Elle écarquilla les yeux.

— C'est vrai ?

Il acquiesça.

— Un couple avec un enfant qui s'étaient perdus en randonnant, un type tombé d'une falaise, et une femme emportée par un éboulement. Il vaut tout le temps que je lui consacre, et plus encore.

— Ça alors ! fit-elle, sincèrement épatée. Mais maintenant, vous devez aussi vous occuper de ces deux-là…

— Et je pressens que j'aurai l'impression d'avoir été en vacances quand je n'avais que Flash, en comparaison.

Elle songea aux jeunes mères qu'elle croisait dans la rue et qui avaient toutes les traits tirés. Il avait sûrement raison.

Dans quoi s'était-elle engagée ?

*Peu importe. Tu as dit que tu le ferais, alors tu le fais.*

C'était le meilleur moyen de reconquérir Dev Harrington. Bien sûr, Dante devrait trouver une autre nounou quand ce serait fait, mais à ce moment-là, il aurait dépassé le stade de la panique. Elle avait la ferme intention de s'en assurer. Étrangement, cette idée lui procurait autant de plaisir que la perspective de son mariage.

— Oh !

Elle ne dit rien d'autre, mais son ton suffisait.

— Ce n'est pas le grand loft luxueux auquel vous vous attendiez, n'est-ce pas ? dit-il.

— C'est très bien, répondit-elle avec empressement. C'est charmant, même.

— Merci.

— C'est juste… petit pour y vivre à quatre.

En réalité, cet appartement au premier étage d'une ancienne usine reconvertie était spacieux, pour ce qu'il payait. Surtout, il n'était qu'à deux rues d'un grand parc et à quelques kilomètres de son lieu de travail. Mais il n'était pas luxueux. Il avait accordé plus d'importance à l'aspect pratique qu'au style, et il n'avait pas beaucoup de meubles parce que Flash avait besoin de place pour bouger. Et il lui arrivait de laisser traîner du linge sale. Heureusement, ce n'était pas le cas aujourd'hui. Il s'en voulut aussitôt d'avoir pensé « heureusement ». Gemma n'était pas une femme qu'il cherchait à séduire, mais une employée. Elle se contenterait de ce qu'il avait à offrir, que cela soit à son goût ou non.

L'idée de chercher à séduire une Colton le fit pouffer intérieurement. La branche de Fenwick ne vivait pas dans le même monde que lui.

Il préférait la branche de Finn Colton, son chef, mais il ne lui serait jamais venu à l'idée de sortir avec l'une de ses sœurs.

À vrai dire, il n'avait rien non plus contre la branche réputée « pourrie » de la famille. Il appréciait Brayden, qui était l'un de ses collègues, et admirait Shane, qui avait traversé un enfer quand on l'avait accusé à tort de meurtre.

Bien sûr, en matière de meurtres, il y avait aussi Demi, dans cette famille.

Il était soulagé de ne pas participer à l'enquête sur la Tueuse de Fiancés. Ses collègues s'en voulaient de n'avoir toujours pas réussi à mettre la main sur la fille cadette de Rusty Colton, qui était en fuite depuis des mois. Son fiancé avait été la première victime et elle était la principale suspecte.

Il se réjouissait de ne pas être mêlé à ce cirque, d'autant que les Larson lui donnaient assez de fil à retordre. Ils…

— … dormir ?

Il revint brusquement à la réalité.

— Pardon ?

Elle le regarda bizarrement, mais répéta sa question.

— Où les jumelles vont-elles dormir ?

— Je ne sais pas trop. La nuit dernière, je les ai installées dans ma chambre pour ne pas les laisser seules au cas où ça les perturberait d'être dans un lieu inconnu.

— Vous pensez qu'elles s'en rendent compte ? demanda-t-elle, surprise.

— Je n'en sais rien. Ça me semblait mieux, c'est tout. J'ai regretté cette décision quand elles m'ont réveillé pour la dixième fois.

— Qu'avez-vous fait ?

— J'ai passé le reste de la nuit à les tenir dans mes bras.

Elle esquissa un sourire. Elle était peut-être surprise qu'il l'admette, mais il était trop désespéré pour être embarrassé.

— Dans quoi dormaient-elles, chez elle ?

— Je n'en sais rien, répondit-il en commençant à se lasser de prononcer ces mots. Je vous l'ai dit : mon frère et moi n'étions pas proches.

— Mais il vous a confié ses enfants.

— Oui.

*Désolé, Dom, je ne fais pas un excellent boulot pour le moment*, songea-t-il.

— Il savait que vous vous en occuperiez bien.

— Mon frère n'était pas l'homme le plus prudent du monde, répondit-il, amer.

Heureusement, elle n'insista pas. Elle regarda le sac dans lequel il avait fourré tout ce que Mme Nelson lui avait donné – dont un bon nombre d'objets dont il ignorait l'usage.

— Où se trouve le reste de leurs affaires ? demanda-t-elle.

— Le reste ? répéta-t-il.

Il en avait assez de se sentir stupide. Il était à bout de force.

— Leurs vêtements, leurs jouets ?

— Oh ! Chez mon frère, j'imagine.

— Et où habitait-il ?

— Sur Brookside Drive.

— Dans une maison ?

— Si on peut dire, marmonna-t-il en songeant à l'invraisemblable bâtisse.

— Alors il vaudrait peut-être mieux qu'on s'installe là-bas, suggéra-t-elle.

Un frisson de dégoût le parcourut à cette idée. Il ne dut pas le réprimer aussi bien qu'il l'aurait voulu, car elle ajouta :

— Quand vous dites que vous n'étiez pas proche de votre frère, vous voulez dire que vous étiez en froid ?

— Je ne sais pas comment vous appelleriez ça. On se parlait de temps en temps, et ça finissait presque toujours en dispute.

Pourquoi lui confiait-il cela ? Ce n'était pas parce qu'elle posait une question qu'il devait y répondre.

— Et ça n'a rien à voir avec notre problème du moment, grommela-t-il.

Elle hocha la tête après quelques instants d'hésitation.

— Très bien. Mais vous devez au moins aller chercher le reste de leurs affaires.

— Des affaires…

Avaient-elles vraiment besoin de plus que ce qu'il avait trimballé toute la journée ?

— Les bébés ont besoin d'une tonne d'affaires, lui assura-t-elle. J'ai deux amies qui en ont. Elles auraient besoin qu'une camionnette les suive partout.

Il pouffa. Il se sentait complètement impuissant, ce qui lui arrivait rarement et ce qu'il détestait, mais la plaisanterie de Gemma le délivrait de son fardeau pour quelques instants.

# 9

— Je ne supporte pas l'idée de vivre dans la maison de mon frère, dit-il à Gemma, mais je suppose que je ferais bien d'aller voir ce que je peux trouver là-bas.

Il se demanda s'il paraissait aussi fatigué qu'il l'était. Ce devait être le cas, parce que Gemma le questionna :

— Quand avez-vous mangé pour la dernière fois ?

— J'ai mangé des toasts ce matin, et une pomme à midi, répondit-il.

L'expression de Gemma suffit pour qu'il comprenne ce qu'elle en pensait.

— Vous avez besoin de manger. Avez-vous de la nourriture dans cet appartement ?

— Un reste de steak de… d'avant.

Elle prit un air songeur.

— Il est un peu tôt, mais… Des oignons ? Des poivrons ?

— Un demi-oignon, je crois, répondit-il en fronçant les sourcils. Et des poivrons en boîte.

— Ça ira.

Après avoir posé son sac à main, elle alla ouvrir le réfrigérateur et y trouva l'assez gros morceau de viande qui lui restait. Il préparait toujours deux repas d'un coup pour n'avoir à le faire qu'un jour sur deux. Elle trouva aussi le demi-oignon.

— Une poêle ?

— Sous les plaques.

Elle posa la poêle sur une plaque, alluma, et y versa de l'huile.

— Des épices ?

Il haussa les épaules.

— Puisque je suppose que vous ne voulez pas de cannelle, je n'ai guère que du sel et du poivre. J'ai aussi du sel à l'ail.

— Excellent.

— Alors… Vous cuisinez.

Elle lui jeta un coup d'œil par-dessus son épaule.

— Est-ce une brillante observation ou une insulte ?

Il cligna des yeux, puis haussa les épaules, ce qu'il faisait trop souvent à son goût ces temps-ci.

— Je me renseigne sur vos aptitudes, c'est tout.

À sa grande surprise, elle sourit.

— Parce que vous avez aussi besoin d'une cuisinière ?

— Ce que je voudrais, c'est ne pas avoir à gérer tout ça, répondit-il honnêtement.

— Qui pourrait vous en vouloir ? dit-elle en jetant un coup d'œil aux jumelles dans leurs nacelles qu'ils avaient posées sur la table.

— Ce n'est pas que je ne veux pas d'elles, ni…

— Je comprends, lui assura-t-elle. Personne n'est prêt à être brusquement confronté à une telle situation, et vous n'étiez même pas proche de votre frère.

— Ce n'est pas leur faute, reprit-il en éprouvant un besoin absurde de défendre les deux bébés. Et ça me fait quelque chose de me dire qu'on partage un bout de code génétique…

Il s'attendit à ce qu'elle se moque de lui ou à ce qu'elle lui serve des platitudes. À la place, elle répondit :

— Je ne cuisine pas vraiment. Je sais très bien faire cinq ou six plats parce que notre cuisinière m'a montré comment. En dehors de ça, je suis désespérante.

« Notre cuisinière. »

Bien sûr. La fille de Fenwick Colton n'avait aucun besoin de savoir cuisiner. Elle avait toujours été servie par des domestiques.

— Eh bien ! Je dirais que six plats et une soirée traiteur, ça fait une semaine, commenta-t-il.

— Vous finirez par vous lasser de manger la même chose toutes les semaines, répondit-elle en émincant l'oignon d'une manière assez efficace.

— Non. Je ne suis pas difficile.

Elle mit l'oignon dans la poêle, prit la boîte de poivrons, puis chercha quelque chose des yeux. Il sortit l'ouvre-boîte de son tiroir. La manière dont elle regarda l'objet incita Dante à penser qu'elle ne s'était jamais servie d'un ouvre-boîte manuel. Il lui prit la boîte et se chargea de l'ouvrir. Quand elle ajouta les poivrons dans la poêle après avoir vidé le jus, ce qu'elle préparait commença à avoir une odeur de nourriture comestible. Son estomac gargouilla pour lui rappeler qu'il n'avait mangé que des toasts et une pomme au cours de la journée.

Le sourire qu'elle lui décocha par-dessus son épaule lui fit un effet étrange.

— Vous devriez nourrir les filles pendant que je prépare le dîner. Elles commencent à s'agiter.

— Vous avez raison, dit-il.

Il se mit à fouiller le sac à la recherche des derniers biberons en songeant que Gemma Colton était pleine de surprises.

Gemma observa la maison alors qu'ils se garaient devant. Dante n'avait pas exagéré en lui disant qu'elle se voyait de loin.

— Je comprends que vous ne vouliez pas emménager ici, dit-elle. Vous n'y seriez pas heureux.

Comme il se contentait de la regarder avec un air surpris, elle continua.

— Cette maison serait peut-être à sa place en Italie, mais ici elle est… de mauvais goût.

— C'était ce que ma belle-sœur recherchait, répondit-il. L'allure italienne, pas le mauvais goût.

— Vous avez la clé ?

— Maintenant oui.

Maintenant ? releva-t-elle en prenant l'une des nacelles. Il n'avait donc pas la clé avant, pas même en cas d'urgence. Il n'exagérait donc pas non plus quand il lui avait dit que son frère et lui n'étaient pas proches.

Ce qui n'avait pas empêché son frère de lui confier la garde de ses enfants.

Ils avaient laissé Flash à l'appartement, et elle avait souri malgré elle quand Dante avait expliqué au chien pourquoi.

— On aura besoin du coffre pour ranger des choses, mon ami, lui avait-il dit.

— Vous croyez qu'il comprend ? avait-elle demandé.

— Je n'en sais rien, avait-il répondu. Ce que je sais, c'est que l'appartement aura l'air d'avoir été bombardé à notre retour si je ne lui fournis pas d'explication.

— Je ne comprends pas pourquoi vous vous croyez incapable de vous occuper de bébés, avait-elle plaisanté.

Il lui avait décoché un sourire irrésistible.

Elle pouvait bien admettre que Dante avait un sourire irrésistible, songea-t-elle. Le fait d'aimer Dev ne lui avait pas fait oublier qu'il existait d'autres hommes, dont certains qui avaient du charme.

— Gemma ?

Elle revint brusquement à la réalité et se sentit rougir sans comprendre pourquoi. Ses pensées étaient parfaitement innocentes.

Il avait ouvert la porte et la tenait pour qu'elle le

précède. En entrant dans la maison, elle crut basculer dans un autre monde. Il y avait aussi des statues à l'intérieur. Les jumelles étaient étrangement calmes. Parce qu'elles se sentaient mieux ici ? Elle jeta un coup d'œil à Dante et décida de ne pas remettre ce sujet sur le tapis.

— Et c'est votre belle-sœur qui a fait la décoration ? demanda-t-elle.

Il acquiesça.

— L'Italie devait vraiment lui manquer…

— À ma connaissance, elle n'y a jamais mis les pieds.

— Elle a dû faire beaucoup de recherches, alors.

— Peut-être, répondit Dante comme s'il n'y avait jamais pensé.

— Et votre frère avait les mêmes goûts ?

— Non. Mon frère aimait la discrétion parce que ses affaires n'étaient pas honnêtes, comme celles du reste de la famille.

Elle l'observa un long moment. Ce n'était pas quelque chose qu'il essayait de cacher, s'il le confiait à quelqu'un qu'il ne connaissait que depuis quelques heures.

— Mais vous êtes entré dans la police.

— J'étais la brebis galeuse, répondit-il avec un léger haussement d'épaules.

Cela la fit pouffer, même si elle n'était pas sûre que ce soit une plaisanterie.

— Alors les filles ont peut-être eu de la chance d'atterrir sous votre toit.

Comme il la dévisageait sans répondre, elle s'enfonça dans la maison et trouva une pièce qui ressemblait à une chambre d'enfant, avec un peu trop de rose à son goût. Elle tira son téléphone de sa poche et commença à rassembler des objets qu'elle empila près de la porte.

— Vous avez une liste ? s'étonna Dante qui l'avait suivie.

— Je ne voulais pas oublier quelque chose d'important, répondit-elle.

Il n'avait pas besoin de savoir qu'elle avait envoyé un texto désespéré à Juliette. La liste qu'elle lui avait fournie était d'une longueur ahurissante. Comment des êtres aussi petits pouvaient-ils avoir besoin de tant de choses ? Elle finit par trouver le sac qu'elle craignait – informe, rose et orné de grosses fleurs violettes – et y fourra ce qu'elle avait rassemblé. Elle se jura de le remplacer à la première occasion.

— Les jumelles dormaient ensemble ? demanda-t-elle en regardant l'unique berceau de la pièce.

— Je n'en sais rien, dit-il en se passant la main dans les cheveux.

Il avait de beaux cheveux. Elle était sûre qu'ils étaient doux. Dev les coupait si court qu'elle avait oublié…

*Arrête ! Qu'est-ce qui te prend ?*

— S'il n'y a pas de deuxième chambre d'enfant, ce devait être le cas, reprit-elle.

— Je n'en sais rien, répéta-t-il. Et j'en ai marre de dire ça.

Elle lut l'intensité de sa frustration dans ses yeux. Des yeux frangés des longs cils que certains hommes avaient la chance…

*Arrête !*

— Alors faites en sorte de le savoir ! lança-t-elle en exprimant son trouble par de la mauvaise humeur. Allez voir s'il y a une autre chambre. Et voyez s'il y a un parc quelque part. On a aussi besoin de leurs biberons et de tout ce qui va avec.

Il tourna les talons et quitta la pièce sans dire un mot. Elle se détendit un peu, ce qui était étrange, car elle attribuait son stress à l'énormité de la situation.

Elle ouvrit le placard et y trouva des vêtements assortis par paires. Les Mancuso avaient décidé de jouer la carte de la gémellité à fond. Gemma songea à ce que les jumelles feraient de leur ressemblance, quand elles seraient un peu plus grandes. S'amuseraient-elles à tromper les gens ou chercheraient-elles à se différencier ?

Elle refusa de se demander ce qui se passerait si elles n'étaient pas d'accord sur le sujet.

*Ne te soucie pas de problèmes qui n'existent pas encore*, se sermonna-t-elle en choisissant des vêtements.

— J'ai trouvé quelque chose qui ressemble au parc dans lequel on gardait Flash quand c'était un chiot, annonça Dante derrière elle.

Elle éclata de rire.

— Ça doit être ça, répondit-elle.

— On embarque ?

— On embarque.

Il hocha la tête.

— J'ai aussi trouvé une sorte de panier dans la grande chambre.

— Ils ont dû s'en servir au tout début, dit-elle en essayant d'avoir l'air de s'y connaître. C'est recommandé.

— Et il y a des boîtes de lait en poudre dans un placard, ajouta-t-il.

— Parfait, le complimenta-t-elle.

— Il y a des tonnes de biberons... Par contre, je n'ai trouvé que quelques pots pour bébés.

— Elles commencent peut-être tout juste à manger de la nourriture solide. Elles ont l'âge.

*Merci, Juliette.*

Il la regarda avec un air bizarre, comme s'il révisait son jugement à son sujet.

— Moi aussi, j'ai trouvé quelque chose, reprit-elle en lui montrant les trois photographies qui ornaient l'un des murs.

Il fit deux pas dans cette direction, puis s'arrêta net. Il y avait deux photos des jumelles et une de lui, comme si son frère avait voulu que son visage soit familier aux fillettes.

Il se retourna sans faire de commentaire et s'approcha du berceau.

— J'imagine que je suis censé démonter ça, soupira-t-il.

— Oui. Oh ! Et j'ai trouvé la double poussette, dit-elle en lui montrant un coin de la chambre.

— Très bien. Je charge ça aussi.

— Vous allez devoir trouver un moyen de caser tout ça chez vous, le prévint-elle.

Il plissa les yeux pendant quelques instants.

— Je ne peux pas, marmonna-t-il. Je sais que ce serait plus logique, mais je ne peux pas.

Elle comprit tout de suite qu'il parlait de son idée d'emménager dans cette maison.

— Je comprends. Après avoir perdu votre frère et votre belle-sœur…

— J'ai d'autres raisons de ne pas vouloir vivre ici, la coupa-t-il. Je commence par le berceau.

— Je m'occupe du lait et des biberons.

Elle s'éloigna en se demandant ce qu'il avait pu ressentir en découvrant sa photo dans la chambre de ses nièces.

# 10

Cela occupa tout l'espace à l'arrière du véhicule. Dante étudia son coffre pendant quelques instants avant de tout y ranger efficacement, ce qu'elle trouva stupéfiant vu la variété des formes auxquelles il avait affaire. Il y mit en dernier une grande boîte remplie de jouets.

— Il y en avait une tonne, dit-il. Comment les avez-vous choisis ?

Elle haussa les épaules.

— Je les ai simplement agités sous leur nez et j'ai pris ceux qui avaient le plus de succès.

Il lui adressa un sourire approbateur qui lui donna l'impression d'être appréciée à sa juste valeur pour la première fois de sa vie. Bien sûr, elle se sentait appréciée quand elle organisait un gala de charité, mais le plaisir que cela lui procurait n'était pas aussi intense.

Et cela la perturba encore plus que d'avoir à s'occuper de deux bébés de six mois.

Dante n'aurait jamais imaginé la voir travailler autant. Elle l'aida à décharger la voiture et à tout monter dans l'appartement, tout en réussissant à empêcher les jumelles de hurler. Elle leur parla constamment comme elle l'avait fait dans son bureau, et cela semblait fonctionner.

Il n'aurait pas dû la sous-estimer. Les autres membres

de sa branche n'étaient pas des fainéants. Blake avait fait fortune en partant de rien, Patience était une vétérinaire dévouée, et Bea tenait une boutique de mariage qui avait beaucoup de succès – qui en avait eu, du moins, jusqu'à ce que quelqu'un commence à tuer les hommes qui avaient l'intention de s'engager. Quant à Layla, elle occupait un poste important chez Colton Energy et semblait ne vivre que pour son travail.

Par ailleurs, Gemma avait récolté beaucoup d'argent pour la brigade. Il lui devait le respect – d'autant plus que c'était un travail qu'il aurait détesté faire.

Quand ils eurent tout déchargé, son appartement paraissait deux fois plus petit et Flash semblait contrarié.

— Désolé, mon ami, lui dit-il. Je sais que tu n'étais pas plus prêt à ça que moi.

— Mais vous le faites quand même, remarqua Gemma derrière lui.

Son délicieux parfum floral l'enveloppa.

*Un parfum qui doit coûter des centaines de dollars*, se rappela-t-il dans l'espoir d'amoindrir l'effet qu'il lui faisait.

Ça ne marcha pas.

Il se retourna et laissa échapper un peu de sa mauvaise humeur.

— Je suis leur oncle. C'est pour ça que je fais ça. Pourquoi le faites-vous ?

— Je vous l'ai dit : pour acquérir de l'expérience.

— Et pourquoi avez-vous besoin d'expérience dans ce domaine ? demanda-t-il en embrassant le chaos d'un geste.

— Je suis peut-être curieuse.

— Et ce n'est peut-être pas une raison suffisante. Si c'est juste un caprice de petite fille riche qui sera passé demain…

— Je suis une petite fille riche, admit-elle avec une

aisance qui le fit taire. Mais ce n'est pas un caprice. J'ai besoin de prouver que je pourrai être une bonne mère quand le moment viendra.

Il scruta son visage pendant quelques instants avant de demander :

— Le prouver à qui ?

— À mon petit ami, répondit-elle après une profonde inspiration.

Il fronça les sourcils. Il avait entendu dire qu'un Harrington allait épouser une Colton, mais il lui semblait que c'était Hamlin Harrington, le fondateur de Harrington Incorporated, qui avait la soixantaine. Pourquoi une jeune femme riche voudrait-elle l'épouser ?

— Il ne s'agit pas du vieux, j'imagine, lui dit-il.

— Bien sûr que non ! s'exclama-t-elle. C'est mon… Je sors avec Devlin, son fils. Et son père tient à ce qu'il ait des enfants pour que la firme reste dans la famille.

Il ne connaissait pas le fils et n'avait croisé le père qu'une fois, à un gala auquel on l'avait forcé à assister avec Flash. Gemma s'y trouvait-elle ? Comment avait-il pu ne pas la remarquer, si c'était le cas ?

— Dev croit bêtement que je ne serai pas une bonne mère, poursuivit-elle comme si, à présent, elle avait hâte d'en finir avec les explications. Je dois lui prouver qu'il se trompe. Alors nous nous remettrons ensemble et tout redeviendra normal.

Il écarquilla les yeux.

— Vous voulez dire qu'il vous a quittée parce qu'il pense que vous ne saurez pas élever des enfants qui n'existent pas encore ?

Elle rougit un peu.

— Il se trompe et il finira par s'en rendre compte. Alors nous nous marierons et nous aurons ces enfants.

— Et ça vous va ?

— Que voulez-vous dire ? demanda-t-elle, les sourcils froncés ?

— Gemma… Nous gagnons le respect et l'admiration des gens, mais nous ne devrions pas avoir à gagner leur amour.

— Ce n'est pas ça, c'est juste…

— Ça ressemble à ça, la coupa-t-il. On dirait que vous devez prouver votre valeur à Devlin pour qu'il daigne vous aimer.

— Il m'aime ! Et je l'aime.

Il se contenta de la dévisager.

— C'est vrai, insista-t-elle. Ce sont les attentes de son père qui compliquent les choses.

— Parce qu'il le veut bien. Il va vous briser le cœur, Gemma.

— Qu'en savez-vous ? répliqua-t-elle sèchement.

— J'en sais un rayon sur les attentes familiales et ce qu'il en coûte de ne pas les respecter.

— C'est différent.

— Pourquoi ? Parce que vous êtes spéciale ?

Elle parut choquée, sans doute à juste titre.

— Je vous remercie pour vos conseils, monsieur Mancuso. Mais où se trouve votre femme qui pourrait nous aider à gérer tout ça ?

— Je ne la cherche pas.

— Vous changerez peut-être vite d'avis, dit-elle en lui montrant les jumelles, qui essayaient de se passer une licorne en peluche avec beaucoup de concentration.

— Me marier parce que j'ai besoin d'aide est la pire chose que je pourrais faire aux filles et à la femme concernée. Non : je pourrais aussi lui demander de me prouver d'abord qu'elle en est capable.

— Pourquoi ne vous mêlez-vous pas de vos affaires ? riposta-t-elle.

— Pourquoi…

Les jumelles se mirent à hurler au même instant, et c'était sans doute parce qu'ils avaient élevé la voix. Ils prirent un bébé chacun. Il berça et tapota le dos du sien sans résultat. C'était Zita au sourcil pointu. Heureusement que Gemma avait remarqué ce détail…

Lucia se calma la première. Au lieu de lui jeter un regard triomphant, Gemma s'approcha de lui pour que Lucia puisse toucher sa sœur. Zita pleura un peu moins fort, puis elle finit par se taire après quelques hoquets.

— Merci, dit-il à Gemma quand le silence revint.

— C'est mon travail, répondit-elle avec un sourire. Vous devriez peut-être monter le berceau tout de suite. Elles doivent être fatiguées.

— Où ?

— À vous de décider.

— Je n'en sais rien, grommela-t-il avant de se frotter les yeux.

Elle le regarda bizarrement pendant quelques instants, puis demanda :

— Comment imaginiez-vous votre relation avec vos futurs enfants ?

— Meilleure que celle que j'ai eue avec mon père.

— Nous avons donc un point commun, commenta-t-elle.

Cette remarque lui causa un étrange soulagement.

— Où sont vos parents ? reprit-elle.

— Ils sont morts depuis longtemps. Je n'étais pas proche d'eux non plus.

*Pour la même raison*, ajouta-t-il mentalement.

— J'avais une nourrice, dit-elle. Je ne voyais mes parents qu'une ou deux fois par semaine. Ensuite, quand mes parents ont divorcé, papa m'a achetée et…

— « Achetée » ? répéta-t-il.

Elle haussa les épaules.

— J'étais encore assez jeune pour lui procurer une

image de père de famille, et ma mère s'en moquait. Elle a reçu un gros chèque et elle est partie vivre sur une île.

— Et moi qui croyais être né dans une mauvaise famille…, ironisa Dante.

Elle esquissa un sourire.

— Ça n'était pas censé me déranger parce que nous étions riches et que je pouvais avoir tout ce que je voulais.

— Presque tout, la corrigea-t-il.

— Il y a des choses qu'on ne peut pas acheter, comme l'amour, c'est ça ?

— Oui. Et il arrive que les gens attendent de nous des choses qui sont mauvaises pour nous.

Elle plissa les yeux.

— Je n'ai pas envie de parler de Dev.

— Je pensais à mon frère, qui ne m'a jamais pardonné d'être entré dans la police.

— Oh ! Et pourtant…, répondit-elle en regardant Lucia.

— Oui. Et pourtant…

— Alors il ne vous aimait pas, mais il vous faisait confiance ?

— Apparemment.

— A-t-il compris pourquoi vous étiez entré dans la police ?

— Non, et j'ai arrêté d'essayer de le lui faire comprendre.

Elle soupira.

— Je vous envie. J'essaie encore de gagner l'affection de mon père.

*Et de votre petit ami*, songea-t-il.

Il parvint à se taire, mais ce fut comme s'il l'avait crié.

— Vous avez raison, ça ne me regarde pas, dit-il.

— C'est vrai, mais j'apprécie que vous vous inquiétiez pour moi, dit-elle. Alors, ce berceau ?

— Il y a trois options : ma chambre, la chambre d'amis ou le bureau.

Elle haussa un sourcil.

— Vous renonceriez à votre chambre ?

— Je peux dormir n'importe où à condition qu'*elles* dorment, répondit-il.

— La vraie question, c'est : voulez-vous vous en mêler ?

— Quoi ?

— Voulez-vous vous occuper d'elles ou juste les voir de temps à autre pour une inspection et une conversation ?

— Quoi ? répéta-t-il.

— Je sais qu'elles ne parlent pas encore, mais elles aiment faire semblant. Je pense que c'est la première étape. Elles…

— Je comprends ça, mais… Une inspection ? On vous faisait subir des inspections ?

— En un sens, oui.

Il secoua la tête, puis éclata de rire.

— Dire que je vous enviais !

Elle rougit, puis revint à leur problème :

— Si vous ne voulez pas qu'elles vous dérangent, le mieux serait de mettre le berceau dans ma chambre. Mais je pense qu'il serait dans leur intérêt de dormir seules.

— Le bureau, alors, dit-il. Comme ça, nous pourrons intervenir tous les deux en cas de besoin.

— Mais vous y travaillez…, lui rappela-t-elle.

— Dans un coin seulement, et je peux travailler ailleurs.

Elle y réfléchit quelques instants avant de conclure, le sourire aux lèvres :

— Nous tenons un plan.

Profondément soulagé, il lui rendit son sourire. Il ne savait pas de quoi elle était capable, mais elle ne pouvait pas être plus incompétente que lui, et c'était un début.

Il souriait encore quand son téléphone sonna alors qu'il venait de finir de monter le berceau. C'était son chef, Finn Colton.

— Mancuso, fit-il en décrochant.

— Comment va le père de famille ? demanda Finn. Ma cousine t'est-elle utile à quelque chose ?

— Les nouvelles vont vite…

— Et les gens ont déjà commencé à prendre des paris.

Il jeta un coup d'œil à Gemma, qui mettait les jumelles en pyjama.

— Elle pourrait vous surprendre, répondit-il.

— Je l'espère pour toi.

— N'appelles-tu que pour te tenir informé de ma situation domestique ?

— Malheureusement non. Tu te souviens du téléphone que tu as trouvé dans le paquet de farine ?

Il aurait difficilement pu oublier la piste qu'il cherchait depuis des semaines.

— Oui.

— Il a disparu.

Il cligna des yeux.

— Quoi ? Duke et son collègue étaient censés le déposer dans la salle des preuves.

— Et Ron se souvient qu'ils l'ont fait. Mais il a disparu.

Ron Fox, qui était responsable de la salle des preuves, ne commettait jamais d'erreur.

— Mais personne n'a accès à cette salle sauf…

— Précisément, le coupa Finn.

Dante jura.

— L'un d'entre nous ? demanda-t-il.

— On dirait bien.

Génial ! Il ne leur manquait plus qu'un élément pourri dans la brigade.

# 11

Gemma leva les yeux de la liste des choses qu'elle devait rapporter de chez elle. Son nouveau patron s'était muré dans le silence. Il fixait les flammes de la cheminée, les sourcils froncés, et ne ressemblait pas du tout à la description que Juliette avait faite de lui.

« Dante est un chic type, lui avait-elle dit. Il est d'autant plus honnête qu'il vient d'une famille de voyous, et les gens l'admirent pour ça. Il est un peu rugueux, mais c'est lui que les gens vont trouver quand ils ont besoin d'un service. »

À cet instant, le gentil Mancuso était contrarié par quelque chose et elle était sûre qu'il ne s'agissait pas des jumelles, qui s'étaient endormies. Il était concentré et en colère. Son expression en témoignait.

Cet homme n'était pas le père providentiel de deux petites filles.

C'était le policier.

Elle profita de sa concentration pour l'observer un moment. Il avait les cheveux parfaitement ondulés – et de manière naturelle, puisqu'il ne devait pas consacrer un gros budget au coiffeur. Un atout injuste, comme ses longs cils…

Il la tira de sa contemplation en tournant la tête vers elle. Avait-il senti qu'elle le regardait ?

— De mauvaises nouvelles ? demanda-t-elle pour se donner une contenance.

Il fronça davantage les sourcils.

— Quoi ?

— Le coup de téléphone. Vous êtes un peu… préoccupé depuis.

— Oh. Oui. Le travail.

— Les filles dorment bien.

— Oui.

— Je peux vous laisser seul avec elles un moment ?

— Vous nous abandonnez déjà ?

— Je dois aller chercher quelques affaires chez moi.

Il la détailla de la tête aux pieds avant de répondre :

— Vous avez besoin de meilleures chaussures.

De meilleures chaussures ? Elle regarda les bottes usées qu'il portait. Que connaissait-il aux chaussures ? Elle avait acheté ses escarpins six cents dollars à San Francisco !

— Je ne voudrais pas que vous trébuchiez alors que vous tenez l'une des filles, ajouta-t-il.

Elle cligna des yeux et s'aperçut qu'il réprimait un sourire. Elle pouffa. Elle devait admettre qu'il n'avait pas tort. Elle était habituée à porter des talons, mais pas en tenant des bébés qui s'agitaient.

— Peut-être des chaussures de sécurité, répondit-elle. Le pot que Lucia m'a fait tomber sur le pied m'a vraiment fait mal.

— Ça aurait pu être pire, commenta-t-il, avec à présent un grand sourire aux lèvres.

— Oui, le pot aurait pu se casser et j'aurais perdu un temps fou à nettoyer. C'était de la purée de petits pois.

Il éclata de rire. Gemma sentit son cœur battre plus vite sans comprendre pourquoi.

— Allez chercher vos affaires, nous survivrons, dit-il alors que le silence commençait à devenir pesant.

Elle hocha la tête.

— Je n'en ai pas pour longtemps.

Il se leva, alla ouvrir un tiroir de la cuisine et en sortit une clé qu'il lui tendit.

— Un coyote ? demanda-t-elle en regardant le porte-clés.

— C'est l'emblème de l'État, après tout. Et j'admire leur adaptabilité. Je ferais bien de m'en inspirer.

— Je vous la rendrai à mon retour.

— Non, gardez-la, répondit-il en secouant la tête. Vous aurez besoin d'aller et venir librement. Et je vais vous montrer comment fonctionne le système d'alarme.

— Vous me faites confiance à ce point-là ?

Il pouffa.

— Allez-vous voler quelque chose ? Je ne vois pas ce que j'ai que la fille de Fenwick Colton pourrait vouloir.

Elle se retint de justesse de répondre : « N'en soyez pas si sûr » et passa le trajet à se demander ce qui lui arrivait.

Il avait besoin de dormir. C'était la seule explication. Parce qu'il lui avait semblé que Gemma ne le regardait pas comme on regarde un patron quand il avait tourné la tête.

Non… Il se faisait des idées. On lui avait souvent dit que sa concentration était impressionnante, quand il travaillait. Elle le fixait sans doute parce qu'elle craignait qu'il explose, ou quelque chose de ce genre. Cette explication-là avait du sens.

Il se frotta les yeux, ce qui ne lui fit aucun bien, et recommença à ruminer le problème comme Flash rongeait un os. Les Larson avaient un complice au sein de la brigade. Qu'ils le paient, le menacent ou le fassent chanter, le résultat était le même. Et ce complice avait fait disparaître le seul objet qui aurait permis de les incriminer.

Il détestait cette situation ; il allait maintenant devoir regarder tous ses collègues avec méfiance.

La sonnerie de son téléphone le ramena à la réalité. C'était encore Finn. Ne s'agissait-il que d'une erreur ? Avait-on retrouvé le téléphone ?

Il décrocha en se demandant quand il avait commencé à croire aux contes de fées.

— Mancuso.

— Je te retire l'enquête sur les Larson, annonça Finn.

Ça n'avait aucun sens ! Personne ne connaissait mieux ce dossier que lui… Mais comme Finn Colton ne prenait pas de décisions absurdes sur un coup de tête, il attendit la suite.

— Tu ne protestes pas ? lança Finn.

— J'attends d'entendre ton raisonnement.

Finn éclata de rire.

— Pour commencer, tu as besoin de temps pour t'adapter à… ta nouvelle situation. Tu n'as pas eu beaucoup de contacts avec tes nièces avant, j'imagine ?

— Non, répondit Dante en continuant à se demander où Finn voulait en venir.

— Tu as donc besoin de temps pour organiser ta nouvelle vie.

— C'est le moins qu'on puisse dire, grommela-t-il.

— Par conséquent, tu es officiellement à mi-temps.

Il se raidit.

— Officiellement ?

— Et tu travailleras chez toi. Tu peux venir ici quand tu veux, mais prends le temps de faire la connaissance de ces bébés.

— Si tu me retires l'enquête sur les Larson, sur quoi veux-tu que je travaille ? demanda-t-il prudemment.

— Je veux que tu démasques la taupe.

Le cœur de Dante manqua un battement. Lui ?

— N'est-ce pas le rôle de l'Inspection générale ?

— Nous leur livrerons le coupable.

— Chef…

— Tu as une couverture parfaite. Tu as vraiment besoin de temps pour t'organiser. Tout le monde le sait. Et la taupe se méfiera moins de toi si je te retire l'enquête sur les Larson.

Il fallait admettre que ce n'était pas absurde.

Mais mettre son nez dans la vie de ses amis et collègues était bien la dernière chose qu'il avait envie de faire.

— Je sais que c'est désagréable, Mancuso, mais il faut que quelqu'un s'en charge, et vite. Avant que la disparition du téléphone s'ébruite. Pour le moment, seuls Ron, toi et moi sommes au courant. Nous devons en profiter.

Dante inspira profondément avant de répondre :

— Oui, chef.

— Si tu as besoin de quelque chose, demande-le à moi ou à Parsons. Elle sait rester discrète. Pour commencer, je vais t'envoyer l'enregistrement de la caméra de la salle des preuves.

— Très bien.

— Si on te demande, tu travailles sur la Tueuse de Fiancés parce que j'ai décidé que les Larson pouvaient attendre.

— Oui, chef, répéta-t-il. Et je ferai visiter la salle des preuves à Flash, pour qu'il mémorise les odeurs.

— Bonne idée. Tu as carte blanche, mais démasque-le. Je n'aime pas qu'on salisse notre maison.

— Oui, chef, fit Dante avec plus de conviction.

— Et fais-moi plaisir : passe le prochain concours d'inspecteur, s'il te plaît.

Dante fixait encore son téléphone avec stupeur quand il entendit la clé tourner dans la serrure.

Il tressaillit, puis prit conscience de l'une des conséquences de ce nouvel arrangement : il allait passer bien plus de temps qu'il ne l'aurait cru avec Gemma Colton.

# 12

Rien ne se passait comme Gemma s'y attendait.

Quand Dante lui dit qu'on l'avait mis à mi-temps, elle s'attendit à l'entendre ajouter qu'il n'avait plus besoin de nounou.

Elle fut surprise par l'ampleur de sa déception. Non seulement elle n'aurait pas l'occasion de prouver à Dev qu'il se trompait, mais elle avait envie d'apprendre à connaître ces deux fillettes. Elle avait prévu d'employer le temps de leurs siestes à faire des recherches sur les jumeaux et d'appeler l'un de ses importants donateurs, qui en avait. Mais si Dante n'avait plus besoin d'aide…

Il la détrompa vite.

— J'aurai toujours besoin de temps pour travailler et de pouvoir sortir librement, lui dit-il. Et je dois m'occuper de la routine de Flash.

— Sa routine ?

— Oui. Au réveil, au moins une demi-heure de promenade pour renifler et se dégourdir les jambes.

— Pour faire ses besoins aussi, j'imagine…

— Aussi. Il va dans le patio en cas d'urgence, mais il trouve que ce n'est pas digne de lui.

Gemma s'empêcha de rire parce que Dante ne plaisantait visiblement pas.

— Ensuite, il y a une plus longue promenade après le petit déjeuner, ou une séance au centre d'entraînement, poursuivit-il. Avant le dîner, c'est la partie de tir à la corde, et on fait une dernière promenade le soir.

— Il demande presque autant de travail que les jumelles, commenta-t-elle.

— Pas de couches à changer, répondit-il. Mais il faut souvent lui nettoyer le museau.

— Pourquoi ?

— Les plis de son museau sont utiles à son flair, mais ils doivent rester très propres. Et il… ne mange pas très proprement.

Elle jeta un coup d'œil vers la cuisine.

— C'est pour ça qu'il y a une bâche sous ses bols ?

— Oui.

— Vous n'avez pas deux enfants, vous en avez trois.

Il esquissa un sourire.

— C'est vrai, et il y en a un qui bave plus que les autres.

— C'est pour ça qu'il y a des serviettes dans votre voiture et une dans la poche de votre jean.

Il éclata de rire.

— Vous parlez de celle qui me fait ressembler à un employé de station-service ? Oui, c'est pour ça. Je fais une lessive sur deux pour lui. Ça vous fait hésiter ?

— Parce que je suis aussi responsable de lui ?

— Non, je vous taquine. Et Patience s'occupera de lui s'il arrive quelque chose.

— Très bien.

Elle comprit la signification de ce qu'il venait de dire avec un temps de retard. Patience s'occuperait de Flash s'il *lui* arrivait quelque chose. Comme il était policier, c'était tout à fait possible.

Cette idée continua à lui trotter dans la tête alors qu'elle déballait ses affaires dans la chambre d'amis. Pourquoi certains choisissaient-ils de mettre leur vie en danger pour protéger les autres ? Elle se sentait presque coupable d'avoir vécu dans l'insouciance.

Et l'idée que Dante risquait de se faire blesser ou tuer la perturbait d'une manière qu'elle ne comprenait pas.

Ce devait être parce que les jumelles se retrouveraient orphelines une seconde fois. Qui s'occuperait d'elles, dans ce cas ? Dante n'avait sans doute pas encore réfléchi à cette éventualité, et tous les membres de sa famille étaient des voyous.

Elle lâcha le pull qu'elle s'apprêtait à ranger dans la commode et sortit de sa chambre. Dante se trouvait dans le salon, son ordinateur sur les genoux. Il regardait une vidéo de mauvaise qualité qu'il mit sur pause dès qu'elle entra dans la pièce.

Comme il était allé chercher l'ordinateur dans le bureau, elle commença par demander :

— Dorment-elles toujours ?

— Oui, Dieu merci.

Elle hocha la tête.

— Vous avez un problème ? lança-t-il. Votre chambre n'est pas assez grande ?

Elle se raidit et le fusilla du regard.

— C'est inutilement cruel.

— Vous avez raison, reconnut-il après un soupir. Je suis désolé. Je suis un peu à cran.

— Ça peut se comprendre, dit-elle, surprise qu'il lui présente ses excuses aussi facilement.

Dev ne le faisait jamais. Il lui offrait des fleurs ou l'invitait à dîner, mais elle ne l'avait jamais entendu prononcer ces mots. Ce n'était pas grave ; il prouvait qu'il était désolé. C'était le plus important, non ?

— Il y a des serviettes dans le placard de la salle de bains, reprit-il.

— J'ai vu. Est-ce que je les partage avec le chien ?

Il éclata de rire.

— Non. Ce serait trop d'intimité, même pour moi.

— Se sentira-t-il insulté si je dis que je suis soulagée ?

— J'en doute. Avez-vous déjà eu un chien ?

— Non. Je n'ai fréquenté que les chiens des autres.

— Un chat ?

— Non plus.

Elle se retint de préciser qu'elle n'aimait pas avoir des poils sur ses vêtements. C'était étrange, car elle n'hésitait pas à le dire, en général.

— Alors préparez-vous à être couverte de poils, dit-il comme s'il avait lu dans ses pensées. Et je vous conseille de ne pas vous asseoir là.

Il lui montra le fauteuil le plus proche de la cheminée.

— Ce n'est pas pour rien qu'il est de cette couleur, ajouta-t-il. C'est son fauteuil.

— Oh ! Je ne savais pas. Je ne l'ai pas vu dessus.

— Parce que les changements le perturbent. Il préfère rester par terre, où il peut se déplacer plus rapidement.

Elle regarda le chien, qui ne semblait pas capable de faire quoi que ce soit rapidement.

— Je sais qu'il ressemble à un gros tas, mais il peut bouger quand il en a envie, reprit Dante. C'est le principal. Il n'a pas l'habitude de partager son espace… Et moi non plus, pour être honnête. C'est pour ça que je suis un peu à cran.

— Nous allons devoir supporter d'être les uns sur les autres, dit-elle prudemment.

— Quand ça se calmera un peu, vous aurez des jours de congé pour voir vos amies ou faire du shopping.

Elle ne le prit pas mal. Ce n'était pas la première fois qu'on la suspectait d'être toujours oisive, et c'était vrai avant qu'elle se lance dans la philanthropie. Par ailleurs, il semblait si certain que cela se calmerait qu'elle ne put s'empêcher de le taquiner.

— Et c'est pour quand ?

Il plissa les yeux, comme s'il existait une formule qui permettait de le calculer.

— Dans quelques semaines, peut-être.

— Vous en êtes sûr ?

— Je l'espère…

— Je dirais que vous êtes exagérément optimiste.

Il poussa un profond soupir.

— Sans doute.

— En fait, je pense que vous devez plutôt compter dans les six mois. Si vous n'avez pas les choses en main d'ici là, vous devrez songer à leur trouver une vraie mère.

Il pouffa.

— Et où ça ?

— Il doit bien exister une application pour ça. Postez-y une photo de vous, et je suis sûre que vous aurez une foule de candidates.

— Aussi enthousiastes que vous ? demanda-t-il d'une voix neutre.

Elle se sentit rougir une fois de plus, alors que cela lui arrivait rarement.

— Je… me suis portée volontaire pour le rôle de nounou, pas de petite amie, répliqua-t-elle. En parlant de petite amie, en existe-t-il une que le fait que je vive sous votre toit pourrait contrarier ?

— Ce ne sera pas un problème.

Ce n'était pas une réponse.

— Elle n'existe pas ou elle ne sera pas contrariée ? insista-t-elle sans oser se demander pourquoi.

— Elle n'existe pas, répondit-il. Si elle existait et si elle avait été contrariée dans ces circonstances, elle n'existerait déjà plus.

Bien sûr. Il avait compris que rien n'était plus important que les deux enfants dont il se retrouvait brusquement responsable.

— Je suis contente d'entendre ça, murmura-t-elle.

Elle alla voir si les filles dormaient toujours en le laissant libre d'interpréter cette conclusion comme bon lui semblait.

Quand Gemma était entrée dans la pièce, Dante s'était tout de suite aperçu qu'elle était pieds nus. Il n'avait pas manqué de remarquer qu'elle avait de jolis pieds menus et élégamment arqués.

Mais depuis quand s'intéressait-il aux pieds ?

Il se frotta les yeux. Quand il cherchait une nounou, il avait imaginé quelqu'un à l'allure plus… maternelle. Peut-être même quelqu'un qui ressemblait à une grand-mère, comme Mme Nelson. Il aurait peut-être dû lui proposer le poste. Sauf que sa fille était malade. Mais elle était peut-être guérie, maintenant…

— Elles dorment toujours, dit Gemma quand elle revint dans la pièce.

— C'est un miracle, répondit-il sans la regarder.

— Il est plus de 10 heures. Vous devriez en faire autant, tant que c'est possible.

Elle n'avait pas tort.

— Bonne idée, reconnut-il.

Il ferma l'ordinateur et se leva.

— Laisse ! dit-il à Flash, qui se leva à son tour.

— Vous le sortez maintenant ? s'étonna Gemma.

— C'est maintenant ou à 3 heures du matin, et ses hurlements réveilleront tout le quartier si je l'oblige à attendre.

— Oh ! Et vous n'avez pas pensé à emménager dans une maison avec jardin quand vous avez eu Flash ?

— Si. J'y pense toujours. Mais la vie en appartement lui convient tant qu'il se défoule suffisamment. Il a l'air heureux.

Du moins, était-il heureux avant l'irruption de trois filles dans leur vie.

Gemma regarda Flash aller chercher la laisse pour la déposer à ses pieds.

— Il est très bien dressé, remarqua-t-elle.

— C'est vrai, mais il a son caractère. Il obéit mieux quand il en tire quelque chose.

— Comme une friandise ?

— Les promenades sont plus efficaces.

— Vous avez vraiment trois enfants, conclut-elle, le sourire aux lèvres.

Il sortit dans le froid de l'automne en songeant qu'elle avait un très joli sourire, et secoua la tête. C'était à son enquête qu'il devait penser, pas à sa nouvelle nounou. Mais il avait encore du mal à accepter l'idée que l'un de ses collègues puisse être un pourri.

Flash tira sur la laisse. Une odeur venait de l'intéresser.

— Profites-en tant que tu peux, lui dit-il. Dans un mois, tout sera couvert de neige.

Quand Flash lui fit comprendre qu'il en avait assez, il regrettait depuis longtemps de ne pas avoir choisi une veste plus épaisse.

Il s'empressa de rentrer. Comme Gemma ne se trouvait pas dans le salon à son retour, il se dit qu'elle devait être allée se coucher. Il détacha Flash, qui se dirigea vers la cheminée, devant laquelle il dormait en général jusqu'à ce qu'il l'appelle dans la chambre. Mais Flash obliqua tout à coup vers le bureau alors que Dante retirait sa veste. Il le suivit en se frottant les mains pour les réchauffer et fut surpris de tomber sur Gemma.

— Elles vont bien, lui dit-elle immédiatement. Elles se sont réveillées il y a une demi-heure, mais elles se sont vite rendormies après un changement de couche et un burp.

— Et comment avez-vous su qui avait besoin de quoi ? demanda-t-il, les sourcils froncés.

— J'ai procédé par élimination, répondit-elle joyeusement. Et Flash m'a tellement amusée ! Quand il est entré dans la pièce, il a mis son museau dans le berceau comme pour s'assurer qu'elles allaient bien.

— Il essaie sûrement de comprendre si elles vont rester.

— Le pauvre, dit-elle en grattant la tête du chien. Sa vie a été complètement bouleversée, et il ne sait même pas pourquoi.

— Je sais pourquoi et ça ne me console pas beaucoup, marmonna-t-il, amer.

Elle lui décocha un grand sourire.

— Venez ! ordonna-t-elle.

Il la suivit dans la cuisine, où elle se dirigea vers le micro-ondes. Dix secondes plus tard, elle en sortit une tasse qu'elle lui tendit.

— Un chocolat chaud ?

— J'en ai trouvé dans le placard et je me suis dit que ça vous ferait du bien après une promenade dans le froid.

— Merci…

Il but une gorgée qui le réchauffa délicieusement.

— Merci, répéta-t-il avec plus de conviction.

— Vous prenez très bien soin de votre chien, dit-elle avec son sourire irrésistible.

— Ce n'est pas qu'un chien. C'est mon partenaire.

— Je crois que je commence à comprendre ce que ça signifie, répondit-elle. Ça me fera plaisir quand il se sentira assez à l'aise en notre présence pour retourner dans son fauteuil.

— Ça viendra.

Du moins l'espérait-il.

— Dort-il avec vous ?

Il faillit avaler son chocolat de travers.

# 13

Il savait qu'elle avait posé cette question innocemment, mais il ne put s'empêcher de songer :

*Non. La place est libre. La voulez-vous ?*

Il serra sa tasse et attendit d'être sûr de ne pas trahir ses pensées pour lui répondre.

— Son lit se trouve dans ma chambre, oui.

— Et il y reste ?

— À moins qu'il soit invité à monter sur le mien.

Les joues de Gemma se colorèrent légèrement, ce qui incita Dante à se demander si ses pensées avaient pris la même direction que les siennes. Non… S'il empruntait cette voie, il allait perdre la raison.

— Et quand l'y invitez-vous ? demanda-t-elle d'une voix parfaitement neutre.

— Quand il a bien travaillé ou quand il fait très froid.

— Et le chauffage ?

— On dort mieux dans une chambre fraîche.

Elle fronça les sourcils.

— Aurai-je besoin d'une couverture électrique ?

*Je pourrais vous réchauffer*, ne put-il s'empêcher de songer.

— Une couette, peut-être, répondit-il en maudissant le fil de ses pensées.

— Oh.

— Ça ne descend jamais en dessous de seize, précisa-t-il. Si je monte à dix-huit, ça vous ira ?

Elle lui sourit.

— Ça ira. Je m'inquiétais pour les filles, c'est tout.

Son cœur se serra. Il n'y avait pas pensé.

— Très bien. Faites comme vous voulez. S'il fait trop chaud pour moi, j'irai dormir dans le patio.

— Et vos racines italiennes ?

Il éclata de rire.

— Mes racines sont peut-être italiennes, mais mon thermostat vient d'ici.

Elle rit à son tour.

— Nous sommes donc tous lcs deux des autochtones. Avez-vous eu envie de partir ?

— Je suis parti un temps ; je croyais avoir envie de vivre dans une grande ville. J'ai détesté ça et je suis revenu.

— J'aime séjourner dans les grandes villes, mais je n'y vivrais pour rien au monde.

— Moi qui pensais que vous y passiez votre temps…

— Vous présumez beaucoup de choses, monsieur Mancuso, dit-elle, l'air vexé.

— Désolé. Il circule beaucoup de ragots sur votre branche de la famille.

— Sur les autres branches aussi, j'imagine.

— Sur la branche pauvre ?

— Ce sont des gens bien, dit-elle, ce qui le surprit encore.

— Brayden est quelqu'un de bien et Shane a dû traverser une période difficile.

— Et j'aime Quinn du fond du cœur.

Bien sûr, ils évitaient de mentionner la plus célèbre de tous les Colton, qui échappait à la police depuis des mois.

— Je ne crois pas que Demi ait tué qui que ce soit,

reprit Gemma, qui n'avait décidément pas fini de le surprendre.

Mais sa conviction n'était-elle que de la loyauté envers un membre de la famille ou savait-elle quelque chose ?

— Pourquoi ? demanda-t-il.

— Elle ne tuerait pas un homme parce qu'il l'a laissée tomber. Elle est plus cool que ça.

— Il y a beaucoup de preuves contre elle, lui rappela-t-il.

— Je m'en moque. Je ne la crois pas coupable.

— Alors c'est… une intuition ?

— Ne vous moquez pas de moi !

— Je ne me moque pas. Comme la plupart des policiers, j'ai du respect pour les intuitions, mais elles ne sont pas des preuves.

Elle soupira profondément.

— Non. C'est vrai.

Un peu plus tard, alors qu'il échouait à trouver le sommeil, Dante médita longuement cette conversation.

*Pourquoi n'y a-t-il personne pour faire taire ces enfants ?*

Gemma serra la couette autour de son cou pour se réchauffer.

Se réchauffer ? Le chauffage était-il en panne ? Que se…

Elle se redressa brusquement et reprit conscience de la situation – en particulier de la partie qui concernait les enfants qui pleuraient.

Elle enfila sa robe de chambre et ses pantoufles et courut vers le bruit.

— Très bien, vous deux. Qui a commencé ? demanda-t-elle sur le ton qui semblait intriguer les jumelles.

Cela ne marcha que sur Zita. Comme Lucia continuait à hurler, ce devait être elle qui avait un problème. Elle berça Zita pour qu'elle se calme tout à fait, puis sut qu'elle avait une couche à changer dès qu'elle prit Lucia dans ses bras.

Elle changea la couche, puis remit son pyjama – rose – à Lucia.

— Vous avez besoin d'un peu de variété dans les couleurs, lui dit-elle. Le rose est très bien, mais le changement aussi.

Quand elle eut fini de rhabiller la fillette, elle se retourna et s'aperçut qu'elle n'était pas seule.

Son cœur manqua un battement. Parce que, visiblement, Dante Mancuso dormait nu. Il avait eu la présence d'esprit d'enrouler une serviette autour de sa taille, mais elle semblait prête à tomber à sa prochaine inspiration.

Et ce torse, ces jambes, ces épaules... C'était l'homme le mieux bâti sur lequel elle ait posé les yeux.

— J'aime la manière dont vous leur parlez, dit-il avec un sourire ensommeillé. Sans prendre des intonations débiles.

— Elles ont l'ait d'aimer ça, répondit-elle d'une voix qui ne trembla pas, ce dont elle fut fière.

— Vous les avez vite calmées. Bravo.

Elle posa Lucia et garda les yeux baissés parce que sa réaction la perturbait. Elle aimait Dev, après tout. Elle savait que cela ne l'empêchait pas d'apprécier la beauté masculine, mais elle commençait à ne plus se comprendre.

Elle ne se retourna que lorsqu'elle se crut capable de rester impassible.

— C'est mon travail. Vous pouvez vous contenter de vous rendormir, la prochaine fois.

— C'est mon travail aussi.

— Mais vous m'avez embauchée.

— Sans salaire.

— Je vous ai dit que je le faisais pour acquérir de l'expérience.

*Dans l'art de rester calme en sa présence*, songea-t-elle ironiquement.

— Et ça va pour le moment, mais vous finirez par devoir porter quelque chose devant les filles, ajouta-t-elle en montrant la serviette.

L'expression de Dante changea.

— Est-ce que cela vous dérange ?

Elle remarqua l'érection que la serviette cachait bien mal et décida de lui tenir tête.

— C'est peut-être moi qui devrais vous demander ça…

Il ne nia pas l'évidence, ce qu'elle apprécia sans comprendre pourquoi.

— Il n'y a rien à demander, répondit-il. Vous êtes une belle femme et je suis célibataire depuis longtemps.

Le compliment la fit rougir, ce qui était ridicule vu le nombre de gens qui le lui avaient fait.

— Pourquoi ? demanda-t-elle dans l'espoir de dévier la conversation.

Il fronça les sourcils.

— Pourquoi je ne vous saute pas dessus ? Ce n'est que de la biologie. Ça ne me gouverne pas.

Elle n'en doutait pas. Elle était sûre qu'il était le genre d'homme à ne courtiser une femme que si elle l'intéressait vraiment.

— Non. Pourquoi êtes-vous célibataire depuis longtemps ? Vous ne devez pas manquer de candidates.

Il parut surpris, puis répondit :

— J'ai eu des petites amies, à une époque. Mon badge a changé beaucoup de choses.

Sans doute parce que les petites amies en question devaient appartenir au même milieu que sa famille…

— Ce doit être le contraire pour vous, ajouta-t-il quelques instants plus tard.

— Quoi ?

— Les femmes m'évitent à cause de ma famille, et les hommes doivent vous courir après à cause de la vôtre.

La justesse de sa remarque la troubla.

— C'est vrai, reconnut-elle avant de s'empresser de changer de sujet. Vous finirez par devoir déménager, vous savez. Un jour ou l'autre, elles auront besoin d'avoir chacune leur chambre.

Il soupira.

— Je sais.

Il semblait si accablé, tout à coup, qu'elle ajouta :

— Mais ce n'est pas pour tout de suite, ne paniquez pas. J'ai fait des recherches sur le sujet.

— Je… Merci.

— Et maintenant qu'elles sont calmées, je retourne me coucher.

Il cligna des yeux plusieurs fois avant de grommeler :

— Oui. Moi aussi.

Elle comprit aussitôt que sa mauvaise humeur exprimait sa frustration. Cela la fit sourire tandis qu'elle regagnait sa chambre – jusqu'à ce qu'elle se rende compte qu'il ne serait pas le seul à devoir lutter contre la frustration. Elle fronça les sourcils et s'assit sur son lit. Cela ne lui ressemblait pas ; elle ne réagissait jamais de cette manière.

« Ce n'est que de la biologie. Ça ne me gouverne pas. »

En cet instant, cela semblait la gouverner, elle.

Elle resta assise un long moment à essayer de comprendre et finit par conclure que ce devait être parce que Dev lui manquait.

Lorsqu'elle éteignit la lumière, elle avait réussi à s'en

convaincre tout à fait. Dès qu'elle reverrait Dev et lui prouverait qu'elle pouvait être une bonne mère, tout redeviendrait normal.

Mais ce ne fut pas de Dev qu'elle rêva.

# 14

— Mancuso ? Je te croyais en congé parental !

Dante se retourna, prêt à montrer les crocs. Il avait très mal dormi, pour quelqu'un qui prétendait n'être pas gouverné par sa biologie. Il retint sa réponse cinglante quand il comprit que c'était Katie Parsons qui l'avait apostrophé – non parce qu'elle n'aurait pas pu l'encaisser, mais parce que c'était l'informaticienne de la brigade et qu'il avait besoin d'elle.

— Ouais, grommela-t-il.

Il s'aperçut ensuite qu'elle avait teint les pointes de ses cheveux blonds en bleu.

— Intéressant, ajouta-t-il.

— Ça ne te plaît pas ? demanda-t-elle. Où est passé ton sens de l'aventure ?

— On dirait bien qu'il est mort.

— J'imagine, répondit-elle avec compassion. Ma sœur était une épave avec un seul bébé.

Il secoua la tête, puis alla droit au but.

— J'ai besoin d'un service.

— Je ne fais pas de baby-sitting, dit-elle immédiatement.

Il se demanda ce que les jumelles penseraient des cheveux bleus et esquissa un sourire.

— J'ai ce qu'il me faut, merci.

— Je suis au courant. Gemma Colton ? Sans rire ?

— Sans rire.

— Je n'aurais jamais imaginé… Et elle s'en sort ?

— Les jumelles respirent encore. Je ne suis pas sûr que j'aurais pu le garantir seul.

Parsons prit un air peiné.

— Je ne devrais pas plaisanter, excuse-moi. Je suis désolée pour ton frère et ta belle-sœur.

— Moi aussi.

Et il était sincère, même si Dom avait réussi à gâcher sa vie une fois de plus en mourant.

— Écoute… J'ai besoin que tu me fournisses les emplois du temps de tout le monde et la liste des dépôts de pièces à conviction depuis lundi matin.

Elle ne demanda pas pourquoi. Parsons ne voulait pas tout maîtriser, juste jouer son rôle du mieux possible, ce qui la rendait fiable et efficace.

— Laisse-moi quinze minutes, répondit-elle. Parce que je dois apporter quelque chose au chef et que ça m'en fera perdre cinq.

Il lui adressa un grand sourire.

— Je passerai te voir en repartant, conclut-il.

Elle tint parole. Quand il la retrouva après avoir récupéré les affaires dont il avait besoin et subi les condoléances de ses collègues, elle avait les informations qu'il voulait.

— Tu veux que je t'envoie ça par mail ou que je te l'enregistre sur une clé ? demanda-t-elle.

— Une clé, dit-il parce que leur taupe était peut-être capable de pirater les boîtes mail de ses collègues. Et tu n'as pas fait cette recherche.

Elle fronça les sourcils.

— Bien sûr que non.

Quand elle eut fini d'enregistrer les fichiers, elle ne retira pas immédiatement la clé du port et leva les yeux vers lui.

— Qu'y a-t-il ? fit-il.

— Veux-tu… J'ai une vidéo…

Cela ne lui ressemblait pas d'être aussi hésitante.

— De l'accident ?

Elle hocha la tête.

— C'est l'enregistrement de la caméra du magasin d'électroménager du bout de la rue. On voit très mal, mais…

— Oui, s'il te plaît, dit-il simplement.

Elle copia la vidéo, puis lui tendit la clé.

— Je suis désolée, dit-elle. Je ne suis pas très proche de ma sœur, mais je me sentirais mal si elle mourait.

Comme il ne savait que dire, il se contenta de lui tapoter le bras. Elle lui sourit et se remit au travail.

Il serait soulagé quand cette phase s'achèverait. Ses collègues avaient d'autant plus de mal à trouver quelque chose à dire qu'ils savaient que Dominic et lui n'étaient pas proches. Voilà pourquoi il préférait ceux qui ne disaient rien.

C'était Shane Colton qui s'en était le mieux sorti en se bornant à lui dire : « Mes condoléances, si elles servent à quelque chose. Sinon, oublie-les. »

À son retour, il trouva un appartement très vide. Un mot sur le comptoir de la cuisine lui apprit que Gemma avait emmené les filles faire un tour.

Elle devait avoir eu besoin de prendre l'air.

Il resta un moment immobile, à écouter le silence en se demandant comment sa vie avait pu changer si vite. Comment était-il possible qu'il ait l'impression qu'il manquait quelque chose dans cet appartement où il se sentait si bien trois jours plus tôt ?

Puis il se demanda si les jumelles se souviendraient de leurs parents. Et que leur dirait-il quand elles seraient plus grandes et commenceraient à lui poser des questions ? La vérité ? Que leurs parents étaient des malfrats et que presque tous les autres membres de la famille étaient morts ou en prison ?

« Alors les filles ont peut-être eu de la chance d'atterrir sous votre toit. »

Les paroles de Gemma prirent brusquement tout leur sens.

Que se serait-il passé si Dominic n'était pas mort ? Auraient-elles suivi la même voie que leurs parents et tous les Mancuso depuis des décennies ? Se seraient-elles rebellées, comme il l'avait fait ?

Il se jura de les protéger du monde délétère de l'entourage de Dominic. Ces fillettes étaient sa chance d'orienter la famille du bon côté de la loi.

Dom l'avait-il deviné ? L'avait-il choisi pour cela, ou simplement parce qu'il n'avait personne d'autre ?

*Encore une chose que je ne saurai jamais*, songea-t-il tristement.

Gemma eut un mal fou à remonter les filles et leurs affaires au premier étage. La porte s'ouvrit alors qu'elle cherchait la clé dans sa poche.

— Bonjour, dit-elle, le souffle court.

— Bonjour, répondit Dante en s'empressant de l'aider.

C'était vraiment un gentleman, songea-t-elle. Elle était sûre que ses petites amies n'avaient jamais l'impression qu'il oubliait qu'elles existaient.

— Salut, toi ! lança-t-il à Zita en la sortant de son porte-bébé, ce qui la fit rire.

Il faisait craquer les filles de tout âge, apparemment…

— Où êtes-vous allées ? demanda-t-il.

Cela la surprit. Elle n'avait pas l'habitude qu'on lui pose cette question. Dev ne la posait jamais, et elle ne put s'empêcher de se demander si c'était parce qu'il s'en moquait.

*Dante ne veut le savoir que parce que c'est un bon tuteur*, lui rappela sa raison.

— On a fait du shopping, pour commencer, répondit-elle en lui montrant le grand sac en cuir qu'elle venait d'acheter. Le rose était un peu tape-à-l'œil.

— J'en conviens, dit-il avec un sourire.

— Après ça, on est allées chez mon père pour un échange de voitures.

Il cligna des yeux.

— Quoi ?

— Ma voiture n'était pas pratique.

Elle l'entraîna jusqu'à la fenêtre et lui montra le minivan qu'elle avait garé devant l'immeuble.

— Il est à vous ?

— C'est un véhicule familial. Nous pouvons tous l'utiliser quand nous avons besoin d'espace.

— Oh !

Quand ils eurent déposé les filles dans le parc, Dante disparut un instant et revint avec une clé.

— Prenez le garage, dit-il. Il commence à faire froid.

— Mais… Et vous ?

— Flash et moi avons le cuir épais, répondit-il avec un sourire qui fit battre son cœur plus vite.

Le chien avait levé la tête en entendant son nom.

— Désolé, mon ami, ajouta Dante. Je préchaufferai la voiture pour toi. C'est le mieux que je puisse faire.

Gemma éclata de rire. Lui laisser le garage, préchauffer la voiture pour le chien… Oui, Dante Mancuso était un homme adorable.

— Merci, fit-elle.

— Échangeons les places maintenant, suggéra-t-il.

Elle jeta un coup d'œil inquiet aux filles.

— Êtes-vous sûr qu'on peut les laisser seules, même si ce n'est que pour quelques minutes ?

Dante se figea, puis soupira.

— Mince.

— Quoi ?

Il secoua la tête.

— Non, on ne peut pas. J'ai entendu trop de parents désemparés me dire : « Je ne me suis absenté qu'une minute… »

Elle s'interdit d'imaginer dans quelles circonstances il avait entendu ces mots.

— Je commence seulement à prendre conscience de l'énormité de votre responsabilité, avoua-t-elle.

— Vous n'êtes pas la seule.

Il inspira profondément avant de revenir au problème du moment.

— Pour les voitures… Je sors la mienne du garage et je reviens. Vous déplacerez la vôtre ensuite.

Flash s'étira, puis disparut dans la cuisine.

— Il est bien dommage que vous ne puissiez pas lui faire porter les filles – au moins une des deux, remarqua-t-elle.

Dante haussa un sourcil.

— Je parie que c'est possible.

— Quoi ? Je plaisantais.

— Pas moi. Il porte ses provisions, quand on fait de la randonnée. Ça ne doit pas peser moins lourd.

— Mais elles s'agitent et font du bruit…

— Il est assez imperturbable.

Sa manière de parler de Flash comme s'il était humain la fit sourire. Elle devait admettre que le chien s'y prêtait.

Ils échangèrent leurs places de parking assez rapidement. Pendant toute la manœuvre, Flash resta couché près du parc.

— Vous n'avez pas l'impression que sa présence les apaise ? demanda-t-elle quand elle revint du garage.

— Oui, répondit Dante. Et je m'en réjouis. Toute aide est la bienvenue.

— Ça saute aux yeux ! le taquina-t-elle.

— Vous ne ressemblez pas du tout à ce que j'imaginais, marmonna-t-il en secouant la tête.

— Ce n'est pas grave. Vous non plus.

Ils se dévisagèrent un long moment. Son cœur battait trop vite et elle avait envie de s'approcher de lui. Elle le vit bouger légèrement, comme s'il en avait envie aussi.

Le téléphone de Dante sonna alors, ce qui aurait dû la réjouir. Elle n'était pas censée ressentir… cela pour un autre homme que Dev.

Alors qu'elle aurait dû être soulagée, elle n'était pas sûre que ce soit le cas.

# 15

— Mancuso.

Il fut surpris de répondre d'une voix posée. Il ne comprenait pas ce qui venait de se produire, mais c'était… intense.

— Dr Maria Sprague, de la morgue, annonça son interlocutrice.

Merde ! Il se serait mieux préparé s'il avait pensé à regarder son écran… Mais il savait de quoi il s'agissait. Il grimaça.

— Je vous écoute.

— J'ai les résultats des autopsies de M. et Mme Mancuso, dit-elle d'une voix douce. Je vous les ai envoyés par mail, mais j'ai pensé que vous voudriez savoir tout de suite que c'est l'accident qui les a tués.

Il avait regardé la vidéo suffisamment de fois pour en être certain.

— Avez-vous trouvé autre chose ?

— Pas vraiment. Ils avaient tous les deux un faible taux d'alcool dans le sang, sans doute un verre de vin une heure plus tôt. Je suis désolée, mais il semblerait que ce ne soit qu'un tragique accident.

*Si on oublie que le conducteur qui les a percutés venait de me tirer dessus*, songea-t-il.

— Merci, docteur.

— Vous pourrez remettre leurs dépouilles à un service funéraire quand vous voudrez.

— Merci, répéta-t-il.

Après avoir raccroché, il resta immobile, le regard dans le vide.

— Ça va ? s'inquiéta Gemma.

Sa voix le fit tressaillir.

— Quoi ?

— De mauvaises nouvelles ?

— Quoi ? fit-il encore avant de se secouer. Non, pas vraiment. Rien d'inattendu.

Il lut de la compassion dans son regard et poussa un profond soupir.

— Des funérailles. Il faut que j'organise des funérailles.

— Je suis désolée, murmura-t-elle en posant la main sur son bras.

— Je ne sais même pas par où commencer…

Elle prit un air songeur. Il s'était aperçu que cela lui arrivait souvent. Gemma Colton était peut-être une belle héritière qui n'avait à se soucier de rien, mais elle était tout sauf stupide.

— Que faites-vous, à la brigade, s'il… arrive quelque chose à l'un d'entre vous ? demanda-t-elle.

— Je n'en sais rien.

— Ça pourrait vous fournir une piste.

Il la fixa quelques instants.

— Je… Merci. C'est une bonne idée.

Elle hésita un moment avant d'ajouter :

— Je suis assez douée pour organiser des événements.

Bien sûr, puisqu'elle organisait des galas de charité…

— Si vous me fournissez les contacts, je peux me charger de téléphoner, proposa-t-elle. Je pense que ce sera plus facile pour moi. Je n'ai jamais organisé de funérailles, mais je suppose que les principes sont les mêmes : Contacter des professionnels, trouver un lieu, faire circuler l'information…

Il continua à la fixer comme un idiot.

— Je peux faire ça pendant que les filles dorment ou quand vous jouez avec elles…, poursuivit-elle.

Comme il ne disait toujours rien, elle haussa les épaules.

— Ce n'était qu'une idée.

Il la retint par le bras alors qu'elle se détournait de lui.

— Je… Vous feriez ça ?

— Bien sûr. Vous n'avez qu'à me dire ce que vous voulez.

*Ce que je veux…*

Les pensées qui lui vinrent furent tout à fait inappropriées. Il lui fallut un long moment pour s'apercevoir qu'il tenait toujours son bras.

Et qu'elle n'avait rien fait pour qu'il la lâche.

Il le fit brusquement et baissa les yeux.

— Ce que je voudrais, c'est que rien de tout ça ne se soit passé, grommela-t-il.

— Bien sûr. Ce serait le cas de n'importe qui. Mais ça s'est produit.

Sa franchise l'aida à se ressaisir.

— Dev Harrington a beaucoup de chance, dit-il d'une voix un peu rauque. Et c'est un imbécile, s'il vous laisse lui échapper.

Elle rougit, sourit et reprit un air songeur qui l'incita à se demander à quoi elle pensait.

*C'est de tes propres pensées que tu devrais te soucier*, se rappela-t-il à l'ordre.

Comment son patron pouvait-il avoir autant d'effet sur elle ?

Et sa remarque faisait écho à des pensées qu'elle avait

eues. Elle avait songé à sortir avec quelqu'un d'autre pour donner un électrochoc à Dev, mais y avait renoncé car elle ne voulait pas le mettre en colère.

*N'est-ce pas plutôt parce que tu n'es pas sûre de réussir à le rendre jaloux ?* lui souffla une petite voix.

Elle s'empressa de la faire taire. Dev avait été parfaitement clair sur la raison de leur rupture, et il la lui avait expliquée gentiment. Il l'aimait et n'avait rompu qu'à cause des exigences de son père. Leur vie reprendrait son cours dès qu'elle lui aurait prouvé qu'il se trompait.

Dante commença par appeler Lorelei Wong, qui lui fournit une liste des professionnels que la brigade contactait quand il y avait un enterrement. Gemma se souvenait très bien de la femme qui l'avait laissée entrer dans les locaux de la brigade canine avec un regard amusé deux jours plus tôt.

Deux jours… Avec tout ce qui s'était passé, il lui semblait connaître Dante Mancuso depuis bien plus longtemps. Il n'était pas le seul dont la vie avait été bouleversée.

Elle secoua la tête et se concentra sur la liste. Des pompes funèbres, des cimetières, des fleuristes… et les numéros de tous les commissariats des environs.

C'était logique, mais cela la fit frissonner et lui rappela que Dante risquait sa vie tous les jours.

Elle chassa cette pensée perturbante. Elle était douée pour les listes. Réconfortée par cette certitude, elle décida d'en faire une des questions qu'elle devait poser à Dante avant l'enterrement. Cela lui faciliterait sans doute les choses si elle les mettait par écrit. Faire-part de décès… Inhumation ou crémation… Ensemble ou séparément… Il existait peut-être un testament qui fournissait des précisions.

C'était sans doute inévitable mais, quand elle eut terminé sa liste, des images de Dante gisant dans son sang la hantaient. Comment pouvait-on supporter de risquer sa vie tous les jours ? Comment pouvait-on supporter de partager la vie d'un homme qui le faisait ?

Elle posa son stylo et se frotta les bras en regrettant presque que les jumelles ne se réveillent pas. Cela lui aurait changé les idées.

Il fallait vraiment être idiote pour tomber amoureuse d'un policier !

# 16

Dante fut surpris, non par les questions, mais par le fait que Gemma avait choisi cette méthode et par l'ampleur de son soulagement.

Juliette avait dit vrai : Gemma Colton n'était pas superficielle.

Il ne se souvint de la grosse enveloppe qu'il avait reçue le matin que lorsqu'il arriva à la question concernant le testament. En voyant le tampon de l'avocat, il s'était contenté de la fourrer dans un tiroir.

Il alla la chercher sans un bruit pour ne pas réveiller les jumelles et s'installa dans son fauteuil habituel près de la cheminée. Comme il avait l'habitude de lire du jargon juridique, il parcourut rapidement le document.

C'était un testament commun au couple, ce qui ne l'étonna pas, puisque Agostina n'avait jamais aimé…

— Dante ?

Gemma lui tendait un verre de whisky. Il ne l'avait pas entendue approcher, ce qui prouvait à quel point tout cela le perturbait.

— Je pense que ça mérite un verre, dit-elle.

Elle avait raison, songea-t-il en prenant le verre. Peut-être même plusieurs.

— Merci.

Elle esquissa un petit sourire et s'assit en face de lui.

— Vous avez eu l'air surpris deux ou trois fois pendant que vous lisiez, lui fit-elle remarquer.

Il soupira.

— Je suis surpris que ce testament existe, pour commencer, mais je ne devrais peut-être pas. Mon frère ne menait pas une vie normale.

— Et il venait d'avoir des enfants, lui rappela-t-elle, ce qui lui fit brusquement prendre conscience du fait qu'il devrait prendre des dispositions légales, en plus du reste.

Parce qu'il était policier, il avait autant de raisons que son frère de se soucier de ce qu'il adviendrait des jumelles s'il mourait.

Il avait rédigé un premier testament dans lequel il léguait le peu qu'il possédait à la brigade. Il n'était pas question qu'il laisse quoi que ce soit à son frère.

Pourtant, celui-ci lui avait légué ce qu'il avait de plus précieux.

— Je ne comprends pas, murmura-t-il.

— Toutes les familles ont leurs défauts.

— J'aurais pu me passer de ceux de mon frère, mais j'imagine qu'il disait la même chose de moi.

— Et votre défaut est de respecter la loi ?

— Oui, répondit-il, les yeux sur le document. Et ça me surprend qu'il soit propriétaire de la maison. Tout à fait.

— Vous voulez dire qu'il avait fini de la payer ? demanda-t-elle en haussant un sourcil. Même mon père ne fait jamais ça.

Sa formulation l'incita à se demander combien de propriétés avait Fenwick Colton. Sans doute un chalet à la montagne, un appartement à New York, une villa sous les tropiques… Et Dieu seul sait quoi d'autre.

— Oui, dit-il. Il était peut-être meilleur escroc que je le croyais.

— Vous dites ça si facilement…
— J'ai eu le temps de me faire à l'idée.
— Parce que c'est l'affaire familiale.
— Oui. Vous n'êtes pas non plus entrée dans l'affaire familiale, remarqua-t-il parce qu'il en avait assez de parler de lui.
— Moi ? Pas question ! Le monde des affaires me rendrait folle.
— Votre père le voulait-il ? demanda-t-il en se rendant compte qu'elle avait très peu parlé d'elle, ce qu'il n'aurait pas imaginé.
— Il a déjà Layla, qui se damnerait pour l'entreprise. Il a essayé de pousser mes deux autres sœurs sur cette voie, mais elles ont résisté. Bea a sa boutique, et vous avez Patience.
Il acquiesça.
— Et nous avons de la chance de l'avoir. C'est une excellente vétérinaire. Mais je vous demandais ce qui s'était passé pour vous…
Elle haussa les épaules.
— J'ai eu de la chance. Il n'a pas été très insistant avec moi. Il avait peut-être compris que je ne serais pas très douée.
Bien qu'il en doutât, il répondit :
— Il est plus facile d'être doué pour quelque chose qu'on aime.
— Vous aimez être policier ?
Il hocha la tête.
— J'ai toujours voulu entrer dans la police.
— Par rejet du mode de vie de votre famille ?
— Sans doute.
Comment s'étaient-ils retrouvés à avoir cette discussion ? Gemma Colton le surprenait de bien des manières.
Pour commencer, l'effet qu'elle lui faisait le déroutait profondément.

Elle se tut pendant quelques instants, puis reprit :
— Avez-vous trouvé quelque chose d'utile ?
— Oui. Dom a laissé des instructions.
Son frère avait aussi légué aux filles une très grosse somme d'argent qui ne pouvait pas avoir été acquise légalement. Il remit le problème moral que cela lui posait à plus tard.
— Il a même choisi un cimetière, ajouta-t-il.
— Ça facilite les choses.
Subitement, il se demanda si elle l'avait entraîné dans une conversation pour le tirer de ses ruminations morbides. Il l'en croyait tout à fait capable, à présent.
— Merci, murmura-t-il.
— Ça ne m'a pas demandé beaucoup de travail.
— Je ne parlais pas de ça, même si je vous remercie aussi pour ça. Je parlais de la diversion.
Elle écarquilla les yeux.
— Dev me demande juste de me taire, avoua-t-elle.
Il esquissa un sourire.
— Je vous ai déjà fait part de mon opinion sur votre ex.
De toute évidence décontenancée, elle répondit pourtant d'une voix ferme :
— Ce n'est pas mon ex. Du moins, il ne le sera bientôt plus. Dev…
Des hurlements lui épargnèrent d'avoir à entendre un nouvel éloge de Devlin Harrington.
— Sauvé par les pleurs, grommela-t-il.
Impassible, elle lui prit le testament et se borna à dire :
— Je m'en occupe demain matin.
Quand elle disparut pour calmer les jumelles, il se demanda s'il devait la payer pour ce nouveau travail. Était-elle rémunérée quand elle organisait un gala ? Elle n'en avait sûrement pas besoin, mais c'était un vrai métier…
Il soupira.

Était-il encore capable de penser cinq minutes de suite à autre chose qu'à la fille de Fenwick Colton et petite amie de Devlin Harrington ?

Mais cet homme était vraiment un crétin s'il ne voyait pas la valeur de ce qu'il avait sous le nez.

# 17

— C'est terminé ?

James Fisk, l'avocat de Dom, posa les bras sur les accoudoirs de son fauteuil.

— Sauf si vous avez des questions, dit-il.

— Tout me paraît réglo, dit Dante avant de pouffer.

— Qu'est-ce qui vous amuse ?

— Juste le fait d'employer le mot « réglo » en parlant de mon frère.

— Je sais que votre relation était… difficile.

Dante éclata franchement de rire.

— C'est le moins qu'on puisse dire ! Vous occupiez-vous aussi de ses problèmes avec la loi ?

— Je ne suis pas spécialisé en droit pénal, répondit Fisk, parfaitement impassible.

— Alors vous ne comprenez peut-être pas…

— Je comprends, le coupa l'avocat. Et je sais que votre frère vous admirait beaucoup malgré vos différends.

— Quoi ? fit Dante sans chercher à cacher son étonnement.

— C'était évident. Un jour, il a dit en plaisantant qu'il ne savait pas d'où vous teniez votre intégrité.

Quelques minutes plus tard, Dante regagna sa voiture, puis se rendit au centre d'entraînement sans parvenir à croire ce qu'il avait entendu chez l'avocat.

Dom l'admirait ? Dom, qui n'avait jamais cessé de

lui reprocher d'être entré dans la police ? Ça semblait impossible, mais il ne voyait pas pour quelle raison cet avocat lui aurait menti.

Quand il faillit manquer la rue, il se força à revenir à la réalité. Avec dans le regard un air réprobateur comme cela lui arrivait chaque fois qu'il le laissait seul, Flash le rejoignit dès qu'il siffla.

Dante repéra la dresseuse, Danica Gage, et lui fit un grand signe pour la prévenir qu'il reprenait Flash. Elle hocha la tête. Un chien qui venait d'être dressé et un chiot avaient été volés deux semaines plus tôt, sans doute par les Larson, et plus personne ne déplaçait un chien sans l'en avertir.

Remonté en voiture, il hésita. La force de l'habitude le poussait vers les locaux de la brigade, mais il n'était pas censé s'y trouver.

Il sentit la colère le gagner, ce qui lui arrivait fréquemment depuis l'accident de Dom. Sa vie ne lui appartenait plus, ils avaient une taupe, et son enquête sur les Larson était au point mort.

Furieux de se sentir impuissant, il abattit son poing sur le volant. Sans l'aide de Gemma…

*Gemma.*

Quand il s'était réveillé, des indices prouvaient qu'elle s'était levée au moins une fois pendant la nuit pour s'occuper des filles. Comme il n'avait rien entendu, il l'avait interrogée quand elle était venue pour se servir un café. Elle lui avait expliqué qu'un pressentiment l'avait réveillée et qu'elle était arrivée juste à temps pour changer Zita.

— Vous progressez vite, l'avait-il complimentée.

Elle avait souri comme s'il venait de lui remettre une médaille.

*Une médaille qu'elle pourra montrer à ce bon vieux Dev Harrington pour lui prouver sa valeur ?*

Cette idée le fit grimacer. Elle méritait mieux que quelqu'un qui la laissait tomber.

Il démarra et prit la direction de son appartement ; il avait un faire-part de décès à écrire.

Assise par terre, Gemma essayait de contrôler le niveau sonore des jumelles qui jouaient dans leur parc parce que Dante rédigeait le faire-part dans la cuisine. Il était censé le faire, du moins. Elle ne l'avait pas vu écrire un mot.

Elle fit danser le lapin en peluche devant les filles, qui gloussèrent de joie.

Dante entra dans la pièce à cet instant. Il inspira profondément, puis se massa la nuque.

— Ça ne se passe pas bien ? demanda-t-elle.

— Ça ne se passe pas du tout. Je ne sais pas quoi écrire.

Elle donna le lapin aux filles et se leva.

— Le strict minimum, dans ce cas, répondit-elle. J'en ai lu quelques-uns ce matin.

Il haussa un sourcil.

— Vous avez lu des faire-part de décès ?

— Pour me faire une idée. Beaucoup ne mentionnent que le nom, les dates de naissance et de décès, et les informations sur la cérémonie.

Il grimaça.

— C'est mieux que : « Dominic Mancuso, escroc à temps plein, de même que sa femme. »

— Ceux que ça intéresse doivent être déjà au courant, ne croyez-vous pas ?

Il la dévisagea un long moment avant de demander :

— Comment se fait-il que Dev Harrington ne vous appelle pas au secours à tout bout de champ ?

Le cœur de Gemma manqua un battement. Elle avait

reçu beaucoup de compliments dans sa vie mais aucun, jusqu'ici, ne lui avait coupé le souffle.

Elle se réjouit de voir Dante retourner se mettre à écrire, parce qu'elle ne se sentait plus maîtresse d'elle-même. Il lui tendit la feuille deux minutes plus tard et le cœur de Gemma manqua un nouveau battement car leurs doigts s'effleurèrent. Elle ajouta les informations sur la cérémonie et reposa le stylo sans oser le regarder.

— C'est terminé ? demanda-t-il.

Elle acquiesça.

— J'ai choisi la petite chapelle. J'espère que ça vous convient. Vous devrez signer quelques papiers, mais tout est arrangé pour dimanche à 10 heures.

— Gemma, je…

Un aboiement de Flash leur fit tourner la tête. Les filles s'agitaient, et le lapin en peluche avait atterri sur la tête du chien.

— Si elles savent déjà lancer des objets, on est cuits ! s'exclama Gemma en feignant l'horreur.

Quand il éclata de rire, elle eut un aperçu de l'homme qu'il était avant que le poids du monde lui tombe sur les épaules.

— Comment est-il possible que vous soyez encore célibataire ? reprit-elle sans réfléchir.

— Je pourrais vous poser la même question, dit-il.

— C'est simple. Il m'a fallu un long moment pour trouver quelqu'un que je ne suspectais pas d'être vénal.

Dev ne l'était pas. Il n'avait pas besoin de son argent.

L'expression de Dante lui fit craindre qu'il exprime son opinion sur Dev une fois de plus, mais il haussa les épaules et répondit :

— Il est difficile de trouver une femme prête à épouser un flic. Et ça m'étonnerait que le fait d'avoir deux enfants à charge me facilite les choses.

— Mais elles sont adorables !

— Elles demandent deux fois plus de travail qu'un seul enfant.

— Mais elles se divertissent l'une l'autre, aussi. Elles sont si drôles quand je les place devant le miroir de la chambre… Il faut que vous voyiez ça !

Le regard de Dante devint d'une intensité insoutenable. Elle se raccrocha à la première chose qui lui vint à l'esprit.

— Y a-t-il des gens que vous devez appeler ? demanda-t-elle. Voulez-vous que je m'en charge ?

Il changea brusquement d'expression.

— Non. Je n'ai aucune envie d'appeler ceux de ses amis que je connais.

Elle réfléchit quelques instants avant de demander :

— Est-ce que ça risque de vous attirer des ennuis ?

— Nos supérieurs n'apprécient pas qu'on fréquente des criminels.

— Je n'appelle pas ça fréquenter…

Il soupira.

— J'espère que vous avez raison. Le faire-part paraîtra demain. Il faudra que ça suffise.

— Très bien, dit-elle avant de jeter un coup d'œil aux filles, à qui Flash avait rendu le lapin. Et elles ?

— Comment ça, elles ?

— Elles ne sont que des bébés, mais ce sont les funérailles de leurs parents.

Il écarquilla les yeux.

— Vous suggérez… qu'on les emmène ?

— Je sais qu'elles ne se souviendront de rien, mais… ne risquent-elles pas de vous poser des questions quand elles seront plus grandes ?

— Si je vis assez longtemps, il viendra un jour où elles me détesteront pour quelque chose. Peut-être pour beaucoup de choses. Je pense que ces funérailles seront la dernière d'entre elles.

Son amertume permit à Gemma de mesurer l'ampleur de ses appréhensions. Il était habitué à risquer sa vie, mais le fait d'être responsable de ces deux petits êtres le terrifiait.

— Vous les sous-estimez sans doute, répondit-elle. Et je peux vous assurer que vous vous sous-estimez.

Le sourire qu'il lui adressa lui donna l'impression d'être exactement là où elle devait se trouver.

# 18

Les jumelles regardaient ce qui se passait autour d'elles avec grand intérêt, et Gemma était contente. C'était une matinée splendide. Elle avait bien fait de sortir, d'autant plus que quelque chose contrariait visiblement Dante.

Il lui restait encore quelques coups de téléphone à passer pour les funérailles, mais elle pouvait le faire dans l'après-midi. Elle avait donc décidé d'offrir un peu de solitude à Dante. Ce n'était pas parce qu'il travaillait chez lui qu'il ne travaillait pas, et il lui fallait du calme. C'était l'une des raisons pour lesquelles il l'avait embauchée.

Elle avait installé les filles dans la poussette avec l'intention d'aller au parc tout proche. Elle avait même proposé d'emmener Flash, mais Dante avait refusé.

— Je ne voudrais pas que vous ayez à choisir entre le contrôler et contrôler les filles, avait-il dit.

Elle commençait à comprendre que les chiens de Saint-Hubert avaient un caractère bien à eux. Dante lui avait expliqué qu'ils étaient têtus, même s'ils paraissaient bien éduqués et obéissants.

L'une des filles poussa un cri joyeux en regardant les enfants qui jouaient autour d'une structure en cèdre qui supportait des toboggans et des balançoires. Elle avait récolté des fonds pour la construction de cette aire de jeux. Pourquoi n'était-elle jamais venue voir des enfants s'y amuser ?

Elle obliqua vers les toboggans avec émerveillement. Elle s'était mise à organiser des galas de charité parce qu'elle s'était découvert un don pour cela, et parce qu'elle appréciait de se sentir utile. Mais son plaisir s'était toujours limité à la réalisation de ses objectifs.

Jamais elle n'aurait imaginé que voir le résultat de ses efforts serait aussi satisfaisant.

Alors qu'elle s'approchait de la structure, elle se souvint que des membres de la brigade canine s'étaient portés volontaires pour la construire. Dante en faisait-il partie ?

« C'est lui que les gens vont trouver quand ils ont besoin d'un service », lui avait dit Juliette.

Oui, il était tout à fait possible que Dante soit venu là avec une scie et un marteau.

Comme les filles semblaient intéressées par les enfants qui jouaient, elle s'assit sur un banc. Sans trop savoir pourquoi, elle avait le sourire aux lèvres.

Les coudes posés sur le dossier du banc, elle pencha la tête en arrière et, les yeux fermés, laissa le soleil lui caresser le visage. L'hiver serait bientôt là et…

Elle rouvrit brusquement les yeux. L'hiver.

D'ici à deux mois, une journée avec une température positive serait considérée comme douce.

D'habitude, elle passait cette période de l'année sous des cieux plus cléments.

Quand elle avait proposé son aide à Dante, elle n'y avait pas pensé. Elle s'était même plus ou moins engagée à rester six mois sans vraiment le faire exprès…

Le cri joyeux d'une petite fille l'arracha à ses pensées. Elle la regarda se balancer en se demandant à quel âge les jumelles en seraient capables. Elle sourit en songeant à ce qui l'attendait. La vie serait encore plus chaotique dès que les filles auraient acquis de la mobilité.

Une femme aux cheveux noirs et courts qui se trouvait de l'autre côté de l'aire de jeux attira son attention. Elle avait un porte-bébé et regardait aussi les enfants qui jouaient.

*A-t-elle les mêmes pensées que moi ?* se demanda-t-elle. *Elle peut s'estimer chanceuse, elle n'en a qu'un à gérer…*

Elle esquissa un sourire et détourna les yeux, mais un détail la frappa deux secondes plus tard.

Les lunettes ! Elle avait acheté exactement les mêmes pour un Noël désastreux qui avait réuni tous les membres de la famille Colton. Ils avaient organisé un échange de cadeaux à l'aveugle.

Ces lunettes étaient françaises et facilement reconnaissables. Elle les avait achetées à New York, et elle doutait qu'il y en ait une deuxième paire dans le coin.

Et c'était Demi Colton qui les avait reçues en cadeau.

Elle scruta les traits de la femme et essaya de l'imaginer avec de longs cheveux roux. Puisque Demi était en fuite, elle avait une bonne raison de se couper et de se teindre les cheveux.

Sa raison finit par admettre ce que son instinct savait depuis le début. Elle se trouvait à moins de cinquante mètres de la femme que tous les policiers de la région recherchaient.

Demi.

Elle se leva. Son mouvement attira l'attention de Demi, qui la reconnut immédiatement, car elle s'enfuit en courant.

— Attends ! lança-t-elle, même si Demi était déjà trop loin pour l'entendre. Attends…

Elle se résigna et ajouta dans un murmure :

— Je ne te crois pas coupable.

Demi avait des sautes d'humeur, certes, mais n'était pas une tueuse. Gemma en était profondément convaincue.

Et elle avait un bébé, maintenant... Gemma n'osait imaginer à quel point il devait être compliqué de s'occuper d'un nourrisson quand on était en fuite.

Elle se rassit et regarda les autres mères. Aucune ne semblait s'être aperçue qu'elle venait de croiser celle que tout le monde prenait pour la Tueuse de Fiancés.

Une femme qui tenait un petit garçon par la main s'arrêta en passant pour regarder les filles.

— Qu'elles sont jolies ! s'exclama-t-elle. Quel âge ont-elles ?

— Six mois.

— Elles sont adorables...

— C'est que des filles, grommela le garçonnet.

Sa mère esquissa un sourire.

— Tu as du mal à croire qu'elles te plairont un jour, n'est-ce pas ? le taquina-t-elle.

La grimace du gamin fit pouffer Gemma, mais la distraction ne dura qu'un instant.

Elle aurait couru après sa cousine si elle avait été seule, songea-t-elle quand la femme et l'enfant s'éloignèrent. Mais elle devait rester auprès des jumelles.

Que faire ? Elle venait de voir une fugitive qui était aussi un membre de sa famille.

*Dev a offert une récompense de cent mille dollars pour sa capture, ne l'oublie pas.*

Comme cela la perturbait, elle essaya de l'oublier.

Elle devait appeler la police. C'était la chose à faire.

Mais elle était sûre de l'innocence de Demi. Neanmoins, comme tout le monde la croyait coupable, celle-ci se retrouverait en prison, peut-être pour toujours.

Le bébé... Comment pourrait-elle dénoncer sa cousine alors qu'elle avait un bébé ?

Comment pourrait-elle ne pas la dénoncer ?

Un frisson la parcourut.

— Que dois-je faire ? murmura-t-elle en regardant les jumelles.

Zita répondit :

— Ba ba ba.

Gemma sortit son téléphone et le fixa un long moment, déchirée. Elle composa deux fois le numéro de la police sans lancer l'appel.

Peut-être devrait-elle appeler Finn… Lui aussi appartenait à la famille, après tout. Mais elle trouvait le chef de la brigade canine intimidant.

Brayden ! Puisqu'il était le demi-frère de Demi, il devait être plus ouvert d'esprit que les autres.

Elle appela la brigade et demanda à lui parler sans expliquer pourquoi. Le standardiste transmit l'appel, mais elle tomba sur le répondeur et raccrocha.

Que faire ? Les minutes s'écoulaient, Demi s'éloignait… Elle devait le dire à quelqu'un, mais à quelqu'un qui laisserait une chance à Demi…

— Pa pa pa, intervint Zita.

— Merci, Zita, dit Gemma. Mais…

Dante !

Si quelqu'un pouvait comprendre son dilemme, c'était lui.

Elle composa son numéro en se sentant stupide de ne pas y avoir pensé tout de suite.

— Il y a combien de temps ? répéta Dante.

Il avait bien conscience de la dureté de son ton, mais il n'arrivait pas à croire que Gemma ait attendu vingt minutes avant de l'appeler. Comme il lui avait fallu dix minutes pour la rejoindre, Demi avait une demi-heure d'avance sur eux.

— C'était juste après 10 heures et demie, répondit-elle.

— Merde ! s'exclama-t-il. Elle doit être loin, maintenant. Surtout si elle a une voiture.

— Je sais, mais elle a un bébé et… je suis sûre qu'elle n'a tué personne.

Comme elle avait les larmes aux yeux, il tâcha de se calmer.

— C'est à un juge d'en décider, lui rappela-t-il.

— Non ! La vérité, c'est la vérité. Et il arrive que les juges se trompent, vous le savez.

Il s'interdit de répondre parce que les jumelles semblaient sur le point de se mettre à hurler.

— J'ai essayé d'appeler Brayden, mais je suis tombée sur son répondeur, poursuivit-elle.

*C'est déjà ça,* songea-t-il. *Elle a essayé quelque chose.*

— Et vous êtes sûre que c'était elle ?

Elle acquiesça et lui raconta une histoire de lunettes assez convaincante.

— Très bien, grommela-t-il. Flash peut la retrouver si elle est à pied.

*À condition qu'il identifie son odeur, ce qui ne sera pas facile sans objet à lui présenter.*

— Vous allez le lancer à ses trousses ? demanda-t-elle, horrifiée.

— Ce n'est pas un chien d'attaque, lui rappela-t-il.

— Mais…

— Montrez-moi où elle était, la coupa-t-il.

— Là-bas, de l'autre côté des toboggans.

— A-t-elle touché quelque chose ?

Gemma cligna des yeux.

— Quoi ?

— A-t-elle touché quelque chose ? répéta-t-il. Une balançoire, un banc…

— Je ne crois pas. Elle était debout. Elle regardait les enfants jouer, et elle s'est enfuie quand elle m'a reconnue.

— De quel côté ?

— Vers le parking.

— L'avez-vous vue monter dans une voiture ?

— Non. Je l'ai juste perdue de vue.

Elle paraissait désemparée. Il s'en voulut de la bombarder de questions, mais ils avaient déjà perdu tellement de temps…

— Avez-vous entendu une voiture démarrer peu après ?

— Oui… J'ai entendu une voiture démarrer. Et j'ai entendu le car.

Ce fut son tour de cligner des yeux.

— Le car ?

— Avec tous les enfants. Ce devait être une sortie scolaire, pour qu'il y en ait autant.

— Combien ? demanda-t-il en perdant espoir.

— Plus d'une vingtaine.

Les odeurs d'une vingtaine d'enfants recouvraient celle de Demi, et il n'avait rien à présenter à Flash.

— Qu'y a-t-il ? s'inquiéta-t-elle. Vous faites une drôle de tête.

— Vingt enfants, grommela-t-il.

— Vous voulez dire que Flash ne peut pas savoir quelle odeur suivre ?

— Si seulement elle avait touché quelque chose… Flash est très doué, mais il ne peut pas travailler à partir de rien.

— Mais elle se tenait juste là…

— Comme des tas d'autres gens.

Il entendit une sirène approcher, puis vit la cavalerie apparaître au coin de la rue. Il réfléchit à ce qu'il allait dire à ses collègues. Même si ce n'était pas sa faute si Gemma avait attendu vingt minutes avant de l'appeler, il se sentait curieusement responsable.

Ses collègues n'allaient pas manquer de lui demander

pourquoi elle avait attendu. Avant tout, il devait les convaincre que le fait qu'elle soit la cousine d'une fugitive ne faisait pas d'elle une criminelle.

Heureusement, c'était un domaine dans lequel il avait de l'expérience.

# 19

Il lui fallut presque deux heures pour les sortir de là. Gemma fut interrogée, il dut expliquer pourquoi Flash ne servait à rien, et ils durent supporter des sous-entendus grivois.

— Je n'ai besoin d'une nounou que parce que mon frère est mort, lança-t-il à Collins, qui avait fait la plaisanterie de trop.

Collins prit un air surpris et leva les mains en signe de reddition.

— On s'en va, décréta Dante. Vous avez mon numéro.

Il fonça vers Gemma.

— Je vous l'ai déjà dit trois fois, disait-elle à un sergent quand il la rejoignit.

— Et si vous voulez l'entendre une quatrième fois, appelez-moi plus tard, intervint Dante. Nous devons ramener mes nièces à la maison.

Les filles se mirent à hurler comme pour lui venir en aide. Tout le monde tourna la tête vers eux, certains avec compassion, d'autres avec horreur.

Ils regagnèrent sa voiture, dans laquelle il fit monter Flash. Dante aurait juré que Flash grimaçait. Son apparition dans le champ visuel des filles intéressa assez Zita pour qu'elle arrête de pleurer. Lucia ne persévéra que quelques secondes après le changement d'humeur de sa sœur.

— C'est un vrai magicien, commenta Gemma. S'il pouvait aussi changer les couches…

— Vous en avez déjà assez ? la taquina-t-il.

— Pas vous ? lança-t-elle. Vous en avez changé aussi.

Il apprécia qu'elle le reconnaisse, même si c'était elle qui se chargeait de la plus grosse part de cette besogne. Il n'était pas très doué. Comment les humains avaient-ils pu s'en sortir pendant des siècles avec du tissu et des épingles à nourrice ?

— Merci, dit-il. Comptez-vous démissionner quand je réussirai du premier coup ?

— Si vous réussissez jamais, répliqua-t-elle. Et je ne démissionnerai pas. Vous devrez me virer.

Comme Gemma était venue à pied avec la poussette, elle devait rentrer de la même manière.

— Je vous laisserais bien ma voiture…, commença-t-il.

— Vous voulez rire ? le coupa-t-elle en regardant son gros véhicule de fonction. Et les civils ont-ils le droit de conduire une voiture de police ?

— Sans doute pas, lui accorda-t-il.

— Peut-elle voler ? plaisanta-t-elle.

— Aussi loin que Flash peut postillonner.

Elle semblait partagée entre amusement et nausée. Il éprouva une pointe de fierté. Il avait réussi à lui sortir l'incident du parc de la tête pour un moment.

Cela dura jusqu'au dîner. Alors qu'ils réchauffaient des lasagnes surgelées – Gemma n'avait pas fait une moue dégoûtée, ce qui était une surprise de plus – il dit soudain :

— J'ai compris…

— Quoi ? demanda-t-elle.

— Pourquoi vous ne m'avez pas appelé tout de suite.

— Oh ! fit-elle en baissant les yeux.

— J'ai dû dénoncer mon oncle, un jour.

Elle releva les yeux.

— Pourquoi ?

— Il a commis un vol à main armée sous mes yeux. Une femme a été blessée. J'avais quinze ans. J'ai dû témoigner contre lui.

— Mon Dieu ! s'exclama-t-elle. Pourquoi a-t-il fait une chose pareille ?

— Je pense que c'était un test de loyauté.

Elle le fixa un long moment avant de demander :

— Vous voulez dire qu'il espérait que vous vous tairiez ?

— Ça se passe comme ça, dans ma famille. Je le savais coupable, et ça a été très dur à faire. Je comprends ce que vous devez ressentir, si vous croyez Demi Colton innocente.

Les yeux de Gemma s'emplirent de larmes. Comme il avait vu assez de filles pleurer pour la journée, il posa la main sur la sienne par réflexe.

Il crut ressentir une décharge électrique, puis elle retourna lentement sa main. Elle semblait aussi stupéfaite que lui.

Mal à l'aise, il écarta doucement sa main, puis se leva pour jeter un coup d'œil aux lasagnes alors qu'il savait pertinemment qu'elles avaient encore besoin de vingt minutes au four.

Il mourait d'envie de se rasseoir et de reprendre sa main, mais il n'osa pas. Au lieu de cela, il serra les poings et enfonça les ongles dans ses paumes pour remplacer une sensation par une autre – pour effacer le plaisir par la douleur.

Ses pensées faillirent le faire grogner.

Il devait être en train de perdre la tête.

Gemma fixait le plafond dans l'obscurité.

Elle ne s'était pas attendue à ce que Dante la comprenne,

et son cœur avait manqué un battement quand il le lui avait assuré.

Elle ne s'était pas attendue non plus à ce qu'il la protège de ses collègues, et pourtant il l'avait fait.

Et elle s'était encore moins attendue à ressentir quelque chose d'aussi violent rien qu'au contact de sa main. Elle leva la sienne en s'étonnant presque qu'elle ne brille pas dans le noir.

Elle resta éveillée un long moment à essayer de retrouver la voie droite, qui lui avait toujours paru si claire. Quand elle s'endormit enfin, son esprit était plus confus que jamais.

# 20

— Pensez-vous qu'il y aura beaucoup de monde ?

Dante, qui installait Lucia dans la voiture, tourna la tête vers Gemma. Le dimanche des funérailles était arrivé. Le réveil avait été assez tranquille et ils avaient encore appris quelque chose. Lucia aimait les carottes, pas Zita. Comme elles commençaient à peine à consommer de la nourriture solide, la moitié de leurs repas se retrouvait étalée sur leurs vêtements. Ce qui leur avait permis de découvrir que les serviettes humides faisaient crier Lucia, pas Zita.

Il avait finalement décidé d'emmener les filles pour pouvoir leur dire plus tard qu'elles y étaient.

— Tout ce que je peux vous garantir, c'est qu'il y aura un minimum de présence policière, répondit-il.

Cela parut la surprendre.

— Pourquoi ?

— On ne rate pas les funérailles des escrocs, parce qu'on ne sait jamais sur qui on peut tomber.

Elle le fixa un long moment avant de demander :

— Vous… avez vraiment grandi dans cette atmosphère ?

— Oui.

— Est-ce pour ça que vous avez accepté d'emmener les filles ? Parce que vous saviez qu'il y aurait des policiers ?

— Bien sûr. Sans ça, je ne les aurais jamais emmenées dans un repaire de brigands.

Elle fronça les sourcils.

— Et c'est aussi pour ça que vous vouliez qu'on prenne les deux voitures, n'est-ce pas ? Parce que je devrais les ramener seule si vous étiez retenu par votre travail.

Il réussit enfin à attacher la nacelle de Lucia et se tourna vers Gemma. Ceux qui la prenaient pour une héritière écervelée commettaient une grave erreur.

— Quoi ? demanda-t-elle avec méfiance.

— Je me disais juste que vous feriez un excellent agent infiltré.

Elle pouffa.

— Ma couverture est parfaite, non ? Riche, gâtée, stupide et superficielle.

— C'est ça. Vos ennemis ne verraient pas le coup venir.

Elle le regarda comme le jour où il lui avait demandé pourquoi Dev ne l'appelait pas au secours en permanence. La lâcheté lui fit baisser les yeux.

— Dante ?

— Quoi ?

— Arrêtez de vous faire un sang d'encre. Vous êtes déjà un bon père.

Ce compliment lui procura bien plus de plaisir qu'il ne l'aurait imaginé. Comme il ne savait pas comment y répondre, il se mit au volant sans rien dire. Gemma monta dans sa voiture et le suivit.

Alors qu'ils se dirigeaient vers la chapelle, Dante se demanda si Flash repérerait quelqu'un dans la foule. Il ferait sans doute bien de le promener entre les groupes.

Il n'avait parcouru qu'un kilomètre ou deux quand son téléphone sonna.

— Mancuso, répondit-il en mettant l'appel sur haut-parleur.

— Salut, c'est Duke. Je voulais juste te prévenir que Collins et moi serons là tout à l'heure et qu'on prévoit de faire une vidéo.

— Je me doutais que quelqu'un serait forcé de s'y coller. Vous avez tiré à la courte paille ?

— Je me suis porté volontaire, répondit Duke. Je me suis dit que ce serait plus facile pour toi si c'était un ami.

— Merci. J'apprécie ta délicatesse.

— C'est bien normal. Et tu ne nous connais pas.

Les amis de Dominic n'étaient pas des amateurs. Ils savaient bien qu'il y aurait des policiers aux funérailles, mais ils ne connaissaient sans doute pas le visage de tous les membres de la brigade.

— Très bien, répondit Dante.

Après avoir raccroché, il ne put s'empêcher de jeter un coup d'œil à Gemma dans le rétroviseur et soupira. Sa vie aurait été bien assez compliquée sans l'effet perturbant qu'elle avait sur lui. Et il serait fou de laisser ses pensées continuer à s'aventurer sur cette voie… Il s'agissait de la fille de Fenwick Colton !

Ils arrivèrent en avance, comme prévu, pour pouvoir s'occuper calmement des jumelles et de Flash, qu'il laissa dans la voiture avec un bol d'eau.

Il s'empressa d'aller aider Gemma à sortir la double poussette du coffre de sa voiture. En la soulevant, il s'aperçut que Gemma devait être plus musclée qu'elle en avait l'air pour la manipuler seule la plupart du temps. Ils la déplièrent et s'engagèrent sur le chemin dallé menant à la chapelle.

Ils furent accueillis par un homme grand et mince. En l'entendant parler posément et avec douceur, Dante se demanda s'il avait développé cette personnalité à cause de son travail ou s'il était né avec. Quand il le vit jeter un coup d'œil inquiet aux jumelles, il lui assura que le service ne serait pas interrompu par des pleurs. L'homme sourit, serein.

— Je suis à votre disposition, dit-il.

— On voudrait les emmener dans la chapelle, répondit Gemma. Avez-vous déjà placé le portrait ?

L'homme acquiesça.

— Par ici, je vous prie.

— Le portrait ? chuchota Dante.

— C'est l'un des services qu'ils proposent, et j'en ai trouvé un joli dans l'album de photos des filles, expliqua-t-elle.

— Vous pensez vraiment à tout, commenta-t-il après quelques instants de stupeur. Merci.

L'employé des pompes funèbres les laissa seuls dans la petite chapelle. Un grand portrait de Dominic et d'Agostina avait été posé sur un chevalet, au milieu de bouquets de fleurs. Dante ne connaissait pas cette photo, ce qui n'avait rien d'étonnant. Ce qui le surprit, en revanche, ce fut les visages radieux de son frère et de sa belle-sœur qui tenaient deux bébés minuscules.

Gemma et lui se bousculèrent parce qu'ils se penchèrent au même instant pour prendre une fillette dans leurs bras.

— Désolée, dit-elle.

— Je ne vous ai pas fait mal ? s'inquiéta-t-il.

— Non.

Ils pouffèrent pour masquer leur embarras.

Il prit Zita et Gemma Lucia. Il avait du mal à croire que cette journée pourrait laisser la moindre trace dans la mémoire des jumelles, mais ce n'était pas pour ça qu'ils étaient là. Il voulait juste pouvoir leur répondre qu'elles étaient présentes si elles le lui demandaient un jour.

*Si je vis jusque-là*, songea-t-il amèrement.

La panique revint. Comment pourrait-il mener cette

double existence ? Comment faisaient les autres policiers qui avaient des enfants ?

— J'ose à peine imaginer la vie qu'ils réservaient aux petites, murmura Gemma.

Elle avait raison, comme d'habitude. Dominic et sa femme avaient introduit deux créatures innocentes dans un univers de voyous.

— Quand elles sont nées, j'ai espéré un moment que la paternité le changerait, lui confia-t-il.

— Mais ça n'a pas été le cas, répondit-elle d'une voix douce.

— Non. Et je n'ai pas compris pourquoi, dit-il en serrant Zita un peu plus fort.

— C'est pour ça qu'elles sont mieux sous votre garde, remarqua Gemma.

— Si j'arrive à ne pas leur être nuisible, je m'en contenterai.

— Aucun risque !

— J'aimerais en être aussi sûr que vous.

Elle haussa les épaules comme si sa réponse était absurde.

— Vous êtes quelqu'un de bien et vous les aimez. Beaucoup d'enfants n'ont pas ça.

La gorge de Dante se serra. Lui faisait-elle ce compliment parce que son père s'était montré insuffisant dans ces deux domaines ?

— Comment avez-vous fait pour devenir aussi sage ? s'étonna-t-il.

— Compte tenu du père que j'ai, vous voulez dire ? le taquina-t-elle. J'avais un frère, des sœurs, et une nourrice merveilleuse.

— C'est donc elle votre mentor…

— Mme Hicks est une femme extraordinaire. Je l'ai toujours adorée et je la tirerai de sa retraite pour lui confier mes enfants, si j'en ai.

Il fronça les sourcils.

— Si vous en avez ? N'est-ce pas parce que vous projetez d'en avoir que vous travaillez pour moi ?

Elle prit un air surpris, puis rougit.

— Je pense que les filles ont atteint la limite de leur patience, dit-elle, ce qui était vrai. Et des gens commencent à arriver. Je ferais bien de les sortir maintenant et de vous laisser… faire ce que vous avez à faire.

Il aurait aimé retarder encore ce moment, mais les deux fillettes s'agitaient.

Il déposa un baiser sur la joue de Zita, ce qui la fit rire.

— L'histoire de ma vie ! soupira-t-il. Quand j'embrasse une fille, elle se moque de moi.

— Je suis sûre que les grandes filles ne se moquent pas de vous, répliqua Gemma.

Dans une situation différente, il lui aurait demandé si c'était une proposition, mais il s'agissait de Gemma Colton, et il était un Mancuso. Surtout, les filles avaient besoin d'elle. Il valait mieux qu'il ne la fasse pas fuir dès la première semaine.

Cependant, elle pensait qu'il était quelqu'un de bien et que les filles se bousculaient à sa porte…

Il la regarda s'éloigner en maniant prudemment la poussette, et regretta de ne pouvoir l'accompagner. Pas pour passer plus de temps avec elle, bien sûr. Il aurait seulement préféré se promener dans un parc plutôt que de passer une heure à nager au milieu d'un banc de requins… Malheureusement, il n'avait pas le choix.

Il reconnut plusieurs amis de Dominic, mais aucun que la police recherchait activement. Il ne vit non plus personne qu'il suspectait de travailler pour les Larson. Le monde de Dominic et le sien se recoupaient peu –

essentiellement parce que Dominic avait l'intelligence de mener ses activités criminelles ailleurs.

La cérémonie fut courte parce que personne n'avait grand-chose à dire, et lui moins que tous les autres. Quand la foule commença à se disperser dans le parc, des regards curieux ou suspicieux le suivirent. Certains vinrent lui présenter leurs condoléances. D'autres, qui connaissaient mieux Dominic, s'étonnèrent de sa présence. Un seul lui demanda s'il était enfin prêt à prendre en main les affaires de la famille. Dante le fusilla du regard.

Tout cela le mit horriblement mal à l'aise. Il avait si souvent regretté que Dominic ne soit pas très loin, absent de sa vie…

Et voilà qu'il était exaucé.

*Méfie-toi de ce que tu souhaites…*

Un aboiement rauque l'arracha à ses pensées. Quelque chose ennuyait Flash. Il porta son attention sur sa voiture. Personne ne passait à côté, ce qui aurait pu réveiller l'instinct territorial du chien. L'homme qui se tenait le plus près du véhicule ne le regardait même pas. Dante fronça les sourcils. Cet homme lui était vaguement familier, alors qu'il était sûr de ne pas le connaître.

Flash aboya encore, de plus en plus fort. Les gens commencèrent à observer sa voiture avec inquiétude. Dante rencontra le regard de Duke, qui se tenait à la porte de la chapelle. Il haussa discrètement les épaules pour faire comprendre à son ami qu'il ne savait pas ce qui se passait. Duke rentra dans le bâtiment.

L'homme qui lui disait quelque chose jeta un coup d'œil par-dessus son épaule. Il avait un pansement sur la joue et un œil au beurre noir.

Dante le reconnut tout à coup et son cœur s'affola. Bien sûr que Flash l'avait reconnu aussi…

Il avait identifié son odeur le jour de l'accident.

C'était l'homme qui avait tiré dans les fenêtres de l'appartement qu'il fouillait, puis percuté la voiture de Dominic.

C'était l'homme qui avait tué son frère.

# 21

Il fallut un moment à Gemma pour comprendre ce qu'elle entendait. Un frisson la parcourut comme si ce son réveillait une réaction primitive sur laquelle elle n'avait aucun contrôle. Comme c'était étrange…

Elle regarda les jumelles, qui semblaient hésiter entre le rire et les larmes. Elle s'empressa de rire dans l'espoir de les influencer.

— N'est-ce pas merveilleux ? leur demanda-t-elle. C'est votre ami Flash. Qui se serait douté qu'il pouvait être aussi… impressionnant ?

Zita se mit à sourire et répondit :

— Ah eh oh.

— Exactement, dit Gemma.

Par chance, Lucia trouva la conversation de sa sœur plus intéressante que les aboiements de Flash.

Quand elle releva la tête, Gemma vit l'homme qu'elle avait remarqué un peu plus tôt parce qu'il se tenait à l'écart s'éloigner à grands pas, puis Dante s'approcher de sa voiture. Il avait entendu Flash et…

Non. Il courait. Après l'homme. Elle avait eu tort de le prendre pour l'un de ses collègues, visiblement.

Dante n'avait aucune chance de l'attraper. Il courait vite, mais l'homme avait beaucoup d'avance. Elle le vit s'engouffrer dans une voiture et démarrer.

En voyant Dante dégainer quelque chose, elle écarquilla les yeux, puis comprit un instant plus tard que ce n'était que son téléphone. Il prit des photos de la voiture qui s'éloignait et appela quelqu'un dès qu'il se retourna. Les aboiements de Flash s'espaçaient, mais il n'avait toujours pas l'air content.

— Allons voir votre oncle ! dit-elle joyeusement aux jumelles.

Dante vint à leur rencontre après s'être arrêté près de sa voiture pour calmer Flash.

— Qui était-ce ? lui demanda-t-elle.

Elle le sentit hésiter.

— Il observait les gens qui sortaient de la chapelle, ajouta-t-elle pour expliquer sa curiosité.

Dante se raidit.

— Vous a-t-il vue ?

Elle fronça les sourcils.

— Probablement. Il est resté planté là-bas pendant toute notre promenade. Son œil au beurre noir a attiré mon attention.

— S'est-il approché de vous ? ajouta-t-il d'une voix plus dure.

— Non. Il venait de là-bas, répondit-elle en lui montrant le crématorium.

— Vous a-t-il regardée ? Bizarrement ?

— Non. Il a à peine jeté un coup d'œil sur nous.

— Vous en êtes sûre ?

— Je le sais toujours quand un homme a ça en tête, lui assura-t-elle en ne cachant pas parfaitement son agacement.

— Vous en avez sûrement raté un ou deux, grommela-t-il après l'avoir fixée quelques instants.

— Qu'est-ce que ça veut dire ?

— Rien. Cet homme observait les gens, vous dites ?

Comme le ton de Dante lui tapait sur les nerfs, elle répliqua sèchement :

— Il avait peut-être juste besoin de s'aérer, s'il sortait d'une autre cérémonie.

— Ou il s'est trompé de cérémonie, marmonna-t-il entre ses dents.

— Que se passe-t-il ? Dois-je m'inquiéter ?

— Seulement si vous le revoyez.

Pendant qu'il passait un nouveau coup de téléphone, elle attendit en observant les gens qui s'attardaient. Ils avaient l'air terriblement normaux, pour des criminels... Elle essaya de découvrir les policiers qui se trouvaient parmi eux et ne trouva qu'une personne qui lui parut crédible.

— Allons-nous-en ! dit subitement Dante. J'en ai assez de cet endroit et de ces gens.

C'était bien compréhensible. Sa semaine avait été horrible, et il l'avait traversée avec plus de bonne volonté que beaucoup d'hommes ne l'auraient fait. Que Dev ne l'aurait fait.

Elle essaya d'étouffer cette pensée traîtresse, mais il était trop tard. Elle ne pouvait plus nier l'évidence. Dev aurait mal géré cette situation. Dev gérait mal tout ce qui n'allait pas dans son sens.

« Vous en avez sûrement raté un ou deux. »

Qu'avait voulu dire Dante ? Qu'elle avait tant d'admirateurs – qui, pour la plupart, lorgnaient sur sa fortune ou voulaient se rapprocher de son père — qu'elle ne les voyait pas tous ? C'était sans doute vrai.

À moins qu'il n'ait voulu dire qu'elle ne s'était pas aperçue qu'il était l'un d'eux ?

Elle pouffa. Non, elle n'intéressait pas Dante. En tout cas, elle était bien certaine que ni sa fortune ni son carnet d'adresses ne l'intéressaient. De toute évidence, c'étaient même plutôt des défauts à ses yeux.

Elle ne comprenait pas pourquoi il lui avait paru si important de lui faire perdre ses préjugés la concernant.

D'ordinaire, elle ne se souciait pas de ce que les gens pensaient d'elle. Oui, elle avait été surprotégée, mais cela ne la rendait pas indifférente au sort des autres.

Ce que Dante avait dit continua à la perturber parce qu'il était possible que cela signifie qu'elle ne le laissait pas indifférent. Or, c'était inacceptable. Elle aimait Dev, non ?

Alors le doute auquel elle avait tordu le cou des mois plus tôt ressuscita. À un moment, elle avait craint non seulement que Dev ne l'aime pas autant qu'elle l'aimait, mais qu'il en aime une autre.

« Une alliance entre nos familles rendrait nos pères très heureux. »

Elle n'avait jamais oublié ces mots qu'il avait prononcés au début de leur relation. Il les avait vite tournés en dérision, mais elle les avait gardés en mémoire. Elle avait réussi à les reléguer dans un recoin de sa tête parce que le père de Dev était déjà fiancé à sa demi-sœur Layla. Le mariage avait été repoussé à cause des meurtres, mais il finirait bien par avoir lieu. Dev n'avait donc pas besoin de sortir avec elle pour faire plaisir à son père.

Bien sûr, son propre père était tout à fait capable de faire pression sur les gens pour obtenir ce qu'il voulait. Et elle savait qu'il s'inquiétait pour l'entreprise familiale, tout comme Layla. C'était sûrement pour cette raison que celle-ci avait accepté d'épouser Harrington père, dont elle ne pouvait pas être amoureuse. Cette idée mettait Gemma très mal à l'aise, mais personne ne lui parlait jamais de rien.

Elle réprima un soupir. Elle était toujours la petite dernière que l'on ne prenait pas au sérieux. Même Blake avait ri quand elle lui avait dit vouloir travailler pour Dante.

*
* *

Tout cela occupait ses rêves quand les filles la réveillèrent pour la troisième fois. Elles avaient été agitées toute la soirée, comme si les funérailles les avaient affectées d'une manière qu'ils n'avaient pas anticipée.

Elle se leva en bâillant et se demanda à quel moment il était bon de les laisser pleurer en espérant qu'elles se rendorment. Elle devait faire des recherches sur le sujet. Au moment où elle sortait de sa chambre, l'intensité des cris diminua et elle entendit autre chose.

De la musique.

C'était une chanson lente et apaisante. Alors qu'elle approchait, elle s'aperçut que les paroles étaient en italien et sourit. Dante n'avait pas entièrement renié son héritage, s'il avait des berceuses italiennes à passer aux filles…

Les filles s'étaient tues. On n'entendait plus que cette belle voix qui chantait en italien. Quand elle poussa la porte du bureau, elle découvrit que ce n'était pas un disque.

C'était Dante.

— Vous savez chanter !

Il haussa les épaules.

— Je ne suis pas sûr qu'on appelle ça chanter, quand on oublie la moitié des paroles.

— Vous savez très bien ce que je veux dire.

Il parut embarrassé. Au moins, cette fois, il avait mis un pantalon de survêtement et un T-shirt avant de sortir de sa chambre.

— J'étais désespéré, et je me suis souvenu que ma grand-mère me chantait ça quand j'étais petit.

— On dirait que cette berceuse marche toujours…

— Oui.

— Vous avez une très belle voix.

— J'ai une voix… décente, la corrigea-t-il.

— Elle est bien mieux que décente. Pourquoi n'avez-vous pas fait carrière dans la musique ?

Elle n'était pas la première à lui poser cette question. Il lui fournit la même réponse qu'aux autres.

— Parce qu'il n'y a pas de carrière que je détesterais davantage.

Cela sembla la surprendre.

— Tous les enfants n'ont-ils pas envie de devenir des stars ?

— Pas moi, fit-il en grimaçant.

— Vous pourriez être le prochain…

— Si vous nommez un chanteur d'opéra italien, je vous enterrerai sous des stéréotypes, la menaça-t-il.

Elle le fixa un moment, puis éclata de rire. Elle était si radieuse qu'il…

Bon sang ! Il avait envie de l'embrasser.

Dev Harrington était un crétin.

— Je suis bien réveillée, maintenant, dit-elle. Vous m'offrez quelque chose à boire ?

— Bien sûr, mais je n'ai pas beaucoup de choix à vous proposer.

— Ne vous en faites pas, je pensais à un chocolat chaud. L'un d'entre nous au moins doit rester parfaitement lucide.

— Vendu ! conclut-il.

Quelques minutes plus tard, ils sirotaient un chocolat chaud dans le salon, où ils n'avaient allumé qu'une lampe. C'était peut-être parce qu'ils se voyaient mal qu'il osa demander :

— Dites-moi… Voulez-vous reconquérir Dev Harrington parce que vous l'aimez ou parce qu'il a blessé votre orgueil ?

— Parce que je l'aime, répondit-elle.

Trop vite. Il avait appris à reconnaître les tons et

les attitudes des gens. Elle n'en était pas convaincue, puisqu'elle essayait de s'en persuader.

— Et ça ne vous regarde pas, ajouta-t-elle d'une voix plus sèche.

— Ça me regardera si vous démissionnez et si je dois trouver une nouvelle nourrice.

— Alors c'est peut-être ça que vous auriez dû me demander : si je démissionnerai quand Dev et moi nous nous remettrons ensemble.

— Je sais que vous le ferez si ça se produit.

— Parce que vous me connaissez déjà assez bien pour prévoir mes réactions ? le provoqua-t-elle.

— Parce que j'ai compris, d'après ce que vous m'avez dit, que Dev ne supporterait pas que vous vous occupiez des enfants de quelqu'un d'autre.

Elle jeta un coup d'œil du côté du bureau et fronça les sourcils.

— Il tiendrait à ce que vous portiez le sien le plus vite possible, ajouta-t-il.

Il était surpris que Dev Harrington lui déplaise autant alors qu'il ne le connaissait pas, mais le portrait qu'elle en avait brossé n'était pas flatteur.

— Je pense que j'aurai mon mot à dire dans cette affaire, répondit-elle prudemment.

— Vous faites ça pour lui prouver que vous pouvez être une bonne mère, et vous croyez qu'il ne voudra pas mettre vos talents en pratique immédiatement ?

— Je le ferai patienter, répliqua-t-elle en agitant la main.

Cette attitude le mit mal à l'aise, parce que c'était l'une de celles qu'il lui aurait prêtées avant de passer six jours en sa compagnie.

Six jours seulement ? Il avait l'impression de vivre de cette manière depuis des années.

— Très bien, grommela-t-il. Faites donc ça.

Il se leva et alla laver sa tasse.

Quand il se recoucha, il sut qu'il ne se rendormirait pas vite car sa mémoire lui repassait en boucle le moment où il avait failli embrasser Gemma.

# 22

Gemma ne s'était jamais sentie aussi fatiguée. Elle y voyait tellement flou quand elle habilla les jumelles qu'elle ne serait pas surprise si elle découvrait un peu plus tard qu'elle leur avait mis quelque chose à l'envers.

Elle aurait pu s'épargner cela si elle avait réussi à se rendormir tout de suite après le dernier réveil nocturne. Malheureusement, la belle voix de Dante, la manière dont il l'avait fait rire et ses remarques sur Dev l'en avaient empêchée.

Bien sûr qu'elle aimait Dev ! Ce n'était pas un problème d'orgueil blessé. Elle avait fait taire son orgueil dès le début, quand il lui avait fallu faire le premier pas. Et cela l'avait… intriguée. Peu d'hommes restaient impassibles quand elle se montrait disponible.

Elle bâilla. Quelques secondes plus tard, elle bâilla encore.

*Je jure d'organiser un gala pour les jeunes parents qui ont besoin de vacances*, songea-t-elle.

Cela faillit la faire rire, mais elle en perdit toute envie lorsqu'elle découvrit Dante dans la cuisine, accoudé au comptoir près de la cafetière.

En caleçon.

Figée, elle ne put qu'admirer la perfection de sa silhouette. Son imagination se chargea de lui montrer ce que le caleçon cachait.

Elle se surprit à regretter la serviette du premier soir sur laquelle il aurait suffi de tirer pour décharger son imagination de toute responsabilité.

Cette pensée traîtresse la fit tressaillir.

Quand Dante se retourna, elle vit qu'il avait l'air aussi fatigué qu'elle et ne put s'empêcher d'en tirer une certaine satisfaction.

— Bonjour, lui dit-elle au prix d'un grand effort.

— Oui, c'est le matin, répondit-il.

Il remplit une tasse de café et la lui tendit.

— Buvez.

Elle eut un mal fou à s'arracher à la contemplation de son torse pour prendre la tasse.

— Devez-vous travailler, aujourd'hui ? demanda-t-elle.

Il acquiesça.

— Au moins un peu. Je n'ai rien fait de la semaine.

— Ce que personne ne saurait vous reprocher.

Il grimaça. Il se le reprochait lui-même, bien sûr. Elle n'insista pas.

— Les filles sont réveillées et habillées, annonça-t-elle. Comme il fait beau, je pensais les promener dans le parc, peut-être leur faire découvrir le bac à sable… Comme ça, on ne sera pas dans vos pattes pendant que vous travaillez.

Elle eut conscience de parler trop, mais il fallait bien cela pour tenir son imagination en bride.

— Après ça, je pensais…

— Je n'ai pas besoin que vous me fournissiez un itinéraire, la coupa-t-il.

Elle plissa les yeux.

— Je pensais que vous aviez envie de savoir ce que je faisais de vos nièces, répliqua-t-elle.

Il se passa la main dans les cheveux et soupira.

— Ne le prenez pas comme ça. Je voulais juste dire que je vous fais confiance.

Cela lui procura un plaisir intense et inattendu.

— Oh.

— De mon côté, je vais déposer Flash au centre d'entraînement pour qu'il se dégourdisse les pattes, annonça Dante.

Elle tourna la tête vers la cheminée et…

— Il est dans son fauteuil ! s'exclama-t-elle, avec un grand sourire.

Dante lui sourit.

— Oui. On dirait bien qu'il vous a acceptée.

Elle éclata de rire… et se rendit brusquement compte qu'elle ne riait presque jamais avec Dev. Il était si sérieux…

Ces comparaisons entre Dev et Dante qui tournaient toujours en faveur de Dante commençaient à la perturber sérieusement. N'était-elle pas censée trouver seulement des qualités à Dev si elle l'aimait ?

Elle s'approcha du fauteuil et caressa l'une des longues oreilles de Flash, qui pencha la tête pour lui faciliter les choses.

— Oui, il vous accepte, reprit Dante. Vous êtes peut-être née avec une cuillère en argent dans la bouche, Gemma Colton, mais il faut vous accorder que vous ne baissez pas les bras facilement.

Sentant sa gorge se nouer, elle s'agrippa à l'humour comme à une bouée de sauvetage.

— C'était une cuillère en or, répliqua-t-elle.

Il but lentement une gorgée de café, puis lui décocha un sourire irrésistible.

Alors elle ne put s'empêcher de se demander comment il embrassait.

Cette fois, elle tressaillit pour de bon. Que lui arrivait-il ?

*Tu te trouves en face d'un homme particulièrement séduisant et presque nu*, lui rappela sa raison.

Malgré tous ses efforts, elle ne pouvait plus nier que ce que Dev lui inspirait n'était pas aussi intense.

Mais elle ignorait ce qu'elle devait en conclure.

Dante aida Gemma à sortir la poussette et fit une bise à chaque fillette. Comme Gemma évitait son regard, il se demanda à quoi elle pensait.

*Qu'espérais-tu ? Qu'elle s'évanouirait parce que tu étais en caleçon ?*

Elle devait avoir vu bien des hommes dans cette tenue… Cette pensée le mit hors de lui.

Il était à bout de forces, songea-t-il en réprimant un nouveau bâillement. Il commençait à délirer, c'était la seule explication.

Il attendit d'être à peu près sûr d'avoir repris le contrôle de son cerveau pour lui dire :

— Oh ! Gemma ? Si vous recroisez la fugitive la plus recherchée de l'État, appelez-moi un peu plus vite, vous voulez bien ?

— D'accord, répondit-elle après une brève hésitation. Mais… la possibilité qu'on retombe sur elle ne semble pas vous inquiéter. Ça m'étonne.

Il haussa les épaules.

— Vous n'avez pas le profil des victimes.

— Mais je l'ai reconnue.

— Vous n'êtes sans doute pas la seule. Elle n'a éliminé aucun témoin gênant pour le moment.

Elle hésita encore avant de demander :

— Croyez-vous vraiment qu'elle ait tué ces hommes ?

— Ce que je crois n'a aucune importance.

— Ça en a pour moi.

— C'est une femme qui a beaucoup de caractère, dit-il prudemment.

— Et ça fait d'elle une tueuse en série ?

— Les indices sont accablants, lui rappela-t-il.

— Ne croyez-vous pas qu'une femme assez intelligente pour vous échapper pendant des mois devrait être aussi assez intelligente pour ne pas laisser d'indices ?

De fait, il s'était déjà posé cette question, mais il ne voulut pas l'encourager.

— Comme je vous l'ai dit, ce que je crois n'a aucune importance, répondit-il simplement.

Elle parut comprendre qu'il ne pouvait pas lui en dire davantage et secoua doucement la tête.

— Je n'avais jamais pensé que vous pouviez être amené à faire des choses avec lesquelles vous n'étiez pas d'accord, remarqua-t-elle.

— Bien sûr que ça nous arrive. Nous suivons les pistes où qu'elles nous mènent.

Elle soutint son regard un long moment et il s'interrogea une fois de plus sur ce qui se passait dans sa jolie tête.

# 23

Gemma partit avec les filles. Quelques minutes plus tard, il emmena Flash au centre d'entraînement. Le chien paraissait ravi de se voir offrir une plage de liberté.

À son retour, il fit ce qu'il avait le moins envie de faire : il entreprit de démasquer un flic pourri.

Il regarda une fois de plus la vidéo de la salle des preuves que le chef lui avait fournie. Elle couvrait la période allant du moment où le téléphone avait été enregistré à celui où l'on avait découvert sa disparition. On n'y voyait personne qui n'aurait pas dû se trouver là, et tout ce qui se passait était conforme aux rapports de ses collègues. La seule anomalie était une coupure de courant de quelques minutes qui s'était produite une heure après le dépôt du téléphone, pendant la pause déjeuner de Ron.

La coupure aurait été louche si elle n'avait concerné que leurs locaux, mais c'était tout le quartier qui avait été privé d'électricité. Volontairement, le temps de réparer les dégâts produits par la destruction d'un poteau, lui avait expliqué un employé de la compagnie. Cette coupure était une conséquence de l'accident de son frère.

Avait-elle duré assez longtemps pour que quelqu'un entre dans la salle et subtilise le téléphone ? Sans doute, si cette personne savait où il était. Mais cette personne devait aussi savoir à quel moment la coupure se produirait.

Sans oublier qu'elle connaissait le code de la serrure, ce qui réduisait considérablement la liste des suspects.

Il regarda la vidéo une fois de plus. Il revit Duke plaisanter avec Ron en lui remettant le téléphone couvert de farine. Tandis que Duke remplissait le formulaire, Collins, qui l'accompagnait, avait tapoté nerveusement son stylo sur le comptoir. Tous deux étaient partis en même temps que Ron sortait du cadre pour ranger le téléphone, mais Collins était revenu quelques instants plus tard parce qu'il avait oublié son stylo sur le comptoir. Il l'avait fait rouler en voulant le prendre et s'était penché pour l'attraper juste avant qu'il tombe par terre. Son stylo en main, il était parti pour de bon alors que Ron revenait dans le cadre.

Il visionna la suite en accéléré. Il savait déjà à quelles heures d'autres pièces avaient été déposées.

Il but une gorgée de sa troisième tasse de café en luttant contre la frustration. Il n'y avait rien à voir, sur cette vidéo.

Rien d'autre que la coupure d'électricité.

Il avança jusqu'au moment où elle s'était produite. Bien sûr, on voyait juste l'image sauter et l'heure d'enregistrement avancer de cinq minutes d'un coup.

Après avoir mis la vidéo sur pause, il ferma les yeux. Comment s'y serait-il pris ? Il aurait préféré se trouver dans la pièce pour se livrer à cet exercice, mais ses collègues se seraient sans doute demandé ce qu'il faisait là.

Quand il rouvrit les yeux, il fixa son écran et appela son chef. Finn répondit aussitôt, mais Dante eut l'impression qu'il le dérangeait. Darby Gage, qui élevait des chiens pour la brigade, se trouvait-elle avec lui ?

*N'est-elle pas toujours avec lui, ces temps-ci ?*

Il réprima une poussée d'envie et demanda à Finn de lui fournir l'enregistrement de la caméra du couloir. Son chef promit de le lui envoyer le lendemain.

— Comment vont tes nièces ? demanda-t-il.

— Elles sont en vie.

Finn éclata de rire.

— Tu fais du bon boulot, alors. Et comment s'en sort ma cousine ?

— Très bien, chef.

— C'est vrai ?

— Mieux que je m'y attendais. Enfin… Je ne veux pas dire que je pensais…

— Détends-toi, Mancuso. Je l'ai vue se démener pour ses galas. La petite dernière de Fenwick Colton est plus solide qu'on le croit.

— C'est vrai, admit Dante avec un sourire.

— J'ai une théorie : moins Fenwick s'est mêlé de l'éducation de ses enfants, mieux ils s'en sont sortis.

Ce fut le tour de Dante d'éclater de rire.

— J'ai entendu parler d'une nourrice providentielle, dit-il.

— Alors Gemma a eu un modèle…

— Oui.

Finn pouffa, puis lui ordonna de prendre le reste de la journée pour lui. Il semblait… heureux. Et il n'était pas le seul. La plupart des célibataires de la brigade avaient trouvé l'âme sœur au cours des derniers mois.

Sauf lui. Il n'avait que les jumelles dans sa vie. Même s'il ne cherchait pas de compagne, cela lui donnait le sentiment d'être… isolé.

*Pauvre petit !* se moqua-t-il de lui-même.

Alors, sans qu'il sache pourquoi, il repensa à la manière dont Gemma lui avait répondu : « C'était une cuillère en or », et cela le fit sourire bêtement. Puis il secoua la tête.

Il était perturbant que son esprit soit passé si vite du célibat à Gemma.

— Je commencerai à m'inquiéter quand Nash trouvera l'amour, grommela-t-il.

Son collègue Nash Maddox était dans une galère qui ressemblait à la sienne. Il s'était retrouvé chargé d'élever ses quatre demi-frères et sœurs, ce qui ne lui laissait pas une seconde pour lui.

*Mais je n'ai pas besoin de chercher Gemma,* songea-t-il.

Il se leva brusquement et se mit à faire les cent pas. Lorsqu'il se rendit compte de ce qu'il faisait, il s'arrêta et décida d'aller chercher Flash.

Flash serait sans doute déçu que sa récréation soit écourtée, mais Dante se ferait pardonner grâce à une longue séance de bagarre avec la corde. Et celle-ci aurait peut-être l'avantage de l'épuiser assez pour qu'il retrouve le sommeil.

Comme il était en civil, il glissa son revolver dans sa ceinture et le cacha sous une veste, puis il prit la corde et sortit. Il venait de se mettre en route quand son téléphone sonna. Après un coup d'œil à l'écran, il s'empressa de répondre.

— Gemma ?

— Venez vite au parc, Dante, s'il vous plaît !

Elle avait le souffle court, comme si elle venait de courir.

— Que se passe-t-il ?

— Dépêchez-vous !

Non, elle ne venait pas de courir : elle était terrifiée.

— Que s'est-il passé ? Les filles vont bien ? Et vous ?

Il l'entendit prendre une profonde inspiration avant de répondre :

— Oui, nous allons bien, mais… quelqu'un vient d'essayer de nous tuer.

# 24

Le temps parut se figer et Dante réalisa qu'il y avait quelqu'un dans sa vie, à présent.

Gemma. Il tenait à elle, et le fait qu'il ne comprenne pas comment il en était arrivé là n'y changeait rien.

Il fit demi-tour dans un crissement de pneus et mit la sirène en route, bien qu'il ne soit qu'à quelques pâtés de maisons du parc. Il garda Gemma au téléphone, tout en sachant qu'il aurait mieux fait d'appeler des renforts. Elle lui expliqua d'une manière assez chaotique que l'homme était parti mais qu'elles étaient encore cachées, par précaution. Elle lui expliqua où.

Dès qu'il fut garé, il bondit hors de la voiture et avança, l'arme au poing, tous ses sens en alerte. Il ne vit rien. Il n'y avait même pas un promeneur.

— Gemma ! cria-t-il en fonçant vers l'aire de jeux.

Il trouva la poussette dans une allée. Les filles n'étaient pas dedans. Son cœur se serra.

— Dante !

Il se retourna et fut surpris de voir Gemma apparaître entre deux toboggans. Il n'avait pas compris qu'elle se cachait *à l'intérieur* de la structure. Il se précipita vers elle et découvrit les jumelles dans le sable. Elles étaient trop fascinées par ce nouvel environnement pour se soucier de quoi que ce soit d'autre.

Gemma se jeta dans ses bras ; elle tremblait comme une feuille. Il rangea son arme et la serra contre lui.

— Tout va bien, c'est fini, murmura-t-il.

Alors elle se mit à sangloter, comme si elle avait attendu qu'il soit là pour craquer.

— Que s'est-il passé ? demanda-t-il le plus gentiment possible.

— Il… nous a tiré dessus.

Le sang de Dante se figea.

— Vous avez appelé la police ?

— Non, je… Je n'ai appelé que vous.

Il commença par appeler des renforts sans la lâcher.

— Que s'est-il passé ? répéta-t-il.

Elle lui fournit une réponse plus longue qui n'était pas d'une grande cohérence.

— J'ai entendu le son, mais je n'ai pas compris… J'ai cru que c'était une voiture. Et puis j'ai vu l'éclat sur ce pilier… Alors j'ai su.

Il regarda le pilier qu'elle lui indiquait et qui semblait bien avoir été éraflé par une balle.

— Et ensuite ?

— J'ai tourné la tête du côté du son, dit-elle en lui montrant la zone la plus boisée du parc. Je n'ai vu personne, mais il a… continué à tirer.

— Tout va bien. Vous ne risquez plus rien.

— Alors j'ai pris les filles et je me suis glissée entre les toboggans. Je n'étais pas sûre qu'ils nous protégeraient des balles, mais je n'ai pas trouvé de meilleure cachette.

Et elle n'avait craqué qu'après avoir fait tout ce qu'elle pouvait pour sauver ses nièces.

— Vous avez bien fait, lui assura-t-il. Vous avez très bien fait. Je ne veux pas imaginer ce qui se serait passé si vous n'aviez pas eu ce réflexe. Avez-vous aperçu le tireur à un moment ou à un autre ?

Elle secoua la tête, ce qu'il sentit plus qu'il ne le vit.

— Mais j'ai vu sa voiture. Ce devait être la sienne, puisqu'il n'y avait personne d'autre. Elle ressemblait aux voitures de la compagnie des pompes funèbres.

Bien sûr. Le salaud qui avait tiré dans les vitres de l'appartement avant de tuer Dominic était apparu aux funérailles. Il devait avoir repéré Gemma à ce moment-là. Les suivait-il depuis ? Savait-il où il habitait ? Il réprima un juron.

Une chose ne faisait aucun doute : l'incident qui venait de se produire était un nouvel avertissement. Le tireur voulait lui faire comprendre qu'il savait où frapper.

— Je ne comprends pas, murmura Gemma. Les filles ne sont que des bébés. Moi, encore… Papa m'a mise en garde contre les risques d'enlèvement, mais quel est l'intérêt de me tirer dessus ?

Dante ne prit conscience qu'à cet instant que la cuillère en argent n'avait pas empêché Gemma d'avoir ses propres problèmes.

Il tourna la tête vers les filles, profondément soulagé qu'il ne leur soit rien arrivé, et écarquilla les yeux.

— Regardez Zita, dit-il. Elle savait faire ça, avant ?

Gemma tourna la tête à son tour et s'exclama :

— Non ! Elle tient assise toute seule…

Sa sœur, qui faisait glisser du sable entre ses doigts, s'en moquait éperdument.

— J'ai l'impression que nous avons une scientifique et une athlète, ajouta Gemma alors qu'un hurlement de sirène se faisait entendre.

Dante éclata de rire, ce qui attira l'attention des jumelles.

Gemma et lui eurent le même réflexe de les prendre dans leurs bras. L'instinct de protéger les petits humains sans défense devait vraiment être inscrit dans le code génétique. Il souleva Zita, et Gemma Lucia.

Quand leurs regards se rencontrèrent, le temps parut

suspendre son cours et quelque chose de mystérieux se produisit…

Puis la cavalerie arriva.

Gemma n'avait jamais été aussi contente de rentrer chez elle.

Chez elle ? Comment était-il possible qu'elle se représente cet appartement, qu'elle avait d'abord trouvé trop petit, comme son nouveau foyer après seulement sept jours ? Elle avait songé à y ajouter quelques touches personnelles, mais elle l'aimait tel qu'il était, à présent. Même les poils de Flash qui traînaient un peu partout avaient acquis un caractère familier réconfortant.

Dante avait proposé de les faire raccompagner, les filles et elle, par un policier, mais elle avait refusé sans savoir pourquoi. Elle avait compris un peu plus tard qu'elle tenait à ce qu'ils rentrent tous ensemble. Elle avait donc attendu que Dante soit libéré et ils étaient allés chercher Flash au centre d'entraînement avant de regagner l'appartement.

Malgré son soulagement, elle commençait à s'inquiéter. Dante faisait les cent pas depuis que les jumelles s'étaient endormies. Depuis la longue conversation qu'il avait eue avec Finn dans le parc, il broyait du noir.

— Que se passe-t-il ? demanda-t-elle enfin. Dois-je m'inquiéter ? Cet homme risque-t-il de venir ici ?

Dante s'arrêta à quelques centimètres d'elle, ouvrit la bouche, puis la referma.

— J'ai le droit de le savoir, vous ne croyez pas ? insista-t-elle.

— Je ne sais pas s'il sait où nous habitons.

Le cœur de Gemma s'affola et elle ne comprit qu'avec un temps de retard que le « nous » désignait les jumelles et lui.

— Vous pensez qu'il nous a vues dans le parc par hasard ?

— Je n'en sais rien, grommela-t-il. Ce que je sais, c'est que vous ne devez plus prendre aucun risque. Vous ne sortez plus sans moi. Quand nous rentrerons, j'inspecterai l'appartement avant que vous y mettiez les pieds, et il y aura une voiture de patrouille en permanence dans la rue.

Elle cligna des yeux.

— Alors vous êtes mon garde du corps, maintenant ?

— Désolé, mais oui.

— Je ne m'en plaignais pas, lui fit-elle remarquer.

— Tant mieux, parce qu'on sera reliés par la hanche jusqu'à ce que ce type soit derrière les barreaux.

« Reliés par la hanche »... Elle *savait* qu'il faisait allusion aux jumeaux siamois, mais ce furent d'autres images qui envahirent son esprit.

Quand elle rencontra le regard de Dante, elle comprit que son expression trahissait ses pensées.

— Gemma...

— Oui ? murmura-t-elle.

Alors il pressa ses lèvres contre les siennes, et ce qu'elle ressentit fut encore plus intense que ce qu'elle aurait pu imaginer.

Elle se lova contre lui pour s'imprégner de sa chaleur. Voilà ce qui manquait à sa vie... Sa cousine Quinn lui avait souvent dit qu'on ne pouvait pas forcer l'amour parce que le cœur voulait ce qu'il voulait. Le sien voulait Dante Mancuso, apparemment.

Dante l'embrassa de plus en plus ardemment et glissa les mains dans son dos. Elle n'eut pas conscience de faire le moindre geste, mais elle sentit une peau douce et chaude sous ses doigts quelques instants plus tard. Elle devait avoir tiré son T-shirt de son pantalon pour explorer ce qu'il couvrait...

Dante interrompit alors leur baiser. Il posa les mains sur ses épaules et la repoussa avec douceur, mais fermement. Elle émit un petit gémissement de protestation et ouvrit les yeux.

Il la fixait.

Lui aussi avait le souffle court. Il ne pouvait nier être aussi troublé qu'elle. Il ouvrit la bouche, puis la referma et secoua la tête.

Abasourdie, elle le regarda vérifier que son arme était toujours à sa ceinture – ce qu'elle avait complètement oublié – et se diriger vers la porte.

Il l'ouvrit, s'immobilisa comme s'il avait oublié quelque chose, puis lui lança par-dessus son épaule :

— Je vais inspecter les rues adjacentes.

Là-dessus, il quitta l'appartement sans se retourner.

# 25

Il avait fait bien des choses stupides dans sa vie, mais peut-être rien d'aussi stupide que d'embrasser Gemma Colton, songea Dante.

Il essaya de se concentrer sur ce qu'il faisait. Il inspecta méticuleusement tous les accès de son immeuble. S'il n'avait eu à se soucier que de lui, il se serait fié à son système d'alarme, mais il n'était plus seul. Il devait garantir la sécurité des jumelles.

*Et Gemma ? Que fais-tu de la femme que tu viens d'embrasser ?*

Il était fou ! Il venait de tomber dans le cliché : le type amoureux de la nounou. Le type amoureux d'une héritière, aussi… Une Colton ! La folie était la seule explication.

Ses propres pensées le stupéfièrent avec quelques secondes de retard. Amoureux ? Non, c'était impossible ! Il était célibataire depuis trop longtemps, voilà tout – depuis qu'il avait vu sa dernière petite amie repousser brutalement Flash parce qu'il avait laissé des poils sur sa jupe en se frottant contre elle.

Alors il songea à la manière dont Gemma caressait Flash. Elle lui parlait un peu comme elle parlait aux jumelles, et le chien avait accepté sa présence étonnamment vite.

Et les chiens étaient d'excellents juges de caractère.

À la réflexion, Flash n'avait jamais accepté quelqu'un aussi vite. Il avait retrouvé sa routine en quelques jours, ce qui constituait un accueil chaleureux.

Il alla chercher du fil de fer et du ruban adhésif dans sa voiture et entreprit de tendre des pièges entre les buissons devant les fenêtres du rez-de-chaussée. Cela n'empêcherait pas un intrus de passer, mais ça le ferait trébucher, avec un peu de chance, ce qui l'informerait de sa présence.

Il devait prévenir Gemma, au cas où…

*Gemma.*

Il ne pouvait pas rester dehors indéfiniment. À un moment ou à un autre, il devrait rentrer et lui faire face…

À cet instant, il entendit la porte s'ouvrir. Il fit volte-face et faillit dégainer.

— Pourriez-vous venir m'aider, Dante, s'il vous plaît ? demanda Gemma.

Sa réaction la fit pâlir.

— Je… j'ai juste un problème… avec le lave-linge, balbutia-t-elle. Je suis désolée.

— Non, ne soyez pas désolée, répondit-il en la rejoignant. C'est ma faute.

— Quoi donc ? fit-elle. Le fait que vous réagissiez comme un policier ?

— Le fait qu'on vous ait tiré dessus. Tout est ma faute.

L'une de ses voisines, qui sortait ses poubelles, le salua en passant et jeta un regard curieux à Gemma. Elle devait l'avoir reconnue.

Gemma lui adressa un sourire, puis dit :

— On devrait peut-être rentrer.

Il l'accompagna à l'intérieur et verrouilla.

— Pourquoi avez-vous dit que si on m'a tiré dessus c'est votre faute ? reprit-elle alors qu'il activait l'alarme.

— C'était un avertissement. Ça concerne l'enquête que je menais… avant.

— Mais on vous l'a retirée…

— Il n'a pas l'air d'être au courant.

Elle esquissa un sourire avant de froncer les sourcils.

— Comment pouvez-vous en être sûr ?

Se rendant compte qu'il allait se remettre à faire les cent pas, il se força à s'asseoir. Gemma s'installa en face de lui.

Trop près de lui.

— Parce que ce n'est pas le premier avertissement, répondit-il. Il a déjà tiré sur les fenêtres d'un appartement qu'on était en train de fouiller.

Elle écarquilla les yeux.

— Il a essayé de vous tuer ?

— Non. Comme je vous l'ai dit, c'était un simple avertissement. J'étais dans la cuisine, où il n'avait aucune chance de m'atteindre.

— Et Flash ? s'inquiéta-t-elle alors que de toute évidence il ne lui était rien arrivé.

Cela donna envie à Dante de recommencer à l'embrasser.

Merde ! Il avait des dizaines de raisons d'avoir envie de l'embrasser. Et c'était si simple… Elle était en face de lui, et…

— Pourquoi avez-vous dit que « tout » était votre faute ? demanda-t-elle avec douceur.

Il réprima ses pulsions et s'efforça de se concentrer. Elle méritait de comprendre la situation.

— Après avoir tiré sur les fenêtres de cet appartement, il a tué mon frère et sa femme, répondit-il.

Gemma tressaillit.

— Mais ne sont-ils pas morts dans un accident ? Cet homme les a percutés ?

Il acquiesça.

— Il a écrasé leur voiture contre un poteau électrique. Ils n'avaient aucune chance de s'en sortir.

Gemma jeta un coup d'œil vers le bureau.

— Heureusement qu'elles n'étaient pas dans la voiture…, murmura-t-elle.

— Oui.

— Mais comment pouvez-vous penser que c'est votre faute ?

— L'accident ne se serait pas produit si cet homme n'avait pas essayé d'entraver mon enquête.

Dom et Agostina auraient peut-être fini par se faire arrêter, mais ils seraient encore en vie.

— Vous faisiez votre travail, lui rappela-t-elle.

— Et ça leur a coûté la vie.

Elle se tut un long moment avant de reprendre :

— Si vous construisiez des routes ou si vous installiez des poteaux électriques, vous sentiriez-vous responsable des accidents ?

— Les routes, oui ; les poteaux, non, répondit-il après un petit temps de réflexion.

— Pourquoi ?

— Pour les routes, je me demanderais si j'ai bien fait mon travail, s'il n'y avait pas d'aspérités dangereuses… Les poteaux ne se trouvent pas sur les routes. On ne les percute pas dans des circonstances normales.

Elle esquissa un sourire, puis hocha la tête.

— Très bien. Mais si vous étiez sûr d'avoir bien fait votre travail ?

— Je sais où vous voulez en venir, et…

— Vous n'y êtes pour rien, le coupa-t-elle. Il n'y a qu'un seul coupable, dans cette affaire.

— Je le sais, soupira-t-il.

Il l'observa quelques instants, puis demanda :

— Cultivez-vous vos airs d'héritière sans cervelle pour cacher la femme que vous êtes vraiment ?

Elle rougit, sans qu'il sache si c'était de plaisir ou d'embarras.

— Il peut être utile qu'on nous sous-estime, reconnut-elle.

— Parce que ça aide à obtenir ce qu'on veut ?

— Ça n'a pas l'air de marcher sur vous…

Il n'arriva pas à se convaincre que c'était bien du désir qu'il lisait dans ses yeux.

— Ça dépend de ce que vous voulez, dit-il prudemment.

— Si vous ne le savez pas, c'est que je m'y prends mal.

*Vous vous y prenez très bien, au contraire. Et je suis peut-être assez stupide pour tomber dans le panneau.*

Mais que lui arrivait-il ?

Cette question hantait Gemma. Au point qu'elle n'arrivait pas à se concentrer sur les explications de Dante, qui lui parlait de tri des couleurs et de quantité de lessive.

Si elle n'arrivait pas à se concentrer, c'était aussi parce qu'elle venait de s'apercevoir qu'elle n'avait pas pensé à Dev une seule fois depuis qu'elle avait trouvé Dante en caleçon devant la cafetière.

Et c'était comme si Devlin Harrington n'existait plus depuis que Dante l'avait embrassée.

Elle était si troublée qu'il lui fallut un long moment pour remarquer que Dante l'évitait autant que la petitesse de l'appartement le permettait. Il ne lui fournissait que des réponses brèves quand elle lui parlait, et il avait posé son ordinateur sur un petit meuble, dans un coin, comme pour s'assurer qu'elle ne viendrait pas s'asseoir trop près de lui.

Elle trouva de quoi s'occuper quand les filles se réveillèrent. Elles ne semblaient pas avoir été traumatisées par ce qui s'était passé dans le parc, sans doute parce qu'elles étaient alors trop fascinées par leur découverte du sable.

— Profitez-en, leur dit-elle. Tous les problèmes du monde tomberont sur vos épaules bien assez tôt.

— Ah ew oh, répondit sagement Zita, ce qui fit rire sa sœur.

— C'est vrai ? lui demanda Gemma. Je t'accorde que ça n'a pas moins de sens que ce qui nous arrive.

*Ni que l'effet que me fait votre oncle*, songea-t-elle.

Il entra dans la pièce comme si cette pensée l'avait invoqué. Elle décida de jouer le même jeu que lui et lui lança joyeusement :

— Oh ! Vous tombez à pic ! Vous voulez bien porter Zita ?

Elle prit Lucia dans ses bras.

— Pour l'emmener où ? demanda-t-il. Vous n'irez nulle part...

— Sans vous, le coupa-t-elle. J'ai compris.

Elle aurait aimé que ce soit parce qu'il désirait sa compagnie, non parce qu'il se sentait tenu de la protéger... Et cette pensée réveilla sa mauvaise conscience.

Sans succès, elle essaya de se convaincre qu'elle était tombée sous le charme de Dante parce qu'il l'avait sauvée. Pour être honnête, elle devait admettre être tombée sous son charme bien avant cela.

— Je voulais les emmener dans le salon, expliqua-t-elle. J'espère que nous sommes autorisées à aller jusque-là ?

— Bien sûr.

— On peut aussi les laisser là toute la journée, ajouta-t-elle, cédant à la tentation de le provoquer. On devrait bien dormir, après ça.

Il grimaça et prit Zita dans ses bras. La fillette se mit à rire quand il déposa un baiser sur sa joue.

— Je vous taquinais, murmura Gemma.

Sans le désir qu'elle lut dans les yeux de Dante, elle aurait regretté d'avoir prononcé ces mots. Contrairement à ce qu'il essayait de faire croire, il n'était pas insensible à son charme.

Elle en éprouva un plaisir qu'elle se promit d'analyser plus tard, quand son cerveau aurait retrouvé un fonctionnement normal.

# 26

— Encore un peu de raideur et vous volerez en éclats, dit Gemma en se plantant devant lui.

Dante leva les yeux. Il venait de passer une heure à essayer en vain de se concentrer sur son travail. À la place, il avait discrètement regardé Gemma jouer avec les filles avant de les recoucher. Puis il s'était réfugié dans sa chambre.

— Pour être parfaitement claire, vous vous comportez comme un mufle, ajouta-t-elle avant qu'il ait répondu.

— Je travaille ? dit-il sur un ton involontairement interrogateur.

— C'est ça, grommela-t-elle avant de s'éloigner.

— Que voulez-vous, Gemma ? lui lança-t-il.

Elle s'arrêta, se retourna très lentement et répondit :

— Je veux que vous m'embrassiez encore.

— Quoi ? fit-il.

— Vous m'avez bien entendue. Est-ce que ça veut dire que vous n'en avez pas envie ?

Il ferma les yeux et essaya de chasser le souvenir du baiser qu'elle voulait reproduire.

— Ce dont je n'ai pas envie, c'est de complications supplémentaires. Et je ne braconne pas.

— Braconner ?

— Dev. L'homme que vous aimez. La raison pour laquelle vous êtes à mon service.

— C'est à cause de lui que je veux que vous m'embrassiez, répondit-elle en rougissant.

Décidément, il ne comprendrait jamais les femmes.

— Pourquoi ?

Il ne s'aperçut qu'à cet instant qu'elle était aussi tendue que lui.

— Parce que je n'ai pas pensé à lui de la journée, dit-elle avec une honnêteté désarmante. Parce que je n'arrête pas de penser à vous depuis que je vous ai entendu chanter la nuit dernière. Parce que je veux savoir si c'est bien… comme je m'en souviens.

Il n'était pas sûr de mieux comprendre, mais avoua :

— Moi aussi, je me demande si c'était aussi bon que je m'en souviens.

— Alors allons-y ! s'exclama-t-elle comme si c'était une conclusion logique.

Il ne s'aperçut qu'à cet instant qu'il s'était levé ; son corps avait pris une décision à sa place.

Il fit un dernier effort pour contrarier ses pulsions et rendre le pouvoir à sa raison.

— Ce n'est qu'un effet secondaire de l'adrénaline, Gemma. C'est normal, mais… vous n'en avez pas vraiment envie.

— Je vous ai dit que ça me trottait dans la tête avant que ce cinglé nous tire dessus. Bien sûr, quand vous avez volé à notre secours, en brave chevalier sans peur…

— Sans peur ? s'écria-t-il. J'étais terrifié qu'il vous arrive quelque chose !

— Je ne laisserai personne faire du mal aux filles, assura-t-elle avec une détermination qui ne permettait pas d'en douter. Je crois que je comprends, maintenant, pourquoi les femmes sont prêtes à tout pour protéger leurs enfants.

— Et c'est moi le chevalier sans peur ? demanda-t-il, le sourire aux lèvres.

— Dante…, murmura-t-elle.

Alors il comprit qu'il était perdu.

Quelques secondes plus tard, ils s'embrassaient passionnément, et il découvrait des sensations d'une intensité inimaginable.

Non, il n'était pas perdu. Il venait de se trouver.

Gemma ne voulait vraiment qu'un baiser, car elle n'arrivait pas à croire qu'elle se souvenait correctement du précédent. Elle avait tort.

Dans les bras de Dante, elle perdait toutes les facettes de sa personnalité sauf une : elle n'était plus que la femme qui désirait cet homme comme elle n'avait jamais désiré personne.

Elle enroula les bras autour de sa taille, puis eut l'audace de poser ses mains sur les fesses musclées qu'elle avait tant admirées.

Quand elle s'aperçut qu'il était en érection, tout son corps s'embrasa. Elle pensa à Dev, mais seulement pour se rendre compte qu'elle n'avait jamais ressenti cela en sa présence.

Dante interrompit leur baiser une fois de plus pour dire :

— Si tu ne veux pas qu'on aille jusqu'au bout, on devrait s'arrêter maintenant…

— S'arrêter ? Surtout pas !

Elle s'empressa de recommencer à l'embrasser et il la laissa faire. Il caressa son buste, puis ses seins aux pointes déjà tendues. Elle laissa échapper un gémissement et s'attaqua à sa ceinture, mais il prit ses mains pour l'arrêter.

— Une minute ! dit-il. Je ne suis pas sûr d'avoir ce qu'il faut.

— Ce qu'il faut ?

Elle ne comprit qu'un instant plus tard qu'il parlait d'un préservatif et esquissa un sourire. Le fait qu'il n'y ait pas de réserves de préservatifs dans tous les coins de l'appartement lui procurait plus de satisfaction que cela n'aurait dû.

Pendant qu'il cherchait, elle observa sa chambre avec intérêt. Les murs étaient du même vert foncé que ceux de la bibliothèque de son père. Il y avait un tapis épais au pied du lit et une pile de livres sur la table de nuit. Il avait donc l'habitude de lire avant de dormir… Elle remarqua aussi qu'il n'y avait qu'une table de nuit. Il ne devait…

Il revint dans la pièce.

— J'ai trouvé. As-tu changé d'avis ? s'enquit-il.

— Non, fit-elle en s'approchant lentement de lui.

Elle n'aspirait qu'à rallumer la flamme à laquelle elle venait de se brûler.

Quelques secondes plus tard, ce fut comme s'ils ne s'étaient pas interrompus. Ils se déshabillèrent l'un l'autre et la manière dont Dante la regarda la fit frissonner de plaisir.

— Que tu es belle ! dit-il d'une voix rauque.

— Tu n'es pas mal non plus, répondit-elle en caressant ses abdominaux.

Il dut perdre brusquement patience, car il la souleva et la posa sur le lit. Elle ne pouvait que s'en réjouir.

— Gemma ? murmura-t-il en se plaçant au-dessus d'elle.

Elle comprit qu'il lui laissait une dernière chance de changer d'avis et faillit éclater de rire.

— Si tu ne te dépêches pas, je vais crier ! le menaça-t-elle.

— Réserve donc ce cri pour plus tard, suggéra-t-il.

— Est-ce une promesse ? Je…

Il la fit taire en la pénétrant d'un seul coup et lui

laissa à peine le temps de réagir avant de la prendre avec ardeur. Assaillie par des sensations d'une intensité inédite, elle enfonça les ongles dans ses épaules. Il s'immobilisa.

— Est-ce que je suis trop brutal ? s'inquiéta-t-il.

Tous ses muscles tremblaient. Il faisait un effort surhumain pour se contrôler parce qu'il se souciait d'elle.

— Non, dit-elle dans un souffle. J'en veux plus.

Quand il cessa de se contrôler et lui donna ce qu'elle demandait, elle dut admettre qu'il avait raison : elle ne devait pas gaspiller ses cris.

# 27

Dante ne se croyait pas capable de se réveiller aussi heureux.

Après une nuit passée à découvrir de nouvelles perfections à Gemma Colton, il la regardait jouer avec les filles, qu'elle avait amenées dans la chambre après avoir enfilé l'un de ses T-shirts.

Il y avait sur son lit trois êtres qui avaient brusquement pris une importance considérable dans sa vie, et il ne s'était jamais senti aussi bien.

— Des regrets ? s'enquit Gemma quand elle s'aperçut qu'il la regardait.

— Certainement pas, répondit-il avec empressement. Mais j'avais peur… que tu en aies.

— J'y ai réfléchi au réveil. Je n'en ai pas trouvé un seul.

Il respira mieux, tout à coup. Il ne savait pas dans quoi ils s'engageaient, mais ils s'y engageaient ensemble.

— Ah ooh da ee, dit Zita en tendant les bras vers lui.

— Je crois qu'elle vient de dire : « Je t'aime, Dante », traduisit Gemma.

Troublé d'entendre ces mots sortir de sa bouche, même innocemment, il évita son regard.

Il essaya de freiner son imagination. Il ne connaissait Gemma que depuis une semaine, et il avait besoin qu'elle continue à s'occuper des jumelles.

Si seulement elle n'était pas Gemma Colton…

Il souleva Zita, qui avait réussi à ramper jusqu'à lui. Elle en profita pour tendre les jambes et essayer de sauter.

Gemma, qui agitait l'une de ses mèches devant Lucia, éclata de rire.

— Je pense qu'elle sautera l'étape du déplacement à quatre pattes pour se mettre tout de suite à marcher, commenta-t-elle.

— J'espère que ce n'est pas pour la semaine prochaine, répondit-il en songeant au chaos que les jumelles sèmeraient dans l'appartement quand elles seraient mobiles.

Zita émit soudain une série de sons qu'il trouva assez mélodieux.

— Et elle a peut-être reçu le même don que toi pour le chant, dit Gemma.

— Je ne sais pas, grommela-t-il en sentant revenir la panique. Je ne suis que leur oncle. Je ne les connais presque pas, et je ne peux pas les élever comme mon frère l'aurait fait…

— Je l'espère bien ! répliqua-t-elle.

Il cligna des yeux et admit qu'il avait oublié pendant quelques instants que son frère était un criminel. Gemma avait raison, et il avait tort de geindre.

Il pouffa.

— Si je voulais les élever comme mon frère l'aurait fait, je devrais leur faire commencer leur carrière comme appâts dès maintenant, plaisanta-t-il.

— Quoi ? Mais qui ferait une chose pareille ?

Il haussa les épaules.

— Mes parents.

Elle écarquilla les yeux, puis sourit.

— Tu es un drôle de rebelle…

Il éclata de rire.

— Tu les élèveras très bien, j'en suis sûre, ajouta-t-elle.

— Même si je les ai laissées pleurer la nuit dernière ?

— Ça a marché. Elles se sont rendormies.

Ce qui leur avait permis de reporter leur attention sur la recherche de nouvelles manières de se procurer du plaisir.

— C'est bizarre… Je me sens étonnamment bien, pour quelqu'un qui n'a presque pas dormi, avoua-t-il.

Gemma lui décocha un sourire éblouissant.

— Moi aussi.

Il réprima une nouvelle vague de désir et lui dit :

— Je sais que ça complique les choses, mais…

— Ah oui ? le coupa-t-elle. Je pensais que ça les simplifiait, au contraire. C'est le cas pour moi.

— Comment ça ? demanda-t-il, surpris.

— Ça m'a permis de comprendre que j'étais stupide de me croire amoureuse de Dev, répondit-elle en le regardant droit dans les yeux. Oh ! et ne panique pas… Je ne m'attends pas à ce que tu me demandes en mariage pour autant.

Comme les mariages n'étaient pas d'actualité tant que la Tueuse de Fiancés était dans la nature, il se concentra sur l'autre partie de sa réponse. Avait-elle compris qu'elle n'était pas amoureuse de Dev Harrington… parce qu'elle était amoureuse de lui ?

Son cœur s'affola. Cela n'avait aucun sens ! Ils ne se connaissaient que depuis une semaine. Et elle était toujours la fille de Fenwick Colton.

Il déglutit péniblement, s'éclaircit la voix, et parvint à répondre :

— Les demandes en mariage sont un peu risquées, ces temps-ci.

— Précisément.

*Quoi ?*

Que voulait-elle dire ? Qu'elle espérerait qu'il la demande en mariage s'il n'y avait pas un tueur dans la nature ?

Il faillit le lui demander, mais se l'interdit pour ne pas gâcher ce moment de légèreté.

Il baissa les yeux vers Lucia, qui venait de ramasser quelque chose de doré sur le lit. Il la regarda passer l'objet à sa sœur et s'émerveilla de les voir réussir la manœuvre avant de comprendre ce qu'elles tenaient.

Un emballage de préservatif.

Il en oublia de surveiller son langage.

— Merde ! fit-il en arrachant l'emballage à Zita.

Elle fit une grimace de contrariété. Il sentit venir une crise de larmes et paniqua.

Heureusement, Gemma éclata de rire, ce qui divertit Zita de l'expression de sa frustration.

— Tu lui as fait peur en le lui arrachant, dit-elle. As-tu eu peur qu'elle reconnaisse ce que c'est ?

— Je…, marmonna-t-il, embarrassé.

— Ne t'inquiète pas, ajouta-t-elle. Tu n'auras besoin d'avoir cette conversation avec elles que dans quelques années.

Il la dévisagea un instant, puis regarda les jumelles avec horreur. Une conversation sur les préservatifs ? C'était l'une des centaines de choses qui l'attendaient et qu'il ne s'imaginait pas capable de faire.

Au moins, Zita avait retrouvé sa bonne humeur.

— Merci d'avoir détourné cet orage, murmura-t-il.

— Le rire marche bien, mais il faut agir vite, répondit Gemma. Quand elles sont lancées, on en a pour un moment. Surtout avec Zita… Elle est plus difficile à ramener à la raison que Lucia.

Une fois de plus, il la dévisagea avant de secouer lentement la tête.

— Qu'y a-t-il ? demanda-t-elle.

— Dire qu'on n'était pas capables de les distinguer l'une de l'autre il y a une semaine…

— Elles ont des personnalités différentes, répondit Gemma avec un grand sourire.

— Il y a une semaine, l'idée que des bébés de six mois avaient une personnalité m'aurait fait ricaner, avoua-t-il.

Lucia, qui était à plat ventre entre eux, tendit un bras vers lui.

— Mais oui ! lui dit Gemma. Votre oncle était bien bête de croire que vous n'aviez pas votre propre personnalité.

— Il est bien bête tout court, la corrigea Dante avant de prendre Lucia dans ses bras.

Même Flash s'en mêla. Il vint poser la tête sur le bord du lit pour demander la permission d'y monter. Cela fit rire Gemma.

— A-t-il le droit ?

— Parfois. Dans certaines circonstances.

— Dans ce cas, je pense que les circonstances s'y prêtent, remarqua-t-elle.

— Je ne peux pas le nier. Allez viens, mon ami !

Son lit était grand, mais il n'y eut plus beaucoup de place dessus quand ils s'y retrouvèrent à cinq. Et Dante commença à avoir l'impression de tourner une publicité… Mais ce n'était pas grave, parce qu'il se sentait merveilleusement bien, songea-t-il en souriant à Lucia.

Quatre personnes en provenance d'horizons différents – et un chien – avaient été réunies par des circonstances extraordinaires. Dante n'en revenait pas qu'il ne leur ait fallu qu'une semaine pour devenir une famille.

# 28

Comme pour leur faire payer leur nuit d'extase et de tranquillité, les jumelles rendirent les deux semaines suivantes encore plus dures. Zita étant de plus en plus mobile et Lucia de plus en plus adroite, il devenait nécessaire de les surveiller en permanence. Gemma en était surprise, mais cela ne la dérangeait pas malgré son épuisement. Elle ne se lassait pas de les regarder découvrir le monde.

Quant à Dante… Il avait recommencé à l'éviter après leur nuit merveilleuse et leur réveil plein de joie. Il avait fallu presque toute la journée à Gemma pour comprendre que c'était parce qu'il ne voulait pas se faire d'illusions. Mais elle savait ce qu'elle voulait, et elle avait abordé le problème de front.

— Tu as donc des regrets, maintenant ? lui avait-elle demandé.

Visiblement surpris, il s'était exclamé :

— Bien sûr que non !

— Ah bon. Je commençais à m'inquiéter.

— Comment pourrais-je regretter une nuit pareille ?

Elle lui avait décoché un sourire de sirène.

— J'avoue que je ne vois pas.

— C'était la plus belle nuit de ma vie, lui avait-il déclaré.

Elle s'était sentie rougir et s'en était moquée.

— Est-ce que je peux en déduire qu'il y en aura d'autres ? avait-elle lancé.

Pour toute réponse, il l'avait soulevée et emportée dans sa chambre, où ils avaient découvert de nouvelles manières de se donner du plaisir.

Depuis, ils poursuivaient leur exploration toutes les nuits.

Un mouvement aperçu du coin de l'œil l'arracha à sa rêverie.

— Oh non ! dit-elle en prenant la corde de Flash à Lucia, qui s'apprêtait à la sucer.

Elle s'empressa de prendre la fillette dans ses bras et de la faire tourner dans les airs pour lui faire oublier sa déception. Quand elle fut certaine d'avoir échappé à la crise de larmes, elle posa Lucia et rangea la corde.

Le chien soupira quand elle posa son jouet dans la caisse.

— C'était un merci, traduisit Dante, qui était installé sur le canapé, son ordinateur sur les genoux.

Il regardait une mauvaise vidéo en boucle depuis des heures.

Elle pouffa et s'émerveilla du nombre de fois où elle riait dans une journée alors qu'elle était à bout de forces.

— Il n'y a pas de quoi, mon cher ami, répondit-elle au chien en faisant une révérence.

Dante éclata de rire. C'était le premier rire pur et joyeux, sans aucune trace d'inquiétude ou d'amertume, qu'elle entendait.

— C'était bon, dit-elle.

Il cligna des yeux.

— Quoi donc ?

— Ce rire. J'espère le réentendre vite.

Cela le fit rougir.

— Tu sais ce qui me ferait plaisir aussi ? demanda-t-elle.

Elle lui chuchota une suggestion sexy à l'oreille.

— Pendant la sieste, promit-elle.

— Épuise-les, ordonna-t-il.

— Tu es sûr ? Tu as l'air un peu fatigué toi-même…

— Je survivrai, lui assura-t-il avec un sourire irrésistible.

Elle entreprit de fatiguer les jumelles tout en poursuivant la conversation.

— Je croyais qu'on t'avait retiré ton enquête.

— C'est le cas, répondit-il. Et on m'a mis à mi-temps pour que je m'occupe de mes problèmes parentaux. On espère que le tireur pensera que j'ai reçu le message.

— Et qu'il nous laissera tranquilles parce qu'il croira avoir accompli sa mission ?

Il acquiesça.

— Ça prouve qu'il te connaît bien mal, dit-elle.

— Comment ça ?

— Tu n'es pas du genre à baisser les bras.

— J'avoue que je n'ai pas aimé qu'il s'en prenne à vous.

— Je ne te dirai pas que je n'avais pas peur – j'étais terrifiée. Mais je savais que tu ferais tout ton possible pour nous protéger.

Elle l'avait affirmé de la manière la plus simple possible parce qu'elle n'en doutait pas. C'était dans la nature de Dante Mancuso.

*Contrairement à Dev, qui ne fait quelque chose qui lui déplaît que s'il y a un avantage à en tirer*, songea-t-elle.

Ces derniers jours, elle n'avait pensé à Dev que de temps à autre. Elle se rendit compte que c'était la première fois qu'elle y pensait sans rien ressentir. C'était comme si son désir fou de gagner son amour n'avait jamais existé.

Elle ne l'aimait plus.

— Gemma ? murmura Dante. À quoi penses-tu ? Tu as eu l'air de partir sur une autre planète.

— Dans une vie antérieure, plutôt. Je me demandais comment j'avais pu être aussi aveugle…

— Aveugle ?

— Sur la raison pour laquelle je voulais épouser Dev. Et sur la raison pour laquelle il est sorti avec moi. Je ne voulais pas l'admettre, mais je n'étais qu'une vitrine.

— Une vitrine ? Comment ça ?

— Il voulait toujours qu'on aille dans des endroits publics, et il informait toujours son père de ce qu'on comptait faire.

— Peut-être parce qu'il était fier d'être avec toi, suggéra Dante comme s'il l'était lui-même, ce qui lui causa un frisson de plaisir.

— C'est ce que je me suis dit au début. Et puis je me suis rendu compte qu'il n'était jamais tout à fait avec moi quand nous étions seuls.

Dante fronça les sourcils.

— Ça, je ne peux pas le comprendre.

Elle frissonna de nouveau et lui sourit.

— J'ai aussi relevé certains indices qui m'ont incitée à penser qu'il y avait quelqu'un d'autre dans sa vie, poursuivit-elle.

— Quelqu'un qui ne plaît pas à son père ?

Elle hocha la tête.

— Aïe, fit-il.

Cela la fit pouffer.

— J'ai demandé conseil à ma cousine Quinn, qui m'a répondu qu'on ne pouvait pas forcer l'amour, que le cœur voulait ce qu'il voulait…

— Et que veut le tien ?

Il avait posé cette question d'un ton parfaitement neutre, mais elle sentit que ça lui coûtait et en fut profondément émue.

— C'était mon orgueil qui voulait Dev, parce qu'il ne voulait pas de moi, admit-elle.

— C'est bien dommage pour lui.

— Mais c'est tant mieux pour moi. Parce que ça m'a permis de découvrir ce que voulait mon cœur.

Il la regarda sans rien dire et elle lui sourit. Elle savait que, contrairement à Dev, il finirait par dire quelque chose – et que ce seraient les mots les plus tendres qu'elle ait jamais entendus.

Elle décida de le laisser respirer et changea de sujet :

— Qu'est-ce qui t'ennuie autant dans cette vidéo ?

Il parut surpris, puis soulagé.

— Elle est… frustrante, répondit-il. Parce qu'elle ne me montre pas ce que je voudrais voir.

— Et que voudrais-tu voir ?

Le sentant hésiter, elle prit conscience du fait qu'elle l'interrogeait sur une enquête dont il n'avait sûrement pas le droit de parler.

— Quelque chose s'est passé pendant une coupure de courant qui a été déclenchée pour réparer les dégâts causés par l'accident de mon frère, dit-il enfin. C'est pour ça qu'il n'y a rien sur la vidéo.

Gemma sentit sa gorge se serrer. Comment pouvait-il parler aussi calmement de l'accident dans lequel son frère avait trouvé la mort ? Cela lui inspira un mélange d'admiration et de tendresse. Comment les policiers faisaient-ils pour rester humains ?

Le sens de la phrase qu'il avait prononcée la frappa avec beaucoup de retard.

— Est-il possible que ce soit une coïncidence ? demanda-t-elle.

— Je ne crois pas aux coïncidences.

— Alors ça veut dire que le coupable savait qu'il y aurait une coupure d'électricité…

— Oui. Il faut donc que je découvre qui était au courant.

— Peut-être des centaines de personnes…, murmura-t-elle. Les coupures de ce genre ne sont-elles pas annoncées sur les réseaux sociaux ?

— Oui, mais les compagnies ne fournissent pas d'horaires précis, juste une fenêtre de deux heures. J'ai vérifié. Or, mon homme savait quand cela allait se produire à la seconde près.

— Comment ?

— Il doit connaître un employé de la compagnie. Il est possible de découvrir lequel en recoupant des listes d'appels téléphoniques. Notre informaticienne obtiendrait des résultats très vite… D'autant plus vite que les suspects sont peu nombreux, ajouta-t-il après une nouvelle hésitation.

Elle fronça les sourcils.

— Et où est le problème ?

Il se passa la main dans les cheveux et soupira.

— Le problème, c'est qu'il me faudra un bout de temps pour obtenir un mandat pour ces appels.

Elle alla chercher son téléphone sur le comptoir de la cuisine.

— Que fais-tu ? demanda-t-il.

— J'appelle Layla.

Il haussa un sourcil.

— Ma sœur Layla Colton, qui travaille pour Colton Energy, ajouta-t-elle.

Il pouffa, puis répondit :

— Désolé. J'avais oublié qui tu étais.

— Je crois au contraire que tu es le seul à savoir qui je suis.

— Parce que tu laisses les gens penser ce qu'ils veulent de toi. C'est une bonne stratégie. S'ils ne comprennent pas à côté de quoi ils passent, tant pis pour eux !

Elle eut envie de l'entraîner dans la chambre, mais elle s'aperçut que les filles commençaient à s'agiter.

Comme il lui restait peu de temps avant de devoir agir, elle chercha le numéro de sa sœur.

— Elle devrait au moins pouvoir te fournir les numéros des employés de manière anonyme, dit-elle. Ça t'aidera ?

— Beaucoup. J'ai déjà les numéros de la plupart des suspects.

— Alors si tu trouves un appel de l'un des numéros d'une liste à un numéro de l'autre…

— Je n'aurai plus qu'à obtenir un mandat pour ces deux numéros, acheva-t-il à sa place.

— Tu peux compter sur Layla, lui assura-t-elle.

— Si tu as confiance en elle, moi aussi.

Cela lui fit chaud au cœur.

— Elle pourrait même se charger de faire les recoupements, suggéra-t-elle. Ça te ferait gagner du temps.

Il fronça les sourcils.

— Quand as-tu commencé à penser comme un flic ? demanda-t-il.

— Quand j'ai commencé à fréquenter l'un des meilleurs.

Il ouvrit la bouche, puis la ferma et hocha la tête.

— Appelle-la, dit-il. Merci, Gemma.

— Tout le plaisir est pour moi, répondit-elle en lui faisant bien comprendre par son sourire qu'elle ne parlait pas que du coup de téléphone.

# 29

Quand Gemma eut passé son coup de téléphone et qu'il n'y eut plus qu'à attendre, Dante eut une nouvelle crise de claustrophobie et se remit à faire les cent pas. Il n'avait pas l'habitude de rester enfermé des journées entières.

Finalement, quand les jumelles se réveillèrent, Gemma suggéra une sortie.

— Peut-on éviter le parc ? demanda-t-il.

Il la vit frissonner.

— Avec joie. Le centre-ville ? Je n'ai pas fait les boutiques depuis une éternité.

Il dut grimacer, car elle éclata de rire.

— S'il le faut, soupira-t-il.

— À vrai dire, je voulais faire quelques emplettes pour les filles, dit-elle en jetant un coup d'œil aux jumelles, qui semblaient tenir une conversation. Et il n'est jamais trop tôt pour prendre de bonnes habitudes.

Il grogna. Pourquoi Dom n'avait-il pas eu des garçons ?

— Mancuso ?

Pourquoi utilisait-elle son nom de famille ? Il lui jeta un regard surpris.

— Je te taquine, lança-t-elle.

— Je me vengerai, la menaça-t-il sans conviction.

— Est-ce une promesse ?

— Oh oui, grommela-t-il.

Après avoir confié Flash à Patience Colton, au centre d'entraînement, ils se rendirent dans la rue commerçante de Red Ridge. Dante la connaissait pour avoir mené plusieurs enquêtes dans le quartier, mais il n'y achetait jamais rien. Ce n'était pas son style. Tous ses vêtements et ses chaussures venaient d'un centre commercial en périphérie.

En passant devant une bijouterie, il fut frappé par une évidence : jamais il ne pourrait offrir à Gemma ce à quoi elle était habituée. Le seul fait d'être dans cette rue le mettait mal à l'aise alors qu'elle y était clairement dans son monde.

*Elle doit s'attendre à un gros diamant sur sa bague de fiançailles.*

Il s'arrêta net quand cette pensée lui vint.

— Dante ? s'inquiéta Gemma.

— Je…

Non, il ne pouvait pas lui dire ce qui le préoccupait.

— C'est ta boutique préférée ? demanda-t-il en indiquant la vitrine du bijoutier.

— Elle l'était, à une époque. Maintenant, je sais qu'il y a des choses plus importantes.

Un homme sortit de la bijouterie. Comme il lui semblait vaguement familier, Dante passa mentalement en revue la liste des gens que la police recherchait… jusqu'à ce qu'il s'aperçoive que Gemma s'était figée.

— Bonjour, Gemma, dit l'homme.

Il portait une cravate en soie et des boutons de manchettes qui devaient coûter plus cher qu'une voiture… Dante comprit qui il était un instant avant que Gemma réponde :

— Bonjour, Dev.

Tandis que Devlin Harrington les observait, Dante resta silencieux. Il ne lut qu'un air de supériorité exaspérant et une vague curiosité sur son visage. Si c'était tout ce qu'il éprouvait en voyant Gemma avec un autre homme, elle n'avait rien perdu. Harrington jeta ensuite un coup d'œil aux jumelles avec une indifférence absolue. Dante serra les dents.

— Je suis contente qu'on tombe sur toi, reprit Gemma. Je voulais te remercier.

Harrington fronça les sourcils.

— Quoi ?

— Pour m'avoir quittée.

— Quoi ? répéta Harrington.

Dante se sentit brusquement mieux et se retint d'éclater de rire.

— C'est le plus beau cadeau que tu m'aies jamais fait, poursuivit Gemma. Ça a changé ma vie.

— Ah oui ? fit Harrington, l'air déconcerté.

— Oui. Et je comprends, maintenant, que nous n'aurions pas pu nous rendre heureux.

L'avocat parut soulagé.

— C'est vrai. Je regrette que…

— J'espère que tu trouveras le bonheur, le coupa Gemma sans aucune agressivité.

Dante réprima une bouffée de jalousie quand Harrington la serra dans ses bras.

— Moi aussi, j'espère que tu trouveras le bonheur, Gemma, répondit-il. Tu le mérites.

Dante le suivit des yeux tandis qu'il regagnait sa voiture luxueuse et étincelante, puis se tourna vers Gemma, qui était penchée sur la poussette.

— C'est à lui que tu voulais prouver quelque chose ? lui demanda-t-il. Sans rire ? Je sais qu'il est riche et puissant… Mais il n'a aucune personnalité, à part le défaut d'être méprisant.

Il fut surpris de la voir éclater de rire.

— Je t'accorde qu'il lui arrive d'être méprisant, dit-elle.

— Il était vraiment ce que tu voulais ?

— Il était ce que la femme que je ne suis plus voulait. Maintenant, je veux quelque chose de très différent.

— Et tu as changé d'avis en quelques jours ? demanda-t-il, n'osant pas croire ce qu'il entendait.

Elle haussa les épaules.

— Tout le monde approuvait notre relation, et je croyais que c'était le plus important.

— Et toi, dans tout ça ?

— J'ai revu mes positions. Et j'ai prouvé ce que je voulais prouver, non ?

Il jeta un coup d'œil aux jumelles, qui observaient ce nouvel environnement avec curiosité.

— C'est vrai, admit-il.

— Et j'ai découvert au passage que ce que je ressentais pour Dev n'était pas de l'amour. Juste une pâle imitation, poursuivit-elle.

— Tu es mieux sans lui, remarqua-t-il. Maintenant, tu n'as plus qu'à trouver quelqu'un d'autre qui peut t'offrir des choses de cette boutique.

— Ce n'est pas ce dont j'ai besoin. J'ai besoin d'un homme capable de me rendre heureuse, même s'il ne peut m'offrir qu'un anneau de dentition comme bague de fiançailles.

Elle se remit en route sur ces mots. Dante resta paralysé, déchiré entre la honte de ne pas savoir ce qu'était un anneau de dentition et l'envie de lui demander s'il était cet homme.

Jamais Gemma ne s'était sentie aussi bien. Se retrouver en face de Dev lui avait permis de comprendre à quel point elle avait changé.

Maintenant, elle comprenait aussi pourquoi ceux de

ses proches qui avaient trouvé l'amour lui semblaient si différents. Parce qu'ils l'*étaient*.

Soudain, elle se rendit compte qu'elle n'avait pas dit à Dante qu'elle l'aimait. Elle le lui avait prouvé de toutes les manières possibles, mais sans formuler clairement son sentiment. Pourquoi ? Parce qu'elle attendait qu'il le fasse le premier ? Elle…

Son téléphone sonna. Elle fouilla dans son sac en se réjouissant de la diversion. C'était Layla. Vu les pensées qu'elle venait d'avoir, elle ne put s'empêcher de frissonner. Layla, elle, n'avait pas changé.

Quand elle décrocha, elle sentit que Dante la rejoignait. Elle écouta la voix crispée de Layla – il semblait toujours y avoir une crise chez Colton Energy, ces derniers temps –, la remercia et raccrocha.

— Elle a la liste, mais elle devait assister à une réunion, dit-elle en se tournant vers Dante. Elle rappellera ce soir pour que tu lui donnes les numéros de tes… suspects.

— Merci, répondit-il. As-tu froid ?

Son frisson ne lui avait donc pas échappé.

— Non. J'ai juste pensé à quelque chose de triste.

— À quoi ?

— Je suis sûre que Layla se sent obligée d'épouser le père de Dev et qu'elle ne l'aime pas vraiment.

— Ça te rappelle quelque chose ? demanda-t-il avec le ton prudent qu'il employait beaucoup depuis quelques jours.

— Oui, ça me rappelle la situation dans laquelle je me trouvais, admit-elle en soutenant son regard.

— Et dans laquelle tu ne te trouves plus ?

— Non.

Elle le laissa lire la réponse qu'il attendait dans ses yeux. Son expression passa du doute à l'espoir, puis au soulagement.

— Gemma, je…

L'arrivée d'un texto l'interrompit. Sa mine s'assombrit lorsqu'il le lut.

— Mauvaises nouvelles ?

— Il faut qu'on aille au centre d'entraînement, dit-il en fourrant son téléphone dans sa poche. Flash est blessé.

Elle tressaillit.

— Oh non ! Que s'est-il passé ?

— Il s'est battu avec un autre chien.

— Alors dépêchons-nous !

Malgré l'urgence de la situation, Dante la regarda un long moment, puis lui sourit.

— Oui, dépêchons-nous.

# 30

Ils regagnèrent sa voiture et y installèrent les filles, ce qui était bien plus simple depuis que Gemma avait acheté une deuxième paire de sièges et qu'ils n'avaient plus besoin de les bouger.

— Je me souviens que, au début, je trouvais bizarre de mettre un siège pour bébé dans une voiture de police, dit Gemma. Et puis je me suis dit que ça symbolisait parfaitement ton travail : tu protèges les plus faibles.

Dante comprit qu'elle essayait de le distraire. Malgré son inquiétude pour Flash, il lui en fut reconnaissant et lui sourit.

— Merci, répondit-il. Ça me fait plaisir qu'il y ait des gens qui s'en souviennent.

Ils avaient fait la moitié du trajet quand le centre d'entraînement appela. Il prit l'appel et mit le haut-parleur.

— Dante ? C'est Patience.

— Dis-moi que tu n'appelles pas parce que c'est grave.

— Non. J'appelle parce que je sais que tu dois t'inquiéter. Il va bien. Il est dans mon bureau, et tout le monde le gâte.

Il soupira de soulagement.

— Que s'est-il passé ?

— Une petite bagarre avec un jeune chien qui n'a pas encore de bonnes manières. Il n'y a pas eu de morsure. Flash n'a qu'une élongation. Il a juste besoin de se reposer.

— On ne peut pas dire que mon appartement soit très reposant, ironisa Dante.

Patience pouffa.

— Je sais de quoi des bébés sont capables, répondit-elle.

— J'admire ma sœur, dit Gemma quand il eut raccroché. Elle a toujours su ce qu'elle voulait. Rien n'aurait pu l'empêcher de devenir vétérinaire.

— Elle est très douée avec les chiens.

Gemma esquissa un sourire un peu triste.

— Un jour, elle m'a dit qu'elle regrettait de ne pas pouvoir se fier aux hommes comme elle se fiait aux chiens.

— Je l'ai regretté une fois ou deux moi-même, avoua-t-il. Mais les chiens et tous les membres de la brigade ont confiance en elle. Elle a les pieds sur terre.

— Contrairement aux autres Colton ? lança Gemma alors qu'il s'arrêtait à un feu rouge.

Il tourna la tête vers elle et lut de l'amusement dans ses yeux.

— Je le pensais naguère, reconnut-il.

— Tu aurais eu raison naguère, dit-elle avec un grand sourire.

Patience les attendait devant le centre d'entraînement. Flash, qui ne semblait que légèrement contrarié, se trouvait auprès d'elle. En voyant Gemma sortir de la voiture, elle écarquilla les yeux.

— Vous avez les jumelles ? s'exclama-t-elle.

Gemma acquiesça.

— Tu veux les rencontrer ?

— Bien sûr ! répondit Patience avant de tendre la laisse de Flash à Dante qui s'était hâté de la rejoindre. Porte-le pour le mettre dans le coffre ; il vaut mieux lui éviter de sauter pendant un petit moment.

Il grimaça en prenant la laisse.

— Tu peux lui faire faire un peu d'exercice, mais pas plus d'une promenade par jour pendant une semaine, recommanda Patience. S'il boite encore après ça, ramène-le-moi.

Dante hocha la tête.

— Il y a autre chose ? demanda-t-il comme Patience semblait hésiter à rejoindre Gemma qui avait ouvert les portières arrière de la voiture pour lui présenter les filles.

— Oui, j'ai vu quelque chose ce matin. Tu te souviens du chiot que les Larson ont volé ?

Il ne prit pas la peine de lui rappeler qu'ils n'avaient aucune preuve de la culpabilité des Larson. Il n'en doutait pas plus qu'elle.

— Bien sûr, répondit-il.

— Je l'ai vu. Et le type qui le promenait avait les deux chiens des Larson, ceux que Darby Gage leur a vendus.

Comme il n'aimait pas son ton, il essaya de tourner l'affaire à la plaisanterie.

— Parce que quelqu'un promène leurs chiens ? On devient trop civilisé, dans la région.

Cela ne la fit pas rire.

— Je récupérerai ce chien, Dante.

Il retrouva tout son sérieux.

— Ne t'approche pas de ces types. Ils sont vraiment dangereux.

— Tu crois que je l'ignore ? Je sais très bien de quoi les Larson sont capables ! s'exclama-t-elle avant de se diriger vers la voiture.

Penchées sur les jumelles qui babillaient dans leurs sièges, les deux sœurs échangèrent quelques mots, puis Patience se redressa, leur adressa un salut de la main, et retourna vers le bâtiment.

— Elle croit toujours que les Larson ont volé l'un

des chiens, n'est-ce pas ? demanda Gemma à Dante qui arrivait avec Flash.

— Oui, répondit-il. Mais j'aimerais qu'elle soit plus discrète. Il n'est jamais bon d'attirer l'attention des Larson.

— Je crois..., commença Gemma avec hésitation.

— Quoi ?

— Je n'en suis pas sûre, mais je crois qu'elle est sortie avec l'un des deux.

— Patience et l'un des Larson ? s'exclama-t-il, l'air incrédule.

— Je l'ai vue avec l'un d'eux une fois ou deux. Quand je l'ai interrogée, elle m'a dit que ce n'était rien, mais...

— J'espère vraiment que ce n'était rien, grommela-t-il. Toute femme assez stupide pour sortir avec un Larson risquait de s'attirer de gros ennuis.

Tout était si... familier, songea Gemma en regardant Dante prendre Flash dans ses bras pour l'installer dans le coffre.

Quand ils furent garés devant l'appartement, Dante souleva doucement Flash pour le sortir du coffre.

— Je sais que c'est humiliant, mon ami, mais ça ne durera pas longtemps, lui dit-il. Et, tel que je te connais, ça te plaira vite. Ça te manquera même quand je ne le ferai plus.

Gemma éclata de rire, et donna une friandise à Flash pour se faire pardonner.

— Ne le dis pas à Dante, chuchota-t-elle.

— Au type qui lui a déjà donné une friandise après l'avoir mis dans le coffre, tu veux dire ? lui lança Dante.

Ils éclatèrent de rire.

Ils souriaient encore, plusieurs heures plus tard, alors qu'elle jouait avec les filles pendant que Dante sortait des steaks du réfrigérateur. Elle n'avait jamais vu l'attrait de ces scènes domestiques… À présent, rien ne lui semblait plus souhaitable qu'une longue série de journées comme celle-ci – suivies de nuits comme les dernières.

À vrai dire, si les filles avaient été endormies… Comment avait-elle pu trouver Dev beau ? Il était insipide, comparé à Dante. Son regard intense, son torse puissant, ses hanches étroites…

— Je ne sais pas ce que tu as en tête, mais ne l'oublie pas, dit-il en enroulant les bras autour de sa taille par-derrière.

— Il n'y a aucun risque, le rassura-t-elle en se retournant.

— Parfois, quand tu me regardes comme ça…, commença-t-il après un long silence.

Le téléphone de Gemma sonna.

— Je vais jeter ce truc dans une rivière, grommela-t-elle.

— Tu ne veux pas répondre ?

Elle soupira.

— Si. C'est Layla.

Elle le sentit se raidir, ce qui finit de lui faire perdre sa bonne humeur.

*Voilà ce que c'est que de vivre avec un policier*, songea-t-elle.

Elle avait croisé des policiers toute sa vie, mais n'avait jamais compris que l'engagement de leurs compagnes devait être aussi total que le leur, parce qu'elles risquaient de les perdre tous les jours.

Ce serait son cas, si elle restait…

— Gemma ?

Elle revint brusquement à la réalité et repoussa cette pensée effrayante.

— Désolée, dit-elle en lui tendant le téléphone. Ne t'inquiète pas pour les steaks, je les protège.

Cela le fit sourire. Flash ne les quittait pas des yeux

depuis qu'ils étaient sortis du réfrigérateur. Dante prit le téléphone et s'éloigna.

Il revint cinq minutes plus tard, l'air contrarié mais pas furieux.

— Ça n'a rien donné ?

— Non. Le seul numéro qui correspond est celui de Frank, qui m'a dit avoir appelé la compagnie.

— Je suis désolée.

Il haussa les épaules.

— Ne le sois pas. Tu m'as fait gagner beaucoup de temps. Elle est intelligente, ta sœur…

— Comme la plupart des membres de la famille, répliqua-t-elle avec un sourire espiègle.

Ils nourrirent les filles, ce qui fut une nouvelle grande aventure, après quoi ils dînèrent à leur tour, puis restèrent dans le salon avec les jumelles, qui semblaient bien décidées à ramper.

— Je mise sur Lucia, dit Dante en allumant son ordinateur pour se remettre à travailler.

— Tu crois qu'elle rampera la première ?

Il acquiesça.

— Je suis d'accord, mais seulement parce que je pense toujours que Zita se mettra directement à marcher, répondit-elle.

Dante soupira profondément.

— Cette idée me terrifie !

Comme il semblait vraiment inquiet, elle se retint de rire.

— Tes enquêtes sont-elles toujours linéaires ? demanda-t-elle.

Il cligna des yeux.

— Quoi ?

— Elles évoluent en fonction des nouveaux indices que tu découvres, non ?

— Bien sûr.

— Tu dois donc t'adapter, changer ta manière de les envisager… Ce sera la même chose avec les jumelles. Et nous nous adapterons. Quoi qu'il arrive, nous y ferons face.

— Tu as l'air bien sûre de toi…

— Ça aide, dit-elle avec un grand sourire.

— C'est vrai, ça marche, admit-il.

Il la regarda pendant un long moment avant de reprendre d'une voix rauque :

— Que dirais-tu de faire l'amour devant deux bébés de six mois ?

— Je ne suis pas sûre que ce soit une bonne idée, répondit-elle. Mais imagine ce que ce sera si on attend encore une heure…

Elle ne se trompait pas.

# 31

Gemma se réveilla merveilleusement comblée. Elle se demandait s'ils avaient le temps de se câliner une fois de plus quand son téléphone sonna.

— Toi, tu finiras dans une rivière, grommela-t-elle.

Elle essaya de décrocher avant que la sonnerie réveille Dante, mais il était policier. Il était déjà assis quand elle reconnut le numéro de Layla.

— Allô !

— J'aime ton flic, dit Layla sans préambule.

Le « ton flic » procura tant de plaisir à Gemma qu'elle le savoura quelques secondes.

— Moi aussi, répondit-elle. Beaucoup.

— Vraiment beaucoup ?

— Plus que ça.

Layla soupira.

— J'en suis ravie pour toi.

Gemma eut envie de lui demander si elle devait aussi se réjouir pour elle, mais Layla devait avoir une bonne raison d'appeler. Elle n'avait jamais le temps de bavarder. De fait, elle demanda aussitôt :

— Peux-tu me le passer ?

— Tu as du nouveau ?

— Oui. J'ai trouvé un de ses numéros.

Gemma tendit le téléphone à Dante.

— C'est Layla, lui dit-elle. Elle a trouvé un numéro.

Dante était parfaitement éveillé, en alerte. C'était un homme qui faisait tout en se donnant à fond…

Partager sa vie serait un vrai défi. Elle était sûre qu'elle aurait peur, parfois, mais qu'elle ne s'ennuierait jamais.

Et c'était ce qu'elle voulait. Elle essaya de le lui faire comprendre par le regard tandis qu'il approchait le téléphone de son oreille.

— Oui ? répondit-il sans la quitter des yeux.

Dante avait du mal à se concentrer. Sa vie changeait trop vite… Mais il tenait peut-être la piste qui le mènerait à leur taupe.

Grâce à une autre Colton, qui avait pensé à faire une vérification supplémentaire sur les portables de ses employés de maintenance.

Il se gara sur le parking de la brigade et envisagea de laisser Flash dans la voiture, mais celui-ci se leva. Il alla ouvrir le coffre et souleva le chien pour le poser par terre.

— J'ai l'impression que tu as pris dix kilos dans la nuit, grommela-t-il.

Flash parut vexé, mais Dante ne put s'empêcher de sourire parce qu'il repensait à sa propre nuit.

Il tenait à boucler rapidement cette enquête pour consacrer du temps à réfléchir à son avenir. Un avenir que l'irruption des jumelles et de Gemma dans sa vie avait bouleversé.

Il songea à Dominic. Son frère avait eu bien des défauts, mais il aimait profondément sa femme. Pour être honnête, Dante devait reconnaître s'être toujours émerveillé que Dom ait trouvé quelqu'un qui lui correspondait si bien.

Gemma venait d'un monde très différent du sien, mais sous sa façade scintillante se cachait une femme généreuse, intelligente et drôle…

— Mancuso !

La voix de Finn Colton l'arracha à ses pensées. Il se tourna vers son chef, qui arrivait aussi.

— On m'a dit que ton partenaire était blessé, dit Finn en baissant les yeux vers Flash.

— Rien de grave, répondit Dante.

Ils se dirigèrent vers l'entrée du bâtiment. Finn continua à observer Flash pendant quelques secondes avant de hocher la tête et de reporter son attention sur Dante.

— Alors, tu progresses ? demanda-t-il.

— J'ai peut-être une bonne piste, répondit Dante, qui préféra ne pas lui révéler tout de suite d'où il la tenait. Je suis venu vérifier quelque chose.

Finn se contenta d'acquiescer.

— Je suis sur le point de remporter la cagnotte, tu sais, dit-il.

— La cagnotte ? répéta Dante avant de se souvenir que ses collègues avaient parié sur l'endurance de Gemma. Oh !

— J'étais le seul à parier qu'elle tiendrait un mois. Elle va y arriver, n'est-ce pas ?

— Si les jumelles ne l'achèvent pas cette semaine, oui.

Finn éclata de rire.

— J'avais quinze ans quand ma petite sœur est née. Je me souviens que je n'en revenais pas qu'un être aussi petit puisse créer autant de problèmes. Je n'ose pas imaginer ce que ça donne avec deux…

— Gemma s'en sort très bien. Les jumelles l'adorent.

Finn haussa un sourcil.

— Et toi ?

Dante grimaça.

— Je croyais qu'elle avait déjà un grand frère…

— Oui, mais je tire mieux que lui, répliqua Finn, parfaitement impassible.

Comme il n'était pas tout à fait sûr que son chef plaisantait, Dante se retint de rire. Par ailleurs, il appréciait que Finn se soucie de Gemma.

— Tu n'auras pas besoin de me tirer dessus, assura-t-il.

— Je suis ravi de l'entendre ! Tu es quelqu'un de bien, Mancuso. Et je suis sûr que tu as dû combattre quelques préjugés pour en arriver là. Je t'admire pour ça.

— Gemma aussi, dit Dante.

Finn fronça les sourcils.

— Je n'y avais pas songé, mais tu as raison, reconnut-il.

— Je…

Il laissa sa phrase en suspens parce que Flash venait de s'arrêter net près d'une voiture grise.

— À qui appartient cette voiture ? demanda-t-il.

— Je ne sais pas, répondit Finn. Pourquoi l'intéresse-t-elle autant ?

— Ce n'est pas que de l'intérêt, répondit Dante. Tu vois la manière dont il dresse la queue ? Il est sur une piste.

— Dans cette voiture ? Quelle piste ?

— Tout ce que je peux te dire, c'est que quelque chose qu'on lui a demandé de chercher se trouve là.

Finn le dévisagea quelques instants avant de sortir son téléphone de sa poche et de s'éloigner. Il revint une minute plus tard avec un nom.

Le même que celui fourni par Layla.

— C'est lui, dit Dante.

Il révéla à Finn ce qu'il avait découvert : la coupure de courant, l'appel passé à un employé de maintenance de la compagnie, et ce qui ne se trouvait pas sur la vidéo de surveillance.

Finn fronça les sourcils.

— Heureusement pour nous, je connais un juge qui sera ravi de nous fournir un mandat en urgence pour ces numéros.

— Ah oui ?

— Tu te souviens de Ponzi, l'arnaqueur qui travaillait pour les Larson sans qu'on ait jamais pu le prouver ? La nièce de ce juge a perdu beaucoup d'argent dans cette histoire.

Tout se passa très vite après cela. En plus du mandat pour les téléphones, Finn en obtint un pour la voiture. À peine deux heures plus tard, ils tenaient le téléphone disparu, qui avait été caché dans la roue de secours. À côté se trouvait une carte de crédit d'une banque à Rapid City. L'examen de ce compte devrait leur permettre de savoir combien les Larson avaient payé pour que le téléphone disparaisse.

Combien ils avaient payé Al Collins. Le partenaire de Duke. Cela expliquait comment le tireur les avait trouvés, à la fois à l'appartement qu'ils fouillaient et chez lui. En partant de là, l'homme de main n'avait plus eu qu'à suivre Gemma jusqu'au parc.

Vingt minutes plus tard, Collins était en détention. Après avoir commencé par protester, il s'était muré dans le silence. Le contenu du téléphone avait été effacé, et il ne dirait pas qui l'avait engagé, mais Dante ne doutait pas de sa culpabilité.

— C'est pour ça que tu as fait semblant de faire tomber ton stylo, dit Dante. Pour pouvoir te pencher et voir où Ron déposait le téléphone. Et l'agent de maintenance ? Il te devait un service ?

Collins répondit une obscénité. Dante l'ignora. D'une manière ou d'une autre, ils finiraient par tout comprendre.

— Je suis content que ce soit toi le pourri, parce que tu n'es là que depuis quelques semaines, ajouta Dante alors qu'on entraînait Collins hors de la salle d'interrogatoire.

— Dommage que Lambert ne t'ait pas eu ! cracha Collins.

Dante le regarda s'éloigner sans rien trahir de sa jubilation. Il venait de lui livrer le nom de l'homme qui avait tiré sur Gemma et les jumelles – l'homme qui avait tué Dom.

# 32

Dante rentra chez lui aussi heureux qu'il pouvait l'être après avoir démasqué un flic véreux et tomba sur un désastre. Les jumelles hurlaient, Gemma semblait désemparée au milieu de leurs jouets, et il y avait une grande giclée orange sur l'un des murs de la cuisine.

Flash s'arrêta sur le pas de la porte, contempla la scène trois secondes, puis se retourna pour demander à regagner la tranquillité de la voiture. Dante ne pouvait lui en vouloir, mais il l'entraîna vers le patio. Flash parut soulagé quand il ferma la porte-fenêtre.

Les filles faisaient un peu moins de bruit. Gemma, qui tenait Lucia, paraissait à bout de forces, mais déterminée.

En regardant le trio, il songea qu'il aurait dû avoir envie de fuir, comme Flash. Or, ce n'était pas le cas.

Il prit Zita et la fit virevolter dans les airs. Elle se mit aussitôt à rire et sa sœur cessa de pleurer pour l'observer avec fascination.

— Merci, dit-il à Gemma en se tournant vers elle.

Elle fronça les sourcils.

— Pourquoi ? demanda-t-elle avant de tressaillir. Vous le tenez ? Le numéro a été utile ?

— Oui et oui. C'était pour ça que je voulais te remercier au départ, mais maintenant que je vois ce chaos, je te remercie aussi de les avoir gardées en vie.

Gemma grimaça.

— J'aurais dû savoir que c'était la chance du débutant qui me permettait de tenir depuis trois semaines…

— Et c'est la détermination qui te permettra de continuer, répondit-il. Tu n'es pas du genre à baisser les bras.

— J'en ai douté, ce matin. Elles ont atteint un nouveau niveau sonore.

— Je sais que ça a été dur pour tout le monde de rester enfermé ici, mais ce ne sera peut-être plus nécessaire bientôt.

Elle lui jeta un regard interrogateur.

— J'ai le nom de l'homme qui vous a tiré dessus, expliqua-t-il.

— Tu as manifestement eu une matinée chargée.

— Grâce à toi, à ta sœur, et à Flash.

— Flash ?

Il lui expliqua ce qui s'était passé sur le parking de la brigade.

— Vas-tu te remettre à temps plein, maintenant que tu as démasqué la taupe ? demanda-t-elle.

— Le chef ne m'en a pas parlé. Il m'a juste dit de prendre le reste de la journée. C'est quoi, sur le mur ?

— De la purée de carottes.

— Qui déteste assez ça pour la lancer sur le mur ?

— Zita. Et elle était très fière d'elle.

— C'est peut-être une artiste en herbe…

Gemma éclata de rire.

— Quant à Lucia, elle a étalé la sienne sur tous les vêtements qu'elle pouvait atteindre.

— Si tu allais vous débarbouiller toutes les trois pendant que je m'occupe du mur ? suggéra-t-il. Après ça, on ira faire un tour.

— C'est vrai ? s'exclama Gemma comme s'il proposait de décrocher la lune.

— Oui. On s'achètera une pizza et on ira la manger

dans un endroit où les filles pourront faire tout le bruit qu'elles voudront.

— Et Flash ?

Il apprécia qu'elle pense à lui.

— On l'emmène, si tu veux bien. Un peu d'exercice ne lui fera pas de mal.

— Bien sûr que je veux bien, dit-elle avec un sourire. Je ne suis pas moins tombée sous son charme que sous le tien.

Ce qui s'éveilla en lui fut si brutal qu'il dut baisser les yeux.

— Merde…, grommela-t-il.

— Ce n'est pas exactement la réponse que j'espérais, lui fit remarquer Gemma.

Il trouva le courage de soutenir son regard.

— Et qu'espérais-tu ? demanda-t-il. Que je te dise que je n'ai jamais ressenti ce que je ressens avec toi, et pas seulement dans la chambre ? Que j'ai eu une chance incroyable que tu entres dans ma vie, et pas seulement pour les jumelles ?

— Tu t'en rapproches, répondit-elle.

Il inspira profondément, hésita…

*Allez, lance-toi !*

— Et que dirais-tu de « je t'aime » ?

Elle écarquilla les yeux et entrouvrit les lèvres.

— Je sais qu'on ne se connaît que depuis trois semaines, mais…

En la voyant secouer la tête, il se tut. Bon sang ! Il avait tout gâché ! Elle ne ressentait pas la même chose, et…

— Moi aussi, je t'aime, murmura-t-elle. Je n'osais pas te le dire.

Il lui fallut un moment pour se ressaisir avant qu'il puisse demander :

— Tu n'osais pas ? Pourquoi ?

— Parce que j'étais assez bête pour me croire

amoureuse de Dev quand on s'est rencontrés. J'avais peur que tu n'arrives pas à croire que j'aie changé à ce point en trois semaines.

— Pourquoi ? Ma vie a bien changé en dix secondes !

Il l'attira contre lui et l'embrassa passionnément. Quand il s'écarta pour la laisser reprendre son souffle, il s'aperçut tout à coup que les jumelles ne faisaient aucun bruit.

— Pourquoi sont-elles si calmes ? s'étonna-t-il.

— Elles préparent la prochaine explosion, j'en suis sûre, répondit Gemma.

— Alors allons manger ! Je ne veux pas gérer ça l'estomac vide.

— Bonne idée ! Tu auras besoin de tes forces plus tard.

Il pensait encore à ce qu'il ferait de ses forces lorsqu'il se retrouva assis sur une couverture devant une pizza. Il avait été surpris de découvrir que Gemma était une traditionaliste, dans ce domaine. Ils s'étaient installés à côté de l'enclos où les chiens pouvaient courir librement. Quant aux jumelles, elles jouaient avec des blocs de couleur attachés à une ficelle. Gemma lui avait expliqué que c'était l'objet préféré du moment parce qu'elles pouvaient jouer avec en même temps.

Il n'y avait que deux autres chiens dans l'enclos. Après s'être reniflées un moment, les trois bêtes avaient décidé qu'elles pouvaient coexister et s'étaient éloignées les unes des autres.

— Ce dont Flash est capable est vraiment stupéfiant, commenta Gemma.

Il hocha la tête.

— D'autant plus qu'on les dresse à aller contre leur instinct, qui les pousse à suivre la piste la plus fraîche.

— Vous les entraînez à suivre une odeur précise ?

— Et une fois qu'ils l'ont identifiée, ils ne l'oublient jamais. C'est comme ça qu'il a retrouvé la pièce à conviction disparue, ce matin.

— Il a besoin d'un jardin pour renifler plus souvent. D'un *grand* jardin.

— J'y pense, admit-il. J'ai repéré un quartier où il serait bien, mais j'ai renoncé à déménager à cause du temps de trajet.

— Tu occupes ce temps à te promener, lui fit-elle remarquer. Et les filles auront bientôt besoin de plus d'espace, à la fois intérieur et extérieur…

Il inspira profondément et affronta la réalité. Il était tombé amoureux d'une femme habituée à ce qu'il y avait de meilleur, et qu'il ne pouvait pas lui offrir.

— Je ne peux pas me permettre… ce dont tu as l'habitude, répondit-il avec hésitation.

— Est-ce une invitation ? demanda-t-elle en haussant un sourcil.

— Un avertissement.

— Il y a bien la maison de ton frère…

Il dut avoir une expression horrifiée parce qu'elle éclata de rire.

— A-t-il laissé quelque chose aux filles ? reprit-elle.

— Il leur a tout laissé. Mais je ne veux pas toucher à cet argent… Plus précisément, je ne veux pas que cet argent touche les jumelles.

Elle scruta son visage quelques secondes avant de dire :

— À cause de la manière dont il l'a acquis. Je comprends. Tu es quelqu'un de bien, Dante. Ça a dû être dur de grandir dans une famille pareille… Et que ferais-tu si ton frère avait gagné son argent honnêtement ?

Il fronça les sourcils.

— Où veux-tu en venir ?

— J'essaie juste de savoir si tu accepterais de l'aide venant d'une source honnête.

Il comprit enfin et secoua vivement la tête.

— Refuses-tu parce que tu as des principes ou par orgueil ?

— Sans doute les deux, répondit-il, complètement désemparé.

— Tu sais que certains penseront que c'est ma fortune qui t'intéresse quoi que tu fasses, n'est-ce pas ?

Il grimaça.

— Du moment que tu sais que c'est faux…

— Oui, je le sais parce que je te connais.

Cette réponse le rassura profondément.

— Voici mon plan, ajouta-t-elle. Tu gères les bases, le logement et la nourriture, et je gère les trucs de filles : les vêtements, les chaussures, le maquillage…

— Le maquillage ? s'exclama-t-il.

— Plus tard, bien sûr. Et je pourrai me charger de leur parler des garçons. J'en ai appris beaucoup sur l'amour, ces derniers temps… Et puis elles auront eu un bon exemple sous les yeux pendant un bon moment.

Il en resta bouche bée.

— Je te connais, Dante, ajouta-t-elle. Si tu l'as dit, c'est que tu étais sincère.

— Je… Oui.

— Parfait.

Après un moment de silence, il secoua lentement la tête.

— C'est comme ça que tu t'y prends, dans les galas ? demanda-t-il. Tu harcèles les gens jusqu'à ce qu'ils prennent le chemin que tu veux et qu'ils se rendent compte que c'était celui qu'ils voulaient aussi ?

— Est-ce le chemin que tu veux ?

— Oui, dit-il avec conviction. Mais tu es qui tu es, et…

— Je ne retiendrai pas ta famille contre toi si tu ne retiens pas la mienne contre moi, le coupa-t-elle.

— Je n'ai rien contre la plupart des membres de ta famille, se défendit-il.

— Sauf mon père, je sais. Tu n'es pas le seul. Alors oublie-le. Mes frère et sœurs compensent, non ?

— Oui.

— Et les unions entre des Colton et des membres de la brigade canine semblent à la mode. Bea, Blake, maintenant moi…

Il esquissa un sourire.

— Il y a peut-être quelque chose dans l'eau du robinet, suggéra-t-il.

— Non. Nous avons bon goût. Certains d'entre nous mettent plus de temps à le comprendre que d'autres, c'est tout.

— Gemma…, murmura-t-il en se penchant vers elle.

Des aboiements féroces les empêchèrent de s'embrasser.

Flash ! Dante le chercha des yeux et le repéra vite à l'autre bout de l'enclos. Il courait vers eux.

Il avait senti quelque chose – dans l'air, sinon il aurait eu le museau au sol – et cela venait de leur direction.

Dante se leva d'un bond et scruta les environs, la main sur la crosse de son arme.

— Dante ? s'inquiéta Gemma

— Emmène les filles dans la voiture, et allez-vous-en ! ordonna-t-il en lui lançant la clé. Reste à distance jusqu'à ce que je t'appelle.

— Tu veux que je te laisse seul ?

Cela le fit sourire malgré l'urgence de la situation.

— Quand tu seras assez loin, appelle la police.

— Dante…

— Je t'aime, dit-il. Maintenant, va-t'en !

Il jeta un coup d'œil à Flash, qui aboyait toujours.

*Les arbres*, songea-t-il.

C'était le seul endroit où l'on pouvait se cacher.

Il lut dans les yeux de Gemma qu'elle avait compris

qu'il lui avait dit qu'il l'aimait au cas où. Cela l'inciterait-il à réfléchir ? En conclurait-elle qu'elle ne pouvait pas partager la vie d'un policier ?

Il chassa cette pensée, se concentra et se dirigea vers les arbres.

Dès qu'il aperçut une silhouette, il fut certain que c'était Lambert, l'homme qui avait causé la mort de Dominic et d'Agostina, puis tiré sur Gemma et les jumelles.

Le désir de l'éliminer immédiatement et l'espoir que cet homme pourrait être le moyen de faire tomber les Larson s'affrontèrent en Dante. Pendant un moment, il ne sut lequel gagnerait. Puis la traque commença. Comprenant qu'il était découvert, Lambert tira dans sa direction et se mit à courir. Une balle se logea dans un tronc juste à côté de Dante qui ne quitta pas Lambert des yeux et se lança à sa poursuite.

Quand l'homme sortit du petit bois, il jeta un coup d'œil par-dessus son épaule. Craignant qu'il recommence à tirer, Dante se mit à l'abri derrière un arbre.

— Lambert ! cria-t-il en espérant le perturber.

Lambert ne fit que changer de direction – pour partir du côté où Gemma et les filles se trouvaient deux minutes plus tôt. Dante regarda vers le parking pour s'assurer que sa voiture ne s'y trouvait plus et remercia mentalement Gemma de lui avoir obéi.

Lambert hésita près de la couverture, comme s'il n'avait pas encore compris que Gemma était partie. Cela donna à Dante les secondes qui lui manquaient. Il se rua vers Lambert, saisit les poignées de la poussette et la lança sur lui. Lambert trébucha et s'affala dans l'herbe.

C'était fini. Dante le plaqua au sol, un genou dans les reins.

— Excellente idée, ironisa Dante tandis que Lambert se débattait. Comme ça, je pourrai dire que tu as résisté à ton arrestation et que le coup est parti tout seul pendant qu'on se battait.

Lambert cessa de s'agiter. Un instant plus tard, Dante entendit une sirène approcher.

# 33

— Ai-je bien entendu ? demanda Gemma. Tu as neutralisé un homme armé avec une poussette ?

— Tant que ça marche…

Elle ne put s'empêcher d'éclater de rire.

— Merci, dit Dante sur un ton assez solennel.

— Tu me remercies de me moquer de tes méthodes ? s'étonna-t-elle.

— Je te remercie d'avoir fait ce que je te demandais.

— D'avoir obéi aux ordres, tu veux dire ?

Il haussa les épaules.

— Je n'avais pas envie de le formuler comme ça, mais oui. Ça se serait peut-être moins bien terminé si vous aviez été dans les parages.

— J'ai confiance en toi, Dante. Je savais que tu serais aussi prudent que possible pour que je n'aie à me soucier que des filles.

— C'est pour ça que je te remercie. Parce que tu as confiance en moi.

— Et tu m'as fait confiance pour les protéger, répondit-elle en regardant la voiture, dans laquelle les jumelles se trouvaient encore.

Le seul coup de feu qu'elle avait entendu l'avait affolée. Était-ce Dante qui avait tiré ? S'était-il fait tirer dessus ?

« Reste à distance jusqu'à ce que je t'appelle. »

Elle avait passé quelques minutes horribles à se

demander ce qu'elle ferait s'il ne l'appelait jamais. Était-elle assez robuste pour supporter la vie de Dante et l'embrasser tous les matins sans savoir s'il rentrerait ?

Elle songea à Dev. Il avait toujours mené une vie facile, et l'habitude d'obtenir ce qu'il voulait l'avait rendu méprisant. Elle s'en rendait compte, à présent, et elle n'avait pas envie de lui ressembler.

*Dante t'en empêchera*, songea-t-elle. *Le seul fait de partager sa vie t'en empêchera.*

Elle comprit brusquement qu'elle avait toujours éprouvé un besoin maladif de contrôler sa vie, sans doute pour ne pas se retrouver dans la situation de Layla, qui lui serait intolérable.

Et pourtant… Elle adorait son existence chaotique avec Dante et les jumelles. Elle repensa au soir où elle avait trouvé Dante dans le salon, les deux fillettes endormies dans les bras. Elle avait pris une photo en sachant qu'elle la garderait toujours.

Elle n'avait pas prévu cela, mais il y avait maintenant un homme et deux enfants dans sa vie. Elle avait toujours obtenu ce qu'elle voulait, mais elle ne s'était pas rendu compte tout de suite que ce qu'elle voulait avait changé.

— Tu vas devoir repenser ton approche, dit-elle à Dante quand ils montèrent dans la voiture.

— Mon approche de quoi ?

— De la vie en général et de ton travail en particulier.

— Que veux-tu dire ?

— Que tu devras être encore plus prudent. Tu as une famille, maintenant.

Comme il fronçait les sourcils, elle ajouta :

— Une famille qui sera tout ce que la tienne n'était pas : aimante, solidaire, honnête…

Il esquissa un sourire.

— Ce concept me plaît.

— Nous serions perdues sans toi, alors fais bien attention à toi.

— « Nous » ?

— Bien sûr. Oh ! et ce serait bien si tes collègues se dépêchaient d'attraper la Tueuse de Fiancés – qui n'est pas Demi, je te le rappelle.

— On dirait que tu as des projets…

— J'en ai. Et j'obtiens toujours ce que je veux.

— Et moi qui pensais que je ne pouvais pas obtenir ce que je voulais…

— Je me réjouis que tu aies compris que tu te trompais.

Dante prit son visage entre les mains et l'embrassa, passionnément d'abord, puis avec tendresse.

Bien sûr, les jumelles se mirent à babiller à cet instant précis.

Dante interrompit leur baiser pour grommeler :

— Vous allez devoir vous y faire.

Cela les fit rire autant qu'elle.

Le surlendemain, Dante rentra plus tard que d'habitude. Gemma n'était pas particulièrement inquiète parce qu'elle savait qu'il croulait sous la paperasse, mais elle lui trouva une expression bizarre quand il franchit la porte.

Il rangea la laisse de Flash, qui ne boitait plus, embrassa les jumelles, puis se planta devant elle et lui tendit une boîte entourée d'un ruban doré.

— Il faudra que ça suffise pour le moment, dit-il d'une voix neutre.

Gemma ouvrit la boîte, éclata de rire et se jeta dans ses bras.

C'était un anneau de dentition.

Retrouvez en septembre 2019,
dans votre collection

BLACK ROSE

**Un protecteur à l'épreuve, de Nicole Helm - N°550**

SÉRIE LES CLANS DE LA DISCORDE 2/3

Tandis qu'il observe la jeune femme blonde et le bébé qui viennent trouver refu dans son ranch, Noah Carson retient un soupir d'exaspération. Quelle mouc l'a donc piqué, lui, le célibataire endurci, d'accepter d'héberger Addie, en cavc avec son neveu ? Que fera-t-il si le père de l'enfant, un dangereux mafieux, les trouve ? Pourtant, en croisant le regard clair d'Addie, il sent son humeur maussac l'abandonner tandis qu'un sentiment étrange l'envahit : un besoin de protég d'aimer, aussi nouveau qu'inattendu…

**La force d'un regard, de Nichole Severn**

*J'ai besoin de ton aide…* Il a suffi d'un simple texto pour qu'Anthony Harr flic de choc, abandonne sa mission pour se lancer au secours de Glenno Glennon, son ex-fiancée, qu'il n'a pas revue depuis leur rupture orageus cinq ans plus tôt. Glennon qui est blessée et qu'il va aider et protéger cont les criminels qui la traquent. Car elle reste la seule femme qu'il ait jamc aimée, celle dont le regard pailleté d'or a gardé le pouvoir de faire chavi son cœur…

---

**La vérité sur Connor, de Beth Cornelison - N°551**

En arrivant chez ses parents, Piper McCall est à la fois heureuse de revoir ce qu'elle aime et inquiète de savoir que le ranch familial est le théâtre d'actes vandalisme. Mais c'est en retrouvant Brady, son amour de jeunesse, qu'elle a plus de mal à retenir ses larmes. Car Brady ne s'est jamais marié. Taciturne solitaire, il réserve tout son amour à Connor, le petit garçon adopté par son frè et qui vit avec lui depuis la mort de ses parents. Cet enfant qui rappelle à Piper bébé qu'elle attendait lorsqu'elle a quitté Brady et qu'elle a confié, sept ans pl tôt, à une agence d'adoption…

**Séduisante innocence, de Melinda di Lorenzo**

Coupable ou innocente ? C'est la question que se pose Harley Maxwe policier infiltré qui, sous une fausse identité de sculpteur, espionne Liz Jam depuis des semaines. Car la galerie d'art où travaille la jolie brune semb être le lieu d'une activité plus que louche. Et si, au fond de lui, Harley persuadé que Liz est innocente, il craint de la mettre en danger le jour il décidera d'arrêter les criminels qui se servent d'elle pour leur somb trafic…

Retrouvez en septembre 2019,
dans votre collection

BLACK ROSE

**ıquête sous couverture, de Heather Graham - N°552**

gala d'ouverture de la boîte de nuit bat son plein. Tandis qu'elle avance avec âce sur le podium, jouant à la perfection son rôle de mannequin, Jasmine parurt la foule du regard. Parmi les invités de marque, elle repère les criminels dont e surveille les activités depuis plusieurs semaines. Soudain, une fusillade éclate, elle se retrouve plaquée au sol, maintenue d'une main de fer par un inconnu qui murmure à l'oreille : « Ne bougez pas, je m'appelle Jacob, je suis du FBI... »

**eux face au danger, de Rita Herron**

omme à regret, Melissa s'arrache des bras de Dex. Pas question pour elle succomber à nouveau au charme de celui qui l'a quittée, dix ans plus t, la laissant seule et désespérée... Mais bientôt une question s'impose à le : pourquoi Dex est-il accouru dès qu'il a su qu'elle venait d'être attaquée ans le refuge pour sans-abri où elle travaille ? Et comment interpréter son mportement, ses regards pleins de sollicitude, cette tendresse aussi trouante qu'inattendue ?

**l'heure du danger, d'Elle Kennedy - N°553**

ui a assassiné sa meilleure amie ? Le découvrir obsède Morgan depuis que corps de celle-ci a été retrouvé. Et tant pis si le père de Morgan, un sénateur fluent, veut l'empêcher de mener son enquête ! Elle ira jusqu'au bout. Pourtant, e est déstabilisée quand Adam, son ex-fiancé, qu'elle n'a jamais cessé d'aimer, explique que le sénateur l'a engagé pour la stopper dans ses recherches. Comnt son père a-t-il osé faire appel à Adam ? Et aujourd'hui, comment convaincre dam de l'aider, alors qu'il a été profondément blessé par sa trahison ?

**ır les traces de Callie, d'Adrianne Lee**

our échapper au ravisseur présumé de sa fille Callie, Deedra a tout laissé rrière elle. Elle s'est même efforcée d'oublier le père de Callie. En vain. on seulement le ravisseur ne renoncera jamais à la traquer, mais elle ense jour et nuit à Beau, son mari. Résolue à mettre fin au cauchemar, eedra décide de relever la tête. Lancée sur la route de Buffalo Falls, où eau est lieutenant de police, elle ne poursuit désormais qu'un but : persuar son mari de repartir avec elle sur les traces de leur petite Callie et de n ravisseur...

# Retrouvez en septembre 2019,
# dans votre collection

BLACK ROSE

**L'enfant menacé, de Kerry Connor - N°554**

Mais qui lui veut du mal ? Cette angoissante question ne cesse de hanter Sa depuis que des hommes se sont introduits chez elle et ont voulu l'enlever. Sa l'intervention de Jake, son nouveau voisin, qui sait ce qu'il serait advenu d'elle, de l'enfant qu'elle porte ? Terrifiée à l'idée que ses agresseurs ne reviennent, el n'hésite pas à accepter l'hospitalité de Jake. Sans se douter qu'un danger d'u toute autre nature la guette. Car Sara se sent gagnée par un trouble étrange l'idée de cohabiter avec cet homme certes très généreux, mais qu'elle connaît peine...

**Le passé disparu, de Rebecca York**

Le « hors-la-loi ». Voilà comment Hannah a surnommé le bel inconnu qu'el observe dans le bar où ils se rendent chaque soir. Cet homme l'intrigu avec son regard ténébreux. Aussi est-elle stupéfaite quand, alors qu'el se fait agresser en pleine rue, il intervient et la sauve de justesse. Pourqu la suivait-il ? Une question qui trouve sa réponse quand il lui révèle qu'il enquêté sur elle, et veut l'engager comme détective privé. Amnésique, ignore tout de son identité, et la seule chose qu'il a trouvée en se réveilla est une valise contenant un million de dollars...

HARLEQUIN

BLACK ROSE

Composé et édité par HarperCollins France.

Achevé d'imprimer en juillet 2019.

CPi
BLACK PRINT

Barcelone

Dépôt légal : août 2019.

FSC
www.fsc.org
MIXTE
Papier issu de sources responsables
FSC® C108412

Pour limiter l'empreinte environnementale de ses livres, HarperCollins France s'engage à n'utiliser que du papier fabriqué à partir de bois provenant de forêts gérées durablement et de manière responsable.

*Imprimé en Espagne.*